本成果为教育部人文社会科学研究规划基金项目（14YJA850009）

# 先秦至清

## 伯夷叔齐传说的意义考辨

王芳 著

中国社会科学出版社

## 图书在版编目（CIP）数据

先秦至清伯夷叔齐传说的意义考辨/王芳著.—北京：中国社会科学出版社，2019.6
ISBN 978-7-5203-4323-7

Ⅰ.①先… Ⅱ.①王… Ⅲ.①民间故事—文学研究—中国—先秦时代 Ⅳ.①I207.7

中国版本图书馆 CIP 数据核字（2019）第 075071 号

| | |
|---|---|
| 出 版 人 | 赵剑英 |
| 责任编辑 | 郭晓鸿 |
| 特约编辑 | 张金涛 |
| 责任校对 | 冯英爽 |
| 责任印制 | 戴 宽 |

| | |
|---|---|
| 出　　版 | 中国社会科学出版社 |
| 社　　址 | 北京鼓楼西大街甲158号 |
| 邮　　编 | 100720 |
| 网　　址 | http://www.csspw.cn |
| 发 行 部 | 010-84083685 |
| 门 市 部 | 010-84029450 |
| 经　　销 | 新华书店及其他书店 |
| 印　　刷 | 北京明恒达印务有限公司 |
| 装　　订 | 廊坊市广阳区广增装订厂 |
| 版　　次 | 2019年6月第1版 |
| 印　　次 | 2019年6月第1次印刷 |
| 开　　本 | 710×1000 1/16 |
| 印　　张 | 22 |
| 插　　页 | 2 |
| 字　　数 | 294千字 |
| 定　　价 | 88.00元 |

凡购买中国社会科学出版社图书，如有质量问题请与本社营销中心联系调换
电话：010-84083683
版权所有　侵权必究

# 前　言

　　伯夷叔齐传说基本的故事内核是：伯夷叔齐是孤竹国国君的两个儿子，孤竹国国君想让叔齐继承君位。伯夷年长于叔齐，为了能够让叔齐继承王位，伯夷离开了孤竹国，但是叔齐拒绝了王位，也追随伯夷而去。他们听说周文王贤明，善养老，投奔文王，不遇。这个时期是商代末年，商纣王昏庸无道，周武王要讨伐商朝，伯夷叔齐听到消息，叩马而谏，但是劝说失败。周武王攻入商朝的都城，最后灭掉商朝，建立周朝。伯夷叔齐不仕周朝，耻食周粟，隐居首阳，采薇而食。有一次，听到"普天之下莫非王土，率土之滨莫非王臣"的道理，最后二人饿死在首阳山下。

　　伯夷叔齐的传说从产生以来，各个不同阶层、各个不同领域的人对其评价各不相同，但是都建立在同一事件的基础之上，经过了岁月的淘洗，其中所蕴含的意蕴因为角度不同而更加丰富，故事所展现的价值观也在众多的阐释与演绎中呈现多元化。因此，辨析考证清楚其中的每个意象，就可以梳理清楚驳杂的、不断混融的发展线索，从而更清晰地认识传说所蕴含的意义。

　　伯夷叔齐的传说，蕴含着与中国传统文化相关的价值观念，在遵循的同时也有背反，给后人带来了很多值得争议的话题，不同时期的人总能从故事中看到自己要寻求的精神，所以才使得故事本身的意义得到了丰富和增益。

为了更好地传承，有必要根据历史的文献梳理出更为详细的脉络，厘清其发展的线索。逐渐丰富的伯夷叔齐传说兼具综合性，人们看到的多是结论，却忽视了在传承过程中大家增益的原因，当然也不能忽略以讹传讹的因素。

《论语》中孔子与自己的学生探讨伯夷叔齐没有太多的演绎，因此在《论语》的语境中，伯夷叔齐是历史人物。但是在《论语》之外诸子百家的著作中，各家为了表达和说明各自的哲学观点，却演绎了伯夷叔齐的故事，使得伯夷叔齐不再是单纯的历史人物，而是运用寓言的方式所塑造的哲学形象。史学家们在著作中记录了伯夷叔齐的故事，从历史的角度进行思考、演绎，也呈现了他们丰富的史学观，融汇了各家对传说的价值观念，同时记载了传说的相关要素，呈现了比较完整的历史形象。文学家们也不例外，借历史人物表达自己的情怀、气节，或者表达对当时政治的看法，塑造了适合自己作品和情感的文学形象。这些角度使得伯夷叔齐的形象更为立体化，伯夷叔齐传说的意义更加丰富。伯夷叔齐传说承载了历史长河中不断沉淀的不同历史时期人们的价值观。因此辨清源流，细节化地研究探讨，会使得伯夷叔齐传说中的文化意义更加清晰，并真正地得到大家的尊重和传扬。

伯夷叔齐的传说经历了岁月的洗礼，在历史的长河中模糊了其模样，却增益了其价值。如果丢掉历史的传统，简单地分析其故事中的人文价值，会削弱其厚度和力量，同时也可能使得传承变得单薄。因此，只有全面地辨析伯夷叔齐历史传说中各个意象的线索脉络，梳理伯夷叔齐物质遗存的变迁，从历代文人、哲人、百姓的传唱中追溯其内涵，才能真正地承担当代人传承的责任。

本书主要梳理和考辨以下几个方面，从先秦至清历史流传的资料和评述中，选择最具代表性的部分加以详细阐述，其中需要注意的是为了避免对伯夷叔齐传说的讹误，同时梳理了各种文献中上古时期伯夷的意义；另外，在伯夷叔齐传说意义的承载中，伯夷承担了最为主要的部分，而叔齐的部分被忽略，因此以梳理考辨伯夷意义为主。

第一章：伯夷叔齐传说的意象考辨。主要包括伯夷叔齐人物考辨、采薇考辨、首阳山考辨；伯夷、叔齐、采薇和首阳山是伯夷叔齐传说中的核心内容，找到这些内容的历史渊源，从而更好地解读其中的文化意义。只有细节化地考辨清楚这部分内容，后面的研究才会更清晰可辨。

第二章：伯夷叔齐在哲学著作中的意义辨析。哲学著作中所塑造的伯夷叔齐形象，承载了各位哲学家的哲学观点，在伯夷叔齐形象的塑造中，寻找其被丰富化的意蕴，寻找他们在传播过程中承载的文化意义的流变；这部分主要从《论语》《孟子》《庄子》所代表的儒道哲学著作辨析伯夷叔齐传说中承载的儒家和道家的观念；从《韩非子》《列子》《吕氏春秋》《墨子》《管子》《商君书》中辨析了其他思想家借伯夷叔齐传说所承载的哲学观点；从其他时期思想著作《孔子家语》《淮南子》以及《论衡》中辨析了其他思想家对伯夷叔齐的评价。从以上三个部分比较系统地梳理、辨析了哲学著作中借用伯夷叔齐所表达的意义，也即哲学家们所赋予的伯夷叔齐传说的意义。

第三章：伯夷叔齐在史学著作中的意义辨析。史学著作中对伯夷叔齐传说的记录，并不完全是事实的记录，它也代表了记载者的价值观念，传达了其观点。这部分主要从《战国策》《二十六史》《贞观政要》《长短经》《资治通鉴》《续资治通鉴》等史学著作，按照从先秦到清的历史线索梳理了史学中关于伯夷叔齐传说的内容，并对其中所蕴含的意义进行考辨，可以清晰地看出伯夷叔齐传说意义不断损益的变化过程。

第四章：伯夷叔齐在文学作品中的意义辨析。文学作品中对伯夷叔齐的评价，有的歌颂，有的批判，体现了各自的时代特色和人生情怀。这章内容通过整理文献，选取了三个角度进行全面辨析，诗歌类作品中伯夷叔齐意义、从诗歌类作品中的夷齐意义和其他文体作品中的伯夷或者夷齐意义辨析了从先秦到清的主要文学作品中作家们借用伯夷叔齐的传说所传达的情感和价值观，正是作家们的思考、借用，使得伯夷叔齐传说的意蕴更加丰富。

第五章：实物流传中伯夷叔齐的意义考辨。主要对有历史记载的历史遗迹包括庙宇以及艺术作品，包括名画、碑文、青花瓷等进行考辨。伯夷叔齐庙在明代时并不止一处，而且伯夷叔齐自东汉以来就在庙宇享受祭祀，得到了历代帝王的推崇。无论是政府、文人还是民间，通过不同的形式传达了自己对伯夷叔齐的看法、态度和情感。其中以历史、文学的相关文献进行佐证考辨，使得伯夷叔齐传说所承载的意义更加清晰。

通过对文献资料的阅读，对众说纷纭的观点进行考辨，厘清其渊源和相互的传承关系。追本溯源、尽可能细节化的考辨，梳理清楚各家观点中相互抵牾的部分，参考各家研究方法和角度，无论是学科的交叉研究探讨还是历史发展过程中的观点流变，围绕伯夷叔齐的故事全面地考辨，最终落实到其所承传的多元价值意蕴。

在考辨清楚各部分内容之后，将会重新认识伯夷叔齐，透彻地解析伯夷叔齐传说所承载的文化精神，最为重要的是对伯夷叔齐故事中所呈现的传统价值观念会有新的认识，传说中所呈现的他们的品质，在不同的时代会有不同的文化特质，最终凸显其不同语境中的多元价值。

# 目　　录

**第一章　伯夷叔齐传说的意象考辨** ·················· 1

第一节　伯夷叔齐人物考辨 ·················· 1

第二节　"薇"意象考辨 ·················· 6

第三节　"首阳山"考辨 ·················· 33

第四节　"孤竹"意象考辨 ·················· 50

**第二章　伯夷叔齐在哲学著作中的意义辨析** ·················· 91

第一节　《论语》等著作中的伯夷叔齐意义辨析 ·················· 91

第二节　《韩非子》等著作中的伯夷叔齐意义辨析 ·················· 122

第三节　其他思想著作中的伯夷叔齐意义辨析 ·················· 141

**第三章　伯夷叔齐在史学著作中的意义辨析** ·················· 157

第一节　《战国策》中的伯夷叔齐意义辨析 ·················· 157

第二节　《二十六史》中的伯夷叔齐意义辨析 ·················· 159

第三节　其他史学著作中的伯夷意义辨析 …………………… 217

**第四章　伯夷叔齐在文学作品中的意义辨析** …………………… 230
　第一节　诗歌类作品中的伯夷意义辨析 …………………………… 230
　第二节　诗歌作品中的夷齐意义辨析 ……………………………… 242
　第三节　其他文体作品中的伯夷或夷齐意义辨析 ………………… 282

**第五章　实物流传中伯夷叔齐的意义考辨** …………………… 308
　第一节　夷齐庙、夷齐墓之伯夷叔齐意义考辨 …………………… 308
　第二节　艺术品类之伯夷叔齐意义考辨 …………………………… 317

附录 ………………………………………………………………………… 320
参考文献 …………………………………………………………………… 327
电子文献检索说明 ………………………………………………………… 339
后记 ………………………………………………………………………… 341

# 第一章　伯夷叔齐传说的意象考辨

了解伯夷叔齐传说的文化内涵，需要从文献的角度来梳理考辨传说中的重要意象，追本溯源，辨析其中混淆讹误之处，才能认识其作为非物质文化遗产的真正价值。因为其在传说流传的历史长河中，承载了传统文化中最为丰厚的价值观念和情感观念。本章内容主要梳理了与传说中重要意象相关的历史文献，考辨了每个意象的历史渊源及其真正的含义，并结合文献，考辨了"采薇""首阳山""孤竹"等意象所承载的伯夷叔齐传说的文化意蕴。因为伯夷叔齐作为人物而言，是传说的核心，其他意象的意义最终会落实在人物上，对伯夷叔齐形象的意义考辨在以后几章分别从哲学、史学、文学所塑造的伯夷叔齐形象进行详细疏证，以求多维度地呈现整个传说在历史文献中的全貌，客观理性地认识伯夷叔齐传说的价值和内涵。

## 第一节　伯夷叔齐人物考辨

伯夷叔齐的传说，因其行为所带来的文化意义，在不同的语境中有着丰富的意蕴，但是因为历史久远，其中存在着很多的争议。梳理清楚伯夷叔齐的生平对梳理整个传说在历史长河中的流变非常重要。虽然在疏证的过程中，伯夷叔齐的生平还是很难有确定的答案，却可以通过考辨源流，厘清其在历史长河中的基本脉络。

伯夷叔齐的家世承传有典籍提到。《史记索隐》："'其传'盖韩诗外传及吕氏春秋也。其传云孤竹君，是殷汤三月丙寅日所封。相传至夷齐之父，名初，字子朝。伯夷名允，字公信。叔齐名致，字公达。解者云夷、齐，谥也；伯、仲，又其长少之字。按：地理志孤竹城在辽西令支县。应劭云伯夷之国也。其君姓墨胎氏。"这段资料的说法来自《韩诗外传》和《吕氏春秋》，伯夷叔齐的先祖孤竹君在商朝的时候被分封在辽西令支县，这个地方就是伯夷叔齐的国家，其君姓为墨胎氏。伯夷叔齐的父亲名初，字子朝。伯夷叔齐不是其真正的姓名，其中夷、齐是谥号。伯、叔是排行。《永平府志》："永平府即古孤竹国，史称其君墨胎氏，盖商支庶所封。其子伯夷叔齐让国而逃，谏伐而饿，清风高洁昭著。"印证了伯夷叔齐是孤竹国人，孤竹国是商朝的支庶，说明了孤竹国和商朝的从属关系，令支县属于永平府。除此之外，这段文字简单地概括和评价了伯夷叔齐的事迹，没有前后的因果细节，却呈现了对这件事鲜明的态度。

## 一 姓氏考

《百家姓·姜》：

> 自夏商以来，姜姓，分为齐、许、申、甫四国，世有显诸侯，其居戎狄者为姜戎氏，系古戎人一支，为姜姓，原在瓜州（今甘肃敦煌西），逐渐东移，进入陕西，公元638年，为秦所迫，迁至晋南。几千年前炎帝出生的姜水，为中国众多姓氏的发源地，而姜姓则是在今河南南阳一带。

《百家姓·申》：

> 1. 出自姜氏，以国名为氏。据《姓氏考略》等所载，周灭商后，孤竹国君之子伯夷、叔齐"不食周粟"，饿死首阳山，其后人居住在大河一带。周宣王时，其族一部分被封于谢（今河南省南阳），建立申国，春秋初为楚国所灭，后人以国名为氏，是为申氏。2. 留在大河一带的伯夷、叔齐后人渡过大河，移居陕西，称为西申，后称为申戎，又叫姜氏之戎。西周末年，曾联合犬戎攻周。后被秦所灭。其后人也以申为氏。

申姓考辨中提到的伯夷叔齐的后人一部分移居陕西，称为西申，又叫姜戎之氏。与姜姓中提到的认为姜姓分为齐、许、申、甫四国，居于戎狄的就是姜戎氏的说法是一致的。这里的伯夷叔齐之后人的说法也可能是上古时期的伯夷之后的混淆。尤其其中提到今河北省卢龙一带，商末时是原姜姓封国所在地，如果根据这里所说的姜姓封国在这一带，而孤竹国是不是姜姓也没有相关的历史资料，更证明了混淆的可能性。《郑语》又说："姜，伯夷之后也。"根据《百家姓》提到的姜姓起源，这里提到的伯夷与姜姓有一定的渊源关系。《中国姓氏文化》："至虞夏之际，炎帝裔孙，四岳始祖伯夷辅佐禹治水有功，被封于吕，建立吕国，被赐以祖姓姜，接续炎帝香火。"因此应该是后人在考辨论证中，误把两者合二为一了。姜姓应该是炎帝（或者神农氏）的后代，其中周代的开国始祖吕尚就是炎帝的后裔。申姓是周分封炎帝后裔于申，春秋时申国被楚国所灭，王族改姓为申。因此姜姓和申姓与孤竹国伯夷叔齐没有关联的可能性很大。

《百家姓·竺》：

> 出自竹姓，以国名为氏，后改为竺。夏、商、周三代有孤竹国，到了春秋时，其国君之子伯夷、叔齐之后以国名为姓，称竹氏。

在商朝时，伯夷叔齐的孤竹国其君姓为墨胎氏，后来改为墨氏。这里所提到的竹姓是指伯夷叔齐在春秋时期的后人以孤竹为姓，称为竹氏。

## 二　伯夷考

姜亮夫先生所说："古今名伯夷者凡四，时代绵邈，后世增益，混淆莫考，大抵出自杜撰者，皆不足据。"虽然很难清晰考辨文献中"伯夷"确切所指，但考辨其混淆、增益的部分，对梳理其历史文化价值很有助益。《山海经·海内经十八卷》："伯夷父生西岳，西岳生先龙，先龙是始生氐羌，氐羌乞姓。"据《中国神话词典》：伯夷父疑即大神伯夷，父盖男子之美称。璞注："伯夷父颛顼师，今氐羌其苗裔也。"伯夷是上古时期的大神，这里提到的伯夷与氐羌有渊源关系。

《尚书·吕刑》："乃命三后恤功于民：伯夷降典，折民惟刑；禹平水土，主名山川；稷降播种，农殖嘉谷。三后成功，惟殷于民。"《尚书·舜典》："帝曰：'咨！四岳。有能典朕三礼？'佥曰：'伯夷！'帝曰：'俞！咨伯，汝作秩宗。夙夜惟寅，直哉惟清。'伯拜稽首，让于夔、龙。帝曰：'俞，往，钦哉！'"这里提到的伯夷为虞舜时期的典礼之臣。舜登帝位之后，任命了二十二位官员，伯夷是其中之一，主管典礼。这个时期的伯夷在后来的文献典籍中也一再出现，一般不会和商周时期的伯夷相混淆，但是在姜姓这个姓氏传承中，却出现了一些讹误。

《春秋谷梁传》："哀公十年，五月，公至自伐齐。葬齐悼公。卫公孟彄自齐归于卫。薛伯夷卒。"这里的伯夷是薛国的国君，伯爵，名夷。因其没有太多的故事，所以一般不会与伯夷叔齐传说之伯夷相混淆。《后汉书·杜栾刘李刘谢列传》："杜根字伯坚，颍川定陵人也。父安，字伯夷，少有志节，年十三入太学，号奇童。"这里提到的是杜根的父亲杜安，字伯夷，这里的伯夷也不可能与前面的历史人物有所混淆。

《孟子·尽心上》："伯夷避纣，居北海之滨，闻文王作兴，曰'盍归乎来！吾闻西伯善养老者。'太公避纣，居东海之滨。闻文王作兴，曰'盍归乎来！吾闻西伯善养老者。'"据此，有人认为伯夷是商末名士，只是为避乱居于孤竹国，而不是孤竹国的公子伯夷。这部分是最为混淆的部分，避居北海之滨，甚至还有历史遗迹首阳山作为明证。到底是真的存在另一位伯夷，还是孟子为了证明自己的观点而从伯夷叔齐的故事中演绎出来的另一种文化意义，其意义只是在于彰显商纣王的暴虐与周文王的礼贤下士？从《孟子》对伯夷故事的阐释中，可以看出这种说法主要是孟子用来证明自己观点的可能性更大。

梳理"伯夷"文献的过程中，虽然上古时期的伯夷与此"伯夷"处于不同时期，追溯其先祖，是不与氏羌、姜姓、乞姓相关，是不是此伯夷的先祖依然没有足够的历史资料进行充分考证。虽然是不同时期的伯夷，却使得后人在梳理相关的民族关系以及姓氏发展的时候多有混淆。以上梳理了古籍中所提到的四个伯夷，其中《山海经》《春秋谷梁传》中所提到的伯夷与伯夷叔齐传说中的伯夷相关性不大，因此之后不再辨析。上古时期即尧舜时期的伯夷在以后的历史文献中也有相关的记载，并且其姓氏发展与伯夷叔齐的后人也有一定的相关性，因此在之后文献梳理的过程中，一并列出。《孟子》中所提到的伯夷虽然有争议，却不影响伯夷叔齐故事的流传，在伯夷叔齐的文化含义中可以涵盖这样的作为隐士等待贤君的文化意义，但是在文献梳理的过程中，依然会疏证其彼此的相关性。就伯夷叔齐传说中的人物而言，从以上资料的考辨中，可以大致推断伯夷叔齐是孤竹国人，生活在商末周初，姓墨胎氏，他们的父亲是孤竹国的国君，名初，字子朝。伯夷名允，字公信。叔齐名致，字公达。夷、齐是他们的谥号。

总之，上古时期的伯夷也在后世的历史文献中多次出现，无关伯夷叔齐的传说，是另一种文化意义的存在。孟子提到的商末名士伯夷无论与伯夷叔齐合流还是单独存在，都可以纳入伯夷叔齐传说的文化价值流变中。作为故事中另一位主人公的叔齐，因为在伯夷叔齐传说的故事中有着相同的文化意义，所以或者与伯夷被一起提到，或者被弱化掉，他的存在与否并不影响故事本身文化意义的承传。但在后世的小说《豆棚闲谈》中，却放大了这两个细节，解构了叔齐的道德行为。

## 第二节　"薇"意象考辨

关于"薇"意象，从伯夷叔齐传说的故事情节而言，有三个部分的内容需要清晰考辨："薇"本身的植物意象考辨、"采薇"人的身份考辨、"采薇"的文化意义考辨。在后世的流传中，不是同一系列的含义相互混融，有的是有意为之，有的则是以讹传讹，使得文化内涵更加丰富，但是也有模糊、不清晰的成分。辨清源流则有利于确定其真正的文化价值。

### 一　"薇"的植物意象考辨

在源流考辨之前，首先要清楚"薇"字的本义。关于"薇"字的注疏，主要有以下几种。

《尔雅卷八·释草第十三》："薇，垂水。郭注：生于水边。邢疏：草生于水滨而枝叶垂于水者曰薇。"

日本冈元凤的《毛诗品物图考》："蕨，《集传》：初生无叶时可食。……《传》：薇，菜也。《集传》：似蕨而差大，有芒而苦，山间人食之，谓之迷蕨。"

李时珍《本草纲目·菜部·薇》："薇生麦田中，原泽亦有，故《诗》云'上有蕨薇'，非水草也，即今野豌豆，蜀人谓之巢菜。蔓生，茎叶气味皆似豌豆，其藿作蔬、入羹皆宜。"

《离骚草木疏补四卷》："本畯有《闽中海错疏》，已著录。是书以宋吴仁杰《离骚草木疏》多有未备,特于'香草'类增入麻、秬、黍、薇、藻、稻、粲、麦、粱八种。"

王夫之《诗经稗疏》:"薇自为可食之菜,而非不可食之蕨。"

《尔雅》《诗经》注疏的相关典籍详细考证梳理了"薇"菜的归属,有的认为是山菜,可以供宗庙祭祀所用。《陆氏诗疏广要》:"言采其薇:薇,山菜也。茎叶皆似小豆蔓生,其叶亦如小豆藿,可作羹,亦可生食。今官院种之以供宗庙祭祀。"有的借采摘薇菜,表达了对爱人的思念之情,《诗经·草虫》:"陟彼南山,言采其薇",与《诗经》采摘文化所表达的意义相同,无关生活的艰难与否。有的认为是生长在水边的植物,《尔雅》:"薇垂水",认为是微者所食用,《诗经·采薇》中诗句"采薇采薇,薇亦作止""采薇采薇,薇亦柔止""采薇采薇,薇亦刚止",用"薇"的生长过程表现了出征的士兵经历了漫长的征战,采薇而食也能体现出征战士生活之苦,同时表达了他们的思乡之情。据《通志》及相关文献可知,白薇的名字又叫白幕、薇草、春早、骨美等。各种"薇"不仅生长的环境不同,名字也不相同。在这些注疏中,"薇"有香草说、野菜说、山菜说;有生长在水边说、生长在麦田说。"薇"意向的不同归属,加大了其承载不同文化意蕴的可能性。司马迁《史记·伯夷叔齐列传》中有伯夷叔齐隐居在首阳山、采薇而食的情节,据此推断,伯夷叔齐传说中的"薇"不是香草而是可以食用的野菜,至于生长的地方应该是水边。

## 二 "采薇"人的身份考辨

伯夷叔齐传说中关于采薇人的情节其实没有争议,当然指伯夷叔齐。但是在《楚辞·天问》中出现了关于"采薇"的故事,是不是伯夷叔齐却有争议,而且涉及伯夷叔齐传说的流传。

屈原《天问》这首诗有一百七十二个问题,从天地之形成、历史之变迁到楚国的现实政治,屈原大胆地质疑,表现出他勇于挑战和怀疑的精神,同时也展现出了他渊博的知识,在这篇诗歌中保存了比较多的神话故事和历史传说。"惊女采薇,鹿何祐?"这句话的意思是"惊于女言,不再采薇;白鹿为何庇佑夷齐?"刘骏的《辩命论》引用这个情节论证自己的观点,却没有详细说明故事情节:"夷叔毙淑媛之言,子舆困臧仓之诉。圣贤且犹若此,而况庸庸者乎!"虽然刘骏在文章中引用伯夷叔齐因为妇人的话而饿死、子舆因臧仓的话而困窘的事例,是为了说明圣贤都摆脱不了命运的安排,何况是庸庸碌碌的凡夫俗子呢?但是唐李善注引《古史考》中对"惊女采薇"这一事例进行了详细解释:"伯夷、叔齐者,殷之末世,孤竹君之二子也,隐于首阳山,采薇而食之。野有妇人谓之曰:子义不食周粟,此亦周之草木也。于是饿死。"又《广博物志》:夷齐逃首阳,弃薇不食,白鹿乳之。对诗句中的"鹿何祐"进行了说明,在这里故事的结局有了变化,伯夷叔齐不食薇之后,还有白鹿乳之。

《天问》"惊女采薇,鹿何祐",有人认为是伯夷叔齐的故事,有人认为是指秦民族流亡时采薇充饥,得飞廉佑护,聚集回水之事。但是不管如何认定,在后世流传的作品中,依然保留了伯夷叔齐故事的传承空间,增加了这些演绎的情节,在后来的传承中,这些情节在一些文学作品中得到了流传,甚至还被进一步地夸张。"惊女采薇""天谴鹿祐"这些情节的增益,超越了历史的真实,却呈现了人们对伯夷叔齐的情感。正是因为他们的故事深入人心,才坚定了人们演绎、丰富、传承的决心。

### 三 "采薇"的文化意义考辨

关于"采薇"一词在后世文化中的意义,《汉语大词典》作了比较全面的概括:

> 后以"采薇"指归隐。其歌称《采薇歌》,后人谱为琴曲,称《采薇操》,亦省称《采薇》。(1)《诗·小雅》篇名。《〈诗〉序》:"文王之

时,西有昆夷之患,北有猃狁之难,以天子之命命将率,遣戍卒,以守卫中国,故歌《采薇》以遣之。"后遂以"采薇"作调遣士卒的典故。(2)《史记·伯夷列传》载,周武王灭殷之后,"伯夷、叔齐耻之,义不食周粟,隐于首阳山,采薇而食之。"后因以"采薇"指归隐或隐遁生活。(3)指亡国。黄人《〈清文汇〉序》:"播佳种于龙野,存国粹于沧桑,以塞麦秀,采薇之痛。"

这三个"采薇"的意义是对众多文献提炼而产生,更具有群体的指向意义。通过对"采薇"意象相关历史文献的梳理,发现伯夷叔齐传说中的"采薇"意象其意义在历史的长河中,在继承传统意义的基础上,某一方面不断地被强调、否定、重构,承载了后人的情感和价值观念,在具体的情境中,其意义更加丰富。《诗经》之后的历代作品,根据不同的时代和每个作者的不同个性,"采薇"的文化意义包含以下几个方面:承载了以思念家乡为核心的多重意蕴,表达了以归隐或隐遁生活为核心的多重情感,体现了以品质气节为核心的多重肯定,描述了以简单生活为核心的多重生活状态,或者借以表达以理想为核心的多重感叹,展现了以融合、消解为核心的对伯夷叔齐多重角度的重新认识,因此,"采薇"意象在原有的伯夷叔齐传说的基础上,经历着不断被认识、不断被丰富的过程。

(一)体现了以思念家乡为核心的多重意蕴

《诗经·采薇》中"采薇"的文化意义包含了对士兵服役辛苦的体现,也通过这样的意象表达了士兵的思乡之情,因此才作为调遣士卒的典故。这一文化脉络的传承虽然在之后的作品中并不像伯夷叔齐故事中"采薇"的意义那样更多地被表现,却同样丰富了"采薇"的文化内涵。甚至在思乡的情感中增加了诗人各种不同的情绪,使得思乡的意义更丰富。

采薇采薇,薇亦作止。曰归曰归,岁亦莫止。

靡室靡家，猃狁之故。不遑启居，猃狁之故。
采薇采薇，薇亦柔止。曰归曰归，心亦忧止。
忧心烈烈，载饥载渴！我戍未定，靡使归聘。
采薇采薇，薇亦刚止。曰归曰归，岁亦阳止。
王事靡盬，不遑启处。忧心孔疚，我行不来。
彼尔维何？维常之华。彼路斯何？君子之车。
戎车既驾，四牡业业。岂敢定居，一月三捷。
驾彼四牡，四牡骙骙。君子所依，小人所腓。
四牡翼翼，象弭鱼服。岂不日戒，猃狁孔棘。
昔我往矣，杨柳依依。今我来思，雨雪霏霏。
行道迟迟，载渴载饥。我心伤悲，莫知我哀。

这是一首戍边之歌。全诗分为六章，每章八句，表达了一位戍边之士对外族入侵所带来战争的厌恶之情。这场战争持续长久，兵士们充满了回家的渴望。士兵们把责备的心情投向了入侵的外族，也描写了最后战争的胜利，如今要回家乡了，却充满了莫名的忧伤。曾经用来充饥的薇菜，其生长的过程代表了时间的漫长，也体现了士兵艰辛的生活状态。这首诗通过"采薇"意象对士兵生活艰辛的慨叹，寄托了其思念家乡的深厚情感。恋家思乡、为国赴难的责任感，对战争的厌恶之情都借这一意象和动作绵邈而出。

三国时期魏国君主、曹操的次子曹丕，他所写的《善哉行·上山采薇》描述了军旅生活的艰辛，其中"采薇"的意义不仅仅是思乡之情，更多投射了诗人的时代感受。

上山采薇，薄暮苦饥。溪谷多风，霜露沾衣。
野雉群雊，猿猴相追。还望故乡，郁何垒垒！
高山有崖，林木有枝。忧来无方，人莫之知。

> 人生如寄，多忧何为？今我不乐，岁月如驰。
> 汤汤川流，中有行舟。随波转薄，有似客游。
> 策我良马，被我轻裘。载驰载驱，聊以忘忧。

采薇用来充饥，山谷中多凛冽寒风，霜露沾满单薄的衣裳。野鸡鸣叫漫山遍野，猴子们在山谷中互相追逐。如此荒凉恶劣的环境让人倍加思念故乡，回头远远眺望，映入眼帘的是巍峨高耸的山峰和茂密的树林，内心充满了难以排解的忧愁。诗人感叹人生就像短暂的旅行，何必那么忧愁，时光如此地流逝，并不会因为自己的忧愁而有所停留，不如骑着良马，披着轻裘，追求自己的理想来忘记莫名的忧愁。这里"采薇"之意，包含了士兵生活之辛苦，同时也有《诗经·采薇》中的思乡之情，但多了作者对人生短暂的感叹，是东汉末年的忧生主题。这首诗中的"采薇"与《诗经·采薇》的意义相同，但是内涵却更加丰富。

《晋书·卷二十二》所录的张华的《劳还师歌》表达的同样是思念家乡和出征的苦难。

> 猃狁背天德，构乱扰邦畿。戎车震朔野，群帅赞皇威。
> 将士齐心旅，感义忘其私。积势如鞲弩，赴节如发机。
> 嚣声动山谷，金光曜素晖。挥戈陵劲敌，武步蹈横尸。
> 鲸鲵皆授首，北土永清夷。昔往冒隆暑，今来白雪霏。
> 征夫信勤瘁，自古咏《采薇》。收荣于舍爵，燕喜在凯归。

这首乐歌是对《诗经·采薇》的内容扩展，却更集中在对战争凯旋的歌颂上，战士们奋勇拼杀，将军士兵齐心合力，感念恩义忘记了私利，最后打败了外族的入侵，北方的领土获得了平静。当年出征时冒着酷暑，如今归来已然白雪飘飘。出征的人确实辛苦劳累，自古以来唱的都是《采薇》之歌。获得荣誉是在战争结束的时候，而安乐欢喜就在凯旋时。这首诗是唱给凯旋将士的劳师之歌，同时彰显了皇家之威，所以集中写将士们在战场上的勇武。《采薇》歌唱了将士们出征的辛苦和对家乡的思念之情，表达了驱逐外族的喜悦之情，少了些悲凉的意绪。

唐宋八大家之一的柳宗元，其《种术》中所提到的"采薇"也表现了他对家乡的思念之情。

> 守闲事服饵，采术东山阿。东山幽且阻，疲苶烦经过。
> 戒徒劚灵根，封植闷天和。违尔涧底石，彻我庭中莎。
> 土膏滋玄液，松露坠繁柯。南东自成亩，缭绕纷相罗。
> 晨步佳色媚，夜眠幽气多。离忧苟可怡，孰能知其他。
> 爨竹茹芳叶，宁虑瘵与瘥。留连树蕙辞，婉娩采薇歌。
> 悟拙甘自足，激清愧同波。单豹且理内，高门复如何。

这首诗大多数解读者认为柳宗元在自己庭院中种术，是为了治病，还有人认为诗人采术的目的不是治病，而是强忍着自己内心的悲痛，通过学习道家的修炼之法，达到内心的平静。不管出于什么原因，诗人通过栽种术，看到术在自己庭院成长得很茂盛，被那清晨的景色所吸引，似乎内心有所平静，但是"幽气"二字还是不经意间写出了诗人内心的那份失落，诗人想要在这美好的景色中流连，唱起那首采薇歌。在不断的自我开解中，逃避现实还是选择积极入世，每一句都可以看出诗人的这种内心挣扎。最后两句诗中的典故，出自《庄子·达生》，单豹善于养生，七十岁而有婴儿色，最后却被饿虎吃掉。张毅注重交际，经常出入于高门大户，四十岁得病而亡。在庄子看来，这两人都没有达到达生的状态。柳宗元引用这两个典故表达了他难以忘却现实，完全自足于种术的生活，难以排解内心幽深的愤激之情。这里的采薇歌其中的意义趋向于《诗经·采薇》所表达的对家乡的思念之情，但其中更多地渗入了对自己被贬的抗争和不满的情绪。

在后世作品中,"采薇"所表达的思乡之情是其中最为核心的部分,如果与士兵相关,则同样地呈现了士兵服役的辛苦,但作为个体诗人而言,渗透了他们各种不同的情绪或者对人生的慨叹,或者对现实的抗争。

(二)体现了以归隐或隐遁生活为核心的多重情感

"采薇"意象的意义,除了出自《诗经》的思乡之情外,就是伯夷叔齐故事中最为基本的文化意蕴,不食周粟的抗争,他们的隐逸更多的是无奈。但是在后人传承的文化意义中,却不止无奈一种情绪,而是多了一份隐逸的自在与对隐逸的向往之情。有的则遗落了情绪,只是客观描述自己的生活状态。

### 采薇歌

> 登彼西山兮,采其薇矣。以暴易暴兮,不知其非矣。神农、虞、夏忽焉没兮,我适安归矣?吁嗟徂兮,命之衰矣!

《史记·伯夷列传》录这首诗来表达伯夷叔齐最后归隐的心态。表达了他们对周武王用武力推翻商朝的不满,表达了他们对远古时代的向往,以及自己无奈的心态。

隋末唐初诗人王绩,他一生三仕三隐,他在《野望》一诗中抒写了山野秋景,其中"采薇"表达了诗人的隐士情怀。

> 东皋薄暮望,徙倚欲何依。树树皆秋色,山山唯落晖。
> 牧人驱犊返,猎马带禽归。相顾无相识,长歌怀采薇。

全诗于萧瑟静谧的景色描写中流露出孤独抑郁的心情,抒发了惆怅、孤寂的情怀。这是一首田园诗,却没有陶渊明融入其中的快乐,仿佛是身在其外的观望者,在夕阳西下的背景下,牧人猎马都已经归家,唯独自己是如此的落寞,不知道能与谁去交谈,环顾左右却没有任何人可以作为知己。唯有追怀曾经在西山采薇的隐士伯夷叔齐了。这里的"采薇"代表的是隐士的那种情怀，王绩认为唯有隐士才真正懂得自己的那份落寞和孤独吧。

初唐时期的著名诗人宋之问，其为人被后人诟病，而他的《春日山家》却遗落了世俗生活，以"采薇"为核心意象，写出了隐士一般的闲适自在。

> 今日游何处，春泉洗药归。悠然紫芝曲，昼掩白云扉。
> 鱼乐偏寻藻，人闲屡采薇。丘中无俗事，身世两相违。

在这首诗中诗人所塑造的主人公是一位在春日山家感受到洁净风物与隐士同游的人，洗药归来，他仿佛是商山四皓，一路上唱着能表达他们情怀的《紫芝曲》，又想起了"白日掩荆扉，虚室绝尘想"的陶渊明。在悠闲的时光中，感受到了鱼儿一样的快乐，如同山上采薇的伯夷、叔齐一样自在。在快乐的自然环境中，好像没有世俗的牵挂。在这首诗里，诗人引用了那么多隐士的故事或者诗句，只是为了说明作为隐士的那种闲适和自在。

唐代诗人李颀，他写给朋友的《东京寄万楚》一诗提到的"采薇"，只是描述了朋友的隐居生活。

> 濩落久无用，隐身甘采薇。仍闻薄宦者，还事田家衣。
> 颍水日夜流，故人相见稀。春山不可望，黄鸟东南飞。
> 濯足岂长往，一樽聊可依。了然潭上月，适我胸中机。
> 在昔同门友，如今出处非。优游白虎殿，偃息青琐闱。
> 且有荐君表，当看携手归。寄书不待面，兰茝空芳菲。

万楚也是唐代诗人，也曾进士及第，却长居下僚，后来在颍水之滨隐居。这首诗是写万楚很久没有被任用，隐居在山间采薇，原来曾经居于下僚，而今回归田亩之中。颍水日夜不停息地奔腾向前，时光匆匆，很少能够有机会见到朋友。在春山绵延、黄鸟东飞的景色里，濯足洗净尘埃，保持高洁，暂以酒为依,虽然明月清辉,水流缓缓,正合自己内心的情怀,可是怎么能够就此隐居。前面一部分,是诗人描绘自己朋友万楚的情况。后面的部分是写自己的心理状态,却是从万楚的角度来写,写出了诗人与朋友的深厚情谊。觉得万楚想到从前的朋友,就是诗人,如今和自己不在一起,而是供职于朝廷之中。如果有推荐自己的机会,诗人一定希望朋友能够一起携手归来。可惜书信寄到却不能会面,只空留兰茞的芳香,使人空留遗憾之情。这样的生活在诗人看来,虽然有其美好的地方,却从朋友的角度表达自己希望朋友回归的愿望。这里"采薇"没有特殊的含义,只是对朋友隐居生活的描述。

  田园山水诗派代表诗人之一的储光羲,仕途失意之后曾隐居在终南山,后来复出。《终南幽居献苏侍郎时拜太祝未上·其二》这首诗大概是他在终南山隐居将要复出时的诗作,《酬綦毋校书梦耶溪见赠之作》是作者与朋友酬答的作品,这两首诗中提到的"采薇"都象征隐居生活。

### 终南幽居献苏侍郎时拜太祝未上·其二

中岁尚微道,始知将谷神。抗策还南山,水木自相亲。
深林门一道,青嶂成四邻。平明去采薇,日入行刈薪。
云归万壑暗,雪罢千崖春。始看玄鸟来,已见瑶华新。
寄言搴芳者,无乃后时人。

  诗人写自己在中年时崇尚微妙之道,渐渐地体悟到那种空虚无形,却又变幻莫测的道。扬鞭驱马终归南山,水木相亲,在深林中与山为邻。天亮去采薇,日出之后去砍柴。乌云滚滚,万壑幽暗,雪停之后,处处可以感受到盎然春意。燕子从南方飞回,花儿也已经缤纷绽放,但是那些摘花的人,恐怕是后来人啊。这里"采薇"只是隐居生活的象征,诗人借此描述了自己适意的隐居生活。

### 酬綦毋校书梦耶溪见赠之作

校文在仙掖，每有沧洲心。况以北窗下，梦游清溪阴。
春看湖水漫，夜入回塘深。往往缆垂葛，出舟望前林。
山人松下饭，钓客芦中吟。小隐何足贵，长年固可寻。
还车首东道，惠言若黄金。以我采薇意，传之天姥岑。

这首诗是诗人与綦毋潜酬答的作品。綦毋潜是唐代著名诗人，大约在开元二十一年冬，送储光羲归隐之后，自己也萌发了归隐的想法。若耶溪在今浙江绍兴市东南，据说是西施浣纱处，风景优美如画。诗人写友人在任职期间，每每有归隐之意。在读书期间，就曾经梦游清溪。诗人描述了自己隐居的生活，在幽静的环境中，乘舟出行，前往丛林深处。看到山里的人在松树下吃饭、钓鱼的人在芦苇丛中吟唱，一切都是那么自在适意。隐居山林不足为贵，但是可以求得长年。回去之前对主人所说的那些话，就像金子一般珍藏在心中，如今，希望自己隐居的意趣可以传到朋友所在的地方，与友人共享隐居生活之乐趣。这里"采薇"代指自己适意自在的隐居生活。

唐代著名诗人杜甫，积极入世，因此《别董颋》这首诗中提到的"采薇"描述的隐居生活更多表达的是诗人对现实的不满。

穷冬急风水，逆浪开帆难。士子甘旨阙，不知道里寒。
有求彼乐土，南适小长安。到我舟楫去，觉君衣裳单。
素闻赵公节，兼尽宾主欢。已结门庐望，无令霜雪残。
老夫缆亦解，脱粟朝未餐。飘荡兵甲际，几时怀抱宽。
汉阳颇宁静，岘首试考槃。当念著白帽，采薇青云端。

这首诗写于大历三年。作于湖北襄阳，一说是公安。董颋从武陵出发，奔赴邓州求州守赵公给予经济援助。杜甫和老友小聚之后，更多关心在天寒地冻的深冬时节，他身上衣单的境况。杜甫想到自己在战火中生活的艰难和对现实的失望，想象自己前往襄阳岘首那个宁静的地方，像隐士一般的生活。《考槃》是《诗经》里描写隐居者形象和生活状态的一篇诗歌作品，诗人想象自己戴着白色的帽子，在高耸入云的山上采薇而食。在这首诗里"采薇"表达出的是对乱世的不满，对宁静生活的向往，而不是真正地向往隐逸生活。

唐代诗人、画家刘商，他在《移居深山谢别亲故》提到的"采薇"意义超越了对隐士生活的描述。

> 不食黄精不采薇，葛苗为带草为衣。
> 孤云更入深山去，人绝音书雁自飞。

这位诗人喜欢道术，在这里所表现的是诗人得道成仙的愿望。诗人告别亲故，移居深山。想象着自己不用食用山中的黄精与薇菜，穿着葛苗与草做的衣服，去往更深的山里，唯有孤云相伴，没有鸿雁传书。"采薇"只是作为隐士生活状态的一种描述，却表达了诗人更进一步的愿望，得道成仙。

唐代诗人，大历十才子之一的钱起，他的诗作《酬陶六辞秩归旧居见柬》借"采薇"表达了自己归隐的愿望，而另一首《忆山中旧友》则表达了怀念与朋友在一起的山居生活。

### 酬陶六辞秩归旧居见柬

靖节昔高尚，令孙嗣清徽。旧庐云峰下，献岁车骑归。
去俗因解绶，忆山得采薇。田畴春事起，里巷相寻稀。
渊明醉乘兴，闲门只掩扉。花禽惊曙月，邻女上鸣机。
毕娶愿已果，养恬志宁违。吾当挂朝服，同尔缉荷衣。

这首诗表达了对陶六的赞赏，他的祖先陶渊明人格高尚，他的后代也有如此美好的情操，隐居生活如此美好。岁首正月正是万物初发的时候，辞去官职，回到了自己云峰之下的旧居，实现了自己归隐的愿望，可以像自己的先祖那样过着悠闲自在的生活,农家春天忙碌的时候,里巷人影稀疏,自己喝酒乘兴而归,柴门虚掩。周围安静得连花开鸟飞都可以惊动天上的那一弯晓月,偶尔听到邻家女子织布的机杼之声。儿女的婚事已经办完,自己过着避世隐居的恬静的生活。写到这里诗人也希望有一天可以实现像友人一样辞官归隐的愿望。正是这样的描述,体现了诗人内心归隐与否的矛盾。这里的"采薇"意象体现的是隐逸情怀。

### 忆山中旧友

数岁白云里,与君同采薇。树深烟不散,溪静鹭忘飞。
更忆东岩趣,残阳破翠微。脱巾花下醉,洗药月前归。
风景今还好,如何与世违。

诗人想到了和自己山中朋友悠闲的山居生活,这首诗中的"采薇"是指隐居生活。在幽静的山林里,有潺潺流淌的溪水,那些水鸟都被静谧的环境所吸引,忘记了归去。想起在东山游玩的乐趣,夕阳西下的时候,青山上一片余晖。自己因为做官已经离开了朋友,想来朋友此时应该乘着月色回家了吧。如今那里的风景还是一样的美好,奈何与世俗生活的志趣相背离啊。这里隐逸没有那种无奈和生活的窘迫,有的是对于隐居生活的享受和怀念。

唐代诗人,大历十才子之一的耿湋,其诗作《赠韦山人》表达了隐逸的主题,"采薇"代指隐士。

失意成逋客,终年独掩扉。无机狎鸥惯,多病见人稀。
流水知行药,孤云伴采薇。空斋暮还坐,心事与时违。

诗人与一些僧人或者隐士交往的过程中,主要在于心灵的慰藉与人生的启发,在他的思想中更多的是入世思想。只是在现实生活中遇到打击之后,借此来抒发情感,他兼济天下的情怀却不曾忘却。他描绘的是韦山人的隐士生活，没有体现诗人的钦慕之情。韦山人因为失意所以成了隐士，终年独居在山中，任其自然地习惯了隐士生活，多病所以很少见人，唯有流水、孤云相伴，独自坐在空荡荡的房间中，他的追求与世俗所追求的生活本来不同。这里"采薇"代指隐士，却写出了隐士生活中的那份失意无奈的情绪。

唐代诗人严维，初隐居桐庐，后进士及第。他的诗作《留别邹绍刘长卿》借"采薇"表达了对隐居生活的向往。

中年从一尉，自笑此身非。道在甘微禄，时难耻息机。
晨趋本郡府，昼掩故山扉。待见干戈毕，何妨更采薇。

在这首诗中，诗人感叹自己中年及第，从此与之前生活不同。虽然会有无奈，他还是会不辜负好友的嘱托，在国家艰难的时候做官，并且会尽自己的全部能力。诗人表达了自己对未来生活的期待是等到战争平息，及早地回归故里，自己还是渴望归隐山林的生活。"采薇"在这里也是指隐居生活，却体现了诗人功成身退的思想。

唐代诗人元季川，生卒年不详，元结从弟，其《登云中》这首诗被元结编选在《箧中集》中，这部诗集的七位诗人出身贫寒，是处于社会底层的知识分子。其中的"采薇"意象与隐居相关。

灌田东山下，取乐在尔休。清兴相引行，日日三四周。
白鸥与我心，不厌此中游。穷览颇有适，不极趣无幽。
憯然歌采薇，曲尽心悠悠。

元季川在这首诗中所呈现的是在东山下灌溉田亩，而乐于留恋山中的自在形象。诗人有着孤芳自赏的高洁情态，有着高雅的兴致，往返于其中，就像空中飞翔的白鸥一样，从不觉得厌烦。即使是生活贫困，这种乐趣也让人心灵舒适。暂且唱一首采薇歌，歌曲已尽，而那种心情还绵延不绝。这里表达的不是诗人隐居的生活乐趣，不是完全摆脱世俗生活的惬意，而是在现实中失意，被迫选择这样的生活时，作者表现出来的是对"用之则行，舍之则藏"的儒家传统坚守的情怀。"采薇"意象所呈现出来的文化意义依然是隐逸的生活态度。

唐代著名诗人白居易，他写的《送王处士》是一首赠别诗，"采薇"意象渗入了不争名逐利的价值观。

> 王门岂无酒，侯门岂无肉。主人贵且骄，待客礼不足。
> 望尘而拜者，朝夕走碌碌。王生独拂衣，退举如云鹄。
> 宁归白云外，饮水卧空谷。不能随众人，敛手低眉目。
> 扣门与我别，酤酒留君宿。好去采薇人，终南山正绿。

这首诗主要描绘出了王处士的与众不同。他写出了那些在侯门的碌碌之人，为了官位望尘而拜。而王处士却不去追求这些名利，归隐山谷，与白云为伴，举手投足都是闲云野鹤的情态，而不是像世俗之人那样，低眉敛手。诗人在王处士和自己道别之后，祝愿他一路平安，他的隐居之处景色正好。所以这里"采薇"是不争名逐利的隐士的象征。

在伯夷叔齐之后的诗歌作品中，"采薇"意象的文化意义已经剥离了原来的抗争意识，趋向于对隐逸生活的描述和向往，借此来表达现实的不如意，或者是功成身退之后的生活态度，还有一种在现实生活中无法实现理想的无奈。

（三）体现了以品质气节为核心的多重肯定

"采薇"意象的文化意义还有对人物品格的肯定。不考量变革的意义，而从事件本身的取舍来看，伯夷叔齐舍弃了功名利禄，而坚守着他们认为正确的信念。在后世很多诗人的生活中，当他们面对取舍时，内心充满了各种矛盾，在朝代更迭的时候，这种品质高洁的意义被突出了。

三国魏诗人,"竹林七贤"之一的阮籍,是建安七子之一阮瑀的儿子。他在政治上保持谨慎避祸的态度,在《咏怀诗·第八首》中借"采薇"表达了自己对伯夷叔齐的钦慕之情,对现实的无奈。

> 步出上东门,北望首阳岑。下有采薇士,上有嘉树林。
> 良辰在何许,凝霜沾衣襟。寒风振山冈,玄云起重阴。
> 鸣雁飞南征,鹍鸡发哀音。素质游商声,凄凄伤我心。

这首诗的基调十分消极,诗人所生活的正始时期,正是司马氏夺权的时代,阮籍选择了消极的应对方式,用隐晦的主旨来表达他忧世忧生情怀。上东门在阮籍当时所居住的洛阳,是洛阳东城的北门。河南也有一座首阳山,后人常误认为伯夷、叔齐即隐居于此,并在那里建立了夷齐庙。阮籍也有这样的误解。诗的开头四句说,当他走出上东门、北望首阳山的时候,他首先想到的是在这山中曾有两位"采薇士",而直接映入眼帘的,则是一片郁郁葱葱的树林,无法追寻到使人欢愉的时日。他想象在那寒风阵阵之中,浓云密布,首阳山也不是可以实现自己理想的地方,鸿雁一边长鸣,一边向南飞去,鹍鸡由于无处可逃,只能悲哀地啼叫。到处是凋零的、失掉了色泽和生气的事物,使人愁苦的秋声在空际飘动。诗人的心为这种凄惨的景象而深感悲伤。也许在这样的时代,阮籍无法摆脱世俗生活的牵绊,他对曹魏政权以及现实政治都有自己的看法,虽然伯夷叔齐高洁的人格被人所推崇,但是阮籍感怀的是自身无法被人理解的孤独情怀。这里的首阳山是河南的首阳山。无论真正的首阳山在何处,却同样表达了诗人对伯夷叔齐选择的羡慕之情,在他生活的年代,他能拒绝司马氏的方式只有装醉,而最后还是没有办法拒绝司马氏,为司马氏写了《劝进文》。

《魏书·卷七十二》所录阳固被王显免官之后的讽谏之作《演赜赋》,其中提到的"采薇"蕴含了不争的价值观:

> 或垂纶于渭滨兮，有胥靡于傅岩。既应箓而赴兆兮，作殷周之元鉴。孔栖栖而不息兮，终见黜于庶邦。墨驰骋而不已兮，亦举世而不容。有鸾孤而争国兮，有让位而采薇……

这里有君臣遇合的周文王和姜太公；有武丁和傅说等，也有到处奔波而无法得到任用或者被社会所不容的孔墨学派；有争国的现象，也有让国而采薇的历史。总之有显有隐，有穷有达。"采薇"主要表达了对让位不争政治现象的描述，表达了阳固坚持老庄寡欲和不争的观点。

唐代诗人常建，后移家隐居鄂渚，他在《空灵山应田叟》中以"采薇"肯定品质高洁。

> 湖南无村落，山舍多黄茆。淳朴如太古，其人居鸟巢。
> 牧童唱巴歌，野老亦献嘲。泊舟问溪口，言语皆哑咬。
> 土俗不尚农，岂暇论肥硗。莫徭射禽兽，浮客烹鱼鲛。
> 余亦罘罝人，获麇今尚苞。敬君中国来，愿以充其庖。
> 日入闻虎斗，空山满咆哮。怀人虽共安，异域终难交。
> 白水可洗心，采薇可为肴。曳策背落日，江风鸣梢梢。

这首诗的诗人所描绘的是武陵地区民众的生活状态，这里的家户并不多，算不上是聚居的村落，他们居住的地方如鸟巢，牧童唱着这个地方优美的歌谣，乡间野老相互开着无伤大雅的玩笑，他们不善农耕，无所谓土地的肥沃。瑶族的人喜欢打猎，那些客游的人喜欢烹鱼而食，野老也是打猎的人，敬重诗人是从中原来，愿以自己的猎物为诗人烹调。白天可以听到老虎相斗，在山间咆哮。所怀念的人应该都还好，自己却身处异域很难交到知心的朋友啊。不过没有关系，这里的清水可以洗净一天的风尘，采薇可以作为菜肴而食。江风阵阵，在落日的余晖中诗人策马而行。这里"采薇"虽然是一种生活的描述，但是根据上一句，有着保持品质高洁之意。

宋末政治家、文学家、爱国诗人、抗元名臣、民族英雄文天祥，他在《南安军》中借"采薇"表达了自己要践行伯夷叔齐节操的决心。

> 梅花南北路，风雨湿征衣。出岭同谁出？归乡如不归！
> 山河千古在，城郭一时非。饿死真吾志，梦中行采薇。

帝昺祥兴二年，南宋最后一个据点厓山被元军攻陷，宋朝灭亡。文天祥在前一年被俘北行，这首诗是诗人在五月四日出大庾岭，经南安军（治所在今江西大庾）时所写。南安军是文天祥的家乡，被捕归来，诗人觉得自己壮志未成，无颜见江东父老，不如战死沙场。他感觉到祖国的山河依旧，而城郭已经面目全非，表达了自己对恢复大宋江山的信念和对元人的蔑视。作者借用伯夷叔齐的典故，表达了必死的决心。这里不仅仅是钦慕伯夷叔齐的气节，而是真正地用自己的行动来践行这种节操。

元代散曲家曾瑞，他在《自序》中以十四支曲子，表达了自己的人生态度。【叨叨令】【二】这首曲子是元散曲小令，作者借"采薇"肯定了伯夷叔齐的品质。

> 也不学采薇自洁埋幽壑，不学举国独醒葬汨罗，也不学墨子回车、巢由洗耳、河老腾云、许子衣褐，也不仰天长叹，也不待相宣言，也不扣角为歌，却回光照我，图甚苦张罗。

在这一唱段中，作者否定了历史上所称赞的那些人物，不是超脱的表现，而是体现作者对现实生活的绝望，在这段曲中，有不同人生态度的历史人物，伯夷叔齐，不食周粟，作者用"自洁"二字表达了对他们的评价，也指出了他们自埋幽壑的结局。屈原是举国皆醉而独醒的人，最后投江而死；无论是伯夷叔齐还是屈原，他们都坚持自己的理想，最后以死相守。墨子带领学生到各国游说，经过卫国时，认为朝歌那个地方是不祥之地，所以离开那里。

这个典故被认为表现了墨子的固执和迂腐，但是从某种意义上也体现了墨子在道德上的一种坚持。巢由洗耳、河老腾云都表达了对世俗的一种不屑，是超脱于物外的表现；作者还提到了穿着粗布衣服坚持君民同耕思想的许行；还有叩牛角而歌得到齐桓公重用的宁戚；作者认为无论是他们这些人中的哪一种人生态度，都不是自己所追求和肯定的，但是在否定每一种选择之前，作者都肯定了他们的某一种品质或者状态，是在肯定基础上的否定。伯夷叔齐所表现出来的人生选择在作者的笔下虽然也同样地被否定，但作者肯定伯夷叔齐的品质是"自洁"。

清代诗人金朝觐，他在《和咏孤竹旧里元韵》中，探讨了伯夷叔齐行为的意义。

何事当年扶义起，于心求所安而已。
采薇歌罢渺难寻，山上清风山下水。

这首诗写伯夷叔齐叩马而谏是出于大义，是求心安而已，因为他们知道周武王讨伐商纣的事情不可逆转。所以《采薇歌》表达了他们追求自己理想的世界，却无法实现他们所要追求的大义，只能留下坚守理想的那份道德操守。这里体现的是知不可为而为之的人生态度。

"采薇"意象中所呈现的政治态度，因为情势的不可逆转，转化为对伯夷叔齐的品质的肯定，是一种自洁、高洁的人生态度以及气节的表现。甚至在否定他们人生态度的选择中，也同样肯定了这一点。后世"采薇"意象的使用中，更多地突出了肯定伯夷叔齐品质的这一方面，并且在这个意义的基础上，诗人投射了自己的情怀，使得原有的文化内涵得到了延伸。

（四）体现了以简单生活为核心的多重生活状态

"采薇"意象在有的诗人作品中所呈现的是超越于隐居隐逸的情怀，趋向于简单生活的描述，从生活的境况到人际关系的寥落，有的作品也呈现了对家乡的思念。

唐代作家刘得仁,相传他是公主之子,出入考场三十年,却无所成。其《晚游慈恩寺》这首诗借"采薇"描述自己对简单生活的向往。

> 寺去幽居近,每来因采薇。伴僧行不困,临水语忘归。
> 磬动青林晚,人惊白鹭飞。堪嗟浮俗事,皆与道相违。

这首诗写了诗人晚游慈恩寺的原因、过程以及内心的感受。因为寺庙离自己居住的地方较近,每次来的时候都是为了远离世俗事务。和僧人朋友相伴而行不觉得困乏,沿着河岸相语而行忘记了归去。直到寺庙的钟声敲响,才惊觉天色已暗,白鹭惊飞。诗人感叹世俗的那些事,和自己想要追求的这种超然物外之道相背离。"采薇"在这首诗中的含义不是隐居,而是指远离世俗的简单生活,也可以实指其事。

唐代"岭南五才子"之一的邵谒,他在《下第有感》中以"采薇"意象描述了自己简朴的生活和思念家乡之情。

> 古人有遗言,天地如掌阔。我行三十载,青云路未达。
> 尝闻读书者,所贵免征伐。谁知失意时,痛于刃伤骨。
> 身如石上草,根蒂浅难活。人人皆爱春,我独愁花发。
> 如何归故山,相携采薇蕨。

这首诗的作者曾经在罗江水河心小岛隐居攻读,颇有鸿鹄之志,但是多次科考未中。这首诗是他科考未中之后的内心感受,描述自己年近三十,还没有通过科考寻找到仕进之路的失意,虽然读书人最可贵的是可以免去征伐之苦,但是自己失落时就像感受刀刃刺骨般的痛苦。就像没有根蒂的长在石头上的野草一样无法存活,每个人都喜欢春天,而诗人自己却最发愁这样的花开时节。不知道如何回归故里,继续携手过那种简单的隐居生活。薇与蕨并用，更多地体现了对俭朴生活的描述，还有对家乡的思念。

杜甫《解闷十二首·其三》运用采薇蕨的典故是为了描述辛苦寥落的生活状态：

> 一辞故国十经秋，每见秋瓜忆故丘。
> 今日南湖采薇蕨，何人为觅郑瓜州。

这首诗是作者在永泰二年流落西南，去留两难心思苦闷的状况下创作的十二首排解愁绪的组诗中的一首。这首诗是杜甫感怀郑审的诗，瓜洲曾经是郑审所居之地，如今郑审谪居于南湖，采薇蕨写出了郑审不再有访者的辛苦寥落的生活状态。

这里所提到的"采薇"更多是对俭朴生活的陈述，其中薇蕨并用，也多是从《诗经·采薇》中的文化意义而来，但也融合了伯夷叔齐生活的清贫，描述了朴实的生活、人际关系的寥落，还有对家乡的思念。

（五）体现了以理想为核心的多重感叹

诗人们作品中的"采薇"意象，虽然有隐逸生活的含义，却少了闲适的意味，他们把对现实的各种情绪投射在其中，表达了对理想不能实现的叹惋之情。

魏末文学家，竹林七贤之一的嵇康，在《幽愤诗》中抒发了他身陷囹圄的愤懑之情，而"采薇山阿"申明了作者不合作的态度，以及渴望自由的心情。

> 嗟余薄祜，少遭不造。哀茕靡识，越在襁褓。
> 母兄鞠育，有慈无威。恃忧肆姐，不训不师。
> 爰及冠带，冯宠自放。抗心希古，任其所尚。
> 托好老庄，贱物贵身。志在守朴，养素全真。

曰余不敏，好善暗人。子玉之败，屡增惟尘。
大人含弘，藏垢怀耻。民之多僻，政不由己。
惟此褊心，显明臧否。感悟思愆，怛若创痏。
欲寡其过，谤议沸腾。性不伤物，频致怨憎。
昔惭柳惠，今愧孙登。内负宿心，外恧良朋。
仰慕严郑，乐道闲居。与世无营，神气晏如。
咨予不淑，婴累多虞。匪降自天，寔由顽疏。
理弊患结，卒致囹圄。对答鄙讯，絷此幽阻。
实耻讼冤，时不我与。虽曰义直，神辱志沮。
澡身沧浪，岂云能补。雝雝鸣雁，奋翼北游。
顺时而动，得意忘忧。嗟我愤叹，曾莫能俦。
事与愿违，遘兹淹留。穷达有命，亦又何求。
古人有言，善莫近名。奉时恭默，咎悔不生。
万石周慎，安亲保荣。世务纷纭，只搅予情。
安乐必诫，乃终利贞。煌煌灵芝，一年三秀。
予独何为，有志不就。惩难思复，心焉内疚。
庶勖将来，无馨无臭。采薇山阿，散发岩岫。
永啸长吟，颐性养寿。

这是魏代末年嵇康的重要作品。嵇康这首诗是他身陷囹圄的绝命诗，在他生活的时代，魏晋之际政治黑暗，司马氏集团想拉拢他却没有成功，嵇康用嬉笑怒骂的方式抨击司马氏的黑暗统治。这首诗充分抒发了诗人满腔的忧愤之情，诗人回顾了自己个性形成的过程，母亲和兄长的骄纵，使得他形成了任情恣肆的性格。诗人反省了自己的性格，认为自己粗疏耿介，无法识人，造成了失误，招来了怨恨。诗人对西汉的隐士严君平和郑子真充满了仰慕之情，愤恨慨叹自己遭到了诽谤，深陷囹圄。他向往在空中翱翔的飞鸟，感慨自己志向无法实现,这些都是由于自己生性顽疏,与能够安亲保荣行事谨慎的石奋父子形成了鲜明的对比,反复抒发自己一生志向无法达成的悲叹、沉痛之情,最后希望自己将来可以做一个采薇山阿的隐士,颐神养寿。这正是他对世事的激愤之情和自己向往老庄"俯仰自得,游心太玄"自由的全心表达,虽然矛盾,却隐隐表达了自己不合作的态度,申明自己隐逸避世的愿望。"采薇"表达了诗人对自由生活的向往之情。

唐代诗人李颀,以边塞诗著称。诗人在读书时也有过一段隐居生活,到晚年的时候,又回归隐居。《登首阳山谒夷齐庙》中作者借伯夷叔齐的寂寞表达了自己的叹惋之情。

  古人已不见,乔木竟谁过。寂寞首阳山,白云空复多。
  苍苔归地骨,皓首采薇歌。毕命无怨色,成仁其若何。
  我来入遗庙,时候微清和。落日吊山鬼,回风吹女萝。
  石崖向西豁,引领望黄河。千里一飞鸟,孤光东逝波。
  驱车层城路,惆怅此岩阿。

这首诗表达了对伯夷叔齐之事的感叹,如今首阳山已经没有了伯夷叔齐,唯有寂寞的山岭,悠悠的白云,一个"空"字,写出了历史的逝去与现实的落寞。回顾伯夷叔齐曾经的故事,想象他们曾经白首采薇,但是穷其一生,也没有等到他们所向往的神农之时。而他们最后饿死的时候,也毫无怨念,求仁而得仁。自己到庙里来祭拜他们,天还没有黑,到了傍晚时分,寒风吹过,在首阳山向西的豁口,可以远远地望到黄河。诗人真正地描述出了首阳山的寂寞、伯夷叔齐的寂寞。诗人感觉自己就如形单影只的孤鸟一样,在落日的余晖中追随水流而逝去;就像没有等到爱人的山鬼一样,惆怅弥漫于山崖水巅,自己驱车前行。这首诗是对故事本身的描述,表达了理想不能实现的叹惋之情。

唐代的画家、书法家薛稷，《秋日还京陕西十里作》这首诗是他从陕县西回京城长安途中在十里长亭休息时所写，同样借"采薇"意象表达了自己理想不能实现的无奈。

> 驱车越陕郊，北顾临大河。隔河望乡邑，秋风水增波。
> 酉登咸阳途，日暮忧思多。傅岩既纡郁，首山亦嵯峨。
> 操筑无昔老，采薇有遗歌。客游节回换，人生知几何。

陕县在黄河南岸，诗人回长安，正是沿着河前行，他在途中看到了河对岸自己的故乡。一个"望"字，写出诗人对自己故乡深切的眷恋，河水在秋风中碧波荡漾。在离家乡越来越远的路上，诗人在日暮时分又深深地怀念起家乡的那些美好传说。傅岩曲折逶迤，在蒲州平陆东，正是在这个地方，商汤的奴隶傅说在筑墙的时候，被商王武丁任用为大臣，帮助武丁很好地治理国家，可是如今，那座山上再也没有傅说那样的人了。另一座山是首阳山，在蒲州永济南，依然高耸巍峨，却再也没有伯夷、叔齐那样的人了，只留下了他们所歌唱的《采薇歌》。自己多年客游在外，时间流逝，自己的一生还有多长时间呢？这首诗在对故乡思念的情怀中包含了对现实政治的隐忧，表达了诗人对国家能被治理好的深深渴望，以及对自己人生价值的思考。表达了诗人没有机会像傅岩那样实现自己的价值，而只有没有实现自己理想的伯夷叔齐所留下的《采薇歌》来陪伴自己的无奈与慨叹。

晚唐诗人于濆，虽然在晚唐时期的诗坛不被当时的人所重视，却是一位现实主义的诗人。《感怀》这首诗是写诗人认为在任何一座山都可以采薇，不一定非要登上首阳山采薇。

> 采薇易为山，何必登首阳。濯缨易为水，何必泛沧浪。
> 贵崇已难慕，谄笑何所长。东堂桂欲空，犹有收萤光。

诗人认为濯缨只要有水就行，不必一定是沧浪之水。尊贵隆盛已经很难追慕，虽然科举及第依然落空，然而诗人还没有放弃最后的希望。诗人是在感叹不需要执着于不能实现的愿望，然而内心还是不能放弃自己对于科考渺茫的执着。在这样的描述中，"采薇"意象与下句的首阳相对，所呈现的依然是伯夷叔齐故事中所蕴含的传统意义。首阳山因为伯夷叔齐的故事而有名，其实本身也代表了采薇这种行为的文化内涵。这里承载了诗人对于理想的执着的态度，传统的文化意义被借用和拓展。

"采薇"意象表现了作者对伯夷叔齐故事解读过程中，对他们命运的慨叹，同时也表达了自己在现实生活中无法实现理想的无奈，或者表达了自己对理想的执着。

（六）体现了以融合、消解为核心的多重角度

"采薇"意象在以下的作品中呈现了其综合性，在"采薇"意象的承传过程中内涵更加丰富。

有的作品中的"采薇"意象综合了《诗经·草虫》之"采薇"意象和伯夷叔齐"采薇"意象中的隐逸和闲适。李白《金门答苏秀才》中所提到的"采薇"虽然没有《诗经·采薇》中的士兵辛苦之意，但对朋友思念之情的表达同样继承了《诗经》中"采薇"的文化意义，同时也融合了伯夷叔齐采薇传承过程中作为隐士文化意义的闲适之意。

> 君还石门日，朱火始改木。春草如有情，山中尚含绿。
> 折芳愧遥忆，永路当日勖。远见故人心，平生以此足。
> 巨海纳百川，麟阁多才贤。献书入金阙，酌醴奉琼筵。
> 屡忝白云唱，恭闻黄竹篇。恩光照拙薄，云汉希腾迁。
> 铭鼎倘云遂，扁舟方渺然。我留在金门，君去卧丹壑。
> 未果三山期，遥欣一丘乐。玄珠寄象罔，赤水非寥廓。

> 愿狎东海鸥，共营西山药。栖岩君寂灭，处世余龙蠖。
> 良辰不同赏，永日应闲居。鸟吟檐间树，花落窗下书。
> 缘溪见绿筿，隔岫窥红蕖。采薇行笑歌，眷我情何已。
> 月出石镜间，松鸣风琴里。得心自虚妙，外物空颓靡。
> 身世如两忘，从君老烟水。

这首诗描述了苏秀才所在之地的自然风光的精妙，这里所写都是传说中神仙所居之地，想象着苏秀才在那样的美景中也一定在想念着自己，而自己也很想与他一起，在大自然中终老一生。这里的西山，不是伯夷叔齐隐居之地，而是魏文帝"西山一何高，高高殊无极。上有两仙童，不饮亦不食。与我一丸药，光耀有五色"中的"西山"，是仙人所居之处。这里的"采薇"是《诗经·草虫》："陟彼南山，言采其薇。未见君子，我心伤悲"之意。李白描述了朋友对自己的思念之情，同样也表达了自己对朋友的怀念，如若忘却身世，愿意追随朋友在青山绿水间。

有的诗人借用"采薇"意象是在对伯夷叔齐肯定基础上的推进。如唐代著名山水田园诗人王维的《偶然作六首·其一》：

> 楚国有狂夫，茫然无心想。散发不冠带，行歌南陌上。
> 孔丘与之言，仁义莫能奖。未尝肯问天，何事须击壤。
> 复笑采薇人，胡为乃长往。

王维对当时奸臣专政的黑暗政治不满，再加上自己在官场上受到了很大的挫折，因此就想逃避现实，想要走隐居的道路，但是他的内心深处还有"终南捷径"的幻想，诗人想要寻求精神上的安慰和自己行为的理论依据。诗人描述了楚国狂夫接舆，认为他没有任何的思虑，不屈品节，自由地行走在田间。即使是孔子那样的仁义道理对他也没有什么用处，无所谓对于太平盛世的欣喜，所以对伯夷叔齐的选择也认为没有什么道理。采薇人代表了诗人对伯夷叔齐行为的看法，表达了自己淡泊人生的态度，渗入了佛家的超脱之感。伯夷叔齐的隐逸有自己的政治态度，而王维却认为真正的隐士应该超然物外。

有的作者借"采薇"意象消解了传统的价值。如元代文学家，散曲家钟嗣成的［双调］清江引。

采薇首阳空忍饥，枉了争闲气。试问屈原醒，争似渊明醉？早寻个稳便处闲坐地……

一个"空"字，使得采薇首阳的意义被消解，对屈原的士大夫情怀也进行了奚落，而这种消解和奚落中，却充满了感伤。作者用反语的形式表达了对传统价值的否定，但是实际上却表达了对现实不满和决裂的态度。

有的诗人借"采薇"意象从正反的角度来看同一事件。如清代诗人、学者凌扬藻的《谒夷齐庙效易渭远先生作》。

节以同怀著，忠繇易代伸。地经孤竹国，祠仰采薇人。
但识彝伦叙，那知革命新。饿夫无与偶，天子不能臣。
叹息黄虞没，衰徂志行屯。正冠皆激义，脱屣为求仁。
诣绝操疑隘，风高气益振。西山无表石，东海几扬尘。
百世师如在，三宗历久湮。顽廉徵后起，秩祀率先民。
像蚀型模古，诚通馨咳亲。闪青檐荫柏，湘绿俎羞蘋。
希圣谈宁易，含贞事孔辛。永言思大老，莫漫愧明神。

这首诗对伯夷叔齐的评价几经回环，首先认可他们所坚守的人伦情谊，但是认为他们也错过了革命带来的新的天下，即使如此，他们能够坚守"仁""义"，依然值得大家学习。诗人认为如果气节相投，那么这种忠贞的心就会代代传承。诗人经过孤竹国的时候，在祠庙里祭奠采薇人。认为他们只是在坚守着天地间的人伦情谊，却不知道革命带来的新的天下。宁愿饿死首阳，也不肯做周朝的臣子，唯有叹息没有遇到神农的时代。正是出于"义"，为了求得"仁"而轻视名利。后人很难达到这样的操守，所以才怀疑他们的行为狭隘，但是他们的名声却更加被人赞赏。他们曾经在西山隐居，东海也曾经几经人世变幻。如果百世师还在，那么像上古时的三宗也会在后世很早出现。受过他们教化的人一定会改变，会遵循礼节。大家要是真的学习古代的贤人，就会心意相通。祠庙里有着青青的松柏，还有丰富的祭品。向圣贤人学习确实不易。只是要常常想着这些贤人，不要愧对这些人留下来的精神。这首诗从不同的角度探讨了大家对伯夷叔齐的看法，希望后人不要愧对他们所留下的精神。

"采薇"意象的丰富性，延续了两条线索，一条线索是思乡，思念友人，其中也包含了对生活艰难的体现，对俭朴生活的描述；另一条线索是在伯夷叔齐故事基础上的拓展，对伯夷叔齐隐逸生活、高洁本性、不争的角度延伸，或者慨叹、或者否定、或者肯定，各个时期的作家根据自己的生活经历，拓展了"采薇"意象原有的意义，表达了自己的情感和人生态度，所以"采薇"意象更多融合了后人的评价和感受，其文化意义源源不断地被丰富着。通过文献的梳理考辨，可以追本溯源，更深刻地认识伯夷叔齐传说所承载的文化意蕴。

## 第三节 "首阳山"考辨

嘉庆《重修一统志》："按夷齐饿于首阳之下。马融以为在埔坂，曹大家注《通幽赋》云在陇西。《索引》据《庄子》'北至岐山，西至首阳之文'，以为在岐山之西。《说文》以为在辽西，刘延之以为在偃师，方舆胜亦云在陇西。"或许就像乾隆所说，大家都是因为钦慕伯夷叔齐的人格力量才有了这么多纪念他们的首阳山。而且不同的地方，历史遗迹不同，甚至所引申出来的文化内涵也会稍有差异。从追念的角度而言，无论哪里是真正的伯夷叔齐隐居的首阳山，都表达了大家对伯夷叔齐的某种情怀，对他们故事的某种认同。因此考辨各地"首阳山"，可以找出其流传的原因，并梳理其所蕴含的文化意义。

## 一 "首阳山"位置考辨

"首阳山"根据文献梳理，其位置主要有以下几种说法：无确指说、山西蒲州说、陇西说、河南偃师说、河南洛阳说、陕西渭南市说等。通过文献的考辨，以确认伯夷叔齐所隐居的"首阳山"的真正位置。

### （一）首阳山无确指位置说

在古代的典籍中，提到了首阳山之名。

> 《山海经》："首阳山：中次十经之首，曰首阳山，其上多金玉，无草木。"

"首阳山"多出产丰富的金矿和玉石，但是没有草木。这里提到的"首阳山"也无法确考其地理位置。

### （二）首阳山在山西蒲州说

> 《史记正义·括地志》云：蒲州河东县雷首山一名中条山，亦名历山，亦名首阳山，亦名蒲山，亦名襄山，亦名甘枣山，亦名猪山，亦名狗头山，亦名薄山，亦名吴山，此山西起雷首，东到吴坂，凡十一名随州县分之。历山南有舜井。

说明这座山绵延横跨很多地方，起点是西边的雷首山，东边到吴坂。在不同的州县有不同的名字，总共有十二个名称，是同一座山。如雷首山、中条山、历山、首阳山。历山还有舜井。《诗经·唐风·采苓》："采苓采苓，首阳之巅。"《毛诗序》认为"采苓，刺晋献公也，献公好听谗焉"。晋献公所生活的晋国范围在今山西之内。《禹贡锥指·卷十一》："雷首山在今蒲州南，一名首阳山。"在后面的阐释中列举了《诗经·采苓》的句子，以及《论语》"伯夷叔齐饿死首阳之下"，认为伯夷叔齐最后隐居饿死之地首阳山在山西蒲州南。马融曰：首阳山在蒲坂河曲之中。雷首山在蒲州南，还有一名是首阳山。马融注释，首阳山在蒲坂黄河流经的那个地方。《寰宇记》云：首阳即雷首山之南阜也，或称首阳山。汉《地理志》：蒲坂有首山祠。首阳就是雷首山的南面山峰，因此称为首阳山。汉《地理志》记载蒲坂还有首阳山祠。《郊祀志》：黄帝采首山铜即此，亦称独头山。阚骃曰：首阳山一名独头山，夷齐隐也，又名襄山。黄帝在这里采首山铜铸鼎。这首阳山也称独头山，伯夷叔齐隐居的地方，又叫襄山。

《穆天子传》云：东巡自河首，襄山又名蒲山。《穆天子传》云：登薄山置輂之隥。《史记·封禅书》云：薄山者襄山也，又名尧山。汉《地理志》蒲坂有尧山。《水经注》云：雷首山临大河，北去蒲坂之十里，俗也谓之尧山也，又名中条山。

襄山又名蒲山，又名尧山。《水经注》记载雷首山临黄河，在蒲坂北十里，也称之为尧山，又名中条山。

《元和志》云：雷首一名中条，在河东县南十五里，永乐县北三十里。《寰宇记》云中条山在芮城县北十五里，亦曰薄山也，又名陑山。

雷首山一名中条山，在河东县南十五里，永乐县北三十里。又说中条山在芮城县北十五里，又名薄山、陑山。

《寰宇记》云尧山在河东县南二十八里即雷首山，山有九名，亦即陑山。汤伐桀升自陑，注在河曲之南即此也。《括地志》云：此山西起雷首山东至吴坂，长数百里，随地异名。《通典》云：雷首在今河东县，此山凡有八名：历山、首阳山、薄山、襄山、甘枣山、中条山、渠猪山、独头山也。

总之，雷首山在河东县，一直到吴坂，长数百里，有八个不同的名字。

《蒲州新志》：首阳山在州南四十五里，又中条山在州南十五里，山狭而长，西起雷首，迤逦而东，直接太行，南跨芮城平陆，北跨临晋解州安邑夏县，闻喜垣曲诸境凡数百里，中条之北有数峰攒立拱对州城，在州南十五里中高旁下，俗名为笔架山，又南五里为八盘山，又南十里为麻谷山，又南为凤凰山，去州七十里与潼关相对为中条南麓尽处，今按雷首山之脉为中条，东尽于垣曲王屋在焉，禹至此顾不东行而北抵太岳，盖以帝都为急也。

在这里介绍了首阳山、中条山的位置，它们都是西起雷首山，一直向东。雷首山有八个名字：历山、首阳山、薄山、襄山、甘枣山、中条山、渠猪山、独头山。并且雷首山之脉为中条山，因为中条山还有支脉，各有不同的名字。综合以上文献辨析可知雷首山在河东县就是首阳山，在蒲坂，有首阳山祠。

《述征记》：华山对河东首阳山，黄河流于其间。王樵曰：河自下龙门南流，其势湍急，及太华之阴，乔岳绵亘不可复南，乃折而东行……

华山与首阳山相对，黄河流于其间。王樵说：黄河自龙门南流，水势湍急，一直到华山的北边，山横亘绵延不绝，水流折而向西。可以据此推测首阳山在河东。

秦所置的河东郡有雷首山，伯夷叔齐居住的雷首山之南的山被称为首阳山。

《晋书·卷十四》：河东郡（秦置。统县九，户四万二千五百。）……蒲坂（有历山，舜所耕也。有雷首山，夷齐居其阳，所谓首阳山）。

这段文字说明秦朝的时候设置的河东郡，有九个县，四万二千五百户。蒲坂这个地方有历山，是舜曾经耕田的地方。有雷首山，因为伯夷叔齐住在其南边，这就是首阳山。

《禹贡长笺·卷十》：汉《地理志》：雷首在河东蒲坂县。（注：今平阳府蒲州。《水经注》：雷首山北去蒲坂三十里。）南或云首阳山，即雷首之南阜：山临大河，山下有雷泽，相传即舜渔处；《括地志》雷首一名中条山亦名历山。

雷首山在河东蒲坂县，平阳府蒲州。《水经注》中记载雷首山在蒲坂北三十里；雷首山南边是首阳山，临黄河，山下有雷泽，传说是舜渔处。《括地志》认为雷首山还有另外的名字是中条山、历山。

《魏书·卷七》：河东郡，秦置。治蒲坂。领县五：安定、蒲坂、南解、北解、猗氏……河北郡：领县四，北安邑、南安邑（太和十一年置。有中条山）。河北（二汉、晋属河东，后属。有芮城、立城、妢水、首阳山、伯夷叔齐墓）。太阳（二汉、晋属河东，后属。有虞城、夏阳城）。

河东郡在秦朝设置，有五个县，蒲坂归属于河东……河北郡有四个县。南安邑太和十一年设置，有中条山。河北县有首阳山、伯夷叔齐墓。

(三)首阳山在陇西说

《水经注》:"渭水出陇西首阳县渭首亭南鸟鼠山。"

这里没有提到首阳山,只是提到了陇西首阳县。而在三家注《史记·伯夷列传》中,《史记正义》提到:曹大家注《幽通赋》"夷齐饿于首阳山,在陇西",可以作为这一说法的直接依据。

(四)首阳山在河南偃师说

《后汉书·本纪孝顺孝冲孝质纪》:京师旱。庚申,敕郡国二千石各祷名山岳渎,遣大夫、谒者诣嵩高、首阳山,并祠河、洛,请雨。戊辰,雩。

阳嘉元年二月,京师旱,敕令郡国二千石分别祀祷名山岳渎,派大夫、谒者到嵩高、首阳山,并祀黄河、洛水,请降雨。二十一日,举行祈雨的祭祀。

《隋书·卷三十》:偃师(旧废,开皇十六年置。有关官。有河阳仓。有都尉府。有首阳山、郟山、乾脯山)。

这段记载说明,偃师之前被废置,但是在开皇十六年重新设置。偃师位于河南省中西部地区,南屏嵩越,北临黄河。先后有夏、商、东周、东汉、曹魏、西晋、北魏等七个王朝在此建都。偃师也有首阳山。

《旧唐书·卷一百四十》:永泰二年,啖牛肉白酒,一夕而卒于耒阳,时年五十九。子宗武,流落湖、湘而卒。元和中,宗武子嗣业,自耒阳迁甫之柩,归葬于偃师县西北首阳山之前。

杜甫在永泰二年去世,当时是五十九岁。他的儿子后流落在湖湘。直到元和中，他的孙子才将杜甫的灵柩归葬于偃师县西北的首阳山。

（五）首阳山在河南洛阳说

《水经注·卷五》：河水南对首阳山。《春秋》所谓首戴也，《夷齐之歌》所以曰登彼西山矣。上有夷齐之庙，前有二碑，并是后汉河南尹广陵陈导、洛阳令徐循，与处士平原苏腾、南阳何进等立，事见其碑。又有周公庙，魏氏起玄武观于芒垂，张景阳《玄武观赋》所谓高楼特起，竦峙岧峣，直亭亭以孤立，延千里之清飙也。朝廷又置冰室于斯阜，室内有冰井。

这段文字描写的是河水的南边是首阳山，是《春秋》里提到的首戴，《夷齐之歌》也就是《采薇歌》所说的西山。在首阳山上有伯夷叔齐的庙宇；前边有两块碑，是后汉时期的陈导等所立。关于其中处士平原苏腾，以及其中的细节是平原还是平阳，《水经注疏》做了详细的解释。

《水经注疏》全云：按《续汉书·五行志》注引蔡邕作夷齐庙碑。熹平五年，天下大旱，祷请名山。处士平阳苏腾字玄成，梦陟首阳，有神马之使在道，明觉而思之，以梦陟上闻。诏使者登山升祠，天寻雨。是即善长所云事具其碑也。然是平阳，非平原。考洪氏《隶释》所引，则是平原。赵、戴增作平原。会贞按：此作平，是也。《续汉志》注作平阳，《蔡邕集》及《隶释》作平原，皆非。盖首阳在平，一也。腾梦陟首阳而称处士，必为县人，二也。郦既言碑在庙前，又言事具其碑，必目见此碑，三也。惠栋《后汉书补注》，独从郦说，其识卓矣，惜言之不详耳。

从这段文字可以看出《续汉书·五行志》认为是蔡邕作夷齐庙碑，并详细记述了碑文记事的过程，认为不是平原而是平阳。

关于首阳山上的周公、夷齐庙：

《水经注疏》守敬按：《魏书·世宗纪》，正始元年，诏立周旦、夷齐庙于首阳山。又《刘芳传》，周公庙所以别在洛阳者，盖姬旦创成洛邑，故传世洛阳崇祠不绝。夷齐庙者，亦世为洛阳界内神祠。是二庙不始于魏，特周公之庙未必亦在首阳，盖年久并废毁，至魏与夷齐庙重建于首阳耳。

根据《魏书·世宗纪》，在正始元年，魏世宗下诏在首阳山上立周公庙和夷齐庙。并且解释之所以在洛阳境内有这两座庙的原因，周公庙在洛阳的原因是周公旦建成洛邑，所以他的庙宇在洛阳祭祀不绝。而夷齐庙也是洛阳界内的神庙。这两座庙并不是在魏代才有，而且周公庙也不一定就在首阳，只是因为年久失修，所以到魏代的时候，把这两座庙都重建于首阳。《魏书·帝纪卷八》：甲午，帝以旱亲荐享于太庙。戊戌，诏立周旦、夷、齐庙于首阳山。庚子，以旱见公卿已下，引咎责躬。十九日，世宗因发生大旱在太庙亲自主持祭祀。二十三日，下诏在首阳山上建立周公旦、伯夷叔齐的庙。二十五日，因旱见公卿以下官员，引咎自责。魏世宗的时候，把周公和伯夷叔齐的庙都建在首阳山。

（六）首阳山在陕西省渭南市说

《搜神记·卷十三》：二华之山，本一山也。当河，河水过之而曲行；河神巨灵以手擘开其上，以足蹋离其下，中分为两，以利河流。今观手迹于华岳上，指掌之形具在；脚迹在首阳山下，至今犹存。故张衡作《西京赋》所称"巨灵赑屃，高掌远迹，以流河曲"是也。

太华山和少华山，本来是一座山，它正对着黄河，黄河水经过它时只能绕道而流。黄河之神巨灵，用手劈开山顶，用脚蹬开山麓，使这座山平分为二,现在在华山上还可以看到神的手掌印记;巨灵的脚印在首阳山下,到现在仍然保存着。过去张衡写了篇《西京赋》,赋里所说的"巨灵啊力大气壮,高山上有他的手掌,他的脚印留在远方,他劈山开路;为使那弯曲的黄河直流奔放",就是对这个故事的描写。从这段描写中,可以知道黄河经过首阳山。太华山和少华山是指华山,在陕西省渭南市华县。

在首阳山地理位置的辨析中,更多的资料证明真正的伯夷叔齐所隐居的首阳山应该是在山西蒲坂。其他的首阳山或许是慕伯夷叔齐之名而出现,当然需要注意的是并非所有的首阳山一开始都是因伯夷叔齐的传说而得名。但是在首阳山不同的归属地,都有伯夷叔齐的传说,从另一个侧面说明伯夷叔齐的文化精神得到了人们的认可,有其值得传承的价值,无论是从正面还是从反面,在不同的语境中,都有值得探讨的地方。

## 二 首阳山的文化意义考辨

"首阳山"在历代的诗词作品中,也同样地蕴含了伯夷叔齐故事中的文化意义。或者是对其中所体现的道德规范的肯定;或者是对抽离道德的多重意义的延伸,总之意象的运用,依然承载了作者更多的自我情怀,无论是慨叹还是钦慕,都是作者心境的投射。

(一)体现了伯夷叔齐的多重道德规范

伯夷叔齐的传说中被后世文人所提取出的文化意义有很多,在被引用的过程中,并不是所有的意义都被包含在内,而是强调和突出其中的某一方面,来体现作者的态度。与"首阳山"相关的文献,有的突出体现了伯夷叔齐的义,有的体现了他们对气节的坚守,有的引用肯定了他们的廉洁、不慕荣利以及谦让等品质的不同侧面。

肯定伯夷叔齐"义"的作者倾向于在自己人生追求的选择中,认为最重要的不是功名利禄等外在众人所追求的价值观,而是对道义的坚守。

唐代诗人吴融,他生活的时代是一个动荡的时代,诗人自然看到了自己所生活时代的未来,《首阳山》这首诗表达了他在这种困境中的态度。

> 首阳山枕黄河水,上有两人曾饿死。
> 不同天下人为非,兄弟相看自为是。
> 遂令万古识君心,为臣贵义不贵身。
> 精灵长在白云里,应笑随时饱死人。

在黄河边的首阳山上,曾经有两个人饿死在这里。与天下人的态度不同,兄弟俩遵循"孝悌"的精神互相谦让。让千百年来懂得他们精神的人,能够遵循道德操守,坚守自己的理想,随时献出自己的生命。他们的精神永远都在,与那些为荣禄而生的人形成鲜明对比。这首诗在对历史故事的评价中,肯定了伯夷叔齐的德行,从"君臣之义"出发,认为最重要的是"义",而不是自身的生命。

《旧唐书·卷二十三》:薛收,字伯褒,蒲州汾阴人,隋内史侍郎道衡子也。事继从父孺以孝闻。年十二,解属文。以父在隋非命,乃洁志不仕。大业末,郡举秀才,固辞不应。义旗起,遁于首阳山,将协义举。蒲州通守尧君素潜知收谋,乃遣人迎收所生母王氏置城内,收乃还城。

薛道衡的儿子薛收,他自幼过继给本家薛孺,以孝闻名,有文才。因父亲被隋炀帝缢死,遂不仕隋。隋朝大业末年,州郡举荐他作秀才,他坚决拒绝了。后来,有义兵反隋,薛收入首阳山,聚集人马,准备响应,但事情被蒲州通守尧君素知晓。尧君素因薛收是孝子,就将薛收生母囚禁起来招安他,薛收被迫回城。薛收的拒绝是因为隋炀帝杀了自己的父亲,所以起兵,后来退兵是因为被以自己的母亲相胁迫。薛收所坚守的是"孝"。薛收不仕隐遁于首阳山的行为与伯夷叔齐有差异,但他与伯夷叔齐所反对武王的部分在伦理的角度还是有共性的,也是一种对传统道义的坚守。

与坚守道义相比，有些作者借此所传达的文化意义，表达了对伯夷叔齐不食周粟所体现出来的气节的肯定，同时也肯定了他们廉洁的品质。

唐代诗人张祜的《首阳竹》借"首阳山"意象肯定了伯夷叔齐的气节。

>首阳山下路，孤竹节长存。为问无心草，如何庇本根。

首阳山下，孤竹之气节永存。这里用孤竹来代指伯夷叔齐，那些长在孤竹旁边没有气节的蓬草，怎样才能守护这样的本根气节。在这首诗中，首阳山融合了伯夷叔齐故事中的传统文化意义，就是坚守自己的理想，不食周粟的气节。

《宋史·列传二百一十三》：其党入狱，多乞怜苟免。有王士敏者，独慷慨不挠，题其裾："此生无复望生还，一死都归谈笑间，大地尽为腥血污，好收吾骨首阳山。"临刑叹曰："恨吾病失声，不能大骂耳。"

当时很多党人入狱之后，都求饶。而王士敏则慷慨写了这首《绝命辞》，表达了必死的决心，最后"好收吾骨首阳山"则表现了其气节。

元代杂剧家金仁杰在【杂剧 萧何月下追韩信】【元和令】中也借用了"首阳山"的意象。

>晋灵辄得饭了，请赵盾且休闹。圣人言谋道不谋食，居无安食无饱。觑了田文门下女妖娆，（做烦恼出门，唱）我宁可首阳山自饿倒。（等净上打撞，怒云）

灵辄是知恩图报的典型，这里却是反其意而用之。重要的是遵循道德，不是为了谋食，所以如果没有遇合的君王，宁愿饿死在首阳山。这是本剧的第一折，韩信苦于无人识自己为英雄，表达了自己有才能希望得到赏识的心情。首阳山是坚守自己理想气节的象征。

唐代诗人寒山出身于官宦人家，多次科考不中，被迫出家，三十岁后隐居于天台山，享年一百多岁。他在《诗三百三首·其八》提到"首阳山"，借此表达了对伯夷叔齐廉洁的肯定。

> 庄子说送终，天地为棺椁。吾归此有时，唯须一番箔。
> 死将喂青蝇，吊不劳白鹤。饿著首阳山，生廉死亦乐。

这首诗表达了对生死的达观态度。就像伯夷叔齐那样，曾经饿死在首阳山，但是活着的时候，很廉洁，那么死了也是快乐的。这里融合了作者老庄的人生态度，也肯定了伯夷叔齐廉洁的品质。

《资治通鉴·汉纪四十八》记载东汉官员范滂的事迹时用到了"首阳山"的典故。范滂看到当时的政治腐败而放弃官位，他认为自己的行为是为了让大家在品德上得到提升，消除腐败的恶行。桓帝延熹九年，范滂以党事下狱。窦武上书营救党人。汉桓帝让中常侍王甫审讯范滂等。

> 《资治通鉴·汉纪四十八》：帝意稍解，因中常侍王甫就狱讯党人，范滂等皆三木囊头，暴于阶下。甫以次辨诘曰："卿等更相拔举，迭为唇齿，其意如何？"滂曰："仲尼之言：'见善如不及，见恶如探汤。'滂欲使善善同其清，恶恶同其污，谓王政之所愿闻，不悟更以为党。古之修善，自求多福。今之修善，身陷大戮。身死之日，愿埋滂于首阳山侧，上不负皇天，下不愧夷、齐。"甫愍然为之改容，乃得并解桎梏。李膺等又多引宦官子弟，宦官惧，请帝以天时宜赦。

范滂等人颈戴大枷，手腕戴铁铐，脚挂铁镣，布袋蒙住头脸，暴露在台阶下面。王甫逐一诘问说："你们互相推举保荐，像嘴唇和牙齿一样地结成一党，究竟有什么企图？"范滂回答说："孔丘有言：'看见善，立刻学习都来不及。看见恶，就好像把手插到滚水里，应该马上停止。'我希望奖励善良使大家同样清廉，嫉恨恶人使大家都明白其卑污所在。本以为朝廷会鼓励我们这么做，从没有想到这是结党。古代人修德积善，可以为自己谋取多福。而今修德积善，却身陷死罪。我死后，但愿将我的尸首埋葬在首阳山之侧，上不辜负皇天，下不愧对伯夷、叔齐。"王甫深为范滂的言辞而动容，可怜他们的无辜遭遇，于是命有关官吏解除他们身上的刑具。而李膺等人在口供中，又牵连出许多宦官子弟，宦官们也深恐事态继续扩大。于是请求桓帝，用发生日食作为借口，将他们赦免。被释放时士大夫往迎者车数千辆。《后汉书·党锢列传》内容与此处相差无几。这段资料中，范滂以伯夷叔齐自比，突出了其清廉的品质。

伯夷叔齐的故事被剥落了其他的政治意义，隐逸情怀中的不慕荣利成为自伤落拓之士从中寻求的文化意义。作者在这里表达的是自己政治的选择，而这种选择是建立在对伯夷叔齐不慕荣利的认同上，同时肯定了他们谦让的品质。

元代散曲家吕止庵，生卒、经历不详，其【商调】【集贤宾 叹世】，内容感时悲秋，借"首阳山"意象伤怀落拓不遇，体现了兴亡之感。

【商调】【集贤宾 叹世】：【梧叶儿】争甚名和利，问甚么我共你。咱人可也转眼故人稀，渐渐的将朱颜换，看看的早白发催。题起来好伤悲，赤紧的当不住白驹过隙。【后庭花】叹光阴一梦里，玩韶华如逝水。觑尘世无穷事，尽今生有限杯。莫惑疑，急流中勇退。蟠溪岸鱼更美，首阳山蕨正肥，西华峰景物奇，洞庭湖风力微。【双雁儿】不如闻早去来兮，乐清闲穷究理，无辱无荣不萦系。守清贫绝是非，远红尘参道理。

这里感叹的是时间流逝，容颜易老，所以不必去争名与利，光阴如梦，韶华如水。所以不要疑惑，要懂得急流勇退。鱼更美、蕨正肥、景物奇、风力微都是不如早归去的注解，表达了自己要无荣无辱无功利地守着清贫的生活。这里提到的"首阳山蕨正肥"更多的内涵是放弃功名荣辱之意,是自伤落拓不遇的情怀。

《宋书·二十一卷》中所录的魏明帝曹睿的一首诗突出体现了伯夷叔齐传说中谦让的文化意义,肯定他们的君子之行。

步出夏门行

明帝词(二解):

步出夏门,东登首阳山。嗟哉夷叔,仲尼称贤。

君子退让,小人争先;惟斯二子,于今称传。

林钟受谢,节改时迁。日月不居,谁得久存。

善哉殊复善,弦歌乐情。

(一解)

商风夕起,悲彼秋蝉,变形易色,随风东西。

乃眷西顾,云雾相连,丹霞蔽日,彩虹带天。

弱水潺潺,落叶翩翩,孤禽失群,悲鸣其间。

善哉殊复善,悲鸣在其间。

(二解)

朝游清泠,日莫嗟归。("朝游"上为艳。)麋迫日莫,乌鹊南飞。

绕树三匝,何枝可依。卒逢风雨,树折枝摧。

雄来惊雌,雌独愁栖。夜失群侣,悲鸣徘徊。

芃芃荆棘,葛生绵绵。感彼风人,惆怅自怜。

月盈则冲,华不再繁;古来之说,嗟哉一言。("麋迫"下为趋。)

诗人登上首阳山,想到伯夷叔齐,孔子也曾肯定他们是贤人。诗人认为君子懂得退让,唯有小人争名夺利。但是只有像他们这样的人,直到今天依然被人所称道。前面的第一部分感叹的是秋风在黄昏的时候渐渐吹起,那秋天的蝉因秋而悲鸣，随着季节变换，随风飘零，但仍然眷念西顾，在那漫漫的群山间，感受落叶翩翩，如同一只失群的鸟儿，悲鸣其间。而后一部分，时间流逝中，鸟儿仿佛在寻找可以依托的枝条停留下来，但是遇到了风雨，树枝被折摧，结果留下一只失群的鸟儿，独自悲鸣。行走于茂盛的丛生于山野间的带棘小灌木和山谷间绵延不绝的葛藤之中，感动于采诗官所带来的民俗民风，让人感觉惆怅，感叹自身。月满则亏，荣华过后就不再繁茂。虽然开头在感叹像伯夷叔齐这样的人才能得到大家的肯定，他们的精神才能得以久久流传，但是其中也投入了一种忧生之情。这首诗表达了对古代圣贤伯夷叔齐君子之行的肯定，感叹时光流逝以及由此而带来的对当时人事的感悟和惆怅之情。

(二) 体现了抽离道德的多重意义延伸

"首阳山"所承载的伯夷叔齐的故事在引用中，并没有对他们的道德或者人生态度进行评价，在平实的故事陈述中，有对他们或许被后人遗忘的困境的慨叹：认为他们最后饿死首阳体现的是他们生存的困境，不被任用的困境；或者只是描述了他们生活的困境或者困窘的境地。

唐代诗人胡曾的《首阳山》既描述了伯夷叔齐的故事概略，同时抒发了诗人自己的慨叹。

孤竹夷齐耻战争，望尘遮道请休兵。
首阳山倒为平地，应始无人说姓名。

孤竹的伯夷叔齐厌恶战争，曾经拦着周武王希望他不要发动战争。周朝建立之后，他们不食周粟，隐于首阳山，最后饿死。如果有一天首阳山倒为平地，还会有人记得他们吗？这首诗陈述了伯夷叔齐整个故事梗概，侧重于他们厌恶战争的观点，他们为此付出了生命的代价，而诗人慨叹人们如果没有了首阳山的物质存在，应该不会有人再记得他们吧。

元代著名的杂剧家和散曲家郑光祖，其杂剧《醉思乡王粲登楼》虽然在剧情、结构方面没有什么可取，但词曲工丽，对人物心境的描写颇具匠心。其中［金盏儿］的曲子也借用了"首阳山"的意象。

> ［金盏儿］虽然道屈不知己不悉烦，不知伸于知己恰是甚时间。只落得一天怨气心中儹，空教我趋前退后两三番。又不是绝粮陈蔡地，又不是饿死首阳山，只不如挂冠去好，也免得叉手告人难。（曹学士云）贤士差矣，却不道学成文武艺，货与帝王家。又道是十年窗下无人问，一举成名天下知。凭着贤士腹在才，神有剑，口能吟，眼识字，取富贵如反掌相似，何不进取功名，可怎生便回家去也？

这段内容是王粲准备不辞而归的时候，曹学士留住他的一段对话。前面一段引用古语说："士屈于不知己，而伸于知己"，认为对不了解自己的人无话可说，对了解自己的人才能投奔交往。这里没有真正了解自己的人，留下来又有什么用呢？况且不知道什么时候才能遇到了解自己的人，任用自己，而现在落得怨气满心。况且自己现在不是像孔子那样困于陈蔡之地，也不是像伯夷叔齐那样饿死首阳山，不如现在告辞，回家去。曹学士说，这种想法是不对的，学成之后，本来就应该寻找实现理想的机会，怎么能放弃呢？况且以王粲的才华，求取功名富贵易如反掌。这段文字表达的是王粲怀才不遇的愤慨之情。文中引用孔子、伯夷叔齐的故事，是为了说明自己还没有到他们困窘的境地。这也是元代由北方南下的文人漂泊未遇心境的写照。在这段文字中，孔子与伯夷叔齐对举，呈现的是他们所处的困境。

《后汉书》在记载贾逵的相关事件时也用了"首阳山"的典故。贾逵曾任侍中，汉明帝时，虚言谶语横行，忠言时被塞闭。有的学者和臣子常因进言获罪，贾逵欲进忠言，但又虑及自身的安危。于是贾逵利用朝廷尊信谶纬，上书说《左传》与谶纬相合，可立博士。皇帝让他挑选《公羊》派的高才生二十多人，以《左氏传》做教材。

> 《后汉书·列传郑范陈贾张》：逵母常有疾，帝欲加赐，以校书例多，特以钱二十万，使颖阳侯马防与之。谓防曰："贾逵母病，此子无人事于外，屡空则从孤竹之子于首阳山矣。"

贾逵的母亲有病，皇帝想加赐一些财物，因为校书例多，特地拿了钱二十万，派颖阳侯马防送去。对马防说："贾逵的母亲病了，他与外界没有什么交往，再穷困就会像伯夷、叔齐在首阳山那样做饿鬼了。"这里所引用的首阳山事例无关道德，只是简单地陈述事件，抽离了道德的内涵，描述的是伯夷叔齐那样的生存境况。与此类似的引用还有下面两处，指的是同一件事，也写出了不同的人对于萧晔以首阳山命名自己后堂为首阳的不同看法。

> 《南史·卷四十三》：性轻财重义，有古人风。罢会稽还都，斋中钱不满万，俸禄所入，皆与参佐宾僚共之。常曰："兄作天子，何畏弟无钱。"居止附身所须而已。名后堂山为首阳，盖怨贫薄也。

这段是写萧晔轻财重义的作风，萧晔是高帝的第五个儿子，而他的居住之处只有自己生活所需的东西。并且常常说："哥哥做天子，怎么还担心弟弟没钱。"但是有人认为他的后堂山命名为首阳山，大概是怨自己家中贫困。

> 豫章王于邸起土山，列种桐竹，号为桐山。武帝幸之，置酒为乐，顾临川王映："王邸亦有嘉名不？"映曰："臣好栖静，因以为称。"又问晔，晔曰："臣山卑，不曾栖灵昭景，唯有薇蕨，直号首阳山。"帝曰："此直劳者之歌也。"

豫章王萧嶷在院子里建了一座土山，依次种上了桐树和竹子，号为桐山。武帝驾临，问临川王萧映、萧晔的邸山之名。萧映说自己喜爱栖静，于是便以此为称号。萧晔说家中的山低，不曾栖灵昭影，只有薇蕨，所以直接称作首阳山。皇帝说："这便是劳动者的歌谣。"萧晔说自己命名首阳山的原因是自己山上只有薇蕨，而皇帝评价为"劳者之歌"也体现了对萧晔生活不奢华的肯定。

从困境的角度来看，"首阳山"所承载的伯夷叔齐的故事，他们拒绝新的时代，认为周武王的行为不符合他们心中的道，所以在首阳山采薇而食，最后饿死的结局，体现了他们的生活困窘，他们的选择也与众不同，体现了生存的困境。这些文化意义被后人选择，或者突出了生活的贫困，或者突出了不被任用的困境，或者突出对他们被遗忘的担忧。

从伯夷叔齐的道德规范来讲，后人有很多不同的观点，从肯定的角度来讲是对于义的坚守，或者是对自己价值观念的坚守；并且由此所带来的困窘的生活所呈现的他们的优秀品质是不慕荣利、谦让、廉洁等。有的内容则抽离了道德内涵，更突出体现了伯夷叔齐的生活困境、生存困境的意义。

## 第四节 "孤竹"意象考辨

"孤竹"一词在历史文献中有众多的含义，其中多数与伯夷叔齐的传说相关。通过梳理与"孤竹"相关的文献，考辨清楚其作为国名、部族名的地理变迁、民族特性，以更好地理解"孤竹"作为与伯夷叔齐传说相关的典故、意象所蕴含的文化意义。

### 一 "孤竹"考辨

根据《汉语大词典》，"孤竹"一词，有多重含义。

"孤竹"是一种竹子的名称：

《周礼·春官·大司乐》："孤竹之管，云和之琴瑟，云门之舞，冬日至，于地上圜丘奏之。"郑玄注:"孤竹竹特生者。"

"孤竹"也是古代乐曲名:

北周庾信《为晋阳公进玉律秤尺斗升表》:"奏黄钟而歌大吕,变孤竹而舞《云门》。"

"孤竹"还借指伯夷叔齐:

晋葛洪《抱朴子·博喻》:"孤竹不以绝粒易鹿台之富,子廉不以困匮贸铜山之丰。"

"孤竹"也是姓氏,复姓。氏族目录中以国为氏有233个,孤竹是其中之一。

晋代学者孔晁认为"孤竹、不令支,皆东北夷"。

在这些解释中除了乐曲名之外,都与伯夷叔齐传说相关。借指伯夷叔齐,这个部分与他们故事中所蕴含的文化意义相关,在后面的章节还会具体分析。作为姓氏和部族之名也与伯夷叔齐故国有一定的关联,也能说明他们部族所属。有的借用竹子的文化意义与伯夷叔齐的品格相联系。本节内容主要是从孤竹作为国家、部族的意义角度,根据历史文献按照时间的顺序来梳理孤竹国的地理归属变迁,孤竹国的历史事件、传说以及民族特性。

(一)古孤竹国地理变迁及归属辨析

孤竹作为伯夷叔齐的故国,它的疆域范围也是大家一直探讨辨析的问题。司马贞集解曰:"地理志曰令支县有孤竹城,疑离枝即令支也,令离声相近。应劭曰:'令音铃。'铃离声亦相近。管子亦作'离'字。索隐离枝音零支,又音令祇,又如字。离枝,孤竹,皆古国名。"《汉语大词典》在解释这一条时说是商周时期的国名。《国语·齐语》:"遂北伐山戎,刜令支、斩孤竹而南归。"韦昭注:"二国,山戎之与也。令支,今为县,属辽西,孤竹之城存焉。"根据这段注释内容分析,商周时期令支和孤竹是国家的名字,到了韦昭所生活的三国时期,令支为县,有孤竹城,已经归属辽西。从周到清,孤竹国旧地经历了战争,应该是古战场所在地,随着不同部族的实力强弱,随时转换归属。

秦汉魏晋南北朝时期,可以确定的是孤竹国旧地属于辽西郡。

  《汉书·地理志下》:辽西郡(秦置。有小水四十八,并行三千四十六里。属幽州。)……县十四:且虑、海阳、新安平、柳城、令支(有孤竹城。莽曰令氏亭。)肥如(玄水东入濡水。濡水向南流入海阳水。又有卢水,南入玄。莽曰肥而。)……

在这段文字中有很多与历史相关的地名,可以大致推断历史上这些地方的隶属关系。秦朝的时候,设立了辽西郡,属于幽州。辽西郡下面有十四个县。其中有令支县,而孤竹城又属于令支县。肥如县与令支县并列,都属于辽西郡。肥如县还有玄水和卢水。卢水在玄水的北边,玄水在濡水的西边,濡水在海阳水的北边。

清代学者李锴,晚隐于盘山,筑斗室曰睫巢。他在《孤竹城》一诗中提到了伯夷叔齐的故祠。

  道出令支县,萧条东海浔。如何多古思,烟草系人深。
  臣主千秋案,乾坤不贰心。传闻故祠在,立马一沈吟。

这是作者路过孤竹城的时候,知道这里曾经是令支县,听说有伯夷叔齐祠在此,诗人停下脚步立马沉吟,认为君臣之道,不因时间的变化而改变。这里提到的故祠在孤竹城,而孤竹城在令支县,后来又归入肥如县。

《后汉书》中也有资料记载秦朝时设立辽西郡。

  《后汉书·郡国五》:辽西郡(秦置。洛阳东北三千三百里。五城,户万四千一百五十,口八万一千七百一十四。)阳乐、海阳、令支(有孤竹城。)肥如、临渝。

辽西郡的范围很大，包括洛阳东北的 3300 里。有五个城市，有 14150 户，人口 81714。这五个城市是阳乐、海阳、令支、肥如、临榆。令支有孤竹城。

《水经注·卷九》所引用的材料，说明辽西有孤竹县。《春秋》僖公四年，齐、楚之盟于召陵也，管仲曰：昔召康公赐命先君太公履，北至于无棣，益四履之所也。京相璠曰：旧说无棣在辽西孤竹县。但在历史文献中，更多提到的是孤竹城。

《魏书·志卷五》记载了辽西郡建制的情况：

> 辽西郡（秦置。领县三。口一千九百五。）肥如（二汉、晋属。有孤竹山祠、碣石、武王祠、令支城、黄山、濡河。）阳乐（二汉、晋属，真君七年并令支合资属焉。有武历山、覆舟山、林榆山、太真山。）海阳（二汉、晋属。有横山、新妇山、清水。）

秦朝所设立，三个县归属辽西郡。人口 1950。包括肥如、阳乐和海阳三个县。而孤竹祠、令支城在这个时期归属于肥如县。

隋唐宋辽元时期孤竹国旧属地的地理归属情况比较复杂，涉及各个时期的民族之间的战争以及疆域的变化。隋朝的大臣认为高丽本来是孤竹国，在周朝的时候，封给了箕子。汉代分为三个郡，晋代的时候也统辖这个地方。隋朝的时候，高丽臣服于突厥。

《隋书·卷六十七》：从帝巡于塞北，幸启民帐。时高丽遣使先通于突厥，启民不敢隐，引之见帝。矩因奏状曰："高丽之地，本孤竹国也。周代以之封于箕子，汉世分为三郡，晋氏亦统辽东。今乃不臣，别为外域，故先帝疾焉，欲征之久矣。但以杨谅不肖，师出无功。当陛下之时，安得不事，使此冠带之境，仍为蛮貊之乡乎？今其使者朝于突厥，亲见启民，合国从化，必惧皇灵之远畅，虑后伏之先亡。胁令入朝，当可致也。"帝曰："如何？"矩曰："请面诏其使，放还本国，遣语其王，令速朝觐。不然者，当率突厥，即日诛之。"

这段文字讲裴矩跟随隋炀帝到塞北巡视，莅临启民可汗的帐篷，由后面的文字可以知道启民可汗是突厥人。当时，高丽也派使者拜见启民可汗。启民不敢隐瞒，带高丽的使者拜见隋炀帝，皇帝接见了他。裴矩上奏隋炀帝，认为高丽本来是孤竹国，周代的时候，把它封给箕子，汉代的时候又把它分为三个郡，晋代也统辖辽东，当时却不再称臣，并且建议隋炀帝让高丽臣服于隋。从这段文字中可以推断，当时高丽臣服于突厥。裴矩认为自己如果告诫高丽的使者，让他们知道后降服的有可能会被灭国，如果不朝见隋炀帝，就会带领突厥，马上灭掉他们。隋炀帝接受了裴矩的建议。

卢龙在后汉的时候属于肥如县，而肥如县属于辽西郡，隋代也是如此。武德二年，改为卢龙县。孤竹原来治所在营州，营州被契丹占领之后，属于昌平县的清水店。

《旧唐书·卷十九》：卢龙，后汉肥如县，属辽西郡，至隋不改。武德二年，改为卢龙县，复开皇旧名。孤竹旧治营州界。州陷契丹后，寄治于昌平县之清水店，为州治。

清康熙六十年进士戴亨在其《卢龙县》一诗中提到了卢龙与孤竹的地理关系。

匹马辽疆道路迟，海云东指不胜悲。
卢龙古戍笳声起，孤竹台边日暮时。

诗人骑马从辽阔的道路疾驰而来，去到那遥远的地方时不甚悲叹。仿佛听到了卢龙城的边地之声，到孤竹台时也已经是日暮时分了。从这首诗也可以确定孤竹与卢龙的地理关系。

右北平在隋代为渔阳郡，属于古孤竹国，后来为北平郡，唐代为平州。

《旧唐书·卷十六》：尾、箕，析木之次也。寅初起尾七度，中箕星五度，终斗八度。其分野：自渤海九河之北，尽河间、涿郡、广阳国。及上谷、渔阳、右北平、辽东、乐浪、玄菟。（渔阳在幽州。右北平在白狼无终县，隋代为渔阳郡，古孤竹国，后置北平郡，今为平州。辽东在无虑县，即《周礼》医无闾山。乐浪在朝鲜县，玄菟在高句骊县，今皆在东夷也。）古之北燕、孤竹、无终及东方九夷之国，皆析木之分也，尾得云汉之末流，北纪之所穷也。箕与南斗相近，故其分野在吴、越之东。

这是天文与地理相对应的关系。也就是从天文上来讲，北燕、孤竹、无终及东方九夷之国都是析木之分，在银河的末端，就是最北的地方。右北平在无终县，隋代为渔阳郡，就是古代的孤竹国，后来改为北平郡，到了唐朝的时候改为平州。

滦州属于右北平郡，齐桓公遇到山神俞儿的地方。

《辽史·卷四十》：滦州，永安军，中，刺史。本古黄洛城。滦河环绕，在卢龙山南。齐桓公伐山戎，见山神俞鬼，即此。秦为右北平。汉为石城县，后名海阳县。汉末为公孙度所有。晋以后属辽西。石晋割地，在平州之境。太祖以俘户置。滦州负山带河，为朔汉形胜之地。有扶苏泉，甚甘美，秦太子扶苏北筑长城尝驻此；临榆山，峰峦崛起，高千余仞，下临渝河。统县三：义丰县。本黄洛故城。黄洛水北出卢龙山，南流入于濡水。汉属辽西郡，久废。唐季入契丹，世宗置县。户四千。马城县。本卢龙县地。唐开元二十八年析置县，以通水运。东北有千金冶，东有茂乡镇。辽割隶滦州。在州西南四十里。户三千。石城县。汉置，属右北平郡，久废。唐贞观中于此置临渝县，万岁通天元年改石城县，在滦州南三十里，唐仪凤石刻在焉。今县又在其南五十里，辽徙置以就盐官。户三千。

滦州在卢龙山南，齐桓公伐山戎的时候，在此地见到山神俞儿。秦朝的时候属于右北平，汉朝的时候为石城县，后来改名为海阳县。汉朝末年的时候为公孙度所占据。晋朝以后，属于辽西郡。石晋割地，属于平州；太祖把俘虏安置于此。太子扶苏筑长城的时候曾经驻扎在这里。统领三县。义丰县，汉朝属于辽西郡。唐朝末年的时候归入契丹，世宗的时候又置县。马成县，本属于卢龙县地，唐朝开元年间分出来置县，以通水运。后来属辽滦州。石城县，汉朝设立，属于右北平郡。后废。唐朝贞观年间设置临榆县，后又改为石城县，在滦州南三十里。辽时又在其南五十里。

清康熙时曾任抚宁知县的赵端，写了一首感受孤竹遗风的诗歌作品《恭和魏总宪望孤竹感怀》。

> 驱车右北平，孤竹遗风古。缅怀采薇人，高义长虹吐。
> 逃名非所知，祇不愧仰俯。孔孟许成仁，黄农歌自苦。
> 只今千载下，祠庙荒烟雨。后贤景余芳，努力勤救补。
> 宪府肃双旌，神君凛铜虎。卓哉希圣心，清风满三辅。

这首诗是写诗人驱车到右北平，去感受孤竹的遗风。诗人缅怀曾经的采薇人伯夷叔齐，他们义薄云天。他们谦让君位并不是为了得到名声，而是不愧内心。孔子孟子认为他们践行了仁德，而他们所唱的《采薇歌》却表现了他们心中的烦恼。如今历尽千年，他们的祠庙已经荒废。后世的贤人想要学习继承他们的精神，所以努力补救。官府进行了表彰，这是钦慕圣人之心啊，他们的这种清廉之风及气节一定会名满天下。这首诗主要写了孤竹国的遗风，就是缅怀伯夷叔齐，从孔孟、司马迁对他们的肯定，到如今虽然祠庙已然荒芜，但是还有很多后来人景仰他们的精神，而他们的精神也会名满天下。

平州的行政归属从商朝到辽时期的变迁，可以从侧面了解孤竹国旧地的历史变迁。

《辽史·卷四十》：平州，辽兴军，上，节度。商为孤竹国，春秋山戎国。秦为辽西、右北平二郡地，汉因之。汉末，公孙度据有，传子康、孙渊，入魏。隋开皇中改平州，大业初复为郡。唐武德初改州，天宝元年仍北平郡。后唐复为平州。太祖天赞二年取之，以定州俘户错置其地。统州二、县三：卢龙县。本肥如国。春秋晋灭肥，肥子奔燕，受封于此。汉、晋属辽西郡。元魏为郡治，兼立平州。北齐属北平郡。隋开皇中，省肥如，入新昌。十八年改新昌曰卢龙。唐为平州，后因之……

这段文字介绍了平州的行政归属。商朝时其属于孤竹国，春秋时期属于山戎国，秦朝归属于辽西郡、右北平，汉朝沿用。汉代末年，公孙度占有，传给子孙，后来属于魏。隋朝开皇时改为平州，大业初改为郡。唐朝武德初改为州，天宝元年改为北平郡。后来唐朝复为平州。辽太祖占有此地，让定州的百姓居住于此。统领二州、三县。其中卢龙县，本来属于肥如国，春秋时期，晋国灭掉了肥如国，肥子投奔燕国，他在这个地方受封。汉朝、晋朝的时候，属于辽西郡。元魏为郡治，属于平州。北齐属于北平郡。隋代肥如有了新的建制。十八年，改新昌为卢龙。唐代为平州，后来沿袭到辽。

营州属于商孤竹国。

《辽史·卷四十》：营州，邻海军，下，刺史。本商孤竹国。秦属辽西郡。汉为昌黎郡。前燕慕容皝徙都于此。元魏立营州，领昌黎、建德、辽东、乐浪、冀阳、营丘六郡。后周为高宝宁所据。隋开皇置州，大业改辽西郡。唐武德元年改营州，万岁通天元年始入契丹。圣历二年侨治渔阳。开元五年还治柳城。天宝元年改曰柳城郡。后唐复为营州。太祖以居定州俘户。统县一：广宁县。汉柳城县，属辽西郡。东北与奚、契丹接境。万岁通天元年，入契丹李万荣。神龙元年移幽州界。开元四年复旧地。辽改今名。户三千。

营州，本来也是商孤竹国领地。秦朝属于辽西郡，汉朝属于昌黎郡。前燕慕容皝在此建都。元魏立营州，统领六郡。后周被高宝宁所占据。隋朝的时候，设置州治，后来改辽西郡。唐朝改为营州，后来归于契丹。后治所在渔阳，开元五年回到柳城，天宝元年改为柳城郡。唐朝的时候，归营州。辽太祖让定州的俘户定居在此，统领广宁县。汉朝时期的柳城县，属于辽西郡。东北与契丹相邻。后来被契丹李万荣所据，移幽州界。开元四年恢复原来的土地。辽改为营州。

兴中府，汉柳城县地，也属于古孤竹国。

《辽史·卷三十九》：兴中府。本霸州彰武军，节度。古孤竹国。汉柳城县地。慕容皝以柳城之北，龙山之南，福德之地，乃筑龙城，构宫庙，改柳城为龙城县，遂迁都，号曰和龙宫。慕容垂复居焉，后为北跋所灭。元魏取为辽西郡。隋平高保宁，置营州。炀帝废州置柳城郡。唐武德初，改营州总管府，寻为都督府。万岁通天中，陷李万荣。神龙初，移府幽州。开元四年，复治柳城。八年，西徙渔阳。十年，还柳城。后为奚所据。太祖平奚及俘燕民，将建城，命韩知方择其处。乃完葺柳城，号霸州彰武军，节度。

这段文字记载了兴中府属霸州，是古代孤竹国所在地。汉代属于柳城，后来慕容皝在此建筑龙城，因此改柳城县为龙城县，并迁都于此。后被北跋所灭。元魏时为辽西郡，隋代归属营州，隋炀帝废掉营州，改为柳城郡。唐代又改为营州，后来被李万荣攻陷，移总管府到幽州。开元四年的时候，柳城为治所，八年的时候，向西迁到渔阳，十年，又回到柳城。后来被辽太祖平奚占据，重新修葺，号为霸州彰武军。

隋唐五代宋辽元时期古孤竹国旧属地高丽曾经是其中的一部分；卢龙曾经属于肥如县，旧治在营州。营州也是商朝孤竹国属地，秦朝属于辽西郡，汉朝属于昌黎郡，元魏曾经在此建都。右北平在无终县，隋代属于渔阳郡，曾经也是古孤竹国属地，后来改为北平郡，滦州也属于右北平郡，唐代改为平州。兴中府，汉代是柳城县地，也属于古孤竹国，后来改为龙城县，元魏的时候改为辽西郡，隋朝的时候归属营州。唐朝的时候也为营州，辽太祖占据兴中府。

到了明清时期，由于民族的融合、疆域的统一，古孤竹国属地归属变得清晰。明朝的时候，曾经归属古代孤竹国的卢龙郡已经成为永平府。

明朝诗人岳岱，他在《陆郡伯谈永平作卢龙曲赠之》中写了关于孤竹国的相关历史状况，可以与以上历史文献相互印证。

>　　自古卢龙郡，闻君说永平。风高孤竹国，雪暗五花城。
>　　女直秋输马，将军夜发营。地偏桃李后，四月始闻莺。

以前的卢龙郡，听陆郡伯说今为永平府。这个地方是曾经的孤竹古国，大雪弥漫，风暗五花城。曾经女真族缴纳输送秋税，将军也曾夜里发兵。因为地处偏僻，所以桃李花开的比较晚，四月才能听到黄莺鸟的鸣叫声。这里提到孤竹国，写到了这个地方的环境和曾经的历史状况。

明代文学家、史学家王世贞，在《永平道中》一诗中也融汇了与孤竹国相关的很多典故。

>　　卢龙左冯翊，白马旧安西。浴日沧溟小，摧天碣石低。
>　　虎沈飞将羽，龙出慕容题。驱传令支塞，问津卑耳溪。
>　　荒祠孤竹并，让国大名齐。回首哀兵镞，沾膺愧马蹄。
>　　榆关秋一带，慎莫动征鼙。

永平道中曾经的历史故事以及诗词中提到的相关内容，作者都融合在这一首诗歌作品中。诗中提到了卢龙、碣石山，李广曾经射箭的虎头石，南龙山上的龙翔寺。提到了齐桓公去讨伐令支、孤竹的时候，在卑耳溪问路的故事。又写到了孤竹二子的祠堂和让国之名，只是想到这里曾经是古代战争的必经之地，希望以后这一带不要再有战争了。

清朝的时候，永平府沿用明朝建制，有孤竹山、夷齐庙二镇、古卢龙寨，喜峰口为孤竹国旧地。

《清史稿·志三十六》：永平府：（要通永道。明领州一，县五?）乾隆初，废山海卫置临榆。先是雍正初，以顺天之玉田、丰润来隶。乾隆八年，复改属遵化。西距省治八百三十里。广三百三十里，袤三百八十里。北极高三十九度五十五分三十秒，京师偏东二度二十八分三十秒。领州一，县六。卢龙（冲繁难倚。东南：阳山。西南：孤竹山。滦河自迁安入，合青龙河。东有饮马河。东北：燕河营，一燕河路。有燕河庄、夷齐庙二镇、滦河驿、铁路。）迁安（繁疲难。府西北四十里。西北：九山，康熙中改五虎山。滦河自承德府入，合黄花川河、瀑河，又南左得铁门关水，入潘家口，古卢龙塞也……）

清朝乾隆时，废掉山海卫，设置临榆县。雍正初年，从顺天府析出玉田县、丰润县，并入永平府。乾隆时期，又将玉田县、丰润县析出，并入遵化直隶州。永平府管辖一州六县。卢龙县东南有阳山，西南有孤竹山，东边有饮马河，东北有燕河。有燕河路，有燕河庄、夷齐庙二镇。迁安，在永平府西北四十里。西北有九山，康熙中改为五虎山。而滦河从承德府入，合黄花川河、瀑河，向南，左得铁门关水，最后流入潘家口，这里是古卢龙寨。

孤竹祠在卢龙塞，卢龙塞归属永平府。清代诗人祝维诰在《永平府》一诗中提到了这一点。

北平古郡镇幽燕，城外连峰际碧天。

## 第一章 伯夷叔齐传说的意象考辨

> 孤竹祠荒云木杳，滦河水驶石染偏。
> 名高汉代推飞将，人乐清时罢守边。
> 漫向卢龙歌《出塞》，牛羊满地草芊芊。

永平府是幽燕古郡，城外是山峰绵延，碧海青天。孤竹祠应该已经荒废，高耸入云的树木已经不可看到，滦河水水流潺潺。汉代的名将李广，在太平盛世的时候，不用驻守边疆。所以可以向着卢龙唱《出塞》歌，那是草木繁盛、牛羊满地的太平景象啊。这里主要叙述的是永平府，孤竹国所在地的历史，通过卢龙而出塞，孤竹祠在滦河岸边。

清代诗人长善的《巡边》一诗也提到孤竹城在卢龙塞。

> 短衣匹马忆东征，早岁曾经古北平。
> 此日扬扬持使节，重来屑屑笑儒生。
> 车铃替戾卢龙塞，烟水空濛孤竹城。
> 且喜风尘洽亲故，金樽银烛共相迎。

作者回忆东征的岁月，这里曾经是古北平之地。如今再次持节巡边，劳瘁而匆迫。车铃在卢龙塞响起，看到了水雾迷茫中的孤竹城。最高兴的是遇到了之前的亲戚朋友，大家拿酒来共享团聚的乐趣。

1653 年，奉皇太极之命，诏编归属的土默特为土默特右翼扎萨克和土默特左翼扎萨克。他们在 1630 年的时候，东迁到锦州边外。因此辽东地区以喜峰口作贡道的东部土默特为"喜峰口土默特"。

《清史稿·志五十九》：土默特部二旗，左翼附一旗（在喜峰口东北。古孤竹国。汉，辽西郡治柳城县地。燕，慕容皝建都，改龙城县。元魏为营州治。隋复置柳城县。唐为营州都督府治。辽置兴中府。元，大宁路兴中州。明以内附部长为三卫，自锦、义历广宁至辽河曰泰宁卫，后为蒙古土默特所据。)

这个地方是古孤竹国。汉代，是辽西郡治所柳城县所在。燕国，慕容皝在此建都，改为龙城县。元魏为营州之所。隋朝恢复设置柳城县。唐朝为营州都督府治所。辽朝设置兴中府。元朝，为大宁路兴中州。明朝以内附部长为三卫，从锦州、义历广宁至辽河为泰宁卫，后来为蒙古归属的土默特所据有。

古孤竹国的地理变迁从商周到明清，可以大致看出孤竹国的地理归属，商朝的时候是孤竹国，春秋时期从属于山戎国；秦朝的时候设置辽西郡，汉朝的时候属于令支县，后来又归属肥如县；右北平在隋代为渔阳郡，属于古孤竹国，后来为北平郡，唐代为平州。平州的历史变迁与孤竹国的历史变迁一致；营州、滦州也是古孤竹国属地。唐朝末年归属于契丹，后来归属于辽；明清的时候属于永平府。

（二）古孤竹国在历史中的生存状况辨析

与古孤竹国相关的历史事件和传说实际上只是围绕齐桓公讨伐山戎斩孤竹的事件，更多的叙事也是从齐桓公称霸的角度进行叙述。但还是可以从故事的叙述中看到古孤竹国在历史中的生存状况。

周朝的时候，令支和孤竹都属于周朝，但是经常会被山戎侵占。

《管仲·匡君大匡》：狄人伐，桓公告诸侯曰："请救伐。诸侯许诺，大侯车二百乘，卒二千人；小侯车百乘，卒千人。"诸侯皆许诺。齐车千乘，卒先致缘陵，战于后。故败狄。其车甲与货，小侯受之，大侯近者，以其县分之，不践其国。北州侯莫来，桓公遇南州侯于召陵，曰："狄为无道，犯天子令，以伐小国；以天子之故，敬天之命，令以救伐。北州侯莫至，上不听天子令，下无礼诸侯，寡人请诛于北州之侯。"诸侯许诺。桓公乃北伐令支，下凫之山，斩孤竹，遇山戎。

齐桓公带领诸侯国讨伐狄国，而且取得了胜利，各个诸侯国都分得了狄国的利益。但是北州诸侯没有跟随齐桓公,所以齐桓公号召大家讨伐北州诸侯。那么说明北州诸侯所领有的土地包括令支国,打下了凫之山,最后孤竹国被攻下,并且可以把孤竹国当作拦阻山戎的屏障。因此,由这段文字可知,北州诸侯所占有的令支国、孤竹国归属于周朝,但是经常会被山戎侵占。由此可以看出,孤竹国与中原的关系不是很紧密。

山戎攻占孤竹国,侵扰燕国,齐国救燕国,讨伐山戎。

《史记·齐太公世家》:二十三年,山戎伐燕,燕告急于齐。齐桓公救燕,遂伐山戎,至于孤竹而还。燕庄公遂送桓公入齐境。桓公曰:"非天子,诸侯相送不出境,吾不可以无礼于燕。"于是分沟割燕君所至与燕,命燕君复修召公之政,纳贡于周,如成康之时。诸侯闻之,皆从齐。

齐国帮助燕国讨伐山戎,一直把他们赶到孤竹才返回。燕庄公送齐桓公到了齐国的国境,齐桓公认为诸侯送别不能离开自己的国家,所以把那块土地送给燕国,希望他们复修召公之政,像成康那个时候。诸侯们听说齐国这样对待燕国,于是就归顺于齐国。这段文字说明山戎已经占领了孤竹,通过孤竹讨伐燕国。

《管子·霸形》:曰:自此而北至于河者,郑自城之,而楚不敢骧也。东发宋田,夹两川,使复东流,而楚不敢塞也。遂南伐,及逾方城,济于汝水,望汶山,南致楚越之君,而西伐秦,北伐狄,东存晋公于南,北伐孤竹,还存燕公。兵车之会六,乘车之会三,九合诸侯,反位已霸。修钟磬而复乐。

这段文字讲述的是齐国的霸业,无论是楚国、郑国、秦国、吴国、越国,齐国或者讨伐或者召见,使这些国家不敢觊觎齐国的利益,在这个过程中,还重视帮助晋国、燕国不受狄国和山戎的侵扰,根据晋国、燕国的地理位置,大致可以推断狄国在西北部，而孤竹国在东北部。北伐孤竹是针对山戎对燕国的侵扰。

《史记·秦本纪》：成公元年，梁伯、芮伯来朝。齐桓公伐山戎，次于孤竹。《史记·秦始皇本纪》：成公享国四年，居雍之宫。葬阳。齐伐山戎、孤竹。《史记·封禅书》：桓公曰："寡人北伐山戎，过孤竹；西伐大夏，涉流沙，束马悬车，上卑耳之山；南伐至召陵，登熊耳山以望江汉。兵车之会三，而乘车之会六，九合诸侯，一匡天下，诸侯莫违我。昔三代受命，亦何以异乎？"

齐桓公说："寡人向北征伐山戎，兵过孤竹；向西伐大夏，远涉流沙，勒马停车，登上卑耳山；向南征伐到召陵，登上熊耳山以眺望长江、汉水。为平乱伐叛等武事召集诸侯会兵三次，为政治、外交等文事集会了六次，前后九次集会诸侯，一统天下，诸侯无一人敢违背我。与以往三代受天命为帝王，又有什么两样？"《管子·封禅》《汉书·郊祀志》内容与此同。这段文字主要针对齐桓公想要封禅的事，但在其言辞中却透露出齐桓公曾经讨伐山戎和孤竹之事。从地理位置而言，齐桓公讨伐山戎时，曾经过孤竹。

《水经注·卷十三》：清夷水又西南得桓公泉，盖齐桓公霸世，北伐山戎，过孤竹西征，束马悬车，上卑耳之西极，故水受斯名也。水源出沮阳县东，而西北流入清夷水。清夷水又西径沮阳县故城北，秦上谷郡治此，王莽改郡曰朔调，县曰沮阴。阚骃於曰：涿鹿东北至上谷城六十里。

这里揭示了桓公泉的来历，据此可知，齐桓公所走路线是从孤竹往西到山戎。沮阴县据阚骃所言，在涿鹿东北至上谷城六十里，涿鹿在今天张家口一带。清夷水又西经沮阳县故城北，因此桓公泉在涿鹿这一带。

在齐国讨伐山戎的过程中，有两个与齐桓公和管仲相关的历史传说，一个是遇到山神俞儿，另一个是老马识途。这两个故事的内核实际与古孤竹国不相关，一个是要说明齐桓公未来能成就霸业；另一个是韩非子为了说明自己的观点，即要向圣人学习。这两个传说无论是在前往讨伐的路上还是回归的征程中都给齐桓公指明了方向。但是这里用了"伐孤竹"，与前面多数文献提到的经过孤竹、驻扎在孤竹有所不同。

《管子·小问》：桓公北伐孤竹，未至卑耳之溪十里，闟然止，瞠然视，援弓将射，引而未敢发也，谓左右曰："见是前人乎？"左右对曰："不见也。"公曰："事其不济乎？寡人大惑。今者寡人见人长尺而人物具焉：冠，右祛衣，走马前疾。事其不济乎？寡人大惑。岂有人若此者乎？"管仲对曰："臣闻登山之神有俞儿者，长尺而人物具焉。霸王之君兴，而登山神见。且走马前疾，道也。祛衣，示前有水也。右祛衣，示从右方涉也。"至卑耳之溪，有赞水者曰："从左方涉，其深及冠；从右方涉，其深至膝。若右涉，其大济。"桓公立拜管仲于马前曰："仲父之圣至若此，寡人之抵罪也久矣。"管仲对曰："夷吾闻之，圣人先知无形。今已有形，而后知之，臣非圣也，善承教也。"

桓公北伐孤竹国时，在离卑耳溪十里的地方，据管仲解释，认为桓公看到的是山神俞儿，并且预示着见到他的君王会成就霸业，告诉他们可以从右边渡河。齐桓公感叹管仲的智慧，而管仲认为自己只不过是善于向圣人学习。

《韩非子·说林上》：管仲、隰朋从于桓公而伐孤竹，春往冬反，迷惑失道。管仲曰："老马之智可用也。"乃放老马而随之，遂得道。行山中无水，隰朋曰："蚁冬居山之阳，夏居山之阴。蚁壤一寸而仞有水。"乃掘地，遂得水。以管仲之圣而隰朋之智，至其所不知，不难师于老马与蚁。今人不知以其愚心而师圣人之智，不亦过乎？

管仲、隰朋跟随齐桓公去讨伐孤竹国，春季出征，冬季返回，迷失了道路。管仲说："老马的才智可以利用。"就放开老马前行，大家跟随在后，于是找到了路。走到山里没有水喝，隰朋说："蚂蚁冬天住在山的南面，夏天住在山的北面。地上蚁封有一寸高的话，地下八尺深的地方就会有水。"于是掘地找到了水。凭管仲的智慧和隰朋的聪明，碰到他们不知道的，不惜向老马和蚂蚁学习；现在的人不知道用他们的愚蠢之心去向圣人的智慧学习，不是错了吗？在这段文字中，韩非子是为了说明自己的道理，也就是要向圣人学习。

在这些历史文献的记载中，虽然在个别的地方稍有差异，但是故事的内容一致，就是齐国帮助燕国讨伐山戎，而孤竹经常被山戎所占领，齐国经过孤竹向西，讨伐山戎。说明古孤竹国曾经是燕国的属地，但是经常被山戎侵扰，而古孤竹国也是阻拦山戎的屏障。

(三) 古孤竹部族的民族特性

古孤竹部族属于边远地区，是东北夷，风好驰射，有人根据其所处的地理位置，认为他们多违背仁义道德。

清代诗人洪良浩，朝鲜人，在《入关杂咏·其一》中提到了关于孤竹的民族特性。

> 桓公北伐至孤竹，武帝东巡礼岱宗。
> 大愤神人谁复识，羽衣仙子竟难逢。
> 游谈遂化燕齐俗，豪侠尚传王霸踪。
> 况是边风好驰射，居民不复力耕农。

这是诗人所看到的孤竹，想到了齐桓公的时候曾经北上讨伐孤竹，汉武帝曾经东巡至泰山。神人有谁能识，羽衣仙子很难遇到啊，所以他们也无缘与这些人相识。在这里可以听到燕国齐国的风俗,豪侠们还传播着这些君王曾经的足迹和故事。况且边境的地方很是适合骑射,所以居民不再努力农耕。

《周书·卷四十九》:史臣曰:凡民肖形天地,禀灵阴阳,愚智本于自然,刚柔系于水土。故雨露所会,风流所通,九川为纪,五岳作镇,此之谓诸夏。生其地者,则仁义出焉。昧谷、嵎夷、孤竹、北户,限以丹徼紫塞,隔以沧海交河,此之谓荒裔。感其气者,则凶德成焉。

史臣认为,人类无论是愚笨还是聪明都是天生的,而其刚柔则在水土。在诸夏土地上的人们,讲求仁义。而昧谷、嵎夷、孤竹、北户,这些边远地区,因感受其气,所以就多有违背仁德之行。认为一方水土养一方人,这里不是讲人的性格,而是种族的特性和命运,讲到了诸夏民族遵守仁义道德,而其他的边远地区的部族则违背仁义道德。这里提到孤竹是边远地区,史臣认为这个地区的人多违背仁义道德。

从这些资料可以得出的结论是孤竹在历史文献中有很多不同的意义,但是有一部分与孤竹国相关,在历史上被重点记载的事件都与齐桓公帮助燕国攻打山戎有关。因为这个国家的位置在东北,属于东北部族,被称为东北夷,其民族特性善骑射,不再努力农耕,多违背仁义道德。孤竹后来因为伯夷叔齐的传说,也常常被代指伯夷叔齐,其中所蕴含的文化意义,也与伯夷叔齐的传说相关。

## 二 "孤竹"文化意义考辨

通过梳理与"孤竹"相关的历史文献,发现"孤竹"的文化意义也是伯夷叔齐的传说被后人从各种角度解读所衍生出来的意义。或者描述伯夷叔齐的生活困境、政治困境、精神困境来表达自己对现实的看法、态度和感叹;或者肯定伯夷叔齐坚持气节对后人的影响;或者把伯夷叔齐的气节融入各种植物,借以咏物;或者借咏物来歌颂人物,肯定人物的气节和精神;或者与其他人物比较，否定伯夷叔齐的选择，但是并不否定他们所具有的精神气节；或者从不同的角度来看待问题，通过对历史的回溯，表达自己通达的看法。总之，"孤竹"所承载的意义同样丰富了伯夷叔齐传说的文化意蕴。

（一）展现了伯夷叔齐的多元困境

伯夷叔齐的政治困境在于在现实政治生活中不得志，无法阻止武王的行为，也没有遇到他们想要遇到的神农时代；生活困境在于政治上拒绝，在生活上也拒绝周朝，最终带来了生活的困境；精神困境在于与现实抗衡力量的不足，甚至还有伦理表现的不足。在后世的作品中，多数作者借此表达自己在现实生活中的各种困境，尤其是对现实的无奈慨叹；或者借伯夷叔齐的生活困境来衬托生活的不易，从而肯定所写人物具有的人格精神。

孤竹不是单独的意象，而是作为修饰，融合了其他的词汇，借孤竹庙、孤竹子、孤竹伯夷叔齐的内容，表达了诗人们对现实的无奈慨叹，或者慨叹之后与现实的不妥协精神。

唐代诗人韦庄在《鹧鸪》中提到了孤竹庙。

> 南禽无侣似相依，锦翅双双傍马飞。
> 孤竹庙前啼暮雨，汨罗祠畔吊残晖。
> 秦人只解歌为曲，越女空能画作衣。
> 懊恼泽家非有恨，年年长忆凤城归。

鹧鸪亦如鸳鸯一样是恩爱伴侣的象征，常常也像鸳鸯一样被双双对对画绣在衣物上以寄托人们的美好愿望。这首诗写鹧鸪在风雨中的孤竹庙前悲啼，夕阳西下的时候在屈原祠旁停留。写出了它们孤独无凭依的状态。这首诗里以孤竹庙与汨罗祠对举，体现的是作者不得志的心态。

宋代诗人刘克庄的《离郡五绝·其四》借孤竹子表达了自己的慨叹。

赫赫戎衣定，区区扣马非。如何孤竹子，嫌粟不嫌薇。

已经穿好了那光明炫目的战衣，那微不足道的叩马而谏又有什么用呢？坚定气节不食周粟，但是又怎么能做到采薇而食呢？作者借伯夷叔齐的故事表达了自己内心的矛盾，食粟食薇又有什么本质的区别呢？这首诗表达了对现实无能为力的慨叹。

宋代诗人姜特立借孤竹夷齐之事来咏笋的风味。

### 啖笋

自从孤竹夷齐死，清节何人萃一门。
惟有此君无俗韵，至今风味属诸孙。

这首诗是写孤竹国的伯夷叔齐饿死之后，他们清正耿介的节操是什么人聚集延续了。唯有笋没有世俗的沾染，至今其无世俗之韵，风味依旧，传于后人。虽然写物，也有对现实的慨叹。

还有的内容已经剥离了伯夷叔齐对周武王非难的部分，侧重于精神的自足。东方朔嗟伯夷曰："穷隐处兮窟穴自藏。与其随佞而得志兮。不若从孤竹于首阳。"不通达的时候隐居在山林，与其与那些奸佞之人一起得志，不如像孤竹之子那样隐居于首阳。这里所表达的文化意义是不与污浊的现实妥协的精神。

刘克庄的《赠菊庵李道人》借孤竹之薇肯定了陶渊明的爱菊精神。

万言万当眼睛毒，一袭一盂口体足。不共孤竹子争薇（原缺，据冯本补），却与柴桑翁争菊。

这首诗是赠给李道人的，说他能看明白世事，只求生活的自足。他的生活态度不与伯夷叔齐同，却有陶渊明爱菊的精神。薇与菊的不同，代表了不同的生活态度，诗人更肯定朋友身上陶渊明式的精神力量。

还有的内容着重突出伯夷叔齐的生活困境，以烘托人物。如唐代诗人白居易的《访陶公旧宅》。

> 序：余凤慕陶渊明为人，往岁渭川闲居，尝有效陶体诗十六首。今游庐山，经柴桑，过栗里，思其人，访其宅，不能默默，又题此诗云。
> 垢尘不污玉，灵凤不啄膻。呜呼陶靖节，生彼晋宋间。
> 心实有所守，口终不能言。永惟孤竹子，拂衣首阳山。
> 夷齐各一身，穷饿未为难。先生有五男，与之同饥寒。
> 肠中食不充，身上衣不完。连徵竟不起，斯可谓真贤。
> 我生君之后，相去五百年。每读五柳传，目想心拳拳。
> 昔常咏遗风，著为十六篇。今来访故宅，森（一作参）若君在前。
> 不慕尊有酒，不慕琴无弦。慕君遗荣利，老死此丘园。
> 柴桑古村落，栗里旧山川。不见篱下菊，但馀墟中烟。
> 子孙虽无闻，族氏犹未迁。每逢姓陶人，使我心依然。

这首诗是白居易经过庐山，访问陶渊明旧宅，因思慕陶渊明而写。诗中表达了对陶渊明气节的肯定，认为他真的是贤士，当年孤竹夷齐隐居首阳山，保持了他们的气节，但是他们毕竟只是自己一人，不像陶渊明有五个孩子，和他同样地忍饥挨饿，饭吃不饱，没有好的衣服可以穿，在这样的情况下，对于当时的征召他还是坚决地拒绝了。自己非常钦慕陶渊明的为人，所以写了效仿的十六首诗。现在来到他的故宅，好像陶渊明就在自己的眼前。白居易觉得自己不羡慕陶渊明的酒和无弦琴，而羡慕他对荣利的态度，能够真正地放弃，老死在丘园中。如今虽然他的子孙们淹没无声，但是一直秉承了他的精神，每次遇到姓陶的人，自己还是会生出钦慕之情。这首诗提到的夷齐是作为衬托来歌颂陶渊明的气节。陶渊明拒绝官场的俸禄，但是他还有家人需要养活，因此与夷齐相比，更为不易。这首诗借伯夷叔齐的生活困境来烘托陶渊明的生活不易。

宋代诗人华岳，感谢别人惠米之恩的《谢仵判院惠米》提到了"孤竹"典故。

> 沟壑膏粱总自招，仲尼陈蔡亦嚣嚣。
> 不逢鲁肃千囷指，空折渊明五斗腰。
> 孤竹二饥知我意，苍梧一饱为君谣。
> 从今只手摩挲腹，却向颜门问一瓢。

诗人借孔子带学生周游列国时断粮的困窘，写自己的生活困境，如果遇不到像鲁肃那样大方借粮的人，恐怕渊明折腰也无用；而如今自己接受恩惠，曾经困厄的孤竹伯夷叔齐也明白自己接受这样的恩惠也是谢仵判院的原因，就像是自己向颜回要了一瓢来饮。表达了自己接受资助的原因是对方是颜回一样的贤人，从孔子、伯夷叔齐写自己。从鲁肃、颜回写对方。这里孤竹伯夷叔齐既用到对他们是贤人的肯定，也借用了他们困厄的生活状态。

清代文学家曾灿在《过渊明先生墓道》这首诗中主要是借"孤竹"的典故肯定陶渊明。

> 只有青峰在，能逃乱世名。江河消酒力，天地托钟声。
> 彭泽官三月，柴桑老一生。为伤孤竹子，何以不躬耕。

这是诗人经过陶渊明墓时，对陶渊明的歌咏。只有绵绵青山，可以在那里逃脱乱世，与江河、天地为伴。做了三个月的彭泽县令，最后还是在田园终老一生。所以也许会伤怀，孤竹的伯夷叔齐为何不躬耕，那样也许就不会饿死首阳啊。诗人在这里设想，认为伯夷叔齐如果像陶渊明那样躬耕田亩，就不会饿死，同样可以坚守自己的气节。这里写出的是伯夷叔齐的生活困境。

## （二）伯夷叔齐气节的多元展现

"孤竹"意象中承载了伯夷叔齐以生命来坚持自己理想的文化意义，或者把这种气节融合在植物上，表达了对植物特质的肯定和歌颂；或者把植物所具有的特质呈现在对人的评价上，歌颂人物的气节。这些植物有竹子、梅花、古木等，但以咏竹为最。或者把这种气节延续在后人的评价上，重点强调其典范意义。从不同的角度、不同的内涵展现了伯夷叔齐的气节精神。

北宋史学家、经学家、散文家刘敞借孤竹的典故来咏竹。

### 瑞竹

耸节偶相并，雪霜终不迷。

应将古人比，孤竹有夷齐。

这里写竹子的气节，认为它们的气节与古人相对应的话，应该是孤竹的伯夷叔齐。在古代作品中，有很多咏物的作品，来歌颂竹子的气节，而伯夷、叔齐是孤竹国二子，他们又能够坚守自己的气节，所以在无关中，有了紧密的联系。原来不相关的竹子，因为孤竹国的国名，与伯夷叔齐的精神有了关联。

宋代诗人许及之，以谄事韩侂胄，韩败，降两官，居住泉州。但他的《题有竹轩》也借孤竹意象肯定了竹子的气节。

家世岂孤竹，夷齐真二难。

清风与直节，一一耸高寒。

这首诗也是在歌颂竹子的气节，同时也与夷齐的人文精神相合，那就是高寒中耸立的气节。这首诗肯定的是伯夷叔齐的清风与正直的节操。

南宋豪放派词人辛弃疾，生于金国，少年抗金归宋，一生三仕三隐，有抗金收复失地之愿望，但最终报国无门。他在《浣溪沙·其三种松竹未成》

中借"孤竹"典故肯定了竹子的气节,希望能与自己相互勉励,其中投射了词人现实落寞的情怀。

> 草木于人也作疏。秋来咫尺异荣枯。空山晚翠孰华余。
> 孤竹君穷犹抱节,赤松子嫩已生须。主人相爱肯留无。

这首词作于宋宁宗庆元三年、四年间,当时作者移居铅山瓢泉新居一年稍多一点,他所种的松竹还没有成长起来,而自己正因罢官,生活落寞。词人正是借此中情景来抒发自己胸中不平之气。词的上阕借自然景物来衬托自己的心情,慨叹自己在现实生活中,受到了人们的疏远,而如今连草木都疏远他,使这种落寞之感更为深重。秋天来的时候,原本枝繁叶茂的植物,转眼之间已经荣枯不同,正如自己从地方官吏如今却被贬谪为庶人,不能再尽自己报国之力,感慨深沉。但词的下阕写松竹之气节。"孤竹君"句把竹子的气节与伯夷叔齐的故事融合为一。言孤竹君二子虽穷饿而死,却依然坚守气节,借以比况自己所种竹子之气节。"赤松子"尤言松,虽然幼嫩,但已生出根须枝叶,可以期待其成长。写植物,却隐约透露了作者对与之相关人物气节的赞叹,词人以此自勉。最后一句,表达了词人对松、竹的喜爱之情,希望它们能够存活下来,保持气节,和自己相互勉励,共渡难关。

宋代诗人晁公溯的《前恩阳尉周邦举出予兄激仲所书其父竹轩记求诗因题二解其一》也借"孤竹"典故肯定竹子的气节。

> 眼看数竿今白头,高标直节气横秋。
> 果能似此孤竹子,何羡渭川千亩侯。

眼看着现在渐渐老去,诗人标举伯夷叔齐的气节,认为如果真的能做到那样,就不用羡慕千户侯。这里也是把伯夷叔齐的气节赋予了植物之竹,有颂扬之意。

北宋著名现实主义诗人梅尧臣,他的诗歌作品《禁中瑞竹同本异茎》以伯夷叔齐的气节来咏竹。

> 孤竹二君子,圣人知独清。但将奇节并,何用首阳名。

对于世间少有的奇异现象,诗人以"虚心君子"立论,虽然是写竹子,却借用了孤竹伯夷叔齐之气节,认为这种竹子更超越于君子之外,不必借首阳之名。

明代诗人周是修的《二竹》也是借"孤竹"意象咏竹,同时肯定了夷齐的操守。

> 望孤竹兮不见,见夷齐之并佳。节胡劲而不屈兮,性胡质而不华。
> 睨首阳之高洁,吾不知其竹之犹夷齐者耶。夷齐之犹竹者耶,吁嗟乎其一者耶。

这首诗是在咏竹,但是在竹的身上看到了夷齐的操守,仿佛竹子和夷齐并为一体,不分你我。

元末明初诗人钱宰,他的《宅德民双竹》也肯定了伯夷叔齐的精神。

> 此君一本森双干,恰似孤竹生夷齐。
> 清风节操终并立,明月环佩长相携。
> 或骑两龙齐上下,又挟苍凤随高低。
> 何当联镳入云去,玉笙吹向瑶池西。

这首诗也是歌颂竹子的一首诗,这棵双竹本来是同根生,就像是孤竹国的伯夷叔齐。他们有一样的清风节操,总是与美玉明月相互映衬。这首诗以伯夷叔齐的精神来比况竹子。

明代诗人黄省曾在《咏伯夷叔齐一首》中提到了"孤竹"意象,与诗歌中的其他意象一起勾勒出了伯夷叔齐故事的梗概，并呈现了作者的慨叹。

  高风生首阳，幽姿发孤竹。姬周羞采薇，神农忆深谷。
  叩马惊太公，扬□远黄屋。胶鬲已就官，微子亦侯服。
  于嗟命之衰，饿死西山陆。至今日月下，千载沈芳馥。

  这首诗歌颂伯夷叔齐的气节，作者先写首阳山上有高风亮节的人，就像孤竹的优雅姿态，这里孤竹表面写竹，但实际上却是在写伯夷叔齐。在周朝的时候，以食周粟为耻，想要回到那个神农时代。他们叩马而谏的时候就已经使吕望惊讶，并且要远离朝廷。当时胶鬲与微子都已经做官。而他们却只能感叹时代的不遇，饿死在首阳山下。时至今日，他们人格的芬芳依然不减。

  总之，这些作品在歌颂竹子的时候，都强调了环境的恶劣，竹子不畏严寒霜雪，正如伯夷叔齐之气节；有的诗人在歌颂伯夷叔齐，却又以竹子来比况。肯定了伯夷叔齐的君子之风、清风节操，以及千百年来他们依然不减的人格芬芳。

  南宋文学家周紫芝的诗歌《徐季功画二古木·其二》借"孤竹"典故肯定了画家的人格。

  何处千年双干，未嫌雪虐风饕。楚士两龚介洁，孤竹二子清高。

  这首诗主要是写画中的古木，不知道是何处的古木，一点都不嫌风雪暴虐。就像是汉朝时期耿介的龚胜和龚舍，清高的孤竹二子伯夷和叔齐。这首诗将木之气节融入了人物的精神内涵，歌颂其气节。

  宋代诗人毛珝《山中吟七首·其二》借"孤竹子"肯定了人物的品格。

  采薇作庭实，纫兰作筐筐。持以荐王公，谓可蘋藻比。
  王公龋齿谢，王门何用此。问客姓与名，或是孤竹子。

这首诗写采薇当作陈列于朝堂的贡献物品。以高洁的纫兰作为礼物，献给王公贵族，可以与蘋藻相比。王公贵族笑着拒绝了，认为不需要这样的物品。问采薇之人是谁，或许是孤竹的伯夷叔齐一样的隐士吧。以此来说明其品质高洁，但是不入王公贵族之门。这里的兰、薇代表了美好的资质，而孤竹子包含了对此人品格的肯定。

宋代诗人张道洽在《梅花·其三》中以孤竹所蕴含的人物品格来比附梅花。

> 泠泠涧水石桥傍，春正浓时风味长。
> 清介终持孤竹操，繁华不梦百花场。
> 描来月地前生瘦，吹落风檐到死香。
> 结习已空无染着，每来花下辄成狂。

这里虽然在描写梅花，却用孤竹的清廉耿介来比况。梅花生长在石桥下的清冽溪水边，春天的时候，那花的清香如此浓烈，却始终保持清介的情操，不追求繁华似梦。即使被吹落，依然清洁无染尘俗，那份清香到死都不会消散。

宋代诗人周南在《咏梅·其三》中以"孤竹"典故来肯定梅花的气节。

> 不是冲寒欲避春，古来辞富不辞贫。
> 高之孤竹求仁辈，卑是羊裘钓雪人。

写梅花冲破寒气开放，不是为了避开春天，自古以来都是拒绝富贵而不推辞贫穷，气节高者是"求仁得仁"的孤竹伯夷叔齐，而气节卑微者应该是严寒中穿着羊皮衣服的钓者，只是不慕官爵，后面的典故出自《后汉书·严光传》，严光与汉光武帝刘秀是同学，后来光武帝即位，想要招他出来做官，而严光却不断变换自己的姓名，披着羊裘垂钓去了，也就是过着隐居的生活。梅花在严寒中绽放正如孤竹保持气节的求仁之辈，在酷寒中傲然独立。这首诗借孤竹伯夷叔齐来比况梅花的气节。

诗人们借伯夷叔齐的精神来肯定古木、梅花，同时也借此肯定了人物的品格节操。赋予了梅花清廉耿介、如伯夷叔齐求仁得仁之气节。

宋代诗人王柏，婺州金华人，积极求道，一生不仕，研讨性命之学。他在《和立斋番君吟》一诗中借"孤竹"典故肯定了伯夷叔齐的典范作用。

> 日月星辰天之精，山川草木地之文。本乎天者既圆象，下者何不皆方形。此疑千古不能决，读尽六经无异说。依稀子夏微有言，譬诸草木区以别。草木之中操孰坚，佥曰此君耐岁寒。虚心直节表真劲，穷冬大雪青琅玕。平生正坐一圆累，未堪全德君子比。内圆犹是智之余，外圆无乃德之耻。我闻楚东有云仍，生来气骨清棱棱。觚哉觚哉出乎类，长大益觉廉隅分。自从大学悟絜矩，四面正直各得所。独秉重坤六二爻，斯可以为民父母。厥初受命莫不然，世衰俗弊失其传。商周之际斯为盛，孤竹二子何曾圆。

这首诗中提到的关于方圆之说，本乎天者为圆象，下者多为方。以草木来比，那么竹子是操守中最为坚贞的，耐岁寒，有劲节，即使在大雪之中，也不会亏损其美玉之本质。可是作为人来讲，很难做到。听说楚东有人也有如此的凛凛气节。其实最初的时候，莫不如此，但是随着时间的流逝，渐渐地失去了这种坚贞的气节。商周时期这种风气比较兴盛，孤竹二子应该是其中的代表。这里肯定了孤竹二子他们行为的示范作用，也就是诗人在大学中所悟到的"絜矩"。

北宋文学家张耒在《感遇·一十七》中探讨了伯夷叔齐的行为。

> 周王仗黄钺，自谓将天威。孤竹两君子，采薇旁笑之。
> 岂徒惊世俗，趋死乃如归。周衰楚蒙吏，快辩多文词。
> 高言毁二子，至与盗跖齐。夷齐固齐圣，于道岂无知。
> 轻身立世教，争夺尚如斯。

这首诗写周武王仗着天子的威仪，认为是天之威严。孤竹国的伯夷叔齐却拒绝食用周粟采薇而笑周武王的这种行为。他们饿死首阳的行为惊动世俗之人。战国末期的庄子能言善辩，诋毁伯夷叔齐，认为他们和盗跖没有什么区别。其实伯夷叔齐本来就是圣贤之人，怎么能不懂道。只不过是看轻自己的生命而为世人立下一定的处世规范。他们是为了对世人起到榜样的作用，而选择了饿死这样的行为。这首诗充分肯定了伯夷叔齐的行为，认为他们是圣人，认为他们的行为为后世树立了典范。

南宋文学家刘过，在《怀古四首为知已魏倅元长赋兼呈王永叔宗丞戴少望·其四》中借与伯夷叔齐争清标来说明嵇康的人格魅力。

> 嗣宗党司马，徒尔铺其糟。叔夜屹玉山，落落昆仑高。
> 神仙之可求，蓬岛何迢遥。汤武非圣人，况识师与昭。
> 一死继结缨，孤竹争清标。荡阴一杯血，彩凤无凡毛。
> 鸱鸢嗜腐鼠，竟绝终身交。

这首诗主要歌颂嵇康，与阮籍形成了对比。诗人引用了嵇康《与山巨源绝交书》所表达的主题，认为嵇康的追求与阮籍那些追随司马氏的人不同，他追求像神仙一样逍遥的生活，商汤和周武王不是圣人，更何况是司马氏。他的死就像子路和孤竹的伯夷叔齐一样，坚守了自己的人生理念。

宋代诗人刘应凤在《闻文文山北行·其三》一诗中借用了伯夷叔齐不食周粟的本义。

> 夹道红旗驻马蹄，乡人将喜又将疑。
> 天留中子传孤竹，谁向西山饭伯夷。

人称其文有霸气。文天祥被俘押送大都，路过江西，应凤怀疑其投降，所以写《闻文文山北行》四首以讽之。盖因伯夷不食周粟，饿死首阳山下；而文天祥被俘初未死，故以诗促其死节。这首诗中所呈现的伯夷叔齐的故事在于他们不食周粟最后饿死的本义，却包含了对文天祥坚持气节的期待。

这些诗歌作品肯定了伯夷叔齐的选择，认为他们为后人树立了典范；有的诗人借伯夷叔齐的类比来肯定嵇康、文天祥，认为他们一样可以坚守气节，形象地说明了伯夷叔齐的典范意义。

（三）伯夷叔齐隐逸情怀的多元表现

伯夷叔齐隐居首阳的情节在"孤竹"意象的运用中，同样展现了各个时期作者对隐居的各种不同的情感，或者代表了一种自由的生活状态，或者借此表达对现实的失望，或者描述隐居者的状态，或者借此感叹时运不济，或者借此讽刺那些沽名钓誉的假隐士。

宋朝诗人刘克庄在《次韵》和《热不息恶木阴》两首诗中都借用了"孤竹"的典故，从不同的角度表达了自己心态。

### 次韵

不惟慵进取，兼亦断知闻。交友赤松子，弟兄孤竹君。
共寻对床约，更割半山分。新敕冰衔峻，何须刻籍文。

词人这里是写不只是懒得追求进取，而且不再关注这些消息。要与传说中的神仙赤松子交朋友，和孤竹君做兄弟。赤松子与孤竹君代表的是一种自由的生活状态，词人想和他们一起寻求这种相聚的快乐。

### 热不息恶木阴

触热慵休息，谁知志士心。既名为恶木，不可就繁阴。
炎赫当三伏，轮囷欲百寻。蔽牛徒隐映，下马复沉吟。
浊世无孤竹，中原有邓林。飘然远游兴，散发更披襟。

在那么炎热的天气慵懒地休息，又有谁知道壮士的心呢？恶木之下即使有阴凉之地也不愿意在那里休息，要寻找到良木才可以停留。可是浑浊之世不会有孤竹之节，中原才有传说中的桃林可以解渴。不妨飘然远游，舒畅情怀。孤竹与邓林对举，表达了诗人对现实的失望。

明代诗人陈繗在《东皋》一诗中有以伯夷叔齐自况之意：

依稀城郭小江洲，深自深来幽自幽。
几曲沧浪花外雨，一方明月径边秋。
寒云锁断红尘梦，野屋深藏碧树浮。
为问首阳孤竹下，谓谁还得这风流。

这首诗写诗人隐居在清幽之地，不问红尘。隔绝世俗生活，唯有秋月、花雨、碧树相伴，这种生活，问问伯夷叔齐还有谁能像自己这样？这里提到伯夷叔齐其实也是在说其隐居生活本身，但是其中也有以其操守自况之义。

明朝遗民、文学家屈大均，在《孤竹吟》中以自己独特的时代感受表达了对伯夷叔齐事件的看法和自我感受。

我行逾万里，徬徨思故乡。黄鹄虽失所，不从燕雀翔。
驾言登孤竹，东北望边疆。惊沙如白雪，杀气为严霜。
游子一何微，落叶同飘扬。独智世不容，接舆久佯狂。
神龙为蝘蜓，白刃莫能伤。大义劫天下，汤武诚不祥。
夷齐忧无臣，叩马空慨慷。白日何昭昭，浮云复茫茫。
吁嗟命之衰，挥涕归首阳。

这首诗写自己走了将近上万里的路，所以不由得思念故乡。高才贤士虽然流离失所，但是不会降低自己的志向。登上孤竹，望向东北的边疆。风沙如雪，杀气成霜。游子是多么的微不足道，如同落叶一样四处飘零。如果自己的智慧不能为世所容，接舆那样的人只能假装疯狂。就像是神龙变成了一只微不足道的虫子，锋利的刀子也无法伤害它。汤武以义占有天下，确实不善。夷齐忧虑如此则不符合为臣之道，叩马而谏，却空留慷慨。太阳如此的明亮，却被乌云遮断，诗人只能感叹时运不济，不能再遇到神农那样的时代，挥泪隐居首阳山。诗人是明末清初的人，因此对于汤武革命的评价有着时代的气息和特征。

明代诗人王冕，出身贫寒，幼年给人放牛，靠自学成为诗人、画家。他在《赠蒋清隐》这首诗中描述了隐居者的生活状态。

> 门外好山千万重，翠涛百顷罗云松。细水幽咽杂花远，三径修竹来秋风。灵籁泠泠动情操，世外红尘飞不到。白月流光抱石台，高人潇爽长吟啸。起居闲闲趣有余，看山看水还看书。木瓢满酌示真率，不知韩冕为何如？太华终南青未了，北山移文为谁道？君不见孤竹夷齐久寂寥，首阳薇蕨今荒草。

这里提到的"三径"是指归隐者的家园，好山好水、翠竹、云松、细水，这里的风声充满了清操，世外的所有杂事都无法到达。隐居者潇洒生活，可以看山看水还看书，不知道官位爵禄是什么，隐居之地太华终南依然绵延不绝，北山移文讽刺的沽名钓誉的假隐士如今何在？而孤竹的伯夷叔齐已经太寂寥了，首阳的薇蕨已经化为荒草。这里提到的伯夷叔齐是指一种隐居者的状态。

宋代诗人苏良的《钓鳌台》也呈现了不同隐居者的状态。

> 汗漫孤槎到海滨，荒阡触目尽忧薰。
> 休粮未遇赤松子，采蕨终惭孤竹君。
> 甚欲去寻东道主，只愁见谕北山文。
> 秋风吹动归与兴，又隔扶胥一片云。

诗人乘着船到漫无边际的海滨，触目是荒漠之地。自己不吃东西也没遇到仙人赤松子，而采薇却自愧于孤竹君。自己想要去找东道主，却发愁听到北山文，成为虚伪的隐士。在秋风的吹拂之下，诗人动了归与之兴，故乡是如此的遥远。这首诗里呈现了不同隐士的状态，传说中赤松子那样的仙人，或者是采薇而食的孤竹君，还有一种隐士是《北山移文》中所提到的假隐士。

诗人们所描述的隐士状态并不单一，有仙人，有真正的隐士，也有沽名钓誉的假隐士，通过描述多角度地呈现了自己对伯夷叔齐的情感态度。

（四）伯夷叔齐品质的多元评价

伯夷叔齐故事中谦让、求仁得仁、美好廉洁的名声在后人的作品中或者单一呈现，或者综合呈现，从正面的角度来肯定伯夷叔齐的美好品质或者肯定他们的行为；但是也有的作品从不同的角度表达了对伯夷叔齐行为的看法，认为不需要执着于一种行为，或者表达了对伯夷叔齐舍弃生命的一种否定。

有的作品肯定了伯夷叔齐的谦让之风。如李白的《相和歌辞·上留天》。

行至上留田，孤坟何峥嵘。积此万古恨，春草不复生。

悲风四边来，肠断白杨声。借问谁家地，埋没蒿里茔。

古老向余言，言是上留田。蓬科马鬣今已平，昔之弟死兄不葬。

他人于此举铭旌，一鸟死，百鸟鸣，一兽死，百兽惊。

桓山之禽别离苦，欲去回翔不能征。田氏仓卒骨肉分，青天白日摧紫荆。

交柯之木本同形，东枝憔悴西枝荣。无心之物尚如此，参商胡乃寻天兵。

孤竹延陵，让国扬名。高风缅邈，颓波激清。尺布之谣，塞耳不能听。

李白的这首诗用故事的方式,讲述了兄弟之间不能和谐相处之事。诗歌在开头的部分营造了一种特别悲凉的氛围,累累孤坟充满悲恨之情,乃至春草不生,风声呼啸,听到的是白杨肠断之声,原因是弟死兄不葬。作者针对当时的时事而发,引用伯夷叔齐、延陵季子之事,是在强调谦让之意。

宋代史学家、政治家、文学家司马光的《送冲卿通判河中府》虽然是赠别之诗,也写到了孤竹的谦让之风。

> 闻道名都行有期,依然想见昔游时。
> 寒光一曲秋河转,翠岭三条夕照移。
> 孤竹旧(风)民有让,重华余教俗无疵。
> 不须到日方登历,已在君家十二诗。

这首诗是司马光送吴充的一首诗。河中府就是蒲州,蒲州是首阳山所在,诗中提到孤竹国所兴起的是谦让之风,舜的时候教化完美,这首诗里有诗人的依依惜别之情,同时表达了对吴充人格的肯定。

同样肯定伯夷叔齐谦让之风的作品还有元末明初诗人谢应芳的《兵后过季子祠》。

> 延陵采地荒榛棘,延陵遗庙成瓦砾。延陵野老归吊古,独立斜阳长太息。尘埃野马纷满眼,城郭人民总非昔。共惟泰伯吴鼻祖,三让高风冠千古。周衰列国俱战争,卓尔云仍踵遐武。去国躬耕江上田,曰附子臧非浪语。天伦义重情所钟,屹立狂澜见孤柱,此义孰可比采薇?西山孤竹子,此情知者谁,获麟老笔十字碑。德音寥寥二千载,陵谷几番经变改。江南近代淫祠多,梁公不作可奈何。于乎祠堂之毁还可屋,礼让风衰较难复。汉家兄弟歌布粟,唐家兄弟相屠戮。何当大化一转毂,于变浇漓作醇俗,九州八荒春穆穆。泰伯延陵断弦续,芳也未死当刮目。

这是作者在战争过后过季子祠时的怀古之作。如今延陵之地一片荒凉，延陵庙已经成为瓦砾。延陵野老孤单地站在夕阳下长声叹息，物是人非。唯有吴泰伯三让之节，名冠古今。周朝之后，列国战争从来没有断绝。从此离开官场，追随子臧的说法并不是大话。重视天伦之情意，犹如力挽狂澜擎天而立的孤柱，没有谁能比得上西山采薇的伯夷叔齐。这种气节绵延两千年，世事多少变化，沧海桑田。即使祠堂被废之后，还可以重新修复，而礼让之风却很难再被承传，什么时候教化会出现新变，让浮薄不厚的风气变得醇厚。那个时候，天下一片盎然之境。泰伯延陵的谦让之风能被延续，那么自己也会刮目相看这个时代啊。这里所提到的伯夷叔齐在诗人看来是"天伦义重情所钟"的人。肯定了他们的谦让之风。

有的作品强调了仁暴之别，肯定了伯夷叔齐的志气。如清代诗人李锴的《蓟门怀古五首之二·孤竹》。

> 亦知天眷已西临，独信民彝待力任。
> 叩马责难君父义，采薇之死弟兄心。
> 漆书旧简清风在，草蔓荒祠古色深。
> 历历遗歌著仁暴，不胜凄绝一长吟。

已经知道上天对周朝的眷顾，但是相信人伦还需要努力坚守。伯夷叔齐叩马责难周武王的做法，不符合君臣父子之义，这就是他们采薇西山最终饿死所坚守的道理。而如今历史典籍中他们的清风高节依然流传，但是祠庙已经在野草漫漫中荒凉。千百首的诗歌都在慨叹仁暴之别，但是都比不上伯夷叔齐采薇长吟的志气。

有的作品肯定了伯夷叔齐的美好名声，如南宋著名的政治家和诗人王十朋的《秦望》。

> 瞻彼秦望，崇于会稽。曷云其崇，登焉而紫。

> 孰登是山，西方之人兮。瞻彼秦望，轻于会稽。
> 曷崇而轻，名之以嬴。孰名是山，东方之人兮。
> 我登稽山，思禹之绩。吾侪不鱼，繄帝之力。
> 我瞻秦望，哀秦之过。雪彼黔首，其谁之祸。
> 禹驾而游，夏民以休。有翼其行，稷卨是谋。
> 政辙而狩，嬴随以仆。孰秽其恶，斯高左右。
> 孤竹兄弟，殍于首阳。山与其人，嘉名孔章。
> 溪辱以愚，泉污以盗。物之不幸，名恶而暴。
> 浙涛如银，鉴流如绅。濯彼崔嵬，勿污以秦。

这首诗是作者登山思古人的一首诗，他登上会稽山，远远地瞻望秦望山。想到了秦之过，想到了三王的政治。想到了孤竹伯夷叔齐兄弟，他们最后饿死首阳山，无论是山还是人，他们的名声很美好。这座山以及伯夷叔齐的名声都因为他们的行为而美好。有命名为愚溪、盗泉的，而这些事物的不幸，是因为名字的原因，其实这些事物本身并没有好坏之分，希望这座山不要因为秦的恶名而被玷污。这首诗借用伯夷叔齐的故事作为一个事例来说明事物与名字之间的关系。当然也肯定了伯夷叔齐的美名传扬。

清代诗人杨宾在《望首阳山》一诗中提到了伯夷叔齐在家乡的衣冠冢也是源于家乡人对他们的敬仰。

> 垂鞭信马蹄，平沙入孤竹。孤竹传者谁，二子伯与叔。
> 让国久无家，东海留芳躅。岂至采薇时，不食还乡粟。
> 而以首阳名，专号兹山麓。清风讵可攀，庙貌随时俗。
> 俎豆纵千秋，不饱他人粟。我来大道旁，日暮仍驰逐。
> 安得拜衣冠，细摸残碑读。

这是作者经过首阳山时写的一首诗，信马由缰，诗人在漫漫黄沙中进入了孤竹。孤竹得以传诵的是他的两位公子伯夷和叔齐。他们因为谦让王位没有家，所以曾经隐居东海。即使到了最后隐居首阳的时候，他们也不肯回家乡。而故国的人却专门以首阳来命名这座山，他们的高洁品质怎么可以攀附，但是所建的庙宇却与世迁移。虽然不食周粟，却得到了千百年来人们的祭祀。经过这里的时候，已经是日暮时分。拜谒他们的衣冠冢，只能用手来抚摸碑文，表达了诗人的钦慕之情。这首诗说明此地的首阳山是因家乡人的思念和敬仰伯夷叔齐而命名，山上还有伯夷叔齐的衣冠冢，以及碑文。

有的作品是对伯夷叔齐精神的综合肯定，如元代诗人汪泽民《敬题范文正公所书伯夷颂卷尾》这首诗中包含了三个时代的人对伯夷叔齐品质的肯定：唐韩愈的《伯夷颂》，宋范仲淹以韩愈作品所书写的书法作品，元代汪泽民为这幅书法作品而写的诗。

  青青首阳薇，皎皎孤竹子。求仁亦何怨，清风千万祀。
  昌黎述玄圣，雄文剧颂美……

这首诗用前面的四句描述了伯夷叔齐采薇首阳山的情状。青青的首阳之薇，清白耿介的孤竹之子。他们求仁得仁无所怨念，他们清廉耿介的情操得到了后人的祭祀和称颂。韩愈写文来歌颂他们，文章雄伟壮美。在那么多的作品中范仲淹也选了这篇来书写，说明也正是看到了伯夷叔齐的精神。

明代诗人黄佐通过《读伯夷传有感》表达了自己对历史上评价伯夷叔齐的看法。

  求仁本无怨，感义闻盍归。清风满孤竹，首阳何巍巍。
  拜诵孔孟言，永矣旭日辉。何哉马迁传，夐与周纪违。
  左右兵义士，采彼西山薇。充蚓亦土毛，否臧非德威。
  武成二三策，抚卷悲疇依。

这首诗是作者写读司马迁《伯夷列传》的一种感叹。伯夷叔齐的行为求仁而无怨恨之情，他们叩马而谏，最终归隐于首阳山。这种谦让的坚守原则的节操传遍孤竹，首阳山也显得那么高耸入云。仔细拜读孔孟对于他们的评价，真的是永远会照耀后世的光辉啊。司马迁所写的伯夷叔齐的传记却与周本纪的主旨远远不同。大家都认为他们是义士，最后在西山采薇。即使是蚯蚓所吃的土，也不能用好坏来评判它们。诗人认为读书就像孟子所说的那样，要有自己的看法和取舍。作者在读这篇传记的时候，也关注到了孔子、孟子、庄子对于伯夷叔齐的评价，看到了其中观点的不同。作者肯定了孔孟对伯夷叔齐的评价。

有的作品表达了对伯夷叔齐行为通达的看法，如南宋诗人项安世的《题袁才举明景轩诗》。

题注：浊明外景，清明内景。
孤竹两高人，不止一清字。平生不念恶，和气满天地。
后来展禽氏，但以和得声。至其不易介，耿耿秋旻清。
达人盖存我，不与外物较。冥观莹方寸，随俗等喧闹。
由其有内外，所以立二名。要知出处间，何往非通明。
入与神明居，如月出秋水。出与尘坌交，如莲在泥滓。
莲虽不拒泥，终不与泥同。月岂必在水，亦在潢污中。
由然与之俱，舖糟汨其泥。退而省其私，炯若清庙圭。
昔者吾先师，不拒中牟费。所贵不磷缁，不贵作同异。
当时解此转，惟有颛孙生。于人无不容，自有嘉与矜。
嗟哉道不明，智过愚不及。清为水底魂，浊为瓜上集。
乡愿乘间起，遂处二者间。不夷亦不惠，以此容其奸。
吾道大明镜，皎皎当空垂。物来无拣择，随尔多妍媸。
终然不失我，光景湛如一。不落内外尘，亦不中间立。

> 我学不至此，颇识此中情。意语不成诗，往作轩中铭。

这首诗主要是写孤竹的伯夷叔齐二人，不只是可以用清来形容他们。他们毫无怨念，所以和气满天地。柳下惠也是如此，让他出来做官也不拒绝，只是坚持自己的原则，他也是忠心如秋天的清空一样清澄。以达观的态度不与外物计较，可以在心中思考体察，和世俗一样，内外互通，可以拥有伯夷叔齐和柳下惠的名声。认为无论是出仕还是隐居，都可以达到这两种气节。如果保持隐居的状态，就像是秋水中的月亮那样皎洁。出仕与世俗打交道，就如莲花一样，出淤泥而不染。而且，月亮怎么会一定在水中，也在污泥之中。但是隐退自我反省时，又可以如美玉般。以前的先师们就不会受到环境的影响，而保持自我，孔子的学生子张能够真正地理解这种精神。那些乡愿之人，趁着这样的机会，介于两者之间，既没有伯夷叔齐的节操，也不坚持柳下惠的原则，以此来容纳自己的私心。其实大道就在那里，与物推移，不失自我。既不落入内外尘，也不会介于中间做乡愿之人。虽然做不到这些，却了解其中的情怀。这首诗表达了诗人理解那些坚守"道"的人，无论他们选择哪种形式。这种认识，与王安石的看法有一致之处，充满了通达的态度。无论是伯夷叔齐还是柳下惠都有自己坚持的原则，而有些人只注重形式。

宋末元初诗人赵文，他的《三香图》肯定了孤竹国的中子。这在以"孤竹"为典故的作品中比较少见，却表达了诗人想积极承担社会责任的愿望。

> 梅花瘦而贞，霜磨雪折骨愈奇。山矾清而野，桃李场中不肯移。
> 梅也似伯夷，矾也似叔齐。水仙大似孤竹之中子，不瘦不野含仙姿。
> 人生但愿水仙福，梅兄矾弟真难为。

这首诗是以孤竹国的三个儿子来代指三种花，梅花、山矾、水仙，梅花像伯夷，霜雪中显示其奇异的风骨，而山矾像叔齐，清而野。水仙则像孤竹国的第二个儿子，含有仙姿。但是作者羡慕水仙，觉得梅花、山矾很难得。

说明作者对承担社会责任的肯定，同时也没有否定伯夷叔齐的选择，认为他们也难能可贵。

清代诗人彭孙遹的《沁园春酒后作歌与擎庵·其一》虽然肯定了伯夷叔齐的气节之清，却表达了要坚守自我的人生态度。

> 何必规摹，五柳之高，孤竹之清，念久与周旋，我宁作我，任教礼法，卿自从卿。俊乘陪游，辛杯侍宴，仆病须知非所能。问何者，是鱼文骥子，纶组彫缨。
>
> 狂来白眼休惊。算若个、堪当一瞬青。但紫篝玉炷，香消仙蠹，朱绳金错，笔扫谗蝇。清酒三杯，黄粱半枕，不换他年身后名。谁惊觉，有坠梧片叶，索赋秋声。

这首词表达要做自己，而不是要追步陶渊明的气节之高，也不去追逐伯夷叔齐的气节之清，只做自己。游宴生活不是自己所追求的。对那些不合之人，唯有白眼相加，用自己的笔墨与那些谗佞的小人战斗。只在乎清酒三杯，富贵功名，不会去换身后之名。可是突然惊觉，看到梧桐叶坠地，一片秋声。词人虽然说不会去追步陶渊明、伯夷叔齐的气节，但肯定了他们的气节之高、气节之清。

有的作品对伯夷叔齐的选择进行了否定性的评价，如明代诗人张煌言的《羁恨二首·其二》。

> 孤竹羞周粟，余怀胡不然。暂将吞炭恨，并作茹荼怜！
> 一匕分毡雪，三杯酌乳泉。终当从辟谷，岂羡赤松仙！

这首诗认为如果遵从于道家的辟谷修炼的方法，就不需要羡慕神仙赤松子了。那些为了道义而失去生命的行为，在作者看来都不值一提。比如孤竹伯夷叔齐以食周粟为耻。而他更愿意像那些为了某种道义而经历困难的历史人物，比如为了报恩吞碳自残的豫让；比如为了坚守气节吞毡雪的苏武。这与诗人的生存境遇也密切相关，他以自己的行动表明了自己坚守的这种人生态度，他不会选择伯夷叔齐的那种方式，而是更愿意像豫让和苏武那样。因为他是南明将领、民族英雄。南京失守后，他与钱肃乐等起兵抗清，坚持抗清斗争近二十年。至清康熙三年，见大势已去，隐居不出，被俘后遭杀害。

"孤竹"意象以自己本身的意义融入了伯夷叔齐传说的意蕴，梳理文献可以看到伯夷叔齐传说的故事带给后人很多的思考维度，从这样的故事中既看到了他们值得肯定的品质和气节，同时也看到了他们选择中所存在的问题，并且这种行为选择要在一定的情境之中才有合理性。更多的人是针对自己或者现实中的某一问题借用伯夷叔齐故事中某一点来表达自己的情感或者对现实的态度。

总之，通过对伯夷叔齐人物、"采薇""首阳山""孤竹"四个重要意象历史文献的梳理考辨，可以看到简单的故事中所呈现的内涵被引申、被拓展，无论是哪个意象，都结合自身的特征及相关的文化传统，融入了与伯夷叔齐传说相关的价值观念，都有伯夷叔齐行为中所展现出来的多维意义。而这些内容多从情感的角度来肯定其品质、气节对后世的影响；也有从理性的视角对他们的行为进行多角度的评价，同时也看到了他们生活的困境、生存的困境和精神的困境。伯夷叔齐传说意象的意义在历史的承传过程中，因为其阐释而丰富，人们用各种不同的方法，表达着自己的敬意，甚至于一些消解其意义的内容也同样地拓宽了其深刻的内涵。

# 第二章 伯夷叔齐在哲学著作中的意义辨析

伯夷叔齐的故事在流传过程中，不断地被丰富，同时也在被改编。他们有时是历史人物形象，他们的行为被大家用来探讨观点。但是探讨论证的过程中，他们的形象被哲学化。因此为了更清晰地厘清伯夷叔齐在承传过程中所承载的文化意蕴，本章将选择有代表性的著作加以详细考证分析。孟子曾经说，了解古人，要"颂其诗，读其书，不知其人可否？是以论其世也"（《孟子·万章下》）。所以要了解不同时代的人在作品中引用伯夷叔齐的事例所呈现的意义，就要从作者所处的时代、作者的价值观等角度进行探析，这样才能真正了解伯夷叔齐的传说所承载的文化含义。

## 第一节 《论语》等著作中的伯夷叔齐意义辨析

在先秦哲学著作中，各家为了表达自己的哲学观点，通过对伯夷叔齐等历史人物的评价，呈现出各家的价值观；而伯夷叔齐的故事就成为这些价值观呈现的媒介或者载体。本节主要通过与伯夷叔齐相关的历史文献来考辨儒、道代表人物对伯夷叔齐的评价，以及在他们各自的时代承载了怎样的价值观念。

## 一　《论语》中伯夷叔齐意义辨析

《论语》是一本记录春秋时期孔子及孔子弟子及再传弟子言行的儒家经典著作，一共二十卷，一万多字，体现了孔子"仁"与"礼"的核心思想。孔子与弟子的对话中，提到了很多的历史人物，孔子对他们的评价，体现了他的价值观。这些评价内容涉及了个人品德、理想目标和人伦关系等问题，虽然是简短的评价，却融合了面对众多历史问题，甚至是现实问题的看法。《论语》产生以来，由于其中博大精深的思想，有很多不同时代的学者对其中的章句进行阐释分析，结合相关的历史史实使得理解更加透彻。伯夷叔齐在《论语》中出现了四次，有的出现在对话中，有的只是一句简单评价。通过对各家阐释的综合分析，尽量还原《论语》中对话的语境，回到孔子所生活的时代，从而真正地了解孔子对伯夷叔齐的评价。通过结合其中的语境和具体的历史事件进行详细分析，探寻其中所呈现的价值观。

（一）孔子对夷齐求仁不怨的肯定

子曰："伯夷、叔齐不念旧恶，怨是用希。"（《论语·公冶长》）

孟子认为伯夷把这种不喜欢的心情推演开来，很狭隘，不是君子所求。孟子认为："柳下惠不羞污君，不卑小官，进不隐贤，必以其道，遗佚而不怨，厄穷而不悯。故曰：'尔为尔，我为我，虽袒裼裸裎于我侧，尔焉能浼我哉！'"（《孟子·公孙丑上》）柳下惠完全与伯夷不同，孟子认为柳下惠这种行为不严肃，也不是君子所求。朱熹阐释这章选择了其中的一段："不立于恶人之朝，不与恶人言。与乡人立，其冠不正，望望然去之，若将浼焉"，来证明自己的观点："其介如此，宜若无所容矣，然其所恶之人，能改即止，故人亦不甚怨之也。"朱熹肯定了伯夷的耿介，对于其所恶之人，如果他们能改正，伯夷就会停止厌恶，人们对他的怨恨也就不会过分。《论语·述而》中：

互乡难与言，童子见，门人惑。子曰："与其进也，不与其退也，唯何甚？人洁己以进，与其洁也，不保其往也。"孔子认为要肯定一个人的进步，改正了就值得肯定。朱熹认为伯夷叔齐对商朝的态度，体现了他们耿介的品质。这样的评价符合孔子的思想。

朱熹《论语集注》对这章的阐释还引用了程子的话："不念旧恶，此清者之量。"《论语·公冶长》中孔子与子张探讨陈文子时，曾评价陈文子"清矣"。陈文子在崔杼杀死齐国国君时，放弃了自己的财产，离开了齐国，到另一个国家看到同样的情况，陈文子还是离开了。对陈文子的这种行为，孔子认为"清矣"，子张问道"仁矣乎？"孔子认为"未知；——焉得仁？""仁"在孔子的思想中是最高的道德标准，在《论语》中，孔子很少在评价人物时，轻易用"仁"来评价。在这段对话中，孔子肯定了陈文子清高的品质，却认为他没有达到仁。"清者之量"的"清"与孔子评价陈文子的行为一致，符合孔子对伯夷叔齐的评价。

杨伯峻《论语译注》这章的译文："伯夷、叔齐这两兄弟不记念过去的仇恨，别人对他们的怨恨也就很少。"注释中简单地阐释了伯夷叔齐的故事：孤竹君的两个儿子，父亲死了，互相让位，都逃到周文王那里。周武王起兵讨伐商纣，他们拦阻马车劝阻。周朝统一天下，他们以吃周朝的粮食为耻，饿死于首阳山。《史记》卷六十一有传。南怀瑾《论语别裁》认为他们不怀恨别人，宽恕了别人，坏人也就会被他们感化。认为这种评价是孔子源于自己在鲁国做司寇时的政治恩怨所发的感叹。钱穆《论语新解》认为伯夷叔齐于世，很少能够有符合他们理想的国家，但是他们能做到"朝有过夕改则与之，夕有过朝改则与之"。做到心清明无滞碍，如孔子不怨天不尤人，虽然这个世道没有合乎自己理想的国君，但是可以做到无所怨。钱穆先生认为子贡、司马迁都问伯夷叔齐有无怨念，而孔子认为他们没有怨念，这正是"圣人之知人，即圣人之所以明道"。钱穆先生对于这句的翻译是："伯夷叔齐能不记念外面一切已往的恶事，所以他们心上亦少有怨。"

综合以上评述，角度不同，但都是针对伯夷叔齐为人处世的态度，使大家可以进一步理解孔子的价值观。首先肯定伯夷叔齐不记念过往的恶事，这一点和孔子教育学生的价值观一致，即肯定一个人的进步，鼓励一个人的进步，对已往的事可以既往不咎。这点与孔子的恕道相通，宽宥别人的错误。从结果而言，就是"怨是用希"，即孔子所说的"己欲立而立人，己欲达而达人"的为人处世态度，从推己及人的角度，用自己的心去推及别人的心态，从别人的角度出发，为别人着想，成就别人才可以成就自己。其次，对伯夷叔齐清明品质表示肯定。当时的时代不符合伯夷叔齐的理想，他们不满意商朝，前往周朝追寻周文王的脚步，却遇到了武王伐纣。他们唯一能做的就是离开，通过离开来坚守自己的理想。这一点与孔子曾经评价过的陈文子一致，这就是程子所认为的"二子之心，非夫子孰能知之？"这种清明的品质使他们的内心不存怨念，体现了他们不怨天尤人的生活态度。最后这种评价中蕴含了孔子自己的一种情绪，这一点也毋庸置疑，对于一个人物的评价，本身就具有主观性，孔子同时也是对自己的劝慰，保持"心清明无滞碍"，追求自己的理想。这是孔子通过对伯夷叔齐的评价，希望自己的学生从他们身上学习处世态度，坚持追求自己的政治理想，即使不能实现，也不要怨天尤人。因此解释为不记念别人的恶行，心无怨念更为合适。

> 冉有曰："夫子为卫君乎？"子贡曰："诺；吾将问之。"入，曰："伯夷、叔齐何人也？"曰："古之贤人也。"曰："怨乎？"曰："求仁而得仁，又何怨。"出，曰："夫子不为也。"（《论语·述而》）

这章是子贡和冉有想知道孔子对卫国国君辄拒绝接纳他的父亲蒯聩入国的态度。首先这个问题本身是孔子的学生为了遵循礼，为了不直接批评卫君，没有把孔子陷入为难的境地。从结果而言，子贡了解到了孔子对于卫君做事的态度,方法和途径是通过对伯夷叔齐的评价。这种评价体现了孔子的价值观,认为他们不会后悔自己坚持道义。

朱熹《论语集注》简略地介绍了伯夷叔齐的故事,伯夷遵循父命,让位于叔齐。而叔齐也不居君位而逃去。在周武王伐纣的时候,伯夷叔齐曾扣马而谏。后来武王灭掉商之后,伯夷叔齐以食周粟为耻,最后饿死在首阳山。对于"怨",朱熹解释为"悔"。他认为伯夷叔齐各自遵循自己的价值观,他们的追求合乎天理之正,即乎人心之安,伯夷在继承君位的事上,遵循"父命",即"孝";叔齐则遵循"悌";这就是朱熹所说的伯夷叔齐"各得其志"。《论语·学而》中有子有一段话,说明伯夷叔齐已经找到了为"仁"的途径,"其为人也孝弟,而好犯上者,鲜矣;不好犯上,而好作乱者,未之有也。君子务本,本立而道生。孝弟也者,其为仁之本与!"卫国国君拒绝接纳自己的父亲回国,其中最重要的原因是怕失去天下,违反了"孝悌"的伦理原则。

朱熹《论语集注》对这章的阐释引用程子的话:"伯夷、叔齐逊国而逃,谏伐而饿,终无怨悔,夫子以为贤,故知其不与辄也。"伯夷叔齐让国的行为,他们面对武王讨伐商纣时的态度,最后坚守自己的志向,饿死首阳山,都说明了他们在自己选择道路上的一致性。正是他们的这些行为,孔子认为他们是贤人,肯定了他们所追求的道义。在卫国国君为了争夺君位舍弃伦理亲情的态度上,孔子自然持否定态度。

杨伯峻《论语译注》这章译文:"伯夷叔齐他们求仁德,便得到了仁德,又怨悔什么呢?"在注释中,杨伯峻对卫国的故事进行了详细陈述:辄是卫灵公之孙,太子蒯聩之子。太子蒯聩得罪了卫灵公的夫人南子,逃往晋国。灵公死,立辄为君。晋国的赵简子又把蒯聩送回,借以侵略卫国。卫国抵御晋兵,自然拒绝了蒯聩的回国。从蒯聩和辄是父子关系的这一点看来,似乎是两父子争夺卫君之位,和伯夷、叔齐两兄弟互相推让,终于都抛弃了君位相比,恰恰成一对照。所以子贡引以发问,借以试探孔子对出公辄的态度。孔子赞美伯夷、叔齐,自然就是不赞成出公了。

南怀瑾《论语别裁》注释这章时,把这句中"为"解释为"做"的意思,是孔子做卫国国君的意思。孔子认为伯夷叔齐不会埋怨,因为他们立定了志向,为达到最高道德标准,宁愿饿死,求仁得仁,没有什么可埋怨的。在这里,南怀瑾肯定了伯夷叔齐所坚守的最高道德标准,无论付出怎样的代价,即使是生命,他们也不会动摇。从这个意义而言,孔子说他们求仁得仁,没有埋怨。

钱穆《论语新解》对这章的阐释,认为这件事发生在孔子居卫期间,灵公去世,晋国人想要送蒯聩回卫国,卫人拒绝。孔子的学生想要了解孔子对这件事的态度。所以才有了这个问题。而孔子通过自己的评价,首先肯定肯让位的伯夷叔齐是古代贤人;接着说他们求仁得仁,所以无怨。钱穆先生认为"仁"在这里做心安讲,孝悌之心为仁心,孝悌之道为仁道,这就是他们无怨的原因。因此从孔子所追求的伦理关系而言,孔子不赞成以子拒父的行为。

综合各家阐释,这个问题的提出是在孔子居卫期间,对于这件事的评价,主要是针对卫出公拒纳自己的父亲回国的事,而且这件事发生在孔子所重视的丧礼期间。在师生的问答中,双方都没有明说,都使用微言大义的方式,发表了自己对时事的看法。这样的事情,在孔子生活的春秋时代,父子之间、君臣之间为了争夺君位,采取僭越方式,孔子对此持批判态度,他理想的社会是"君君、臣臣、父父、子子"遵循各种伦理关系的社会。在有针对性的阐释中,借用伯夷叔齐能用孝悌之心来对待天下君位的方式,肯定了他们追求道德理想的精神。"孝悌"是通往仁道的途径,也是通往孔子理想社会的途径。无论细节有怎样的出入,各家都有一个共同之处,认为伯夷叔齐遵循了孝悌之仁道,无论结果如何,他们都毫无怨悔之心。

## （二）孔子对夷齐被称颂的肯定

> 齐景公有马千驷，死之日，民无德而称焉。伯夷叔齐饿于首阳之下，民到于今称之。其斯之谓与？（《论语·季氏》）

《论语》这章的内容，因为涉及阙文的部分，所以各家辨析的角度各不相同，但是大家的疑问在于"斯"字到底代表了什么样的内容。

朱熹《论语集注》认为胡寅对程颐所说的"成不以富，亦只以异"应该在"其斯之谓与"这句之前很有道理。杨伯峻在《论语译注》中也引用了程颐的说法，并且在注释中引用了朱熹《答江德功书云》："此章文势或有断续，或有阙文，或非一章，皆不可考。"

杨伯峻对于这章的阐释，认为齐景公虽然富有，但是死了之后，谁都不觉得他有什么好行为值得称颂。而伯夷叔齐饿死在首阳山下，大家到现在还称颂他们。

南怀瑾《论语别裁》虽然也引用了程子的说法，但是他认为这句话可以不这么断，而是接着前面一章，内容也可以说得通。孔子曰："见善如不及，见不善如探汤。吾见其人矣，吾闻其语矣。隐居以求其志，行义以达其道。吾闻其语矣，未见其人也。"认为伯夷叔齐薄帝王而不为的行为，正是"隐居以求其志，行义以达其道"的表现。说明在孔子生活的年代，前者所见还比较多，但是能够像伯夷叔齐等薄帝王而不为的行为就很少见了。所以人们才真正地称颂他们。而作为齐景公而言，虽然富有，却没有什么值得称道的事迹。

钱穆《论语新解》在辨别了相关的内容之后，认为应该有"成不以富，亦只以异"这句在"其斯之谓与"之前。这句话的意思是"为人称述的，并不在富呀，富亦只是有以不同于人而已"。钱穆认为根据《论语》的体例，举古事古礼，章首皆无子曰字，至下断语始著子曰。若序而不论，则通章可不著子曰字。非阙文。

综上所述，大家称赞伯夷叔齐，虽然他们最后饿死在首阳山，而齐景公以君王之位多富有，却没有被人称道的地方。根据《论语》评价历史人物的方式，就某一点来评述，而不是从整体上来评价一个人物，因此这段话里面的时间节点应该是齐景公去世的时候。这里肯定了伯夷叔齐坚守自己的道。正如《论语·里仁》子曰："富与贵，是人之所欲也；不以其道得之，不处也；贫与贱，是人之所恶也；不以其道得之，不去也。君子去仁，恶乎成名？君子无终食之间违仁，造次必于是，颠沛必于是。"齐景公在他去世之后造成齐国的混乱，是孔子与弟子们讨论的原因。在孔子与弟子看来，谦让的态度，遵循"孝悌""君君、臣臣、父父、子子"才是他们所追求的目标，而齐景公恰恰没有遵循这些原则。

关于伯夷叔齐与齐景公对君位态度的对比理解，还可以参看《论语·泰伯》：

> 子曰："泰伯，其可谓至德也已矣。三以天下让，民无得而称焉。"

朱熹《论语集注》中讲述了整个事件。至德是指"德之至极，无以复加者也。"三让，是"固逊也"。无得而称，是指"其逊隐微，无迹可见也"。泰伯知道太王之心意，与仲雍逃至荆蛮。最终武王克商，终有天下。朱熹认为"夫以泰伯之德，当商周之际，固足以朝诸侯有天下矣，乃弃不取而又泯其迹焉，则其德之至极为何如哉！盖其心即夷齐扣马之心，而事之难处有甚焉者，宜夫子之叹息而赞美之也"。

杨伯峻《论语译注》注释里讲述了这句话的背景："泰伯"亦作"太伯"，周朝祖先古公亶父的长子。古公有三子：太伯、仲雍、季历。季历的儿子就是姬昌。据传说，古公预见到昌的盛德，因此不想把君位传给长子泰伯，而是想把君位传给季历，然后传给昌。泰伯偕同仲雍出走，终于把君位让给季历和昌，最后由武王统一了天下。南怀瑾《论语别裁》中对于这章的解释也是认为泰伯做到了薄帝王将相而不为的道德状态，放弃了富贵，放弃了君位功名。

钱穆《论语新解》中认为泰伯三让是指泰伯避之吴；太王没，不返奔丧；免丧后，遂断发文身，终身不返。泰伯到吴之后，以采药为名，心在让而无让事。钱穆认为人民拿不到事迹来称道他。其中的至德是指孔子极称让德，又极为重视无名可称之隐德。

泰伯让天下的事迹与伯夷叔齐相同，但是孔子在评价这件事时，认为泰伯是至德的表现。对伯夷叔齐让位之事，孔子并没有像评价泰伯一样评价他们。而是与齐景公相对比，称道他们坚持道义，放弃了富贵，却赢得了人们的尊重。

（三）孔子肯定夷齐不降志辱身

《论语·微子》逸民：伯夷、叔齐、虞仲、夷逸、朱张、柳下惠、少连。子曰："不降其志，不辱其身，伯夷、叔齐与！"谓："柳下惠、少连，降志辱身矣，言中伦，行中虑，其斯而已矣。"谓："虞仲、夷逸，隐居放言，身中清，废中权。我则异于是，无可无不可。"

这章内容涉及逸民的不同状态，孔子认为自己和他们不同，可以权变。为了实现自己的政治理想，周游列国，用自己一生的行为证明了自己与逸民的不同，孔子既表达了对于逸民生活的欣赏，同时又坚持了自己担当责任和道义的态度。涉及隐逸文化，是一个非常大的话题，这里只针对提到的孔子对逸民的评价来分析伯夷叔齐所承载的孔子的价值观。

朱熹《论语集注》对这章的阐释引用了多家的注释，孟子曰："孔子可以仕则仕。可以止则止，可以久则久，可以速则速。"可谓无可无不可。谢氏曰:"七人隐遯不污则同,其立心造行则异。伯夷、叔齐,天子不得臣,诸侯不得友,盖已遯世离群矣,下圣人一等,此其最高与!柳下惠、少连,虽降志而不枉己,虽辱身而不求合,其心有不屑也。故言能中伦,行能中虑。虞仲、夷逸隐居放言,则言不合先王之法者多矣。然清而不污也,权而适宜也,与方外之士害义伤教而乱大伦者殊科。是以均谓之逸民。"尹氏曰:"七人各守其一节,而孔子则无可无不可,此所以常适其可,而异于逸民之徒也。"扬雄曰:"观乎圣人则见贤人。是以孟子语夷,惠,亦必以孔子断之。"在这段评论中,对孔子和逸民进行对比和评价,孔子被认为是圣人,其他的逸民是贤人。这七个人都是能坚持自己道义原则的人,都不会改变自己的节操以迎合统治者,在行为方式上各有不同,作为孔子而言,如果能坚持自己的道义,无论何种形式都不会拘泥。他们都有各自的坚持。所以在《论语·微子》中,关于隐士的段落,孔子有羡慕,有尊重,同时又有自己的坚持。"长沮桀溺耦而耕"章,隐士认为在乱世,孔子周游列国,寻找与自己遇合的君王,整天躲避那些与自己政治理想不合的人,还不如像自己一样隐居起来。孔子很失落,但是他也说过"天下有道,丘不与易也",把参与天下的变革作为自己的责任。子路遇到荷蓧丈人也是同样的状态,隐士仿佛看透了政治,其实孔子同意他们的看法,但是孔子又不能放弃自己的政治理想和主张。子路的那段话正好也代表了孔子的态度:"不仕无义。长幼之节,不可废也;君臣之义,如之何其废之?欲洁其身,而乱大伦。君子之仕也,行其义也。道之不行,已知之矣。"能不能实现理想不重要,重要的是不会放弃自己坚持的伦理道义和对社会所承担的责任。

杨伯峻《论语译注》中把这章的"逸民"一词翻译为"遗落的人才"。孔子认为伯夷叔齐是"不动摇自己意志,不辱没自己身份的人";柳下惠、少连"降低自己的意志,屈辱自己的身份,可是言语合乎法度,行为经过思虑。""虞仲、夷逸逃世隐居,放肆直言。行为廉洁,被废弃也是他的权术。"

南怀瑾《论语别裁》对这章的阐释中认为孔子觉得这批逸民中，最值得钦佩的，是确定了人格，立志不变。伯夷叔齐做到了栖心道德，视天下如敝履。柳下惠、少连他们之所以降志辱身，是因为他们对社会没有贡献，也挽回不了时代，能做到的只有言行思想，保持原来的规矩没有变，只能如此而已。虞仲、夷逸认为自己对社会没有什么贡献，所以只好退出。不过，隐退是不得已的权宜之计，是一种权变的办法。孔子觉得自己是"无可无不可"，南怀瑾先生认为是"用之则行，舍之则藏"的意思，应该是孔子不拘泥于自我的成见。《论语·子罕》：子绝四：毋意，毋必，毋固，毋我。这是孔子弟子对孔子的评价，正好印证了这点。

钱穆《论语新解》对于这章的分析，认为这些隐士们有层次高下之别，但他们都是清风远韵，如鸾鹄之高翔，玉雪之不污，视世俗犹腐鼠粪壤耳。但是在具体的行为上又有所不同。伯夷叔齐为逸民中之最高者，因为他们不与和自己观点不同的政治者合作，能够真正放弃天下。在这里孔子评价的是他们的政治态度，而不是让天下的行为。柳下惠、少连则是"虽降志而不枉己，虽辱身而非求合"，言行都能合乎伦理。虞仲、夷逸则是"清而不滓，废而有宜，其身既隐，其言也无闻"。又为其次也。而孔子的态度却高于他们，孔子对逸民的态度也很重视，在那个年代小人自居为中庸，逸民受到他们的讥评，但孔子却与他们不同。

综上所述，在对这章的评论中，大家都看到了这些逸民各自的不同，也看到了孔子与他们的不同。这里列举的古人古事，也是孔子借此来说明自己的思想主张和态度的途径。不管他们有怎样的差异，但是有一点是共通的，即对当时昏乱时代的清醒认识，这里不涉及具体的事件，只是说明他们与当时时代和统治者合作的态度。伯夷叔齐积极争取表达，最后的结果是不被统治者接受，所以选择了在首阳山隐居。柳下惠、少连在自己的国家无法实现自己的主张时，并不会选择迎合现实，或者积极寻求合于自己政治理想的地方；虞仲、夷逸则选择了看清当时现实时离开，保持了高洁的精神。正如《论语》中所提及的长沮、桀溺这样的人物。孔子觉得他与他们对现实不合乎自己理想的抗争是相通的，但在选择的方式上却不同。他会周游列国，继续寻找合乎自己理想的政治舞台，在遇到挫折的时候，孔子也曾经设想过放弃，子曰："道不行，乘桴浮于海"，但这只是他的感叹，却不是真正地想要放弃。

这四章的内容，通过对伯夷叔齐的评价，表达了孔子对伯夷叔齐行为的态度，但是在阐述的过程中，却没有具体的事例和内容。而且每次评论是针对具体的事件，而不是对整个的人物故事全面性的评价，除了孔子希望自己的学生从中学到为人处世的态度之外，就是在面对当时发生的事件，借此谈论，表明了自己对现实的态度。

在《论语》语境中，通过具体的阐释和分析，回到孔子的态度和认识再看伯夷叔齐的这几章内容。伯夷叔齐不念旧恶，怨是用希。这句话表达了不把眼光停留在过去的态度上，而是放在发展的势态中。具体的事件应该是伯夷叔齐扣马而谏，他们所在的孤竹国是商朝的属国，针对武王要讨伐商朝的事件在他们看来不符合伦理关系，即使商朝在他们生活的时代已经是衰退的时代，但是用这种方式来推翻商朝，在他们看来并不可取，即使面对的是自己想要去追求的周朝和逃离的商朝，他们最后选择的是商朝。在周武王取得天下的时候，伯夷叔齐觉得这种方式违背了他们遵循的原则，所以选择了首阳山隐居，不食周粟。但是无论针对哪一件事都无法解释清楚这句话的真正含义，只能说在这里表明了孔子的一种态度，就是"恕道"。或者更为直接的推断是商朝采用征伐的方式使孤竹国成为他们的属国，面对商朝的灭亡，他们所表达出来的是不念旧恶的态度，继续用自己的伦理原则，维护商朝。

针对这一章的"怨"字而言是遗憾的意思。面对君位的态度，他们选择遵循伦理，舍弃了天下。这种情况在孔子生活的时代很难看到，作为把周公生活的礼乐文化的时代作为自己理想社会的孔子而言，应该会积极传达。但孔子在让天下的事件上更推崇泰伯，因此从某种角度而言，孔子应该不认可伯夷叔齐最后饿死首阳的行为。正如他对管仲没有结束生命，而是辅佐齐桓公为百姓带来利益的肯定，认为管仲的行为是"如其仁"。在下章中，用齐景公占据君位取得财富，却得不到人们的称赞，而伯夷叔齐舍弃君位，饿死首阳山，百姓如今仍然称赞他们的事例肯定了他们应该无怨的可能。在对逸民的评价中，孔子把伯夷叔齐放在了逸民类型的第一等，也是因为他们遵循了他所希望回到的礼乐文化社会的原则。虽然面对昏乱的、无法实现自己政治理想的时代，孔子表达了对这些逸民在那个时代选择的看法，对他们的行为进行了评价，通过评价可以看出他们的人生态度，伯夷叔齐积极去追求自己的理想社会，只是追求不到的时候，才放弃。柳下惠、少连在一国之内追求，虞仲、夷逸则是直接放弃追求。不管是何种态度，孔子都尊重他们。同时孔子清晰地表达了自己的政治态度，"知其不可而为之"的对社会积极承担责任的态度。

在《论语》的语境中，对于伯夷叔齐的行为原则，孔子并没有过度地拔高他们的人文精神，他把他们作为历史人物，针对当时的时代对他们的行为作了一种评述，呈现了自己理想中的人格状态。在孔子眼里，伯夷叔齐面对当时的政治氛围，不肯降低自己的志向和身份与不符合自己政治理想的朝代进行合作，并且在坚持自己道义原则的时候，能够不念旧恶，甚至付出自己生命的代价。这种行为非常符合孔子的"义利观"，富和贵都是人们所要追求的，但是不依靠正义的手段取得，自己不会去占有，所以伯夷叔齐在政治理想和态度得不到尊重的情况下，饿死在首阳山，付出了生命的代价，但是他们赢得了人们的称赞，这就是孔子所肯定的道义精神，但不是孔子所追求的最高道德。孔子认为无论在何种情况下，都不能放弃社会责任，尤其是天下混乱之时，这可以看出孔子积极的人生态度。所以孔子所肯定的"如其仁"

"圣人"那样的人物是管仲，是为百姓带来利益的人。

孔子在与自己的学生谈论到伯夷叔齐的故事时，并没有详细陈述故事情节，说明在春秋时代，这个故事本身大家都熟悉，因此即使孔子遇到了很难直接表达观点的政治事件，他的学生也可以借用伯夷叔齐的故事得到问题的答案，或者了解孔子的态度。在所有的引用评述中，孔子和他的学生们完全是把伯夷叔齐作为历史人物来看待，通过评价人物来承载自己的观点和态度。

## 二 《孟子》中伯夷叔齐的意义辨析

孟子在论著中引用了伯夷的故事来阐述自己的观点，孟子生活在战国时代，他的观点以及引用时所侧重的角度与孔子已经有所不同，尤其是在引用历史事例的时候，他所要证明的观点也与孔子不同。《孟子》是中国儒家经典，记录了孟子的治国思想和政治策略，全书一共七篇，其中引用到伯夷事例的地方有八处，没有提到叔齐，而只是强调伯夷，因此关于《孟子》一书中有些部分提到的伯夷，在后人的探讨中，有了一些争议。

（一）对伯夷政治态度的评价

孟子对伯夷政治态度的评价是通过与伊尹、柳下惠、孔子等进行比较，肯定了伯夷的仁，认为他是古之圣人，同时也否定了伯夷仕进态度，认为他的做法比较狭隘。

孟子认为人如果有仁义礼智四端，并且不断地扩充它们，就可以安定天下。恻隐之心、羞恶之心、辞让之心、是非之心是人的本性开端，是孟子性本善的理论基础。

> 《孟子·公孙丑上》：无恻隐之心，非人也；无羞恶之心，非人也；无辞让之心，非人也；无是非之心，非人也。恻隐之心，仁之端也；羞恶之心，义之端也；辞让之心，礼之端也；是非之心，智之端也。人之有是四端也，犹其有四体也；有是四端而自谓不能者，自贼者也。谓其

君不能者，贼其君者也。凡有四端于我者，知皆扩而充之矣，若火之始然，泉之始达。苟能充之，足以保四海；苟不充之，不足以事父母。

《论语》中强调了伯夷叔齐在伦理关系中让国的事迹以及他们不念旧恶之心，孟子同样认可辞让之心。但是作为儒家思想的承继者，孟子却没有把自己讨论的重点放在让国上，而是提取出伯夷叔齐故事中对君王态度的部分作为自己立论和评价的基础。

孟子以伯夷、伊尹、孔子的事例说明不同仕进的态度以及他们三人不同的处世态度。

《孟子·公孙丑上》曰："伯夷、伊尹何如？"曰："不同道。非其君不事，非其民不使，治则进，乱则退，伯夷也。何事非君，何使非民，治亦进，乱亦进，伊尹也。可以仕则仕，可以止则止，可以久则久，可以速则速，孔子也。皆古圣人也，吾未能有行焉。乃所愿，则学孔子也。""伯夷伊尹于孔子，若是班乎？"曰："否！自有生民以来，未有孔子也。"曰："然则有同与？"曰："有，得百里之地而君之，皆能以朝诸侯、有天下；行一不义，杀一不辜，而得天下，皆不为也。是则同。"

孟子认为伯夷遇到理想的君王才会出仕，治世出来做官，乱世就会隐居。伊尹则是无论处于什么样的境况之下，都会出来做官。孔子则不同，就像他自己在《论语》中与他的弟子们探讨的一样，无可无不可，在权变中坚持。在对伯夷、伊尹和孔子的评价中，孟子表达了自己更倾向于孔子的处世态度，如果可以，更愿意向孔子学习。孟子认为伯夷、伊尹比不上孔子，但是他也同时承认他们都是古之圣人。认为他们与孔子也有共同之处，就是他们的德行足以使天下诸侯归顺，不会为了得到天下，而行不义之事，这种思想就是孟子的王道思想。

在这段文字中，无法判断伯夷是什么时期的人，无法确认是不是让国，叩马而谏，最后饿死首阳山的伯夷。后人有人认为伯夷是商末名士。伊尹大约是夏末商初之人，关于伊尹的故事也有各种不同的说法，但伊尹是历史的名相大致不差，他以商汤妻子陪嫁奴隶的身份到了商汤身边，得到商汤的重用，辅佐商汤取得天下，并辅佐商汤治理天下。文中提到的伊尹无论是乱世还是治世，都有着积极的人生态度，"五就汤、五就桀者，伊尹也"（《孟子·告子下》）。孔子是春秋时期的人，他的理想社会是建立"君君，臣臣，父父，子子"，符合伦理规范的社会。即使在实现理想的过程中，遇到了很多的挫折，孔子并没有放弃。《论语·微子》："鸟兽不可与同群，吾非斯人之徒与而谁与？天下有道，丘不与易也。"孔子认为正是天下处于混乱的状态，所以自己不能选择隐居，不能放弃参与变革现实的责任。孔子一生都在为自己的政治理想而奔波。如果按照历史的顺序而言，伯夷不应该是商末周初之人，而应该是商朝之前的人物，所以伯夷是商末名士这种说法不合适。却大致可以推断，伯夷是孟子根据历史人物所塑造的形象，他身上的一些事件与伯夷叔齐之伯夷有共性的地方。或者可以推断出是根据伯夷叔齐之伯夷抽取出来的一部分文化意义而塑造的人物。因此综合来看，应该是孟子借用了商周时期伯夷的某一部分事迹，最后形成了可以与伊尹、孔子从政治行为上比较的人物形象，借此来表达自己的政治观点和政治态度。

除此之外，孟子增加了伯夷处世态度的细节，并且与柳下惠进行了比较。认为伯夷狭隘，而柳下惠不严肃，是君子不取的行为。

> 《孟子·公孙丑上》："伯夷非其君不事，非其友不友；不立于恶人之朝，不与恶人言；立于恶人之朝，与恶人言，如以朝衣朝冠坐于涂炭。推恶恶之心，思与乡人立，其冠不正，望望然去之，若将浼焉。是故，诸侯虽有善其辞命而至者，不受也。不受也者，是亦不屑就已。柳下惠不羞污君，不卑小官，进不隐贤，必以其道，遗佚而不怨，厄穷而不悯。故曰：'尔为尔，我为我；虽袒裼裸裎于我侧，尔焉能浼我哉！'故由由然

与之偕而不自失焉,援而止之而止。援而止之而止者,是亦不屑去已。"孟子曰:"伯夷隘,柳下惠不恭。隘与不恭,君子不由也。"

柳下惠的生平在历史典籍中的资料不多,大致是春秋时期的人。《论语》中孔子也提到过柳下惠,《论语·卫灵公》:"臧文仲其窃位者与!知柳下惠之贤而不与立也。"《论语·微子》:"柳下惠为士师,三黜。人曰:'子未可以去乎?'曰:'直道而事人,焉往而不三黜?枉道而事人,何必去父母之邦?'"柳下惠直道行事,得罪权贵,多次被免职,有人劝他离开父母之邦,他拒绝了。他认为自己被罢免是因为坚持了自己的处世原则,如果坚持下去,在哪里都会被罢免,何必要离开自己的国家?孟子评说伯夷、柳下惠的行为,认为伯夷不与自己不喜欢的国君、人在一起,是担心他们玷污了自己;而柳下惠却不这么认为,无论什么样的人,都能够和谐相处,认为别人不能影响自己。孟子对这两种状态都进行了批评,认为伯夷、柳下惠的行为,君子不会仿效。这段文字中伯夷的身份虽然没有那么明确,但是根据孟子所选择的比较对象柳下惠,《论语》中也曾经把他们放在一起来评价,《论语·微子》:"逸民:伯夷、叔齐、虞仲、夷逸、朱张、柳下惠、少连。"可以由此推知是伯夷叔齐之伯夷。

孟子以伯夷、伊尹、柳下惠的事例与淳于髡讨论仁人的行为。

《孟子·告子下》:淳于髡曰:"先名实者,为人也。后名实者,自为也。夫子在三卿之中,名实未加于上下而去之,仁者固如此乎?"孟子曰:"居下位,不以贤事不肖者,伯夷也。五就汤、五就桀者,伊尹也。不恶污君,不辞小官者,柳下惠也。三子者不同道,其趋一也。一者,何也?"曰:"仁也。君子亦仁而已矣,何必同。"

淳于髡认为注重声誉功业的人是为了民众,舍弃声誉功业的人是为了自身。如果既没有辅佐君王的声誉,同时也没做到救助民众,然后离开,应该不是仁人所为。孟子列举了伯夷、伊尹、柳下惠作为自己阐述观点的论据，他认为君子只是求仁罢了，没有必要做法完全相同。在这里，突出的是他们不同的出仕态度，孟子认为这样的态度都有各自的道理，伯夷不与自己不同道的人相处；伊尹为了实现自己的理想，五次投奔成汤、五次投奔夏桀，寻求可以安定天下的机会，把自己治国的理想付诸实施；柳下惠坚持自己的原则，无论是什么样的朝廷、无论是什么样的职位都不会厌恶。《孟子章句集注》中，朱熹认为"言以名实为先而为之者，是有志于救民也；以名实为后而不为者，是欲独善其身者也"。朱熹肯定了有为者是有志于救民；而不为者是独善其身。孟子认为虽然伯夷、伊尹和柳下惠他们各自的行为不同，但都趋于仁，是君子之行。

孔子认为真正的仁是博施于民而能济众的人，他认为即使是尧舜也很难做到。《论语·雍也》子贡曰："如有博施于民而能济众，何如？可谓仁乎？"子曰："何事于仁，必也圣乎！尧舜其犹病诸！夫仁者，己欲立而立人，己欲达而达人。能近取譬，可谓仁之方也已。"所以，从身边做起，推己及人，用忠恕之道逐渐地走向仁。真正的仁者，应该是放弃自己利益，完全为民众利益着想的人。

朱熹《孟子章句集注》："仁者，无私心而合天理之谓。杨氏曰：'伊尹之就汤，以三聘之勤也。其就桀也，汤进之也。汤岂有伐桀之意哉？其进伊尹以事之也，欲其悔过迁善而已……'"认为汤任用伊尹伐纣，是不得已而为之，不是以取天下为心。伊尹的处世态度，在孟子看来，值得肯定。孟子去游说不同诸侯国的国君，就是为了实现自己的王道思想。孟子引用的历史事例是为了说明自己的王道思想，对不同的历史人物表达了通达的看法，同时也指出了他们行为的缺点，尤其是在他们仕进的态度上，认为伯夷狭隘，柳下惠不严肃，君子不会仿效他们这样的行为。

## （二）对伯夷廉洁、义的肯定

孟子提到伯夷，只是作为廉洁的代表。

《孟子·滕文公下》：孟子曰："于齐国之士，吾必以仲子为巨擘焉。虽然，仲子恶能廉？充仲子之操，则蚓而后可者也。夫蚓上食槁壤，下饮黄泉。仲子所居之室，伯夷之所筑与，抑亦盗跖之所筑与？所食之粟，伯夷之所树与？抑亦盗跖之所树与？是未可知也。"

这段文字是在谈论真正的廉洁问题，仲子认为他母亲的食物、兄长的房子为不义之物，所以不吃也不居住，但是他自己所居住的房子、所吃的食物无法得知是伯夷所为，还是盗跖所为，所以孟子认为真正的廉洁只可能是那些无求自足的蚯蚓才能做到。《孟子章句集注》：范氏曰："天之所生，地之所养，惟人为大。人之所以为大者，以其有人伦也。仲子避兄离母，无亲戚君臣上下，是无人伦也。岂有无人伦而可以为廉哉？"孟子用伯夷、盗跖的对举来阐述人伦的重要性，他反对杨朱和墨子的学说，认为杨朱的学说不要君王，而墨家的学说不要父母，不要父母、不要君王就是禽兽。"天下之言，不归杨，则归墨。杨氏为我，是无君也；墨氏兼爱，是无父也。无父无君，是禽兽也。"孟子在他的这段辩论中，提到的伯夷和盗跖形成相反序列的对比，盗跖在孟子的眼里是不义之人，而伯夷是廉洁的代表。这里虽然不涉及伯夷的故事，但是赋予了伯夷廉洁的、义的文化内涵。这里伯夷并不是孟子这段评述中的主题，他强调伦理关系的重要性，否定"无父无君"。

## （三）对伯夷长者、尊者的肯定

孟子在这里赋予伯夷的是他和太公都是长者、尊者，他们因为文王的德行而归附于他。

《孟子·离娄上》：孟子曰："伯夷避纣，居北海之滨，闻文王作兴，曰：'盍归乎来！吾闻西伯善养老者。'太公辟纣，居东海之滨，闻文王作兴，曰：'盍归乎来！吾闻西伯善养老者。'二老者，天下之大老也。而归之，是天下之父归之也。天下之父归之，其子焉往？诸侯有行文王之政者，七年之内，必为政于天下矣。"

孟子将伯夷与太公放在一起来阐述自己的道理，他认为伯夷、太公都是因为避居商纣，听说文王兴起，归附于文王，他们并不是为了求出仕。《孟子章句集注》："文王发政，必先鳏寡孤独，庶人之老，皆无冻馁，故伯夷、太公来就其养，非求仕也。"孟子不是为了歌颂伯夷或者太公，而是肯定了文王的王道，既然作为长者、尊者的伯夷、太公都已经归附于文王了，则文王很快就可以得天下。这里提到的伯夷往往会带来一定的争议，因为在孟子的论述中，突出的不是伯夷让国之事，而他是因为文王善养老才投奔于他。所以伯夷叔齐传说的情节在这里就有所分歧。伯夷与孤竹国的伯夷是不是同一人，如果不是，是否就是前面探讨的另一种存在，即伯夷只是商末名士，与孤竹国的伯夷不是同一人，还是在《孟子》中只是为了说明道理，加强和突出了伯夷投奔文王的部分。因为伯夷叔齐的故事中，他们投奔文王的理由也与此相同。孟子在自己的论点阐述中，对伯夷的论断，可以有两个维度的推测，或者是商末名士说，或者是拆分了伯夷叔齐故事中的不同元素，来论证自己的观点。正是因为伯夷不与和自己政治观点不同的人为伍，投奔文王，认为文王贤能这些内容都与伯夷叔齐故事的某一部分相合。写伯夷投奔文王，也是从肯定文王的角度而言，伯夷并不是孟子讨论的主题，孟子只是借此表达自己的政治观点。

（四）对伯夷圣之清者的肯定

孟子把之前所提到的这四个人物放在一起，进行了总结，对其中的细节又进一步展开，他认为伯夷是圣贤中的清高者，伊尹是圣贤中的尽责者，柳下惠是圣贤中的随和者,孔子是圣贤中的合时宜者。

《孟子·万章下》:孟子曰:"伯夷目不视恶色,耳不听恶声,非其君不事,非其民不使,治则进,乱则退。横政之所出,横民之所止,不忍居也。思与乡人处,如以朝衣朝冠坐于涂炭也。当纣之时,居北海之滨,以待天下之清也。故闻伯夷之风者,顽夫廉,懦夫有立志。伊尹曰:'何事非君?何使非民?治亦进,乱亦进。'曰:'天之生斯民也,使先知觉后知,使先觉觉后觉。予,天民之先觉者也。予将以此道觉此民也。'思天下之民匹夫匹妇有不与被尧舜之泽者,如己推而内之沟中。其自任以天下之重也。柳下惠不羞污君,不辞小官,进不隐贤,必以其道,遗佚而不怨,厄穷而不悯,与乡人处,由由然不忍去也,'尔为尔,我为我,虽袒裼裸裎于我侧,尔焉能浼我哉!'故闻柳下惠之风者,鄙夫宽,薄夫敦。孔子之去齐,接淅而行。去鲁,曰:'迟迟吾行也。去父母国之道也。'可以速而速,可以久而久,可以处而处,可以仕而仕,孔子也。"孟子曰:"伯夷,圣之清者也;伊尹,圣之任者也;柳下惠,圣之和者也;孔子,圣之时者也。"

孟子认为伯夷、伊尹、柳下惠和孔子的道德风范能够影响别人。伯夷的清高可以使贪鄙者廉洁,懦弱者有自立的倾向;柳下惠的随和则可以使得鄙吝者宽容,刻薄者敦厚。这里的评价与孟子在《孟子·公孙丑》中对伯夷、柳下惠的评价不同,他说到伯夷时认为他过于狭隘,说到柳下惠的时候,认为他不严肃。孟子以历史人物事例论证自己的观点时,是为自己的论辩服务,二难推理就是在不同的地方选择不同的评价,都有自己的道理,况且最重要的不是评价历史人物,而是为了让历史人物承载自己的观点和价值观念。

孟子在之前的论辩中认为君子不会仿效伯夷、柳下惠的行为,这点主要是从他们仕进的态度上进行的否定。同时孟子肯定伯夷、柳下惠是百世可以效法的圣人。

> 《孟子·尽心下》：孟子曰："圣人百世之师也，伯夷、柳下惠是也。故闻伯夷之风者，顽夫廉，懦夫有立志。闻柳下惠之风者，薄夫敦，鄙夫宽。奋乎百世之上，百世之下闻者莫不兴起也，非圣人而能若是乎？而况于亲炙之者乎？"

无论是伯夷还是柳下惠，不管他们仕进的态度如何，他们都坚持了自己为人处世的原则，再一次肯定了伯夷、柳下惠在为人处世方面的品质。认为他们的行为方式能够影响后人。

在《孟子》一书中，提到伯夷的地方，有八处之多，涉及的故事情节并不复杂，在评价伯夷的时候，每次使用的角度都不相同，甚至于在评价的时候，还会从某一角度进行批评，但并不能认为他在否定伯夷的品质，他否定的只是伯夷仕进的态度。虽然，在多次提到的历史人物中，他觉得这些人物有值得肯定的地方，但是他最为肯定的还是孔子。

综合以上的分析，有几点需要辨析。第一，孟子提到的伯夷是孤竹国的伯夷，还是商末周初的名士，还是自己根据历史人物所塑造的形象。第二，孟子在自己的作品中如何赋予伯夷新的文化意义。第三，在后世流传的伯夷叔齐的传说中，是否因为孟子所塑造的形象，增加了新的故事情节。

《孟子》一书中提到伯夷，并没有把他与叔齐并列提出，但是其中避居北海之滨，与伯夷叔齐让国之后，前往文王处有着共同的故事渊源。因此，不能据此就认为在商末周初还有另一位伯夷存在。孟子在自己论辩中提到的很多历史人物，尤其是柳下惠、伊尹，这些人物也曾经出现在《论语》一书中，所以据此推断，孟子不会完全忽略在《论语》中孔子与弟子们探讨时所提到的伯夷叔齐的故事。《论语》中着重关注的是伯夷叔齐不念旧恶，得到了人们的称颂，而且肯定了他们让国的行为，认为他们不降其志，不辱其身。但是

## 第二章　伯夷叔齐在哲学著作中的意义辨析

孟子所关注的不再是这些方面，而只是依据《论语》中的人物突出了另外的特征，而这些不需要伯夷叔齐两个形象来承担，所以孟子应该是在自己的论辩中保留了其中适合自己文章的故事情节，而且在某些细节方面还有所增加。因此可以推断孟子是在历史人物的基础上，进行了哲学形象的再次塑造。这与孟子发展儒家的观点也有一定的关联性。孟子不再像《论语》中所展现的，完全重视"君臣"的等级关系，适合战国时代的社会特征影响了他的政治观点，他更强调民本思想。在诸侯争霸的年代，《孟子·尽心下》：孟子曰："民为贵，社稷次之，君为轻。是故得乎丘民而为天子，得乎天子为诸侯，得乎诸侯为大夫。诸侯危社稷，则变置。牺牲既成，粢盛既洁，祭祀以时，然而旱干水溢，则变置社稷。"他认为百姓才是国家的根本，因此伯夷叔齐让国之事、礼仪之事，在孟子看来都不是他探讨的重点。《孟子·梁惠王下》："齐宣王问曰：'汤放桀，武王伐纣，有诸？'孟子对曰：'于传有之。'曰：'臣弑其君，可乎？'曰：'贼仁者谓之贼，贼义者谓之残，残贼之人，谓之一夫。闻诛一夫纣矣，未闻弑君也。'"孟子对君臣关系的看法，也是放在百姓的利益基础上，认为只有以百姓的生活为核心，才有价值。如果一国之君王，不能为百姓的利益着想，带给百姓的是灾难，那他不再是君，只是一夫而已。另外对于伊尹的故事，他认为伊尹之所以去结交汤，是为了能够拥有像尧舜时期的君王，是为了让百姓生活在尧舜一样的君王治理之下。

所以很明显，孟子如果在文章中突出伯夷叔齐的让国价值，他的政治理想和政治态度的表达就会受到限制，但是作为《论语》中孔子和他的学生多次讨论的人物而言，孟子不可能忽视。他没有去否定伯夷品质的某些价值，但是在多次引用中，还是能看出孟子在这个历史人物身上所呈现的价值观。他提到伯夷避居北海，是为了突出王道的重要，所以如果突出让国的品质，势必会削弱孟子的观点。因此，可以推断，孟子塑造的伯夷形象是建立在《论语》中伯夷叔齐故事之上，同时又对这一人物进行了重新塑造，但还是可以看到原形的影子，所以才会引起后人的争议。

孟子塑造了伯夷形象，并且赋予了他很多的内涵，甚至还有一些互相矛盾的地方，但是可以看出孟子的态度。对于伯夷，在与盗跖的对比中，可以看出孟子认为他是"义"的代表，与"不义"的盗跖相对。对于伯夷，与太公的对比中，突出的是长者、尊者的形象，他们都是道德高尚的人，是能够影响民众的人，因此如果他们归附了文王，则天下的民众也会归附文王。对于伯夷与柳下惠的处世态度，孟子则进行了夸张的表达，伯夷过于清高，不与与自己政治理想不同的人相交往，显得有些狭隘；而柳下惠在乱世中，合与不合不重要，只要不违反自己的原则即可，这又显得不够严肃。在肯定的地方，同时提到伯夷、伊尹、柳下惠、孔子，认为他们都是圣人，虽然他们的处世方式不同，道不同，但是都符合"仁"的内涵，甚至可以影响百世之后人。而对于伯夷最突出的是他坚守自己的"义"，虽然他的行为方式并不符合孟子的政治态度，但是他也选择了孔子无可无不可的认可方式，没有绝对否定，而在《孟子》整体辩论中可以看出，他更为肯定的是以百姓利益为根本舍弃自身利益的处世态度。所以，从政治态度而言，孟子对于伯夷的选择持否定态度。

《论语》和《孟子》作为儒家思想的代表著作，其中所提到伯夷叔齐的典故承载了孔子、孟子对历史人物的不同态度。孔子是从学生学习的角度、自己对现实政治的看法角度对伯夷叔齐进行评价，伯夷叔齐在孔子的评价中并不是值得仿效的典范，是逸民一类的人物，孔子虽然理解他们的选择，肯定了他们身上所呈现出来的良好的道德品质，但并不推崇他们的行为。孟子对伯夷叔齐的借用，在某种程度上，已然脱离了历史人物的某种规范，孟子是在历史人物形象基础上的再创造，同样肯定了他们的道德品质，突出他们的某一行为，作为承载自己哲学观点的载体，阐释"仁""义""王道"的思想。

## 三 《庄子》中伯夷叔齐的意义辨析

《庄子》书分内篇、外篇、杂篇,原有五十二篇,经过战国中晚期逐步流传,至西汉大致成形。当时的版本今已失传,现在看到的版本是郭象整理的三十三篇。内篇大体可代表战国时期庄子思想核心,而外篇、杂篇可能是庄子后学所为。庄子为了说明自己的观点,引用了历史人物的相关典故,他用自己瑰丽恣肆的想象力改造了这些人物形象。很多的内容有虚构的成分,虽然列举了历史人物的事例,却同样进行了选择,选择了适合自己论证的部分。对伯夷叔齐故事叙述得更为细节,却不排除作者在选用这些事例时,进行了删节。正如《韩非子》中的一个寓言故事"郢书燕说","治则治矣,非书意也",说明了当时学者断章取义引用的状态。因为很多学者在证明自己的观点时,对这些故事进行了适合自己的改造,所以才使传说的故事更为丰富和复杂。但是无论怎样改变,都是以历史上真实的人物为基础进行的改编和夸张,在他的作品中,必然会带有他独特的视角。因为有的篇章出于庄子后学,但是为了论述的方便,还是列在文章中,作为《庄子》所塑造的形象来分析,探讨其对后世故事流传的影响,以及被赋予的文化意义。

### (一) 否定夷齐因名失性的不安适

庄子认为狐不偕、务光、伯夷、叔齐、箕子、胥余、纪他、申徒狄都不是能使自己安适的人,他认为真正地被人所敬仰、尊崇的老师是"道",人应该忘掉智慧,忘却生死,顺应自然。

> 《庄子·大宗师》:故圣人之用兵也,亡国,而不失人心;利泽施乎万世,不为爱人。故乐通物,非圣人也;有亲,非仁也;天时,非贤也;利害不通,非君子也;行名失己,非士也;亡身不真,非役人也。若狐不偕、务光、伯夷、叔齐、箕子、胥余、纪他、申徒狄,是役人之役,适人之适,而不自适其适者也。

庄子提到了"圣人""仁""君子""士"等儒家提到的词汇，但是他认为如果人被外物所累，就不能真正地呈现自己的本性，就会被外物所役使。庄子也看到了民心的重要，但是他所希望的是随顺自然，融于"道"的自然之状态。狐不偕为尧时贤人，尧让天下于他而不受，投河而死；务光是古代隐士。根据《庄子·让王》的记载，汤伐桀前，务光拒绝参与，并且也拒绝推荐他人，汤建立商朝后，想让位给务光，务光认为"非其义者，不受其禄；无道之世，不践其土"，不但推辞不受，并且因为觉得羞耻，负石而自沉于庐水。伯夷叔齐被并列提出，伯夷叔齐让国，最后饿死首阳。箕子是纣王的叔父，被孔子认为是"殷三仁"之一，后来出走朝鲜，武王以朝鲜分封于他。《论语·微子》篇云："微子去之，箕子为之奴，比干谏而死。孔子曰：殷有三仁焉。"后来，《尚书·洪范》孔颖达疏："孔安国《书传》云：武王释箕子之囚。箕子不忍周之释，走之朝鲜。武王闻之，因以朝鲜封之。箕子既受周之封，不得无臣礼，故于十三祀来朝；武王因其朝而问《洪范》。"在考证箕子生平的很多文献中，认为箕子之名就是胥余；纪他也是商汤时期的隐士。《庄子·外物》："尧与许由天下，许由逃之。汤与务光，务光怒之。纪他闻之，帅弟子而踆于窾水，诸侯吊之；三年，申徒狄因以踣河。"许由、务光这些隐士并不贪图天下，认为声名是人世所累，不是自己所追求的。纪他因为知道了这件事，率领弟子隐居在窾水一带。诸侯纷纷前往慰问纪他，申徒狄仰慕其名而投河自溺。《韩诗外传》所记载的申徒狄自投于河的原因却不同："申徒狄非其世，将自投于河，崔嘉闻而止之曰：'吾闻圣人仁士之于天地之间也，民之父母也。今为儒雅之故，不救溺人，可乎？'申徒狄曰：'不然。桀杀关龙逢，纣杀王子比干，而亡天下。吴杀子胥，陈杀泄冶，而灭其国。故亡国残家，非无圣智也，不用故也。'遂抱石而沉于河。君子闻之曰：'廉矣。如仁钦，则吾未之见也。'诗曰：'天实为之，谓之何哉。'"申徒狄不满意自己所生活的时代，认为这个时代不是没有圣智之人，而是缺乏任用圣智的君王,虽然是同一个人物的故事,但是所表达的意义却有差异。

狐不偕、务光、伯夷、叔齐、箕子、胥余、纪他、申徒狄在庄子的笔下,他认为他们办事求名而失掉自身的本性,丧失身躯却与自己的真性不符,这些人都是被役使世人的人所役使,都是被安适世人的人所安适,自己却不能得到安适,而庄子真正认同的是无所期待、无所依凭的审美世界的一种绝对自由。庄子是借对这些人物的评价,表达自己对于声名的态度。

(二) 否定伯夷的残生损性

庄子要说明的是听任自然、顺应人情的思想,认为无论是伯夷还是盗跖都是残生损性,庄子否定标榜仁义。

> 《庄子·骈拇》:伯夷死名于首阳之下,盗跖死利于东陵之上;二人,所死不同,其于残生伤性,均也。奚必伯夷之是而盗跖之非乎?天下尽殉也。彼其所殉,仁义也,则俗谓之君子;其所殉,货财也,则俗谓之小人。其殉一也,则有君子焉,有小人焉。若其残生损性,则盗跖亦伯夷已,又恶取君子小人于其间哉?

文中也只是提到了伯夷之名,没有列出叔齐,但是因为有明确的事件,不会让后人混淆,同样地列出伯夷、盗跖的对比,认为伯夷是为名而死,是殉儒家的仁义之精神;盗跖是死于利益。庄子认为这就是大家所认为的君子与小人的区别,作为善于改造故事为自己所用来讲,庄子并没有增加新的文化意蕴,而是说明无论是伯夷还是盗跖,都是残生损性的行为,这正是庄子所要否定的。《论语》《孟子》中并没有对伯夷叔齐殉仁义的行为进行肯定,也没有强调他们的行为是殉仁义,而侧重于对伯夷叔齐的政治态度、品质的一种评价和讨论,庄子却借此表达了自己的生死观。

(三) 否定伯夷的世俗之名

《庄子·秋水》主要表达一切事物的大小、是非都是相对的,不要因为自身得失而伤害本性的观点。同一篇文章中的两段文字,同样的人物作为自己表达的事例,却代表了两种价值观念,其实是庄子在借此方式进行辩驳,进而说明自己的观点。

> 秋水时至,百川灌河;泾流之大,两涘渚崖之间,不辩牛马。于是河伯欣然自喜,以天下之美为尽在己,顺流而东行,至于北海;东面而视,不见水端。于是河伯始旋其面目,望洋向若,而叹,曰"野语有之曰:'闻道百,以为莫己若者'。我之谓也!且夫,我尝闻少仲尼之闻、而轻伯夷之义者,始吾弗信;今吾睹子之难穷也!吾非至于子之门,则殆矣!吾长见笑于大方之家。'"……"五帝之所连,三王之所争,仁人之所忧,任士之所劳,尽此矣。伯夷辞之以为名,仲尼语之以为博,此其自多也,不似尔之自多于水乎?"

第一种河伯的观点代表了常人的观点,在所列举的事例中肯定了伯夷的辞让国家之义、孔子的知识广博,他们的这些行为高于一般人,是被世人所肯定的价值。就像河水在遇见大海之前,很为自己骄傲,但是看到大海之后,才看到了自己的不足。第二种观点是庄子所要表达的自己的观点,他认为即使河伯见到大海看到了自己的不足,但还是有局限,认为人类在世界万事万物之中微不足道。在庄子看来,向来被人所称颂的五帝的禅让、三王的争位、仁人的忧虑、实干家的操劳,都微不足道,就像伯夷辞让王位获得名声,孔子游说展示自己知识的渊博一样,同样是一种自满。庄子充分地论证了自己的观点,说明人对万事万物价值判断的无限相对性。庄子在论证自己相对性的观点对向来被人所称道的世事进行了否定,但从另一个方面肯定了伯夷让国、孔子游说列国知识渊博的价值。因为在道家看来,在庄子看来,要无为才能顺应自己的本性,不为世俗的事情束缚、不为世俗的名声所累才能与道遨游,小用不及大用,大用不如无用,而无用才是保持生命最为重要的方式和途径。

(四) 否定伯夷离名轻死

《庄子·盗跖》这篇内容主要指斥儒家，批判儒家观点的虚伪性和欺骗性，主张返归原始。同时在《庄子》一书中，这篇被认为不是庄子的文章，只是后来学者的文字，虽然有争议性，但是为了梳理清楚伯夷叔齐传说中的形象，还是加以引用。

> 世之所谓贤士，伯夷、叔齐。伯夷、叔齐辞孤竹之君，而饿死于首阳之山，骨肉不葬。鲍焦饰行，非世，抱木而死。申徒狄谏而不听，负石自投于河，为鱼鳖所食。介子推，至忠也，自割其股，以食文公；文公后背之，子推怒而去，抱木而燔死。尾生与女子期于梁下，女子不来，水至，不去，抱梁柱而死。此六子者，无异于磔犬、流豕、操瓢而乞者，皆离名、轻死，不念本、养寿命者也。

文中所提到的这些人物都不是正常死亡，他们为了自己坚持的信义、原则而放弃生命，这正是道家所否定的行为。虽然道家认为生死同一，但是否定不顺应本真生命的状态，否定为通常大家坚持的道德放弃生命的选择。所以伯夷、叔齐、鲍焦、申徒狄、介子推、尾生，被认为是重视名节轻生赴死、不顾念身体和寿命的人，体现了他们对生命的态度。鲍焦是一位周朝名士，他耻居浊世，坚持自己的操守，不向天子称臣，不与诸侯交友，最后为了坚守自己的道义，抱木而死。申徒狄也是因为自己的进谏不被听取，最后投河而死。介子推的故事，却与《左传》等有所出入。尾生的故事在《庄子》《史记·苏秦列传》《国策·燕策一》都有记载，但是所截取的点都不同，这里着重突出的是生死的态度，其他地方，突出的是他的信用。在这段文字中，列举的故事在细节方面有所出入，却大致遵循了原有故事的情节，最后的结论，没有突出他们所坚持的信念，而是增加了死之后的细节，伯夷叔齐的死后不葬、鲍焦的抱木而死、申徒狄被鱼鳖所食、介子推的抱木而燔死、尾生的抱梁柱而死。这些结局的细节化展示,拓展了生命被轻视的画面,消融了其所坚持的信义的观念,否定他们对待生命的态度。

(五)肯定伯夷反对以暴易暴的态度

《庄子·让王》这篇文章有人认为是庄子后学所撰写,主要阐述轻物重生的思想,借用辞让王位以体现"存身全生"的可贵。

> 昔周之兴,有士二人处于孤竹,曰伯夷叔齐。二人相谓曰:"吾闻西方有圣人,似有道者,试往观焉。"至于岐阳,武王闻之,使叔旦往见之。与盟曰:"加富二等,就官一列。"血牲而埋之。二人相视而笑。曰:"嘻!异哉!此非吾所谓道也。昔者,神农之有天下也,时祀尽敬,而不祈喜;其于人也,忠信尽治,而无求焉。乐与政为政,乐与治为治;不以人之坏自成也,不以人之卑自高也,不以遭时自利也。今周见殷之乱,而遽为政;上谋而行货,阻兵而保威,割牲而盟以为信,扬行以说众,杀伐以要利,是推乱以易暴也。吾闻古之士,遭治世,不避其任;遇乱世,不为苟存。今天下暗,周德衰,其并乎周以涂吾身也,不如避之,以絜吾行。"二子北至于首阳之山,遂饿而死焉。若伯夷、叔齐者,其于富贵也,苟可得已,则必不赖;高节戾行,独乐其志,不事于世。此二士之节也。

这段引文与之前庄子的表达不同,故事加了更多演绎,而且与之前的故事情节也有出入,只是强调了伯夷叔齐居于孤竹国,为了寻求真正的有道之人,前往西方。武王前去盟约,最后伯夷叔齐拒绝是不能认同以暴易暴的思想,不愿意玷污自身,遂饿死首阳山。《让王》里的故事都是寓言,所以伯夷叔齐虽然是历史人物,但他们的故事已经被演绎为寓言。人物形象所承载的是作者的观点、人生态度和哲学思想。伯夷叔齐认为要向古代的贤士学习,在治世不回避责任，而在乱世不苟且偷生，他们认为周朝以暴易暴做法是德行衰败的表现。他们鄙弃富贵、高尚的气节和不同流俗的行为，自适自乐，而不追逐于世事，这就是二位贤士的节操。这个寓言故事肯定了伯夷叔齐的高尚节操，与庄子之前表达的思想观点不同，但反对"以暴易暴"的态度与道家一致。这篇文章没有对生死态度的看法，但是在情节方面，影响了后世进一步地演绎和传播。

总之，《庄子》一书中所引用的伯夷叔齐的事例是对伯夷叔齐让国之名、饿死首阳的生死问题的探讨，虽然否定了他们的德行部分，着重于名实、生死问题的关注，但是在细节的改变部分，还是遵循了历史人物的基本情节。所列举的人物并不单一，把伯夷叔齐放在一系列人物中进行类比说明，狐不偕、务光、伯夷、叔齐、箕子、胥余、纪他、申徒狄这些人物放在一起，对儒家思想中提到的"仁"等思想重新认识，认为他们都是为外物所累，不能顺应人的本性而生活的人，庄子主张的是无为的思想。伯夷盗跖放在一起，并不是孟子所提出的"义"与"不义"的不同，而是"名""利"的不同，但是残生损性在庄子看来却是相同的，没有什么差别。伯夷仲尼作为同样的类比事例出现，虽然一般人认为，伯夷让位、孔子的博学值得肯定，从相对性角度来讲，他们还有不足。伯夷、叔齐、鲍焦、申徒狄、介子推、尾生作为同类的事例，是他们对待生命的态度，为了自己坚守的信义，放弃生命，庄子否定他们这种对待生死的态度。《让王》中的伯夷叔齐鄙弃富贵、反对"以暴易暴"的态度，促使他们最后为了保持自己的高洁，选择了饿死首阳。

《庄子》中所呈现的伯夷叔齐形象，是伯夷叔齐传说中的形象，庄子及其弟子针对他们的行为以及他们的行为所产生的结果进行了评价，在评价的过程中呈现了道家的价值观念，是关于名实、生死和反对以暴易暴的态度。伯夷叔齐的名在儒家代表人物孔子、孟子那里并不是很突出，但经过道家代表人物的否定，伯夷叔齐的让国之名、轻身赴死得到更多后人的肯定，成为他们遵循儒家思想的突出表现。另外从对待生死的态度上而言，儒家的代表人物孔子、孟子也没有过分强调其以生命为代价的意义，只是针对其中的细节强调和评价了伯夷叔齐他们个人的"求仁得仁"以及清廉的品质，但是在道家代表人物否定了他们轻身赴死的行为之后，他们的生命价值被后世无限放大，超越了儒家思想中所承载的生死之义。

伯夷叔齐的行为确实有很丰富的意蕴，在某些特定的状态下，他们的行为会生发出不同的价值，当然，角度不同、时代不同，会给人以更多的思考，这就是伯夷叔齐的故事长久不衰的原因。伯夷叔齐的行为给大家带来了很多值得演绎的情节，同时在不同的状态之下，也会带来一些矛盾，不同的人根据自己的需要进行演绎证明各自观点的价值，所有才有了考辨疏证的必要性。

## 第二节 《韩非子》等著作中的伯夷叔齐意义辨析

除了儒道代表人物孔子、孟子、庄子在自己的哲学著作中通过对伯夷叔齐的评价表达自己的观点之外，先秦的其他哲学著作中也同样引用伯夷叔齐的典故表达各自的哲学观点，表达了各自对伯夷叔齐行为的看法，进一步丰富了伯夷叔齐传说的意蕴。

### 一 《韩非子》中伯夷叔齐意义辨析

《韩非子》是中国战国末期著名思想家韩非子的论著，这部书现存五十五篇，十余万言，大部分为韩非自己所著。这部著作主要呈现了韩非重视唯物主义、功利主义，主张君主专制的思想。韩非虽然是荀子的学生，却是法家思想的集大成者。在他的著作中，也提到了伯夷叔齐的事例。

（一）肯定伯夷品德高尚、廉洁之意

《韩非子·孤愤》主要是探讨有智慧、有德行的人往往被君王旁边近臣的判断所影响。

> 其修士不能以货赂事人,恃其精洁,而更不能以枉法为治;则修智之士不事左右、不听请谒矣。人主之左右,行非伯夷也,求索不得,货赂不至,则精辩之功息,而毁诬之言起矣。

品德好的人不能用财物贿赂侍奉别人,但是君王的近臣品行没有伯夷那样好,得不到所求的财物,就有可能去压制精明能干的臣子,并且诽谤诬陷这些臣子。那么才智好、品德好的人就可能被罢黜,反而没有才智、品行不好的人居于高位。这里提到的伯夷代表了品德高尚的人,在前后的文辞中,可以推断出有廉洁之意。

(二)认为夷齐为无益之臣

韩非子把伯夷叔齐与豫让列在一起,认为他们都被当世君主所肯定,韩非子却认为他们是无益之臣。

> 《韩非子·奸劫弑臣》:若夫豫让为智伯臣也,上不能说人主使之明法术度数之理以避祸难之患,下不能领御其众以安其国。及襄子之杀智伯也,豫让乃自黔劓,败其形容,以为智伯报襄子之仇。是虽有残刑杀身以为人主之名,而实无益于智伯若秋毫之末。此吾之所下也,而世主以为忠而高之。古有伯夷、叔齐者,武王让以天下而弗受,二人饿死首阳之陵。若此臣,不畏重诛,不利重赏,不可以罚禁也,不可以赏使也,此之谓无益之臣也。吾所少而去也,而世主之所多而求也。

被人主所肯定的豫让,因为在智伯死后,豫让认为智伯对待自己是以国士待之,所以要给智伯报仇,刺杀赵襄子。为了报仇,豫让毁掉了自己的容貌,他的这种忠心甚至被赵襄子所认可,但是在注重功利主义的韩非子看来,这种做法对智伯而言没有一点用处,只是为豫让争得了为人主的名声。伯夷叔齐不接受武王让天下之举，饿死首阳山。这些臣子对重赏不动心，对重罚不畏惧，这样的人韩非子认为是不能用自己注重的法术势来掌控的臣子，虽然人主尊重他们的品德，但是被韩非子所否定。但韩非子没有否定这些人所具有的被常人所认可的高尚品德，他只是从自己的价值观出发，否定了这种行为对于人主治理国家所带来的利益。在韩非子所引用的事例中，不是指伯夷叔齐辞让孤竹国之君位，而是武王所让之天下，这个故事的来源与《庄子·让王》中相同。在对伯夷叔齐的评价方面也一致，虽然他们得出的结论不同。武王让天下情节的增加，更能说明伯夷叔齐对重赏的无视，他们品德再高尚，也不能为人主所用，所以韩非子认为他们是无益之臣。

《韩非子·说疑》：若夫许由、续牙、晋伯阳、秦颠颉、卫侨如、狐不稽、重明、董不识、卞随、务光、伯夷、叔齐，此十二者，皆上见利不喜，下临难不恐；或与之天下而不取，有莘辱之名，则不乐食谷之利。夫见利不喜，上虽厚赏，无以劝之；临难不恐，上虽严刑，无以威之：此之谓不令之民也。此十二人者，或伏死于窟穴，或槁死于草木，或饥饿于山谷，或沉溺于水泉。有民如此，先古圣王皆不能臣，当今之世，将安用之？

韩非子列出的十二人，他认为他们都是不能被利益所驱动，见到危难不恐惧，用赏罚的手段无法任用的人，即使是古代的圣王都不能把他们作为臣子，更不用说当世，进一步肯定了伯夷叔齐这些人是无益之臣。

（三）认为伯夷廉洁的意义在于法令之内

韩非子把伯夷、孔子并列提出，他认为法令就是国家的舟和车，他希望人们能够在法令的范围内充分发挥才能和智慧，在那样的社会才可能小人少而君子多，那样才会江山长存，国家久安。

《韩非子·安危》：奔车之上无仲尼，覆舟之下无伯夷。故号令者，国之舟车也。安则智廉生，危则争鄙起。

在狂跑的车子上不会出现孔子那样的智者，在倒扣的船只上不会出现伯夷那样的廉者。平安时智慧和清廉的人才会出现；危乱时争夺和贪婪鄙薄之事才会蜂起。韩非子要说明的是法令的重要，但是他运用了形象的例子，同时提到了孔子的智慧和伯夷的清廉，对于伯夷这方面的肯定，与《庄子·秋水》中的事例相同，也是不一样的论点，这与《孟子》中伯夷的内容有相互衔接的部分，如果要从《论语》中寻找其渊源，应该是把伯夷叔齐与齐国国君相比较而言，更多的可以突出他们品质的高尚，而与齐国国君的财富相比，直接的意义应该是廉洁。所以大致的结论是大家在读《论语》的过程中，演绎出的新的意义，则新的故事情节就会被添加。

韩非子强调法的重要，他认为自己生活的时代，没有像伯夷一样的人，但是有很多像田成、盗跖一样的奸佞之人，如果有严明的法律制度，好的人不会改变好的行为，而不好的人也不会为非作歹。

《韩非子·守道》：人主离法失人，则危于伯夷不妄取，而不免于田成、盗跖之耳可也。何也？今天下无一伯夷，而奸人不绝世，故立法度量。度量信，则伯夷不失是，而盗跖不得非；法分明，则贤不得夺不肖，强不得侵弱，众不得暴寡。托天下于尧之法，则贞士不失分，奸人不徼幸。寄千金于羿之矢，则伯夷不得亡，而盗跖不敢取。

这里提到的田成应该是历史上的田成子，最后盗取齐国的人。韩非子把伯夷和田成、盗跖比较，伯夷代表了清廉一类的人，而田成、盗跖代表了奸人一类。韩非子并不是很重视历史故事的具体细节，最主要的是用形象的手法来表达自己的观点。他认为法令比伯夷的清廉、比干的忠心更为重要，有了法令，不是为了防备那些有德行的人，而是能使怯懦的人也能够制服老虎，使庸君也能防备像盗跖那样的人,制作符信,为了使大家不互相欺诈。在这段文字中,除了田成、盗跖之外,还提到了尾生、比干。韩非子肯定了他们的清廉、忠心、诚信的品质,但是他觉得在他生活的时代,没有什么比法制、法令更可靠。

(四)认为伯夷成名要借助于势位

韩非主要表达了"势"的重要性,他认为明君立功成名的条件有四个方面,"天时""人心""技能""势位",他认为即使是贤能的人,如果没有势位,就不能制服不贤的人。

《韩非子·功名》:圣人德若尧、舜,行若伯夷,而位不载于世,则功不立,名不遂。故古之能致功名者,众人助之以力,近者结之以成,远者誉之以名,尊者载之以势。如此,故太山之功长立于国家,而日月之名久著于天地。此尧之所以南面而守名、舜之所以北面而效功也。

即使圣人的德行如同尧舜,行为如同伯夷,但是势位不为世人所拥护,就会功不成、名不立。这里提到了有德行的人,但韩非子认为"势位"才最重要。

(五)借伯夷贤德仁名,说明赏罚的问题

韩非子主要说明"以罪受诛,人不怨上""以功受赏,臣不德君"的道理。魏襄王不懂这样的道理,对建立大功的昭卯只赏给三十里食邑,昭卯认为这好比是赚了很多钱的人穿着草鞋。

《韩非子·外储说左下》:秦、韩攻魏,昭卯西说而秦、韩罢;齐、荆攻魏,卯东说而齐、荆罢。魏襄王养之以五乘、将军。卯曰:"伯夷以将军葬于首阳山之下,而天下曰:'夫以伯夷之贤与其称仁,而以将军葬,是手足不掩也。'今臣罢四国之兵,而王乃与臣五乘,此其称功,犹赢胜而履蹻。"

这里韩非子借昭卯形象地说明这种情况不合情理的时候，用了伯夷的事例，肯定了伯夷的贤德和仁名。伯夷的贤德与仁名，以将军礼仪来葬也是不合理的，就像手和脚没有被掩埋一样。而其中所提到的以将军的礼仪葬伯夷于首阳山下，不是故事的演绎而是一种比喻的说法。《庄子》中还提到了他们饿死首阳，没有被安葬，也是一种演绎的说法。这个故事只是韩非子用寓言来说明道理，说明功赏不称的问题。

韩非认为古代善于用人的君主，能够遵循天道顺应人情并且赏罚分明。如果赏罚分明，则伯夷、盗跖就不会混淆。

> 《韩非子·用人》：闻古之善用人者，必循天顺人而明赏罚。循天，则用力寡而功立；顺人，则刑罚省而令行；明赏罚，则伯夷、盗跖不乱。如此，则白黑分矣。

这里把伯夷、盗跖并举，认为他们代表了事情的黑白两面。

> 《韩非子·用人》：人主立难为而罪不及，则私怨生；人臣失所长而奉难给，则伏怨结。劳苦不抚循，忧悲不哀怜，喜则誉小人，贤不肖俱赏，怒则毁君子，使伯夷与盗跖俱辱；故臣有叛主。

君王做不到顺应人情和赏罚分明，对小人君子同等相待，称誉小人，诋毁君子，结果就是伯夷、盗跖同遭侮辱，那么臣子中就会出现背叛君主的人。这段文字主要讲君主的术，如何用人的问题，君主不凭自己的喜怒，用法术来治国，德及万世。这里提到的伯夷和盗跖是君子与小人、贤与不肖的代表。

韩非子是荀子的学生，在他生活的时代，儒家、道家都对他有所影响，他在批判和吸收各家学说的基础之上，形成了自己的看法，成为集大成者。韩非崇尚君主专制，对君王的德行并不看重，认为一个君王要治理好国家，最为重要的是要有法术势，抹杀了对君王的道德要求，但是在韩非子论述自己观点所引用的事例中，却保持了对原来人物的历史评价，甚至还有进一步衍生出来的意义。伯夷在《韩非子》中出现，集中了儒家、道家所列举出的一些事件和看法。"行非伯夷"，肯定了伯夷的廉洁；伯夷、叔齐和豫让放在一起，在评价伯夷叔齐的时候，只是说明他们不畏惧惩罚、不为利益所动，认为他们都是无益之臣，在故事细节的方面，沿用了《庄子》中演绎的部分。伯夷、孔子并举提到了孔子的智慧、伯夷的清廉；伯夷与田成、盗跖并举成为君子与奸人的代表，并且在后面的事例中还提到了比干、尾生。伯夷与尧舜并举，提到了他们好的德行。韩非子阐述自己重要观点"法""术""势"、赏罚问题时，都提到了伯夷的事例，并对伯夷的行为进行了评价。综合以上的辨析，可以看出韩非子所引用的伯夷叔齐事例部分，更多的是以伯夷为代表，并多沿用《论语》《孟子》《庄子》中的故事情节，虽然，他在论述中所要展示的是法术势、赏罚分明的重要，而不是伯夷的品质更有价值，但是韩非子在论述中所赋予伯夷的文化意义是正面的，是贤能、清廉、仁义的代表。

## 二　《列子》中伯夷叔齐的意义辨析

列子，战国前期思想家，后汉班固《艺文志》录有《列子》八卷。《列子》又名《冲虚经》，是道家重要典籍。他的思想与老子思想有一致的地方，主张清静无为，无为而治。他认为应该摆脱世俗生活中关于贵贱、名利的羁绊、顺应大道。

（一）借伯夷作为善的事例说明人力与天命的矛盾

列子在人力和天命的对话中，列举了有才能的人所遭遇的困境，伯夷叔齐代表了其中的一种困境。

《列子·力命》：力谓命曰："若之功奚若我哉？"命曰："汝奚功于物而欲比朕？"力曰："寿夭、穷达、贵贱、贫富，我力之所能也。"命曰:"彭祖之智不出尧舜之上,而寿八百;颜渊之才不出众人之下,而寿四八。仲尼之德不出诸侯之下,而困于陈、蔡;殷纣之行不出三仁之上,而居君位。季札无爵于吴,田恒专有齐国。夷齐饿于首阳,季氏富于展禽。若是汝力之所能,奈何寿彼而夭此,穷圣而达逆,贱贤而贵愚,贫善而富恶邪?"力曰:"若如若言,我固无功于物,而物若此邪,此则若之所制邪?"命曰:"既谓之命,奈何有制之者邪?朕直而推之,曲而任之。自寿自夭,自穷自达,自贵自贱,自富自贫,朕岂能识之哉?朕岂能识之哉?"

彭祖与尧舜的对比;颜渊与一般人的对比;仲尼与诸侯的对比;殷纣与三仁的对比;季札与田恒的对比;夷齐与季氏的对比。这些对比的人物都是属于正反的两面。彭祖的智慧比不上尧舜,但是比尧舜长寿;颜渊的智慧高于众人,却没有一般人长寿;这是作者对寿命长短与德行智慧的看法。仲尼的德行高于诸侯,却被困于陈国与蔡国;商纣王的德行比不上三仁,但是能够居于王位。季札是吴国的公子,他也曾经谦让君位,吴王寿梦想传位于有贤名的幼子季札,季札推荐长兄诸樊继承王位,自己避居于乡野。寿梦死后,寿梦长子诸樊再让季札,季札推拒,诸樊于是即王位,声明自己死后,季札继位。诸樊死后,寿梦次子余祭再让季札,季札还是不当君王。余祭让他治理国内一城,季札被封到延陵。田常却在齐国专政,《论语·宪问》:"陈成子弑简公。孔子沐浴而朝,告于哀公曰:'陈恒弑其君,请讨之。'"三传之后正式代齐。其中"弑其君"表明了孔子的看法。夷齐饿死于首阳山,季氏,即季孙氏,春秋、战国时鲁国掌握政权的贵族,鲁桓公少子的后裔。《论语·先进》:"季氏富于周公,而求也为之聚敛而附益之。子曰:'非吾徒也,小子鸣鼓而攻之,可也。'"孔子认为季氏富于周公是僭越礼的行为,所以才号召自己的其他学生对为季氏聚敛财富的冉有鸣鼓而攻之。展禽,即柳下惠,鲁国贤者。《论语·微子》载孔子曰:"柳下惠,少连,降志辱身矣,言中伦,行中虑，其斯而已矣。"又《卫灵公》载孔子曰："臧文仲其窃位者与！知柳下惠之贤而不与立也。"说明柳下惠也是贤能之人，却没有得到重用的机会。

在这些对比中，正面的代表了"圣""贤""善"的一面，反面的则代表了"逆""愚""恶"的一面，列子认为命运超越于道德、强权和功利之上，它不判断是非、不主持公正，但是寿夭、穷达、贵贱、贫富都与它息息相关。如果人力可以控制的话，就不会出现使圣人穷困而使贼人显达、使贤人低贱而使愚人尊贵、使善人贫苦而使恶人富有这样混乱的情况了。这些虽然与命运相关，但是命运也只是顺其自然，并没有主观意志的判断。所以列子认为人要知其无可奈何却可以安之若素，达到与天地同道。其中伯夷叔齐则代表了被大家认同的正面形象。无论作者要表达什么样的价值观或者价值态度，面对这些贤人曾经的遭遇，还是体现了社会中普遍认同的价值。

（二）认为伯夷叔齐饿死首阳是名声所累

《列子·杨朱》借伯夷叔齐的事例，主要探讨了名声的意义，以及真实与虚伪的区别。

> 杨朱游于鲁，舍于孟氏。孟氏问曰："人而已矣，奚以名为？"曰："以名者为富。既富矣，奚不已焉？"曰："为贵。""既贵矣，奚不已焉？"曰："为死"。"既死矣，奚为焉？"曰："为子孙。""名奚益于子孙？"曰："名乃苦其身，燋其心。乘其名者，泽及宗族，利兼乡党；况子孙乎？""凡为名者必廉，廉斯贫；为名者必让，让斯贱。"曰："管仲之相齐也，君淫亦淫，君奢亦奢，志合言从，道行国霸。死之后，管氏而已。田氏之相齐也，君盈则已降，君敛则已施，民皆归之，因有齐国；子孙享之，至今不绝。""若实名贫，伪名富。"曰："实无名，名无实。名者，伪而已矣。昔者尧舜伪以天下让许由、善卷，而不失天下，享祚百年。伯夷、叔齐实以孤竹君让而终亡其国，饿死于首阳之山。实伪之

辩，如此其省也。"

杨朱认为名声对于人而言，可以是为了财富、显达、死后的荣耀，为了子孙，但名声是通过自己身体辛苦、焦虑才得到的。孟氏说追求名声的人必须廉洁，廉洁就会贫穷，凡是追求名声的人必须谦让，谦让就会低贱。杨朱认为真实的名声会贫穷，虚假的名声会富贵。并借管仲和田常事例来说明这个道理，同样是国相的两人，因为做法不同，带来了不同的结果。管仲辅佐齐国，与国君的意志相合，言论也被国君听从，治国之道顺利实行，使得齐国强盛，但管仲死后还是管仲。而田常不同，他与君王不同的行为，使得民心归向他，最后占有了齐国，利益惠及子孙。杨朱认为有实事的没有名声，有名声的没有实事，名声这东西实际上是虚伪的，并借尧舜和伯夷叔齐让位的事来说明。尧舜不是真正地让位于许由善卷，最后没有失去天下，并长久地保有了君位。而伯夷叔齐真正地以孤竹君让，最终失去了自己的国家，饿死首阳山。这里肯定的不是他们谦让的品质，而是他们谦让之后所带来的结果，以此讨论真伪之间的区别。

杨朱借伯夷、柳下惠的事例进一步说明名声所带来的不利结局。《列子·杨朱》："杨朱曰：'伯夷非亡欲，矜清之邮，以放饿死。展季非亡情，矜贞之邮，以放寡宗。清贞之误善之若此。'"在所举出的事例中，认为伯夷不是没有欲望，因为太顾及自己清白的名声，所以饿死。展季不是没有人情，因为他太过于正直，所以宗人稀少。在这篇文章中，列子所表达的观点就是要顺应人的本性而生活，不为所有的外物所累，这样自身的身体才能得到安逸。

《列子·杨朱》中列举了很多历史人物事件并进行评价，比如晏婴、管仲、子产、子贡、孔子、尧舜禹等，这些政治家们，在活着的时候都付出了辛苦，在死后都有很好的名声；夏桀、商纣虽然留下了恶名，但是在活着的时候非常快乐，认为人们不重视名声就没有忧愁。列子在阐述自己观点时，从逆向思维的角度进行了分析，却同样提及了所列举的人物被社会民众所认可的道德标准和价值。在这段文字中，伯夷和柳下惠被并列举出，列子认为伯夷的清廉和柳下惠的正直给他们自己带来了不好的结果，他所表达的观点是不能被俗名所累，要顺应自己的本性，任情纵性。

列子用伯夷叔齐的故事，说明自己的论点，他主张顺应自然本性的生活，不为虚名所累，从这个意义上否定伯夷叔齐的行为，却也提到了其中积极正面的符合社会所提倡的价值判断。伯夷叔齐饿死于首阳与季氏富于展禽相对比，提到了伯夷叔齐虽然穷困，却善的美好品质。尧舜让天下与许由与伯夷叔齐让国的行为相对比，肯定了他们让国的实名，虽然这种实名所带来的是贫困；伯夷与柳下惠做同类对比，提及了伯夷的清白名声。从故事情节而言，无非提到了贫穷、饿死首阳、让国等。在这样的情节中展现出来的是让国所带来的具体结果，那就是因为让国，给他们带来了清白的名声，同时也带来了贫穷的结果，最后饿死首阳。列子借用伯夷叔齐事例，只是为了说明人不能为俗名所累，并不是为了肯定伯夷叔齐的品质。

### 三 《吕氏春秋》中的伯夷叔齐意义辨析

《吕氏春秋》是战国时期秦国丞相吕不韦召集门客编订的一部著作。全书一共一百六十一篇，十二纪，八览，六论，还有一篇序。主要是为秦的统一做思想上的准备。这部著作的思想融合了儒墨道各家，为杂家思想。吕不韦认为这部著作包括了天地人古往今来的道理。

（一）《吕氏春秋》描述上古时期的伯夷

《吕氏春秋·孟夏纪》提到上古时期的伯夷。

> 三曰：神农师悉诸，黄帝师大挠，帝颛顼师伯夷父，帝喾师伯招，帝尧师子州支父，帝舜师许由，禹师大成贽，汤师小臣，文王、武王师吕望、周公旦，齐桓公师管夷吾，晋文公师咎犯、随会，秦穆公师百里奚、公孙枝，楚庄王师孙叔敖、沈尹巫，吴王阖闾师伍子胥、文之仪，

越王句践师范蠡、大夫种。此十圣人、六贤者未有不尊师者也。今尊不至于帝,智不至于圣,而欲无尊师,奚由至哉?此五帝之所以绝,三代之所以灭。

这里提到的事例是十位圣人、六位贤人都尊重那些让他们学习的人才。但是如今人们的地位没有达到帝王那样尊贵,才智没有达到圣明的境界,却想要不尊重贤能之人,怎么能达到帝、圣那样的境界呢?这段文字中提到帝颛顼尊重和学习的是伯夷父,一说伯夷父即伯夷。

(二)坚持对神农氏时代向往的伯夷叔齐

《吕氏春秋·季冬纪》认为人之常情有轻重之分,用自己所轻视的保全自己所珍视的东西,并用伯夷叔齐的事例来说明这一观点。

诚廉四曰:石可破也,而不可夺坚;丹可磨也,而不可夺赤。坚与赤,性之有也。性也者,所受于天也,非择取而为之也。豪士之自好者,其不可漫以污也,亦犹此也。昔周之将兴也,有士二人,处于孤竹,曰伯夷、叔齐。二人相谓曰:"吾闻西方有偏伯焉,似将有道者,今吾奚为处乎此哉?"二子西行如周,至于岐阳,则文王已殁矣。武王即位,观周德,则王使叔旦就胶鬲于四内,而与之盟曰:"加富三等,就官一列。"为三书,同辞,血之以牲,埋一于四内,皆以一归。又使保召公就微子开于共头之下,而与之盟曰:"世为长侯,守殷常祀,相奉桑林,宜私孟诸。"为三书,同辞,血之以牲,埋一于共头之下,皆以一归。伯夷、叔齐闻之,相视而笑曰:"嘻!异乎哉!此非吾所谓道也。昔者神农氏之有天下也,时祀尽敬而不祈福也;其于人也,忠信尽治而无求焉;乐正与为正,乐治与为治;不以人之坏自成也,不以人之庳自高也。今周见殷之僻乱也,而遽为之正与治,上谋而行货,阻丘而保威也。割牲而盟以为信,因四内与共头以明行,扬梦以说众,杀伐以要利,以此绍殷,是以乱易暴也。吾闻古之士,遭乎治世,不避其任;遭乎乱世,不为苟在。今天下暗,周德衰矣。与其并乎周以漫吾身也,不若避之以洁吾行。"二子北行,至首阳之下而饿焉。人之情,莫不有重,莫不有轻。有所重则欲全之,有所轻则以养所重。伯夷、叔齐,此二士者,皆出身弃生以立其意,轻重先定也。

这段文字主要说明本性这个东西从上天承传下来,不可以任意改变。洁身自好的豪杰之士,他们的名节也不可玷污。在故事的叙述中,主要是《庄子·让王》中的情节,只不过更加细节化。提到了伯夷叔齐所生活的时代是商末周初,他们听到了周文王的名声,想要去追随,但周文王已经去世。武王继位之后,寻求商纣王的大臣胶鬲、微子启的帮助,伯夷叔齐听说了武王与胶鬲、微子启的盟誓之约而失望。伯夷叔齐认为神农治理天下时,没有任何功利目的,而武王的做法很功利,他们认为周武王的做法是以悖乱代替暴虐。他们向往神农氏时,一切都是为了百姓,不利用别人的失败使自己成功,不利用别人的卑微使自己高尚。而周武王的做法却是崇尚计谋,借助贿赂,依仗武力,炫耀威势。虽然他们认为在天下太平的时候,不回避责任;在乱世的时候,不苟且偷生,但是他们认为周德衰微,想要避开,以此保持自己德行的清白高洁。他们用舍弃生命的方式,来坚持自己的情操。这里提到的历史人物与其相关的故事情节都发生了很大的变化,无论是胶鬲、微子启还是伯夷叔齐,他们的故事都与历史典籍的记载不同。在历史典籍的记载中,胶鬲是文王推荐给商纣王的大臣,他后来在武王灭纣的过程中,起到了很重要的作用;而微子启在商朝混乱时,曾经多次劝说商纣王,在进谏没有结果的情况下,离开了商纣,投奔了武王,后来被分封在宋。伯夷叔齐北行至首阳,最后饿死的情节在细节方面也被改编。但是就武王盟誓的情节而言,这里与《庄子·让王》不同的是,与周武王盟誓的不是伯夷叔齐,而是胶鬲、微子启。

《吕氏春秋》真正涉及伯夷叔齐的这部分，主要是阐明诚廉的主体，并且把伯夷叔齐作为最典型的事例来论证，伯夷叔齐让国的事在这里不是重点，最后如何保持气节不食用周粟也没有被突出。《吕氏春秋》这段文字在于说明人之常情，有自己所看重的，有自己所轻视的，在伯夷叔齐看来，生命没有高尚的情操重要。所以伯夷叔齐为了坚持最初的道，放弃了生命。

### 四 《孔子家语》中伯夷叔齐意义辨析

《孔子家语》虽然有伪书之争，但根据近年来的出土文献和资料，确认是先秦旧籍，主要是记录孔子及其弟子言行的一部著作。

#### （一）上古时期主管典礼的伯夷

《孔子家语·五帝德》中提到的伯夷是上古时期的伯夷，主管典礼。

> 宰我曰："请问帝尧。"孔子曰："高辛氏之子，曰陶唐，其仁如天，其智如神，就之如日，望之如云，富而不骄，贵而能降，伯夷典礼，夔龙典乐，舜时而仕，趋视四时，务元民始之，流四凶而天下服，其言不忒，其德不回，四海之内，舟舆所及，莫不夷说。"

尧是高辛氏的儿子，名字叫陶唐，让伯夷主管典礼。他像天一样仁慈，像神一样智慧。如太阳一般温暖，像云彩一般柔和。他富有而不骄纵，地位尊贵却很谦和。他让伯夷主管礼仪，让夔、龙执掌舞乐。推举舜做官，到各地巡视四季农作物生长的情况，把民众的事情放在首位。他流放了共工、驩兜、三苗，诛杀了鲧，天下的人都很信服。他的话从不出错，他的德行从不违背常理。四海之内，大家都喜欢他。

#### （二）肯定伯夷叔齐的操守

孔子了解了子贡和文子的对话之后，为了让子贡了解历史人物的品行，对一些历史人物进行了评价，伯夷叔齐是其中之一。

《孔子家语·弟子行》：子贡曰："赐愿得闻之。"孔子曰："不克不忌，不念旧怨，盖伯夷叔齐之行也；思天而敬人，服义而行信，孝于父母，恭于兄弟，从善而不教，盖赵文子之行也；其事君也，不敢爱其死，然亦不敢忘其身，谋其身不遗其友，君陈则进而用之，不陈则行而退，盖随武子之行也；其为人之渊源也，多闻而难诞，内植足以没其世，国家有道，其言足以治，无道，其默足以生，盖铜鞮伯华之行也；外宽而内正，自极于隐括之中，直己而不直人，汲汲于仁，以善自终，盖蘧伯玉之行也；孝恭慈仁，允德图义，约货去怨，轻财不匮，盖柳下惠之行也；其言曰，君虽不量于其身，臣不可以不忠于其君，是故君择臣而任之，臣亦择君而事之，有道顺命，无道衡命，盖晏平仲之行也；蹈忠而行信，终日言不在尤之内，国无道，处贱不闷，贫而能乐，盖老子之行也；易行以俟天命，居下不援其上，其亲观于四方也，不忘其亲，不尽其乐，以不能则学，不为己终身之忧，盖介子山之行也。"

这篇文字又见《大戴礼·卫将军文子》。这段文字中提到了伯夷叔齐，说他们能够做到不苛刻不嫉妒，不计较过去的仇恨，这是伯夷叔齐的操守。这里与之前《论语》提到的评价相比又多了"不克不忌"的内容。

柳下惠的品行是能够做到孝敬谦恭慈善仁爱，涵养德行谋求仁义，不过分贪求财富所以也没有积累过多的怨恨，鄙弃财富但他的生活又不匮乏。这里的评价基本上是建立在《论语》的基础之上，却稍有变化。同时也评价了其他的历史人物：赵文子能够思考天道，服从仁义，讲信用，孝顺父母，友爱兄弟，从善如流而又教导不按正道而行的人；随武子能够谋求自身的发展，不忘记朋友。君王任用时他就努力去做，不被任用就退隐。铜鞮伯华的品行是自居有足够的知识可以不被欺骗，如果国家可以正道直行，他的言论足以治国，如果国家不能正道直行，他也足以保存自己。蘧伯玉自己正直但是不要求别人，努力追求仁义，可以自己矫正自己的行为。晏平仲的品行就是君主正道直行就听从命令,不能按正道就隐居不仕。老子也是行动讲求忠信,即使整天说话,也不会出错。国家混乱,身处低位而不愁闷,生活贫困也能保持快乐。介子推的品行是能够等待机遇,身处低位却不攀附高枝,游观四方不能忘记父母;因为才能不足而学习,不造成终身的遗憾。

在这些评论中,体现了儒家仁、义、礼、智、信、孝悌;达则兼济天下,穷则独善其身等核心思想。

(三)肯定夷齐不因贫困而改变操守

孔子前往楚国,在陈蔡遭遇困厄时,子路对孔子的学说产生了疑问。孔子以历史事例解答子路的疑问。其中提到伯夷叔齐是仁者。《史记·孔子世家》中有类似的故事情节,只是内容上更为简略些。

> 《孔子家语·在厄》:子路愠,作色而对曰:"君子无所困,意者夫子未仁与,人之弗吾信也;意者夫子未智与,人之弗吾行也。且由也,昔者闻诸夫子,为善者天报之以福,为不善者天报之以祸,今夫子积德怀义,行之久矣,奚居之穷也。"子曰:"由未之识也,吾语汝,汝以仁者为必信也,则伯夷叔齐,不饿死首阳;汝以智者为必用也,则王子比干,不见剖心;汝以忠者为必报也,则关龙逢不见刑;汝以谏者为必听也,则伍子胥不见杀。夫遇不遇者,时也,贤不肖者,才也。君子博学深谋而不遇时者,众矣,何独丘哉。且芝兰生于深林,不以无人而不芳,君子修道立德,不谓穷困而改节。为之者人也,生死者,命也。是以晋重耳之有霸心,生于曹卫,越王勾践之有霸心,生于会稽。故居下而无忧者,则思不远,处身而常逸者,则志不广,庸知其终始乎?"

这段提到伯夷的部分,与《反经·是非》同。但是《长短经》在引用古代典籍时一般会注明出处,但在这里没有注。子路对老师的困窘之境不理解,有一些情绪,认为老师的智慧或者德行还不够,孔子用历史上的事例进行了说明，有仁德的人不一定会被信任，就像伯夷叔齐那样；有智慧的人也不一定会被任用，比如王子比干；忠信的人也不一定就会有好报，比如关龙逄；忠言劝谏也不一定会被采纳，就像伍子胥；遇不遇到贤明君主，是时运的事；贤与不贤是才能的事。君子学识渊博但是时运不济的人其实很多，并不仅仅是自己一个人。就像芝兰一样，不因为别人不知道就不芬芳，君子修道立德也是如此，不因为贫困就改变自己的操守。如何做在自身，生死在命。并且列举了重耳和勾践的事情，认为他们在困窘时发奋，所以说居于下位而无所忧虑的人，是思虑不远；安身处世总想安逸的人，是志向不大，怎能知道他的终始呢。

《孔子家语》有三处提到了伯夷，《孔子家语·五帝德》是上古时期的伯夷；《孔子家语·在厄》与《反经·是非》的内容基本相同，但是因为后者引列举的事例简略，所以最后的结论主旨也不太相同。《孔子家语·弟子行》提到的伯夷和柳下惠等对举，但是在评论上又多了一些内容。这些评论不是为了评价人物，而是为了在类比中说明道理。

### 五　先秦其他思想著作中伯夷叔齐意义辨析

先秦有诸子百家，除了以上所列出的儒、道、法、名、杂家的著作中提到伯夷叔齐之外，其他的一些思想著作也提到了伯夷叔齐，同样是为了说明自己的哲学观点。《墨子》中只提到了上古时期的伯夷，是为了说明他的贤能能给百姓带来利益；《管子》中提到伯夷叔齐，认为他们的名声与武王的成功一样，都是积累的原因；《商君书》则借伯夷盗跖对举，说明了法家思想中势的重要性。

（一）《墨子》描述上古时期的伯夷

墨子是墨家思想的代表人物，他是战国初期的思想家。《墨子》一书流传至今有五十三篇，学术界认为，是由墨子弟子及其后学在不同时期撰写完成，代表了墨家初期及后期的思想。《墨子》中并没有提到伯夷叔齐之伯夷，而是借用了上古时期的伯夷事例来说明自己的观点。

《墨子·尚贤中》所引用的事例是《尚书》中的片段，但是对于提到的人名却进行了转换。前面提到的是禹、稷、皋陶；而在《吕刑》中提到的是伯夷、禹、稷。所以也有学者从这个角度来推断伯夷与皋陶是同一人。这里提到的伯夷是上古时期的伯夷，他的贤能能给百姓带来利益。

> 然则天之所使能者，谁也？曰：若昔者禹、稷、皋陶是也。何以知其然也？先王之书《吕刑》道之曰："皇帝清问下民，有辞有苗。曰：'群后之肆在下，明明不常，鳏寡不盖，德威维威，德明维明。'乃名三后，恤功于民。伯夷降典，哲民维刑；禹平水土，名山川；稷隆播种，农殖嘉谷。三后成功，维假于民。"则此言三圣人者，谨其言，慎其行，精其思虑，索天下之隐事遗利，以上事天，则天乡其德；下施之万民，万民被其利，终身无已。故先王之言曰："此道也，大用之天下则不窕，小用之则不困，修用之则万民被其利，终身无已。"

墨子认为这三人的成功，使人民大受其福，他们三人做到了谨言慎行，精心考虑，求索天下没有被发现的事物和利益，使上至于天、下至于民都能获得其利。并且认为"任用贤人之道"，治天下不会缺损，用在小的地方不困窘，如果能长久地使用，则百姓都可以获得利益。这三位被称为圣人，认为他们是天所使用的贤能。

(二)《管子》客观评价其名声是积累所得

《管子》是各家学派的言论汇编，内容驳杂，包括兵家、法家、名家、道家、阴阳家等各家思想。成书时间大约在战国时代及秦汉时期。后由刘向编订，现存七十六篇。

《管子·制分》认为用兵需要争取具备的条件，就是有能力的人，不贪图尊高的爵位、国家的官职、优厚的俸禄、敌方的金钱和财货。

> 凡兵之所以先争,圣人贤士,不为爱尊爵。道术知能,不为爱官职。巧伎勇力,不为爱重禄。聪耳明目,不为爱金财。故伯夷叔齐,非于死之日而后有名也,其前行多修矣。武王非于甲子之朝而后胜也,其前政多善矣。

认为伯夷叔齐是因为他们之前的修养德行,才会有死后的名声,而周武王取得胜利,也是之前就多行善政。有的文章中,把伯夷叔齐与武王并列,多为了突出伯夷叔齐之贤能,而否定武王,这段文字中,却肯定了他们各自的成绩,最重要的是突出他们所获得的名声和成功,是因为他们之前就已经有所积累。

(三)《商君书》借伯夷盗跖对举说明"势"的重要性

《商君书》也称为《商子》,存三十二篇,这部书的归属还有不同的意见,有的人认为是伪书,但是也有人认为是商鞅所著,还有一种看法是商鞅作品和后来法家作品的汇编。在《商君书》中,同样出现了伯夷的事例。

《商君书·画策》虽然讨论的是"势"的重要性,在所列举的人物中盗跖和伯夷对举,并没有新的内涵,伯夷所承载的文化意义依然是高洁,承载的哲学意义是"势"的重要性。"故善治者,使跖可信,而况伯夷乎?不能治者,使伯夷可疑,而况跖乎?势不能为奸,虽跖可信也;势得为奸,虽伯夷可疑也。"认为善于治理国家的人,即使像盗跖那样的人也可以让他变得诚实可信,而不会治理国家的人,即使像伯夷一样的高洁之士也可变得可疑。所以,如果形势不能让人做坏事,即使像盗跖一样的人也可以信赖;但是如果形势让人做坏事,即使伯夷那样高洁的人也可疑。

总之,这些哲学著作中所引用的伯夷叔齐事例,有三点需要注意:一是有两处提到了上古时期的伯夷,虽然不会和伯夷叔齐传说的伯夷相混淆,但因为文献中提到较多,列出更容易辨析伯夷叔齐意义之源流;二是在伯夷叔齐事例的引用中，多提伯夷而忽略叔齐，这里主要的原因是伯夷基本可以涵盖传说中的主要文化意蕴；三是各家在引用事例时，都是在传统所认可的道德价值基础上展开自己的论点，少数肯定对他们的评价，更多的是作为否定的事例进行论证。

## 第三节　其他思想著作中的伯夷叔齐意义辨析

先秦哲学著作基本可以涵盖主要传统思想对伯夷叔齐的评价和看法，其他时期也有一些思想著作提到了伯夷叔齐的事例，这节内容以汉代思想著作为主，之后的思想著作文献提到伯夷叔齐的内容较少，或者忽略不论，或者将其中有代表性的归入之后史学或者文学中进行考辨。

### 一　《淮南子》中伯夷叔齐的意义辨析

《淮南子》是西汉淮南王刘安及其门客所编著，主要继承了先秦道家思想，同时糅合了阴阳、墨、法、儒家思想的哲学著作，《四库全书》归其为杂家。

（一）借伯夷等事例说明成为仁者的不易

《淮南子·缪称训》中作者认为生命是人世间的寄寓物，死亡是必然归宿。所以处于治世则用义来维护自己的洁身自好，处于乱世则用自身来维护正义，乃至不惜牺牲生命，这条原则要坚持到死那天为止，君子可以做到这一点，但是一般的人却很容易在危难中丧失操守，在利益面前忘掉自身贪婪的危害，认为只有达到"道"的境界的人才能坚守这一原则。

> 人之欲荣也，以为己也，于彼何益？圣人之行义也，其忧寻出乎中也，于己何以利？故帝王者多矣，而三王独称；贫贱者多矣，而伯夷独

举。以贵为圣乎？则圣者众矣；以贱为仁乎？则贱者多矣。何圣人之寡也。独专之意。乐哉忽乎，日滔滔以自新，忘老之及己也。

一般人想得到荣耀都是为了自己，对别人没有什么益处。圣人行善做事，则是出于自己的内心，并不是为了自己的利益。自古以来帝王很多，得到大家称颂的唯有三王，商汤、夏禹、周文王。社会上贫贱的人很多，但是只有伯夷被推举得很高。所以地位尊贵和贫贱都不能等同于圣人和仁者，想要成为圣人和仁者，就要坚持不断地行善从善，每天都有发展，关注行善而忘了衰老的降临，这是很不容易的一件事。

这段文字中提到的伯夷，他在社会地位上是贫贱的，却被大家推举得很高。成为圣人、仁者的过程也是长期坚持不懈行善从善的积累过程。

君子时则进，得之以义，何幸之有！不时则退，让之以义，何不幸之有！故伯夷饿死首阳之下，犹不自悔，弃其所贱，得其所贵也。

君子处世，碰到好的时运就积极进取，凭着道义得到重用，这没什么值得庆幸。世道不好时运不好就避开，避开也是符合道义，也没什么不幸。所以伯夷饿死首阳山，也并不后悔，因为他抛弃了自己所鄙视的东西，而坚持了自己认为珍贵的东西。

（二）借伯夷叔齐等事例肯定不同选择的合理性

《淮南子·齐俗训》："率性而行谓之道，得其天性谓之德。性失然后贵仁，道失然后贵义。"在作者看来，遵循天性而行叫作道，得到这种天性叫作德。天性丧失之后才崇尚仁，道丧失之后才崇尚义。所以仁义树立起来也就说明道德的退化。作者所看重的是顺从本性，而不是对仁义的推崇。

作者认为世人称颂古代的圣贤而不知道推崇当代的圣贤，原因不是他们的才德低下，而是没有适合的时机。所以驾六匹骐骥或四匹驮骡来渡河，倒不如用一条独木舟来得便当，这是由所处的环境所决定。真正能够建立功业的人，一定是合于时的人。现在世俗的观点是以完成功业作为衡量贤愚的标准，以战胜祸患与否作为是否智慧的标准。以为遭灾的必定愚笨，认为死节的必定愚憨。事实并非如此，他们都各自达到了自己的目的，无所谓优劣或者贤愚。

> 世多称古之人而高其行，并世有与同者，而弗知贵也。非才下也，时弗宜也。故六骐骥、四駃騠，以济江河，不若窾木便者，处世然也。是故立功之人，简于行而谨于时。今世俗之人，以功成为贤，以胜患为智，以遭难为愚，以死节为憨。吾以为各致其所极而已。王子比干，非不知箕子被发佯狂以免其身也，然而乐直行尽忠以死节，故不为也。伯夷、叔齐，非不能受禄任官，以致其功也，然而乐离世优行以绝众，故不务也。许由、善卷，非不能抚天下、宁海内以德民也，然而羞以物滑和，故弗受也。豫让、要离，非不知乐家室、安妻子以偷生也，然而乐推诚行，必以死主，故不留也。今从箕子视比干，则愚矣；从比干视箕子，则卑矣；从管晏视伯夷，则憨矣；从伯夷视管、晏，则贪矣。趋舍相非，嗜欲相反，而各乐其务，将谁使正之？……由此观之，则趣行各异，何以相非也！夫重生者不以利害己，立节者见难不苟免，贪禄者见利不顾身，而好名者非义不苟得……趋舍行义，亦人之所栖宿也。各乐其所安，致其所跖，谓之成人。故以道论者，总而齐之。

这里列举了比干和箕子、伯夷叔齐和管晏的不同选择，并且认为许由、善卷不接受天下是不希望外物搅乱自己平和的本性，而不是他们没有能力安抚天下，使天下太平；豫让和要离忠诚于主人，舍弃伦理亲情，献出自身的生命，并不是不知道享受伦理亲情。认为从箕子的角度来看比干，那么比干那种为了进谏忠心被剖心的行为就显得愚蠢了；而从比干的角度来看箕子，

143

则以装疯卖傻来保全自己就显得卑微了；从伯夷叔齐的角度来看管仲和晏子，则显得贪婪了；而从管仲和晏子的角度来看伯夷不接受俸禄、官职来成就事业，并且以高洁的品行来远离俗世就显得愚戆了。作者辩证地讨论了不同情势下，每个人的选择都有自己的依据，站在不同的角度对同一事件也会有不同的看法。人们的追求、取舍不同，只不过是各取便利罢了，谁能以此来定他们的优劣是非呢？看重生命的人，不会为了利益而损害自己；坚持名节操行的人，不会看到危难而苟且逃避；贪得无厌的人，看到利益就会不顾一切；而珍爱名声的人，不会随便取获不合道义的东西。而社会中人们取舍、行动都在找一种寄托的归宿，认为只要能实现自己愿望的人，就是完人。如果让圣人来裁决，无所为肯定此，否定彼。所以无论是哪种选择，应该以"道"的目光，等而齐之地对待。

《淮南子·泰族训》：故可乎可，而不可乎不可；不可乎不可，而可乎可。舜、许由异行而皆圣，伊尹、伯夷异道而皆仁，箕子、比干异趋而皆贤。故用兵者，或轻或重，或贪或廉，此四者相反，而不可一无也。轻者欲发，重者欲止，贪者欲取，廉者不利非其有。故勇者可令进斗，而不可令持牢；重者可令填固，而不可令凌敌；贪者可令进取，而不可令守职；廉者可令守分，而不可令进取；信者可令持约，而不可令应变。五者相反，圣人兼用而财使之。夫天地不包一物，阴阳不生一类。海不让水潦以成其大，山不让土石以成其高。夫守一隅而遗万方，取一物而弃其余，则所得者鲜，而所治者浅矣。

这段文字主要说明对一件事情的看法要全面而客观，要肯定值得肯定的一面；否定值得否定的一面；舜、许由两个人的观念不同，所选择的道路不同，但他们同样被认为是圣人；伊尹和伯夷走的道路不同，但都被人认为是仁者；而箕子和比干的选择不同，但都被认为是贤者。所以将士中有的轻捷、有的重缓、有的贪心、有的清廉,这四种将士的性格特点各异,但在战争中缺一不可。轻捷者好动,重缓者好静,贪心者好取,清廉者则不贪求非分的利益。因此,可以根据他们的品质不同来任用他们,这样才能获得成功。这些事例都在说明同一个道理,就是什么样操守的人,都有他们的作用在,只是任用的人要把他们放在合适的位置,才能发挥最大的作用。

《淮南子》中有三处引用了伯夷的事例,《淮南子·缪称训》认为伯夷虽然是贫贱者,却被大家推举得很高。但并不是所有的贫贱者都被认为是仁者。认为伯夷最后并不会后悔自己的选择,因为他选择了自己坚持的道路。《淮南子·齐俗训》《淮南子·泰族训》以道的目光来看,无论选择了怎样的道路,其实都有其存在的意义。而且不同的品质在战争中的意义更是如此。伯夷的行为同样是作为作者表达自己观点的载体,伯夷的形象在作者表达对其看法的过程中其意义更加丰富。

## 二 《论衡》中的伯夷叔齐意义辨析

《论衡》是东汉思想家王充的"疾虚妄"著作,以"实"为依据。这是一部唯物主义的哲学著作。

(一)借伯夷等事例探讨"遇"与"不遇"的问题

《论衡·卷一·逢遇篇》主要探讨了遇与不遇的问题。王充解释了君臣遇合的各种情形,说明才能品行低下的人能受到君主的赏识,而才行高洁的人却不遇的原因。

> 伍员、帛喜,俱事夫差,帛喜尊重,伍员诛死。此异操而同主也。或操同而主异,亦有遇不遇,伊尹、箕子是也。伊尹、箕子,才俱也。伊尹为相,箕子为奴。伊尹遇成汤,箕子遇商纣也。夫以贤事贤君,君欲为治,臣以贤才辅之,趋舍偶合,其遇固宜。以贤事恶君,君不欲为治,臣以忠行佐之,操志乖忤,不遇固宜。

伍员、帛喜一起侍奉夫差，帛喜受到尊重，而伍员却被处死，这就是不同操行的人侍奉同一个君主。有的才能操行都相同，却因事奉的君主各异，有被赏识重用的，有遭厌恶斥退的，伊尹和箕子就是这样，伊尹遇到成汤，做了国相；箕子却遇到商纣，沦为奴隶。"或以贤圣之臣，遭欲为治之君，而终有不遇，孔子、孟轲是也……夫以大才干小才，小才不能受，不遇固宜。"而孔子、孟子本身是有很高智慧和道德的臣子，也遇上想要把国家治理好的君王，却不被重用，不被重用的原因是这些君王没有能力任用大才。

> 以大才之臣，遇大才之主，乃有遇不遇，虞舜、许由、太公、伯夷是也。虞舜、许由，俱圣人也，并生唐世，俱面于尧。虞舜绍帝统，许由入山林。太公、伯夷，俱贤也，并出周国，皆见武王。太公受封，伯夷饿死。夫贤圣道同、志合、趋齐，虞舜、太公行耦，许由、伯夷操违者，生非其世，出非其时也。道虽同，同中有异；志虽合，合中有离。何则？道有精粗，志有清浊也。许由，皇者之辅也，生于帝者之时；伯夷，帝者之佐也，出于王者之世。并由道德，俱发仁义。主行道德，不清不留；主为仁义，不高不止。此其所以不遇也。尧溷舜浊；武王诛残，太公讨暴，同浊皆粗，举措钧齐，此其所以为遇者也。

他认为有大才的臣子遇到有大才的君主，同样有不被重用的可能，虞舜、许由、太公、伯夷就是这样。这里指出了同一时代的人同样被认为是贤才的人，在被君王任用上却有两种结果，有的人被任用，有的人则隐居山林。产生这种结果最为重要的原因就是，有的人与君王的想法和操守一致，所以才能出来辅佐君王，如舜与尧、太公与周武王；许由、伯夷却与当时君主的操行相违背，原因是他们与自己所处的时代不相适应。在这种差异中，王充也找出了其中的差别，他认为即使在一致中也有道义的精深与粗浅、志向的高尚与庸俗之分。许由，是上古"皇者"辅佐之才，却生在"帝者"时代；伯夷，是"帝者"辅佐之才，却处于"王者"时代。他们都遵循道德，都实行仁义。认为退隐的人并不是才能超不过被重用的人，而是他们与君主之间的操守有差别，所以在许由看来，或许尧的道德是浑浊的，所以他必然不会留下来。伯夷不可能认同武王伐纣的行为，所以也必然不会留下来。作者认为许由、伯夷高于舜和太公。在王充看来，"且夫遇也，能不预设，说不宿具，邂逅逢喜，遭合上意，故谓之遇"。即只有自己的才能遇到赏识的君主才叫遇，而那些靠揣测君主意图改变自己主张而得到重用和敬重，这不是遇。王充在这里列举了很多历史上的人物，充分探讨了遇与不遇的问题。王充在讨论遇与不遇的问题时，深刻说明了伯夷在武王时代不遇的原因。一方面是因为他与时代不合，另一方面也指出了他是帝者的辅佐者，却生在了王者的时代。

（二）借伯夷等事例说明教化的重要性

《论衡·卷二·率性篇》王充认为，人性可以通过教育而改变，他强调了教育和引导的力量，借孟子对伯夷的评价来说明教化的重要性。

> 传曰："尧、舜之民，可比屋而封；桀、纣之民，可比屋而诛。""斯民也，三代所以直道而行也。"圣主之民如彼，恶主之民如此，竟在化，不在性也。闻伯夷之风者，贪夫廉而懦夫有立志；闻柳下惠之风者，薄夫敦而鄙夫宽。徒闻风名，犹或变节，况亲接形面相敦告乎？孔门弟子七十之徒，皆任卿相之用，被服圣教，文才雕琢，知能十倍，教训之功而渐渍之力也。

王充认为人的本性可以通过教化来改变。尧、舜的百姓可以挨家挨户地被封赏，桀纣的百姓可以挨家挨户地被诛杀。有夏商周这样的百姓，所以三代才能够按正道而行。圣明君主的百姓和凶残君主的百姓不同，虽然这种说法有待商榷，却说明了教化的重要性。王充完全认可孟子的看法，听到伯夷的品格,那些过于贪心的人会变得廉洁,怯懦的人会确立志向;听到柳下惠的品格,刻薄的人会变得厚道,心胸狭隘的人会变得宽容。当然,如果面对面地接受他们的教诲就更是如此了。所以孔子的学生就是因为孔子教育的作用,才有了七十二贤人的成绩。作者认为教化可以改变一个人的性情。

《论衡·卷十·非韩篇》:国之所以存者,礼义也。民无礼义,倾国危主。今儒者之操,重礼爱义,率无礼义士,激无义之人。人民为善,爱其主上,此亦有益也。闻伯夷风者,贪夫廉,懦夫有立志;闻柳下惠风者,薄夫敦,鄙夫宽。此上化也,非人所见。

这段文字是王充对韩非子批评儒家的一种反驳。他认为国家之所以存在,是因为礼义。如果老百姓不懂礼义,则国家就要灭亡,君主就要遭殃。今天儒生们重视礼义,并且能够引导无礼义的人,同时教化无礼义的人。让人们为善,爱他们的君主,这是有益处的。认为听到伯夷的品格,能够使贪心的人变得廉洁,使怯懦的人树立志向。听到柳下惠的品格,能够使刻薄的人变得敦厚,使心胸狭隘的人变得宽宏大量。这是最高的教化,不是一般人所能看到的,王充认为韩非一定会因为忽视德行操守而受害。这里与《论衡·卷二·率性篇》中引用的内容相同,表达的含义也基本相同,都是对德行教化的肯定,但是这篇主要是从对韩非子的批判入手,认为与法度相比,礼义更为重要。

(三)借伯夷等事例说明如何判断"书虚"

《论衡·卷四·书虚篇》:王充批判大家在"传书"中的失实之言,并说明之所以产生这种情况的原因。

夫季子耻吴之乱,吴欲共立以为主,终不肯受,去之延陵,终身不还,廉让之行,终始若一。许由让天下,不嫌贪封侯。伯夷委国饥死,不嫌贪刀钩。廉让之行，大可以况小，小难以况大。

王充分析了书上所说的延陵季子让砍柴的人捡金子的事不可信的原因。延陵季子不愿意做吴国的君王，所以离开京都去了延陵，并且终身不回，廉洁谦让的德行始终如一，所以他不可能呵斥一个陌生人去帮他捡金子。就像许由让天下，自然不会被人嫌疑贪图封侯，伯夷放弃君位饥饿而死，因此不会被嫌疑贪图小便宜。这里主要是说明在大事上谦让的人，不会在小事上争夺的意思。

（四）借伯夷等事例说明如何判断"感虚"

王充认为"精诚所至"能感动天地鬼神是虚妄的，并分析了十五个事例来说明自己的观点。

《论衡·卷五·感虚篇》：世称："南阳卓公为缑氏令，蝗不入界。"盖以贤明至诚，灾虫不入其县也。此又虚也……夫蝗之集于野，非能普博尽蔽地也，往往积聚多少有处。非所积之地，则盗跖所居；所少之野，则伯夷所处也。集过有多少，不能尽蔽覆也。夫集地有多少，则其过县有留去矣。多少不可以验善恶；有无安可以明贤不肖也？盖时蝗自过，不谓贤人界不入，明矣。

南阳卓公做密县县令时，蝗虫不飞入他的县界。有人认为这大概是因为他贤明得极诚心的缘故，与同类相通，互相知心。作者却认为这种说法不真实。他认为是因为南阳卓公有好的名声，恰好蝗虫没有飞入县境，于是人们以此为因果关系来称颂他。其实蝗虫降落的多少不可能证明谁善谁恶，实际上它们不会因为是盗跖的地方就落得多些，伯夷所居就落得少些，而且蝗虫飞过时，并不认为是贤人管理的地方就不飞进去。伯夷在王充所列举的事例里是贤能、善的代表。

《论衡·卷十六·商虫篇》主要是商讨虫灾的问题，批判了专门为消灾而祈祷的人的说法，认为虫子吃谷物是因为贪婪无比敲诈勒索百姓的官员而造成的不合情理。

> 然夫虫之生也，必依温湿。温湿之气，常在春夏。秋冬之气，寒而干燥，虫未曾生。若以虫生罪乡部吏，是则乡部吏贪于春夏，廉于秋冬。虽盗跖之吏，以秋冬署，蒙伯夷之举矣。夫春夏非一，而虫时生者，温湿甚也。甚则阴阳不和。阴阳不和，政也，徒当归于政治，而指谓部吏为奸，失事实矣。

王充认为虫害并不是大家所认为是官吏所造成的，而是和风雨有关。他认为虫子的产生必然依靠温度和湿度，温湿之气一般产生在春、夏两季，秋、冬两季的气，寒冷干燥，没有产生虫子的条件，一定要以此比附虫灾与官吏的话，那说明官吏在春秋两季贪赃，到了秋、冬两季就廉洁了。以此推理的话，像盗跖那样的官员，在春、夏两季做官的话，就像伯夷那样廉洁了。王充虽然认为虫灾无法与官吏相联系，但是他却认为虫灾有关阴阳之气，与政治相关。

（五）借伯夷之事说明孟子对陈仲子指责不妥

《论衡·卷十·刺孟篇》王充主要针对《孟子》中言行不一、前后矛盾的地方进行驳斥。孟子认为陈仲子算不上廉洁，认为要推行陈仲子的操守，只有成为蚯蚓才能做到。王充通过分析认为蚯蚓也做不到，只有变成鱼生活在江海之中才能做到。

> 母不自有私粟。以食仲子，明矣。仲子食兄禄也。伯夷不食周粟，饿死于首阳之下，岂一食周粟，而以污其洁行哉？仲子之操，近不若伯夷，而孟子谓之若蚓乃可，失仲子之操所当比矣。

王充认为孟子对陈仲子的指责是求全责备。他认为陈仲子不吃母亲煮的东西,是耻于吃了不符合自己志向的东西,而不是违背了母子的恩情。王充通过分析,认为陈仲子还是吃了他认为不义的兄长的俸禄。而伯夷不吃周朝的粮食,饿死在首阳山下,但是真的吃周朝的粮食就玷污了他的操守吗?王充最后认为与伯夷相比,陈仲子似乎是比不上的。如果孟子认为只有蚯蚓才能做到真正的廉洁,与陈仲子相比也是不妥当的。因为蚯蚓也可能住在强盗的房子下面,它们可能吃强盗房子中的土,饮强盗房子下的水,所以蚯蚓也算不上廉洁。因此孟子是弄错了陈仲子的操守该拿什么来与他相比的问题。

(六)借伯夷等事例来说明如何判断祥瑞

《论衡·卷十六·讲瑞篇》主要讲述识别凤凰、麒麟等祥瑞之物的有关问题,尤其是反对汉代俗儒的唯古是崇。"其见鸟而象凤皇者,则凤皇矣。黄帝、尧、舜、周之盛时皆致凤皇。"王充认为凤凰是鸟中的圣者,而黄帝、尧、舜、周朝的兴盛之时,都曾招来过凤凰。"骐驎,兽之圣者也;五帝、三王、皋陶、孔子,人之圣也。"麒麟是兽中的圣者,五帝、三王、皋陶、孔子,是人中的圣者。作者认为真正的凤凰和麒麟,他们的骨体并不一定与想象的相似,而一般的鸟兽反而像凤凰和麒麟,所以一般的俗儒不能辨别。俗儒不能识别圣人,和他们不能识别真正的凤凰和麒麟一样。考察是否真的有祥瑞的降临,根据政治和君王的德行来识别。或者根据甘露来识别。"太史公曰:'盗跖横行,聚党数千人。伯夷、叔齐,隐处首阳山。'鸟兽之操,与人相似。人之得众,不足以别贤。以鸟附从审凤皇,如何?"司马迁曾经说过,盗跖横行天下,并且聚集党徒数千人;伯夷,叔齐,隐居首阳山。但是不能据此来辨别其贤良否,鸟兽的操守和人的相类似,所以,也不能根据鸟跟随的多少来识别凤凰。

(七)借伯夷谏阻武王伐纣驳斥厚古薄今

《论衡·卷十九·恢国篇》王充在这篇中主要论述自己认为汉代是历史上

151

最好的朝代,并且居于周代之上。主要是驳斥俗儒厚古薄今的观点。

> 凡克敌一则易,二则难。汤、武伐桀、纣,一敌也;高祖诛秦杀项,兼胜二家,力倍汤、武。武王为殷西伯,臣事于纣,以臣伐〔周〕,夷、齐耻之,扣马而谏,武王不听,不食周粟,饿死首阳。高祖不为秦臣,光武不仕王莽,诛恶伐无道,无伯夷之讥,可谓顺于周矣。

一般说来,战胜一个敌人容易,战胜两个敌人就困难。商汤和周武王讨伐夏桀和商纣,是战胜了一个敌人;而汉高祖刘邦则是战胜了秦朝和项羽两个敌人,所以他的力量超过商汤和周武王。周武王作为西部的首领,以臣子的身份侍奉商纣王,作为臣子去讨伐商纣,所以伯夷叔齐认为这是可耻的,牵住周武王的马进行规劝,周武王不听他们的劝告,他们不吃周朝的粮食,饿死在首阳山。而高祖不是秦朝的臣子,光武帝也不是王莽的臣子,所以他们只是讨伐无道的君王,没有伯夷叔齐这样的人规劝,与周武王相比,更加名正言顺。这是从另外一个角度阐释了伯夷叔齐劝谏周武王的故事,认为他们的这一做法使得周武王伐纣的事显得有些不那么名正言顺。

(八)借伯夷事例说明列出证据的重要性

《论衡·卷二十六·知实篇》王充列举了与孔子相关的十六个事例,进一步论述知识来源于古人的传说、古书的记载,以及自己的感受等。王充认为论述事理的人只有列出论据才能让别人信服。"天下之人,有如伯夷之廉,不取一芥于人,未有不言不笑者也。"这是王充论证孔子不是先知时的话,认为孔子向公孙明贾打听公叔文子"不言、不笑、不取"是不是真的,是因为自己不能判断,唯有打听了才能知道。认为天下确实有像伯夷那样的人,不拿别人一点东西,但是从来就没有不笑、不说话的人,认为这是孔子不是先知的一条证据。

## （九）借伯夷等事例探讨圣贤称号

《论衡·卷二十六·知实篇》借历史评论的事例探讨了贤人与圣人的称号、贤圣的称号可以替换的原因，但是也指出了被孟子所称为圣人的历史人物之间的差异，认为孔子是真正的圣人。

> 贤可学为，劳佚殊，故贤圣之号，仁智共之。子贡问于孔子："夫子圣矣乎？"孔子曰："圣则吾不能。我学不餍，而教不倦。"子贡曰："学不餍者，智也；教不倦者，仁也。仁且智，夫子既圣矣。"由此言之，仁智之人，可谓圣矣。

王充在这段文字中引用了子贡与孔子的对话，认为贤人可以经过学习做到，只是用功的程度不同罢了，所以贤人和圣人在称号上有区别，但在仁智方面却相通，认为具有仁智的人就是圣人了。

> 孟子曰："子夏、子游、子张，得圣人之一体；冉牛、闵子骞、颜渊，具体而微。"六子在其世，皆有圣人之才，或颇有而不具，或备有而不明，然皆称圣人，圣人可勉成也。

王充引用孟子的这段话认为子夏、子游、子张、冉牛、闵子骞、颜渊这六个人都具有做圣人的才能，但是又有所欠缺，他们都能被称为圣人，说明圣人可以通过努力学习而达到。

> 孟子又曰："非其君不事，非其民不使，治则进，乱则退，伯夷也。何事非君，何使非民，治亦进，乱亦进，伊尹也。可以仕则仕，可以已则已，可以久则久，可以速则速，孔子也。皆古之圣人也。"又曰："圣人，百世之师也，伯夷、柳下惠是也。故闻伯夷之风者，顽夫廉，懦夫有立志；闻柳下惠之风者，薄夫敦，鄙夫宽。奋乎百世之上，百世之下，

闻之者莫不兴起，非圣而若是乎？而况亲炙之乎！"夫伊尹、伯夷、柳下惠不及孔子，而孟子皆曰"圣人"者，贤圣同类，可以共一称也。宰予曰："以予观夫子，贤於尧、舜远矣。"孔子圣，宜言圣于尧、舜，而言贤者，圣贤相出入，故其名称相贸易也。

伊尹、伯夷、柳下惠比不上孔子，然而孟子把他们称为"圣人"，说明圣人、贤人同是一类人，可以共用一个称号。引用宰我的话来说明"圣""贤"两字可以互相替换使用，但是在王充看来，孔子虽然不是先知，但他是圣人，即使有的人在当时能够被称为圣人也比不上孔子，而伊尹、伯夷、柳下惠应该被称为贤人，而不是圣人。当然在这段文字中，王充并不质疑这些内容中贤圣的不同，而要说明的是圣人可以经过学习做到，只是用功的程度更特殊些罢了，所以贤人圣人的称号虽有区别，但在仁与智方面是共同的。这里提到的伯夷是引用了《孟子》中的原文，同时王充也借此表达了自己的观点，认为伊尹、伯夷、柳下惠他们比不上孔子。

《论衡·卷二十七·定贤篇》王充在这段文字中，主要探讨如何识别贤人的问题。王充探讨了各种情况，批判了十九种识别"贤人"的标准。

以委国去位，弃富贵就贫贱为贤乎？则夫委国者，有所迫也。若伯夷之徒，昆弟相让以国，耻有分争之名；及大王亶甫重战其故民，皆委国去位者，道不行而志不得也。如道行志得，亦不去位。故委国去位，皆有以也，谓之为贤，无以者可谓不肖乎？且有国位者，故得委而去之，无国位者何委？

把放弃国家和君位，放弃富贵而归于贫贱的人称为贤人在王充看来不合理。那些放弃国家的人，一定有原因，像伯夷这类人，他们兄弟之间以国相让，认为争夺的名声可耻，而太公古公为了百姓免遭战争之苦，也放弃了国家和王位，他们这么做也是因为道行不通又不得志。而且他们有国家可以让，如果因为这样的原因被称为贤人，那么那些没有国家可以让的人，就要被称为不肖之人了吗？

  以避世离俗清身洁行为贤乎？是则委国去位之类也。富贵人情所贪，高官大位，人之所欲乐去之而隐，生不遭遇，志气不得也。长沮、桀溺避世隐居；伯夷、於陵，去贵取贱，非其志也。

把远离世俗避世隐居，身心行为清洁的人称为贤人吗？这与放弃国家君位是一种情况。富贵是人情所贪图的，高官大位是人们乐于向往的，放弃富贵而隐居是没有得到君王的赏识，所以他们的志向无法实现，长沮、桀溺避世隐居，伯夷、於陵放弃富贵而取贫贱都不是他们的本意。

  王充主要是为了证明自己的观点，各种情况都要分析其缘由，判断是不是贤人，要看他有没有善心，如果有善心，就能辨明是非。如果这样的话，即使是贫穷低微、境遇艰难、功名不成、业绩不立也能被称为贤人。王充借伯夷叔齐等事例说明如何判断贤人，不能因为让国就认为是贤人，他们放弃富贵取贫贱不是他们的本意，而是因为没有得到君王的赏识。

  王充的《论衡》有十二处提到了伯夷的事例。《论衡·卷一·逢遇篇》探讨君王与臣子之关系，关于"遇"的问题，所引用伯夷事例，说明他没有遇到合适的君主，本来是帝之才，却只遇到王而已。《论衡·卷二·率性篇》引用孟子的话，这里伯夷的事例是为了证明教化的重要性。《论衡·卷十·非韩篇》也是引用了《孟子》中相同的话，说明教化的重要性，从而证明韩非子不重视教化可能带来的弊端。《论衡·卷五·书虚篇》提到的伯夷是因为他的高尚情操，不会被人怀疑贪图小利。借此说明如何判断书上内容的可信与否。《论衡·卷五·感虚篇》与盗跖对举，是贤与不贤的代表，借此说明传说可信与否的问题。《论衡·卷十六·商虫篇》也是与盗跖对举，为了说明虫害不是官吏所为，而是与风雨相关。《论衡·卷十·刺孟篇》中提到的伯夷虽然有质疑食用周粟是否会影响他高洁品德的问题,但王充主要证明孟子所说的陈仲子廉洁的类比不合理。《论衡·卷十六·讲瑞篇》中同样与盗跖对举,说明不是所聚集的人多,就可以判断为贤明,以此来说明祥瑞的问题。《论衡·卷十九·恢国篇》提到伯夷叔齐,认为他们劝谏武王的行为影响了武王伐纣名正言顺的问题,而高祖、光武帝不存在这样的问题,他们得天下更名正言顺,作者借此来批评厚古薄今的观点。《论衡·卷二十六·知实篇》中提到伯夷一是从廉洁的角度来认可,二是引用孟子的话,却认为他们与孔子相比,应该是贤人更合适,孟子统称他们为圣人,说明圣人和贤人在仁和智的方面还是有共同性的。《论衡·卷二十七·定贤篇》中将伯夷叔齐让国的事和伯夷叔齐隐居的事情进行讨论,揭示其背后的深层原因,认为不能根据表面的事件来确定贤能与否,而是根据内心来确定。从这里可以看出,王充对于伯夷的评价更多是为了证明自己的观点,虽然伯夷叔齐传说的故事意义没有太多的发展,但是触及了人们对他们评价的更多延伸。

总之,《淮南子》和《论衡》提到伯夷叔齐事例,进一步拓展了伯夷叔齐传说中的一些基本含义,作者借此来表达各自对社会问题的不同看法。其中伯夷叔齐被拓展的基本意义包括:伯夷地位的贫贱、抛弃自己鄙视的东西、不接受俸禄,以高洁的品行远离世俗、清廉、不遇起到教化的作用,还有弃君位而饿死、劝阻武王等故事情节也被作为作者借此探讨表达自己观点的依据。

# 第三章 伯夷叔齐在史学著作中的意义辨析

伯夷叔齐的故事因孔子的评价而得到了很多关注,就像司马迁在《伯夷列传》中所说,辞让天下的事例很多,而伯夷叔齐因为孔子而得以名声远扬。在很多史学著作中都提到了伯夷叔齐的故事,本章内容根据历史的脉络梳理辨析伯夷叔齐在史学中的意义。

## 第一节 《战国策》中的伯夷叔齐意义辨析

先秦时期提到伯夷叔齐故事的主要是《战国策》,虽然是史学作品,却承载了纵横家的价值观。

### 一 借伯夷叔齐之事说明秦韩关系

《战国策·韩三·或谓韩王曰》借伯夷的行为,说明韩国对秦国的一种态度,认为秦国想要吞并天下,所以无论燕国用哪种态度对待秦国,都不会有好的结果。"秦之欲并天下而王之也,不与古同。事之虽如子之事父,犹将亡之也。行虽如伯夷,犹将亡之也。行虽如桀、纣,犹将亡之也。虽善事之无益也,不可以为存,适足以自令亟亡也……"这是策士游说韩王的一段对话,认为韩如果像儿子一样侍奉秦国，最后还是可能被秦所灭。韩国像伯夷一样对待秦国，还是会被秦所灭。言行像桀纣，还是会被商汤和周武王灭掉。所以无论以怎样的方式来侍奉秦国，最后一定不会有好的结果。

### 二　借伯夷的事例说明自己的价值

《战国策·燕策·人有恶苏秦于燕王者》苏秦列举曾参、伯夷、尾生的事例，说明他们虽然有良好的道德，却无益于君王，以此来辩驳别人批判他的言论。

> 苏秦曰："且夫孝如曾参，义不离亲一夕宿于外，足下安得使之之齐？廉如伯夷，不取素餐，污武王之义而不臣，焉辞孤竹之君，饿而死于首阳之山。廉如此者，何肯步行数千里，而事弱燕之危主乎？信如尾生，期而不来，抱梁柱而死。信至如此，何肯扬燕、秦之威于齐而取大功哉？且夫信行者，所以自为也，非所以为人也，皆自覆之术，非进取之道也。"

苏秦认为正是因为自己没有曾参之孝，才可以出使齐国；没有伯夷之清廉，才能为燕国的君主服务；没有尾生的信义，才能到齐国宣扬燕国的威力。这些信义道德是用来自我完善，而不是用来帮助他人。在这段文字里，提到了被社会认同的"孝""廉""信"的行为，在帮助燕国这件事上却没有意义。这段文字对伯夷的事情进行了比较全面的概括：不吃白食，认为周武王不义，不做他的臣下，不做孤竹国的国君，最后饿死首阳山。苏秦认为自己在出使齐国这件事情上也是过于忠信了，所以才得罪了君王。苏秦虽然肯定了伯夷叔齐清廉的品德，却为了说明像他们那样的人不可能来为燕国国君出使齐国，体现了纵横家的实用主义精神。

《战国策》中提到伯夷叔齐的故事，虽然引用了传统所认可的谦让、忠信，但是认为这些品德无法在现实中带来好的结果。就个人而言，有好的名声，却无法服务于现实。

## 第二节 《二十六史》中的伯夷叔齐意义辨析

《二十六史》多处提及上古时期的伯夷以及伯夷叔齐传说之伯夷,如前所述,因为伯夷叔齐传说中,伯夷承载了更多的文化意义,很多地方提伯夷而忽略叔齐。从这些史学著作中,可以清晰地看到上古时期伯夷的完整形象,可以看到伯夷叔齐传说在历史长河中的演变过程,探讨的内容多集中在之前哲学家们所辩驳的各种问题上,史学家以历史事例来论证说明。其中《史记》中所涉及的伯夷叔齐传说的探讨最为深入,奠定了后世就其儒家意义的基本看法;而其他的史学著作,在探讨引用伯夷叔齐事例时,多有各自的时代印记。

### 一 汉代史学著作中伯夷叔齐的意义辨析

汉代的史学著作主要是《史记》和《汉书》,其中有上古时期的伯夷,而所提到的伯夷叔齐多偏向于故事、评价历史人物,同时也奠定了后世史学著作评价伯夷叔齐的基调。

(一)《史记》中伯夷叔齐的意义辨析

《史记》中所提到的上古时期的伯夷遵循道德,后代姜姓,建立了齐国;并描述了伯夷所生活的时代,这些内容有的意义与伯夷叔齐之意义重合或相关,梳理辨析这些内容可以更清楚地了解伯夷叔齐之文化意义。司马迁在《史记》中所探讨的伯夷叔齐,无论是故事情节、基本的含义还是类比的事例都很全面、细节,甚至在改编方面也独具匠心,表达了自己围绕伯夷叔齐事件深入思考的多重意蕴。

1. 上古时期的伯夷

《史记·五帝本纪》中提到的伯夷生活在尧的时代。

尧老，使舜摄行天子政，巡狩。舜得举用事二十年，而尧使摄政。摄政八年而尧崩。三年丧毕，让丹朱，天下归舜。而禹、皋陶、契、后稷、伯夷、夔、龙、倕、益、彭祖自尧时而皆举用，未有分职。于是舜乃至于文祖，谋于四岳，辟四门，明通四方耳目，命十二牧论帝德，行厚德，远佞人，则蛮夷率服……舜曰："嗟！四岳，有能典朕三礼？"皆曰伯夷可。舜曰："嗟！伯夷，以汝为秩宗，夙夜维敬，直哉维静絜。"伯夷让夔、龙。

尧年事已高，让舜摄政。尧去世后，舜让位于丹朱，但是最后天下归舜。尧的时候，禹、皋陶、契、后稷、伯夷、夔、龙、倕、益、彭祖等人都得到了任用，没有具体的职务。舜到文祖庙，与四岳商议，问谁能帮助自己主持天、地、人的三种祭祀，大家认为伯夷可以。于是舜任命伯夷主管典礼之事，希望能虔敬、正直、肃穆清洁，伯夷推让。从这里可以推断出，伯夷与商朝的始祖契、周朝的始祖后稷是同一时期的人，甚至传说活了八百岁的彭祖也是尧这一时期的人物。

《史记·夏本纪》："帝舜朝，禹、伯夷、皋陶相与语帝前。"这里伯夷是尧舜时期的伯夷，舜帝上朝时，禹、伯夷、皋陶一起在舜帝面前谈话，但在之后的对话中，只有禹和皋陶的言谈，他们对道德推崇，认为遵循道德确定不移，就能够团结上下，并且要谨慎地对待自身的修养。

司马迁梳理了尧舜时期的功臣之后的大致情况，这里提到了皋陶、伯夷，因此这是他们不是同一人的又一有力证据。

《史记·陈杞世家》：

舜之后，周武王封之陈，至楚惠王灭之，有世家言。禹之后，周武王封之杞，楚惠王灭之，有世家言。契之后为殷，殷有本纪言。殷破，周封其后于宋，齐湣王灭之，有世家言。后稷之后为周，秦昭王灭之，有本纪言。皋陶之后，或封英、六，楚穆王灭之，无谱。伯夷之后，至周武王复封于齐，曰太公望，陈氏灭之，有世家言……

这里的伯夷之后，被封于齐，是太公望，后被陈所灭，有齐太公世家。所以这里所说的伯夷之后，是太公望，姜姓，即历史上著名的太公望。而太公望曾经居于东海之滨。

《史记·郑世家》：

> 公曰："周衰，何国兴者？"对曰："齐、秦、晋、楚乎？夫齐，姜姓，伯夷之后也，伯夷佐尧典礼……"

郑桓公在建立郑国之前与太史的一段对话，这里的文字与《史记·陈杞世家》相印证，伯夷曾经辅佐尧，他的后代姓姜，建立齐国。

2.《伯夷列传》体现了司马迁多重价值观念

汉代的史学著作《史记》中所涉及的伯夷叔齐的篇目，尤以《伯夷列传》为最，其中包含了多层意蕴，各家学者也多有解读。

> 夫学者载籍极博，犹考信于六艺。《诗》《书》虽缺，然虞夏之文可知也。尧将逊位，让于虞舜，舜禹之间，岳牧咸荐，乃试之于位，典职数十年，功用既兴，然后授政。示天下重器，王者大统，传天下若斯之难也。而说者曰尧让天下于许由，许由不受，耻之逃隐。及夏之时，有卞随、务光者。此何以称焉？太史公曰：余登箕山，其上盖有许由冢云。孔子序列古之仁圣贤人，如吴太伯、伯夷之伦详矣。余以所闻由、光义至高，其文辞不少概见，何哉？

司马迁对写作史学作品的材料也进行了仔细的选择。认为《六经》和诸子杂记中记载的故事有所不同，所以他产生了疑义。在《六经》中可以看到

161

唐尧是用禅让的方式把天下让给舜。而非经学作品中记载了尧把天下让给许由的事，还有商汤把天下让给卞随、务光的事，司马迁说自己曾经登上箕山，听说山上有许由的墓冢。孔子在和学生的交谈中，谈到古代仁圣贤人时，对吴太伯、伯夷都进行了详细评价。同样不接受君位的许由、卞随、务光在司马迁看来有着很高尚的品德，在经书里却没有大略的文字，这让他感到疑惑。实际上《六经》著作中多提伯夷、吴太伯的事，也许由于其中蕴含的是儒家伦理道德，而许由、卞随、务光等人的故事多出现在道家思想著作中。

  余悲伯夷之意，睹轶诗可异焉。其传曰：伯夷、叔齐，孤竹君之二子也。父欲立叔齐，及父卒，叔齐让伯夷。伯夷曰："父命也。"遂逃去。叔齐亦不肯立而逃之。国人立其中子。于是伯夷、叔齐闻西伯昌善养老，盍往归焉。及至，西伯卒，武王载木主，号为文王，东伐纣。伯夷、叔齐叩马而谏曰："父死不葬，爰及干戈，可谓孝乎？以臣弑君，可谓仁乎？"左右欲兵之。太公曰："此义人也。"扶而去之。武王已平殷乱，天下宗周，而伯夷、叔齐耻之，义不食周粟，隐于首阳山，采薇而食之。及饿且死，作歌。其辞曰："登彼西山兮，采其薇矣。以暴易暴兮，不知其非矣。神农、虞、夏忽焉没兮，我安适归矣？于嗟徂兮，命之衰矣！"遂饿死于首阳山。由此观之，怨邪非邪？

司马迁把自己从别的地方看来的材料录入了自己的作品，这与司马迁的写作观念有关系，司马迁好奇，他写作的时候，不仅阅读了大量的国家藏书，接受过最权威学者的教授，同时他游历各地的时候，会收集民间传说，考察历史所留的遗迹。司马迁看到了不被经书所记载的《采薇歌》，这些内容在先秦的作品中并没有出现。

综合先秦各家的内容，几个地方多了演绎之外，整个故事脉络清晰一致。即使是《采薇歌》，也完全与先秦的那些故事相关联。在《伯夷列传》中，

## 第三章 伯夷叔齐在史学著作中的意义辨析

这个让国的故事，叙述得更加清晰，甚至内容与吴太伯、季札的相类似。孤竹君想要把君位传给叔齐，但是叔齐让伯夷。伯夷离开，叔齐也离开了孤竹国。故事的结局与吴太伯、季札的不同，所以在伯夷叔齐的传说中，伯夷的文化意义更为突出。在这个故事的演绎中，增加了遵父命的伦理意义。前往投奔文王的故事在先秦的典籍中也曾出现过，但是有些细节却引来了大家的考证和争议，他们到了的时候，文王去世，而那段劝谏武王的话，体现了儒家的伦理关系，父死不葬，算不上孝；以臣弑君算不上仁；这段细节是司马迁所添加的部分，并且在劝谏武王的时候，还增加了左右要杀之，太公认为他们是义人，扶他们离开。武王最后取得天下之后，伯夷叔齐认为是耻辱的事，所以不吃周朝的粮食，饿死于首阳山。在他们看来之所以是耻辱的事，是因为对儒家观念的背离，司马迁在这篇传记中更突出儒家的"仁""孝"观念，强调君臣、父子的伦理关系。司马迁之后的著作对伯夷叔齐评价不断强化儒家的君臣观念应与此相关。但最后《采薇歌》却与这段主旨有些区别，是道家思想中借伯夷叔齐的故事所反对的以暴易暴的主张，他们向往神农时的盛世也是对功利主义思想否定的体现。司马迁据此怀疑孔子所说的伯夷叔齐没有怨恨的观点，因为这首歌中唱到命运不济，体现了他们无可奈何的情怀。这样的结论源于司马迁情感的投入，是感叹自身的命运，即使正道直行，最后却落了一个悲惨的结局，内心怎么能够没有遗憾和感叹呢？这里故事细节的整理，不能肯定完全是司马迁的改编，但可以肯定的是司马迁对相关资料的选择，同样体现了他的认识和情感态度。

或曰："天道无亲，常与善人。"若伯夷、叔齐，可谓善人者非邪？积仁絜行如此而饿死！且七十子之徒，仲尼独荐颜渊为好学。然回也屡空，糟糠不厌，而卒蚤夭。天之报施善人，其何如哉？盗跖日杀不辜，肝人之肉，暴戾恣睢，聚党数千人横行天下，竟以寿终。是遵何德哉？此其尤大彰明较著者也。若至近世，操行不轨，专犯忌讳，而终身逸乐，

163

富厚累世不绝。或择地而蹈之，时然后出言，行不由径，非公正不发愤，而遇祸灾者，不可胜数也。余甚惑焉，傥所谓天道，是邪非邪？

司马迁所感叹的是自然之道，俗话说"天道是公平的，它常常帮助善良的人"。伯夷叔齐这样坚守自己道义的人，可谓是善人，但最后的结局却是饿死。在后面的对比中，司马迁运用了颜渊、盗跖的例子，认为好学遵循道德的人却过早地死去，残暴的人却能长寿。在先秦经典中，也有很多人用伯夷和盗跖来进行对比，然而角度和司马迁这里提到的也不完全相同。司马迁更多地增加了细节，他所感叹的是天道是不是真的常与善人的问题。这篇传记对天命的质疑体现了司马迁天道观的矛盾，最后延伸于对伯夷叔齐命运的慨叹。除此之外，司马迁还感叹伯夷叔齐因孔子而名声传扬，而其他穷乡僻壤、坚守道德但是不依靠德高望重的人，却不可能传播自己的名声。

《史记·太史公自序》："末世争利，维彼奔义；让国饿死，天下称之。作《伯夷列传》第一。"这是司马迁写作《伯夷列传》的宗旨，认为在商末之际，多数人在争权夺利，唯有伯夷叔齐趋向仁义，拥有让国之名，最后却饿死于首阳山下，天下人都称颂他们的美德。但实际上司马迁所写的《伯夷列传》透露出来的作者情怀很复杂，不仅仅是赞赏他们的德行，而且有更多的对命运的感叹，对天命的质疑。

《伯夷列传》体现了司马迁太多的感叹和价值观。司马迁通过伯夷叔齐的故事思考了很多故事之外所体现的价值观，探讨了天命、名声等问题，蕴含了比较复杂矛盾的价值观念。同样也显现了司马迁的写作手法，在具体情节撰写方面，有很多的文学特征，使得材料为自己的观点和情感服务。除此之外，司马迁把自己阅读的资料融会贯通地融入自己作品中，体现了对天命态度的矛盾，儒家思想还有道家思想的融合。司马迁把《伯夷列传》作为自己七十列传第一篇的原因，直到当代，依然有很多不同的解读。总之，这短短的一篇文字，体现了司马迁复杂的价值观念，主要是儒家伦理观念的显现，同时也勾勒出了完整的故事情节。

3. 借伯夷叔齐等人的投奔说明文王的贤能

《史记·周本纪》提到伯夷,都是从周文王、武王的德行立论。

> 古公有长子曰太伯,次曰虞仲。太姜生少子季历,季历娶太任,皆贤妇人,生昌,有圣瑞。古公曰:"我世当有兴者,其在昌乎?"长子太伯、虞仲知古公欲立季历以传昌,乃二人亡如荆蛮,文身断发,以让季历。古公卒,季历立,是为公季。公季修古公遗道,笃于行义,诸侯顺之。

太伯、虞仲为了让位于季历,最后逃亡到了荆蛮,根据当地的风俗文身断发,以示不归之意。而季历确实能够遵循他父亲遗留下来的原则,笃行仁义。季历就是文王的父亲。

> 公季卒,子昌立,是为西伯。西伯曰文王,遵后稷、公刘之业,则古公、公季之法,笃仁、敬老、慈少。礼下贤者,日中不暇食以待士,士以此多归之。伯夷、叔齐在孤竹,闻西伯善养老,盍往归之。太颠、闳夭、散宜生、鬻子、辛甲大夫之徒皆往归之。

文王继位之后,能够做到"笃仁,敬老,慈少,礼下贤者",很多士前往投奔文王。这里所提到的太颠参与过营救被俘虏的文王,是辅佐周文王、周武王的大臣;闳夭、散宜生都是西周的开国大臣,都曾经辅佐周文王;鬻子是楚国的先祖,九十岁的时候拜见文王,文王把他当作自己的老师,到了武王、成王时期也都把他当作老师,是道家的前身;辛甲是西周初年的史官,原来事商纣王,但是多次进谏不听之后,前往周,被召公推荐,成为西周的史官。这里提到伯夷叔齐在孤竹国,也听说了西伯善养老,所以前去投奔了西伯。在《伯夷列传》中出现的情节是当他们前去投奔文王时,文王已经去世，并且遇到了武王伐纣。当然，司马迁叙述这些人投奔周文王只是要说明文王的仁德，大批天下贤士要前去投奔他。

《史记·刘敬叔孙通列传》：及文王为西伯，断虞芮之讼，始受命，吕望、伯夷自海滨来归之。武王伐纣，不期而会孟津之上八百诸侯，皆曰纣可伐矣，遂灭殷。

这段文字是娄敬在进谏汉高帝关于定都问题时所描述周朝历史中的一段。娄敬认为文王作为西方常老时，能解决虞国和芮国的争端，成为受命于天下的王，所以吕望、伯夷自海滨归之。武王讨伐商纣时，主动到盟津会盟的有八百诸侯，大家认为可以讨伐了，就灭掉了殷商。所列举的文王、武王之事是为了说明他们能以德来感召人民。关于吕望、伯夷自海滨归之一段与《孟子》中的段落相同。

4. 借伯夷叔齐的事例说明孔子不被任用的原因

孔子在周游列国被围困的时候，他知道他的学生内心有太多的态度和想法，借用《诗经》里的一句诗来问不同的学生，以此来教导他们，这三个学生分别为子路、子贡、颜回，而这三个学生回答的角度不同，体现了他们各自的价值观。其中，颜回的回答最让孔子欣慰。

《史记·孔子世家》：孔子知弟子有愠心，乃召子路而问曰："《诗》云：匪兕匪虎，率彼旷野。吾道非邪？吾何为于此？"子路曰："意者吾未仁邪？人之不我信也。意者吾未知邪？人之不我行也。"孔子曰："有是乎！由，譬使仁者而必信，安有伯夷、叔齐？使知者而必行，安有王子比干？"

这段是子路的回答。孔子并不是真的怀疑自己的学说，而是为了消除学生心中的疑问。子路认为不是学说的问题，而是自身在修德和智慧的提升上还不足够，还需要努力。"仁""知"没有达到，所以别人不信任，不能实践孔子的学说。但孔子认为已经做到了，只是别人不理解罢了，他认为伯夷叔齐是仁德的人，却不被别人信任；像比干一样有智谋，却不能通行无阻，反而被剖心。在孔子看来，不是自己的学问有问题，不是仁德和智慧的问题。孔子认为并不是具有"仁""知"就能被信任和任用。子贡肯定了孔子学说的宏大，认为孔子要降低自己的要求，受到了孔子的批评，孔子认为子贡的理想不远大。颜渊说继续修养自身的学问，不被接受反而说明自己的君子之行，不用太在乎别人的看法，要继续钻研自身的学问。这里提到伯夷叔齐的例子是说明他们是仁德的人，却依然不被别人信任，但在《论语》中，孔子并没有这样评价伯夷叔齐。司马迁通过孔子师徒的对话，对孔子的学说做出了评价，认为他的学说不能实行，不是学说的问题，而是统治者不肯任用的问题。

5. 借伯夷叔齐的事例展现纵横家的价值观

《史记·苏秦列传》关于曾参、伯夷、尾生的论述与《战国策》中的文字极其相似。同样的事件，同样的说辞，表述却更加顺畅，尤其是遵循了时间的线索，先叙述他们辞让君位，不肯做武王的臣子，不肯接受封侯，最后饿死于首阳山。

> 苏秦见燕王曰："臣，东周之鄙人也，无有分寸之功，而王亲拜之于庙而礼之于廷。今臣为王却齐之兵而得十城，宜以益亲。今来而王不官臣者，人必有以不信伤臣于王者。臣之不信，王之福也。臣闻忠信者，所以自为也；进取者，所以为人也。且臣之说齐王，曾非欺之也。臣弃老母于东周，固去自为而行进取也。今有孝如曾参，廉如伯夷，信如尾生。得此三人者以事大王，何若？"王曰："足矣。"苏秦曰："孝如曾参，义不离其亲一宿于外，王又安能使之步行千里而事弱燕之危王哉？廉如伯夷，义不为孤竹君之嗣，不肯为武王臣，不受封侯而饿死首阳山

下。有廉如此，王又安能使之步行千里而行进取于齐哉？信如尾生，与女子期于梁下，女子不来，水至不去，抱柱而死。有信如此，王又安能使之步行千里却齐之强兵哉？臣所谓以忠信得罪于上者也。"

苏秦因为有人以不忠实的罪名在君王面前中伤他，怕在燕国获罪，借曾参、伯夷、尾生的事替自己辩驳，认为那些忠诚信实的人都是为了自己的目的，而自己作为奋发进取的人是为了别人的利益。所以，自己的"不忠实"恰恰是燕王之福，同样呈现了纵横家实用主义的价值观。

6. 借伯夷的事例辨析君臣遇合之事

《史记·孟子荀卿列传》中提到邹衍。邹衍游说诸侯得到了诸侯们的尊敬。他认为用崇高的德行修行自身，就能推衍到老百姓中间去，他研究这种学说，但是他游说诸侯的话前边不着边际，最后要义在仁义节俭，在君臣上下和六亲之间实行显得空泛，王公大臣想实行，却无法实行。

其游诸侯见尊礼如此，岂与仲尼菜色陈蔡，孟轲困于齐梁同乎哉！故武王以仁义伐纣而王，伯夷饿不食周粟；卫灵公问阵，而孔子不答；梁惠王谋欲攻赵，孟轲称大王去邠。此岂有意阿世俗苟合而已哉！持方枘欲内圜凿，其能入乎？或曰，伊尹负鼎而勉汤以王，百里奚饭牛车下而缪公用霸，作先合，然后引之大道。驺衍其言虽不轨，傥亦有牛鼎之意乎？

司马迁认为邹衍这种做法不能与孔子、孟子受到困厄时同日而语，因为他们没有逢迎世俗、苟且求合之意。司马迁将孔子、孟子、伯夷在这里并列举出的原因是他们都不去迎合人主，坚持自己的想法。伯夷宁饿死而不食周粟是因为认为武王以暴易暴讨伐商纣，最后建立的周朝与自己坚持的道不合。而伊尹、百里奚都是先迎合人主，然后把人主引入正确的道路上，邹衍前面不合情理的话，在某种程度上也许与伊尹、百里奚相同。

### 7. 借伯夷等事例说明功成身退的益处

《史记·范雎蔡泽列传》中蔡泽劝说范雎及时隐退，要以历史上的商鞅、白起、吴起、大夫文种的结局为借鉴，不要遭受那样的灾祸。

"吾闻之，'鉴于水者见面之容，鉴于人者知吉与凶'。《书》曰'成功之下，不可久处'。四子之祸，君何居焉？君何不以此时归相印，让贤者而授之，退而岩居川观，必有伯夷之廉，长为应侯。世世称孤，而有许由、延陵季子之让，乔松之寿，孰与以祸终哉？即君忍不能自离，疑不能自决，必有四子之祸矣。《易》曰'亢龙有悔'，此言上而不能下，信而不能屈，往而不能自返者也。愿君孰计之！"应侯曰："善。吾闻'欲而不知足，失其所以欲；有而不知止，失其所以有'。先生幸教，雎敬受命。'"

蔡泽认为如果范雎能及时隐退的话，不但不会有灾祸，反而能够拥有像伯夷那样廉洁正直的美名，长享爵位，世世代代称侯，而且可以有许由、延陵季子让位的美名，还可以像王乔、赤松子那样长寿。希望他能上能下，能屈能伸。但是在这段所举事例中，用了伯夷之廉的典故，让位的美名用的是许由、延陵季子的事例，而许由的事例司马迁在前面说过，在六经当中，并没有并纳入，而后面所说的长寿之说应该也是道家的人物。这里的主要思想就是功成身退。

### 8. 借伯夷的事例描述颠倒黑白的现实

《史记·屈原贾生列传》所录贾谊《吊屈原赋》以伯夷、盗跖对举，作为贪廉的代表。"呜呼哀哉，逢时不祥！鸾凤伏窜兮，鸱枭翱翔。阘茸尊显兮，谗谀得志；贤圣逆曳兮，方正倒植。世谓伯夷贪兮，谓盗跖廉；莫邪为顿兮，铅刀为铦。于嗟默默兮，生之无故！斡弃周鼎兮宝康瓠，腾驾罢牛兮骖蹇驴，骥垂两耳兮服盐车。章甫荐屦兮，渐不可久；嗟苦先生兮，独离此咎!"贾谊所描述的是一个黑暗的社会现实,黑白颠倒,这里所列举的贪廉对象,还是伯夷和盗跖,这种对举的事例在先秦的时候就已经出现了。说明伯夷的廉深入人心。

9. 借伯夷等事例说明"侯门仁义存"

司马迁引用世俗人所言,是为了给游侠这类不被认同的人作传。他认为有的人被指责,却依然能得到后学的肯定,而有的人却没有任何的名声,司马迁担心这些人曾经做了正义的事却不能流传自己的名声。《史记·游侠列传》：鄙人有言曰："何知仁义,已飨其利者为有德。"故伯夷丑周,饿死首阳山,而文武不以其故贬王；跖、蹻暴戾,其徒诵义无穷。由此观之,"窃钩者诛,窃国者侯,侯之门仁义存",非虚言也。这段所引用的文字,"窃钩者诛,窃国者侯,侯之门仁义存"是道家的思想。伯夷认为周武王以不仁不义的方式取得天下,所以选择了不食周粟,饿死首阳山,但是周武王推翻了残暴的商纣的统治,也同样得到了人们的肯定。多数人既肯定了伯夷坚守正义的品质,同时也不怀疑或者不否定周武王对于历史的贡献。《孟子·梁惠王下》："闻诛一夫纣矣,未闻弑君也。"即使如儒家的孟子也认为杀掉商纣王,不是违反仁义的行为,但是司马迁这里引用的却不是孟子的观点,而是庄子的看法。他认为是不是因为周文王周武王建立了周朝,所以才会有仁义之名,不会亏损自己的名声。司马迁认为伯夷因为武王建立周朝不符合自己的理想,最终饿死在首阳山,但是这一点却不影响周文王和周武王的名声。

司马迁的《史记》中出现了多处的伯夷,可以从以下这几个角度进行梳理。《伯夷列传》里的内容包含着作者对人生的思考,在故事情节方面增添了一些细节,而这些细节与作品中其他地方提到的内容还有不一致的地方。在所出现的引用中,基本综合了先秦典籍中所出现的内容,尧时期的伯夷、孤竹国的伯夷、孟子所提到的伯夷,司马迁都提到了。在列举的事例中,却有了新的内容,比如投奔周文王的伯夷叔齐,与太颠、闳夭、散宜生、鬻子、辛甲大夫并列；投奔周文王时与吕望并列；伯夷叔齐之信与王子比干之忠；孝如曾参，廉如伯夷，信如尾生；伯夷、孟子、孔子的困厄与伊尹、百里奚的对比；伯夷、延陵季子、许由、王乔、赤松子的对比；伯夷、盗跖的对举；伯夷、周文王、周武王之名的对比；等等，这些内容涵盖了伯夷叔齐让国、劝谏、饿死的全部丰富的意蕴。从正面的肯定，从无奈的慨叹，从正反的推理，从不同的角度全面地展现了事件中所存在的意义。伯夷叔齐是廉洁的，是仁义的，是高洁的，同时是不慕富贵的，因为孔子的评论而得以名声流传。但是他们好像也不是完全像孔子所说的那样，完全没有遗憾。为了说明伯夷叔齐的"仁""孝"改编了部分的故事情节，从某种意义上讲司马迁所强调的伯夷叔齐对儒家思想的遵守更符合汉代武帝时"罢黜百家，独尊儒术"的儒家思想。司马迁通过对伯夷叔齐故事的引用，全面展现了自己对很多问题的思考，呈现了自己独特的情感和价值观念。

(二)《汉书》中伯夷叔齐的意义辨析

《汉书》与《史记》相比，无论是提到的上古时期的伯夷还是伯夷叔齐的事件，记录或者思考都要简略些。上古时期的伯夷多从职责和时代提及；而关于伯夷叔齐的传说则多来自孔孟的评述，肯定了其廉洁、贤能、教化的重要性，并借此评价历史人物。

1. 上古时期的伯夷

《汉书·百官公卿表上》追溯的是《尚书》中所记载的各个官职所负责的事。

> 《书》载唐虞之际，命羲和四子，顺天文，授民时；咨四岳，以举贤材，扬侧陋；十有二牧，柔远能迩；禹作司空，平水土；弃作后稷，播百谷；禼作司徒，敷五教；咎繇作士，正五刑；垂作共工，利器用；益作朕虞，育草木鸟兽；伯夷作秩宗，典三礼；夔典乐，和神人；龙作纳

言，出入帝命。夏、殷亡闻焉，周官则备矣。

这里伯夷的官职是秩宗，主管礼仪。

《汉书·刑法志》也是引用了《尚书》里的句子。"《书》云'伯夷降典，哲民惟刑'，言制礼以止刑，犹堤之防溢水也。"伯夷颁布法典，依照刑法来审理案件。制造礼法来防止用刑，就像是用堤来防范水的溢出。以此来说明礼法的作用。同时也说明了伯夷主要的职责是制定礼法。

郑桓公向史伯请教什么地方可以逃避一死。史伯认为他不可以去南方。其中提到了上古时期的伯夷。

《汉书·地理志下》：公曰："南方不可乎？"对曰："夫楚，重黎之后也，黎为高辛氏火正，昭显天地，以生柔嘉之材。姜、嬴、荆、芈，实与诸姬代相干也。姜，伯夷之后也；嬴，伯益之后也。伯夷能礼于神以佐尧，伯益能仪百物以佐舜，其后皆不失祀，而未有兴者，周衰将起，不可逼也。"

姜姓国家是伯夷的后代，说伯夷曾经能尊敬神灵而辅佐尧，他的后代没有失去祭祀，但是没有兴盛起来的人。伯益在《史记》中作伯翳。

《汉书·东方朔传》：朔对曰："自唐虞之隆，成康之际，未足以谕当世。臣伏观陛下功德，陈五帝之上，在三王之右。非若此而已，诚得天下贤士，公卿在位咸得其人矣。譬若以周邵为丞相，孔丘为御史大夫，太公为将军，毕公高拾遗于后，弁严子为卫尉，皋陶为大理，后稷为司农，伊尹为少府，子贡使外国，颜闵为博士，子夏为太常，益为右扶风，季路为执金吾，契为鸿胪，龙逢为宗正，伯夷为京兆，管仲为冯翊，鲁般为将作，仲山甫为光禄，申伯为太仆，延陵季子为水衡，百里奚为典属国，柳下惠为大长秋，史鱼为司直，蘧伯玉为太傅，孔父为詹事，孙叔敖为诸侯相，子产为郡守，王庆忌为期门，夏育为鼎官，羿为旄头，宋万为式道侯。"

这段文字是东方朔与汉武帝的对话，汉武帝问东方朔自己是什么样的君王，东方朔认为他的功劳在五帝三王之上，认为天下的贤士都得到了任用。这里提到了古代的很多贤臣和有才华的人，伯夷是其中之一。

从以上的资料中可以大致梳理上古时期伯夷的发展线索。伯夷是古代贤士，其官职是秩宗，主管礼仪，制定礼法，尊敬神灵而辅佐尧，姜姓，他的后代没有失去祭祀，但是没有兴盛起来的。

2. 伯夷自海滨归文王

伯夷自海滨归文王的事，《汉书》有两处提到。《汉书·郦陆朱刘叔孙传》："敬曰：'……及文王为西伯，断虞芮讼，始受命，吕望、伯夷自海滨来归之。武王伐纣，不期而会孟津上八百诸侯，遂灭殷……'"这段文字是娄敬与汉高祖的对话，与《史记·刘敬叔孙通列传》中内容完全一致。

> 《汉书·董仲舒传》：至于殷纣，逆天暴物，杀戮贤知，残贼百姓。伯夷、太公皆当世贤者，隐处而不为臣。守职之人皆奔走逃亡，入于河海。天下秏乱，万民不安，故天下去殷而从周。文王顺天理物，师用贤圣，是以闳夭、大颠、散宜生等亦聚于朝廷。爱施兆民，天下归之，故太公起海滨而即三公也。

这段文字是《汉书》所录入的董仲舒《贤良对策》的内容。董仲舒为了证明自己的观点展开论述，与《史记》的内容有相同的地方，但是也有不同。伯夷和太公是商末时期的贤者，认为商末的社会黑暗，所以等待贤者，那些在职的官员也都逃亡到河边、海滨。社会黑暗，百姓都拥护周文王，而周文王顺从天意来治理万物，使得贤德的人都来归顺于他，闳夭、大颠、散宜生都归顺到周的朝廷，而太公从偏僻的海滨投奔文王，最后位至三公，周文王为了让人民过上安定的生活，都顾不上吃饭。虽然也列举了伯夷为贤人，但是重点在强调周文王顺从天意来治理万物，并且最后没有提到伯夷投奔周文王的事。董仲舒主要是借周文王的事说明帝王的勤劳、安逸不相同，是因为他们遭逢的时代不同。

3. 伯夷、史鱼对举，说明其廉洁

《汉书·杨胡朱梅云传》提到伯夷、史鱼的风范，借此肯定御史大夫贡禹的廉洁纯正。

> 太子少傅匡衡对，以为"大臣者，国家之股肱，万姓所瞻仰，明王所慎择也。传曰下轻其上爵，贱人图柄臣，则国家摇动而民不静矣。今嘉从守丞而图大臣之位，欲以匹夫徒步之人而超九卿之右，非所以重国家而尊社稷也。自尧之用舜，文王于太公，犹试然后爵之，又况朱云者乎？云素好勇，数犯法亡命，受《易》颇有师道，其行义未有以异。今御史大夫禹洁白廉正，经术通明，有伯夷、史鱼之风，海内莫不闻知，而嘉猥称云，欲令为御史大夫，妄相称举，疑有奸心，渐不可长，宜下有司案验以明好恶"。

这是汉元帝时，代理华阴县丞嘉想要推荐朱云为御史大夫，皇帝交由大臣讨论时，太子少傅匡衡的对策，认为推荐人嘉从县丞的位置推荐国家的重要大臣不合适，之前尧任用舜，周文王任用姜太公，都经过了慎重的试用。况且朱云本人德行仁义并没有值得称道之处，而当时的御史大夫贡禹却是廉洁纯正的，有伯夷、史鱼的风范。最后，举荐人因此获罪。这里提到的伯夷、史鱼是廉洁纯正的代表。史鱼是春秋时期卫国的大夫，临死的时候还劝谏卫灵公去佞人。孔子也曾称赞过他，认为："直哉史鱼，邦有道，如矢；邦无道，如矢。"

### 4. 肯定伯夷叔齐为圣贤之人

《汉书·王贡两龚鲍传》借伯夷的事例来说明他对社会风气的影响，认为只有圣贤之人才能做到。

> 昔武王伐纣，迁九鼎于洛邑，伯夷、叔齐薄之，饿死于首阳，不食其禄，周犹称盛德焉。然孔子贤此二人，以为"不降其志，不辱其身"也。而《孟子》亦云："闻伯夷之风者，贪夫廉，懦夫有立志；""奋乎百世之上，百世之下莫不兴起，非贤人而能若是乎！"

周武王伐纣最后成功，但是伯夷叔齐认为他们不忠不孝，耻食周粟，最后饿死首阳，但是连周朝的人都称颂他们。孔子认为他们是贤人，不改变自己的志向，不使自身遭到羞辱。孟子也曾经说，听到伯夷的风范，足以使贪婪的人变得廉洁，使懦弱的人树立志向。百代之前令人振奋的行为，百代之后仍然让人深受鼓舞，只有圣贤之人才能做到。在这里班固已经完全肯定了孟子在他的文章中所提到的伯夷与孤竹国的伯夷是同一人。在这篇传记中，班固还提到了园公、绮里季、夏黄公、甪里先生、郑子真、严君平等未曾做官，但他们的风范、名声足以阻止贪婪、激励世人。

这篇传记主要是写关于王吉、贡禹、两龚、鲍宣的事迹，认为他们无论是隐退还是出仕都能依礼谦让。班固在文章后面的赞中表达了自己对这些隐士以及出仕归隐人士的总体看法：

> 赞曰：《易》称"君子之道也，或出或处，或默或语"，言其各得道之一节，譬诸草木，区以别矣。故曰山林之士往而不能反，朝廷之士入而不能出，二者各有所短。春秋列国卿大夫及至汉兴将相名臣，怀禄耽宠以失其世者多矣！是故清节之士于是为贵。然大率多能自治而不能治人。王、贡之材，优于龚、鲍。守死善道，胜实蹈焉。贞而不谅，薛方近之。郭钦、蒋诩好遁不污，绝纪、唐矣！

文章引用《易经》中的句子认为君子之道，或者是隐居，或者是出仕，或者是沉默，或者是进言，虽然不同，但犹如花草一般，能够显示各自独有的特征，各自芬芳。同时二者又各有所短，有很多出仕的人，因为贪恋富贵恩宠，失去世道人心，因此与此相比，那些品行高洁之士就显得难能可贵。作者认为能自治并且能治人的人才更为可贵，所以他肯定了王吉、贡禹，认为他们远优于龚胜、龚舍和鲍宣。另外，班固也肯定了龚胜实践的圣人之道，肯定王莽时期不肯出仕的薛方、郭钦、蒋诩，认为他们是逃避浊乱、不污其节的人。这篇传记，可以看作班固对隐士、避居乱世的人，以及出仕之后又隐居之臣的评价。同时也包含了对伯夷叔齐的看法，既肯定了他们的贤能之处，他们的品质可以激励后人，同时也说明了他们高洁品质难能可贵的背景。

5. 借伯夷等事例说明教化的重要性

《汉书·萧望之传》西羌反叛，汉朝派遣后将军去讨伐，京兆尹张敞的上书提到了伯夷之行，借此说明教化的重要性。

> 人情，贫穷，父兄囚执，闻出财得以生活，为人子弟者将不顾死亡之患，败乱之行，以赴财利，求救亲戚。一人得生，十人以丧，如此，伯夷之行坏，公绰之名灭。政教壹倾，虽有周召之佐，恐不能复。古者臧于民，不足则取，有余则予。《诗》曰"爰及矜人，哀此鳏寡"，上惠下也。

张敞认为民众有两种气质，有坚持正义的心愿，又有追逐利益的欲望，而这就在于教化引导。认为教育民众在于普及德行教化，不然的话，有人会依照人之常情，伯夷那样的德行也会被破坏，公绰那样的美名也会湮灭不闻。如果政教倾坏，即使周公、召公都不能恢复。所以他认为开辟财路但是破坏原有的教化是不对的。虽然无法确定公绰的具体事例，但孔子在《论语》中多次探讨他的德行。"子路问成人。子曰:'若臧武仲之知,公绰之不欲,卞庄子之勇,冉求之艺,文之以礼乐,亦可以为成人矣。'"(《论语·宪问》)文中以伯夷、公绰对举,是以此代表美好的德行。

《汉书》中出现伯夷一共有九处。其中上古伯夷有四处,孤竹国伯夷有两处,还有三处同于《孟子》中所提到的伯夷。基本梳理清楚了上古时期伯夷的发展线索,班固主要借孤竹伯夷肯定自己所写传主的品质,而《孟子》有异议的伯夷则和《论语》中的伯夷并列提出,可以由此推断是孤竹之伯夷。作者认为他们是圣贤之人,他们的行为即使是在周朝,同样得到了人们的肯定,并据此探讨自己对隐士尤其像伯夷叔齐那样隐士的看法。在这些内容中,让国的情节没有那么重要,更重要的是他们对待周朝的态度。从对他们品质的评价而言,并没有增加新的内涵,而是从他们固有的品质出发,延伸出了对很多问题的探讨。作者认为周文王、周武王的名声并没有因为伯夷叔齐的行为受到影响,他们的行为同样受到了尊重。

## 二 魏晋南北朝时期史学著作伯夷叔齐意义辨析

魏晋南北朝的史学著作主要有《后汉书》《三国志》《晋书》《宋书》《梁书》《北齐书》,其中引用伯夷叔齐之事例最多的是《后汉书》。伯夷叔齐传说的文化意义,尤其是其中主要人物伯夷所代表的意义更加全面,还有对伯夷叔齐传说的再分析、探讨也更加深入,谦让、隐居、教化、天命都在此基础上得到了深入辨析。

### (一)《后汉书》中伯夷叔齐意义辨析

《后汉书》中提到伯夷的地方超过了《史记》和《汉书》,在引用伯夷叔齐事例时,更侧重于人物评价,涉及对隐居之士的深入分析,阐述的角度更全面。

1. 上古时期的伯夷

《后汉书·桓谭冯衍列传下》收录了冯衍的《显志赋》,这篇文章是冯衍晚年所撰写的自伤不遇的作品。

> 日瞳瞳其将暮兮，独于邑而烦惑；夫何九州之博大兮，迷不知路之南北。驷素虬而驰骋兮，乘翠云而相伴；就伯夷而折中兮，得务光而愈明。欵子高于中野兮，遇伯成而定虑；钦真人之德美兮，淹踌躇而弗去。意斟愖而不澹兮，俟回风而容与；求善卷之所存兮，遇许由于负黍。轫吾车于箕阳兮，秣吾马于颍浒；闻至言而晓领兮，还吾反乎故宇。

冯衍借史实以讽喻时政，借追慕古人而抒发其郁抑不平之气。伯夷与务光并举，他们都是历史上的圣贤之人。务光是古代隐士，相传汤让位给他，他不肯接受，负石沉水而死。其中"就伯夷而折中兮"与屈原《惜诵》中的"令五帝以折中兮"相类似，解释为让他辨析刑书条文，这里的伯夷应该是上古时期的伯夷，而不是孤竹国的伯夷。

《后汉书·郭陈列传》是郭躬、弟子镇、陈宠、子忠的合传。这是陈宠的上书。"乃上疏曰：臣闻先王之政，常不僭，刑不滥，与其不得已，宁僭不滥。故唐尧著典，'眚灾肆赦'；周公作戒，'勿误庶狱'；伯夷之典，'惟敬五刑，以成三德'。由此言之，圣贤之政，以刑罚为首……"陈宠认为皇帝刚刚即位，可以改变之前的苛政，实行仁政。希望皇帝在执法上严明，但坏人既平之后，要以宽大为好，这里列举了历史上唐尧的做法，唐尧著有尧典，在刑法的使用上主张过误有害，应当缓赦；周公的做法是不可错判众狱；伯夷的做法是谨慎地使用五刑，让"三德"得到遵守。

2. 借伯夷事例评价和说明人物的处世态度

范晔借伯夷事例肯定寇恂的品质。《后汉书·邓寇列传》："论曰：传称'喜怒以类者鲜矣'。夫喜而不比，怒而思难者，其惟君子乎！子曰：'伯夷、叔齐，不念旧恶，怨是用希。'于寇公而见之矣。"这是史官对于寇恂的评价，认为喜而不朋比，见怒能想到别人的只有君子，而寇恂就是这样的君子，他就像孔子所评论的伯夷叔齐那样，不记念人家欺侮过他的事，所以人家也不积怨于他。寇恂治理颍川时很有政绩，离任后随光武帝再次回到颍川，百姓请求再留任寇恂。他处死贾复的一位部下时引来了贾复的不满，而他却处处忍让，以求矛盾的化解。作者用孔子肯定伯夷叔齐的事例来评价寇恂，可见作者对他评价之高。

《后汉书·宣张二王杜郭吴承郑赵列传》是宣秉、张湛、王丹、王良、杜林、郭丹、吴良、承宫、郑均、赵典等的合传。范晔借伯夷叔齐事例说明了杜林的处世态度。

> 隗嚣素闻林志节，深相敬待，以为持书平。后因疾告去，辞还禄食。嚣复欲令强起，遂称笃。嚣意虽相望，且欲优容之，乃出令曰："杜伯山天子所不能臣，诸侯所不能友，盖伯夷、叔齐耻食周粟。今且从师友之位，须道开通，使顺所志。"林虽拘于嚣，而终不屈节。

这里主要是讲杜林的事情，隗嚣想要任用他，但是他坚持自己的志节，拒绝隗嚣。隗嚣为了网罗杜林，下令说杜林如同伯夷叔齐有一样的志节，是天子不能臣，诸侯不能友之人，现在是在暂且从师友的位置。他知道这样的人无法勉强，只能顺从杜林的志节。杜林最终没有降志辱节。后来，杜林扶弟弟的灵柩回乡，隗嚣派人刺杀他，结果刺杀之人认为杜林是行义之人，不忍杀害他。后来杜林被汉光武帝重用。"论曰：夫威强以自御，力损则身危；饰诈以图己，诈穷则道屈；而忠信笃敬，蛮貊行焉者，诚以德之感物厚矣。故赵孟怀忠，匹夫成其仁；杜林行义，烈士假其命。《易》曰：'人之所助者信'，有不诬矣。"史官评论认为威强、伪装欺诈都会给人带来危险，而忠信笃敬，就是蛮貊之邦也能通行，因为道德感化万物特别深厚，所以晋赵盾怀有忠心、刺杀赵盾的鉏麑自杀以成其仁；杜林行义，刺杀他的杨贤自逃以成其义。范晔借伯夷叔齐事例说明了杜林的处世态度，天子不能臣，诸侯不能友。在伯夷事例的应用中，综合了儒家、纵横家的价值观。

《后汉书·循吏列传》作者借原宪、伯夷事例肯定龙丘先生的德行操守。"吴有龙丘苌者，隐居太末，志不降辱。王莽时，四辅三公连辟，不到。掾史白请召之。延曰：'龙丘先生躬德履义，有原宪、伯夷之节。都尉埽洒其门，犹惧辱焉，召之不可。'"这件事是说明任延任用人才之事。吴地有个叫龙丘苌的人，是位隐士，王莽时期四辅和三公想要征召他做官，他都没有去。但是任延是懂得隐士的人，他用自己的诚心和尊重使得这位隐士出来做官。他认为龙丘先生躬行德义，具有原宪、伯夷的节操，所以不能召见他，而是派使者前去见他。原宪是孔子的学生，他个性狂狷，不与世俗合流、一生安贫乐道。孔子死后，隐居卫国，生活清贫。这里把伯夷与原宪并举，更突出的是他们不与世俗合流、坚持自己躬行德义的操守。

《后汉书·桓荣丁鸿列传》丁鸿与鲍骏同事桓荣为师，两人友情很深厚。鲍骏认为丁鸿让国这件事不合理，从儒家大义出发，应该考虑王事，从另一个维度思考了让国之事，这里的国是指封地。丁鸿的父亲去世之后，他应该受封。

> 鸿初与九江人鲍骏同事桓荣，甚相友善，及鸿亡封，与骏遇于东海，阳狂不识骏。骏乃止而让之曰："昔伯夷、吴札乱世权行，故得申其志耳。《春秋》之义，不以家事废王事。今子以兄弟私恩而绝父不灭之基，可谓智乎？"鸿感悟，垂涕叹息，乃还就国，开门教授。

鲍骏认为伯夷、季札在乱世，所以申其让国之志。但是《春秋》也教导大家不能因为家事就废弃了国事，不能因为和兄弟的感情深厚就废弃了父亲的基业，因此丁鸿就回去继承了父亲的事业。鲍骏从另一角度思考了兄弟让国的问题，他认为不能因为兄弟的情感，而忽视了国家的事业。但是并没有否定伯夷、季札让国的意义，认为他们的行为在乱世值得肯定。

《后汉书·刘赵淳于江刘周赵列传》这篇传记是刘平、王望、王扶、赵孝、淳于恭、江革、刘般、周磐、赵咨等的合传。这些人都是不慕荣名、重视节义德行之人。刘般子恺本来可以世袭父亲的爵位,却让与他的弟弟宪。时间久了,有司两次奏请绝刘恺之国,侍中贾逵认为这种做法不合适,上书陈述自己的理由。

> 恺字伯豫,以当袭般爵,让与弟宪,遁逃避封。久之,章和中,有司奏请绝恺国,肃宗美其义,特优假之,恺犹不出。积十余岁,至永元十年,有司复奏之,侍中贾逵因上书曰:"孔子称'能以礼让为国,于从政乎何有'。窃见居巢侯刘般嗣子恺,素行孝友,谦逊洁清,让封弟宪,潜身远迹。有司不原乐善之心,而绳以循常之法,惧非长克让之风,成含弘之化。前世扶阳侯韦玄成,近有陵阳侯丁鸿、鄀侯邓彪,并以高行洁身辞爵,未闻贬削,而皆登三事。今恺景仰前修,有伯夷之节,宜蒙矜宥,全其先功,以增圣朝尚德之美。'"

贾逵认为刘恺孝悌友善,谦逊洁清,认为有司如果循常例处理这件事,就不会鼓励社会的谦让之风,并列举高行洁身辞去爵位的韦玄成、丁鸿、邓彪等人,他们这些人并没有因此而被贬削,反而皆登三事。刘恺景仰前修,有伯夷之气节,认为皇帝应该肯定刘恺的这种行为,这样做会体现君王的尚德之美。后来皇帝下令,征恺拜为郎。贾逵引用孔子的话,认为能用礼让来治国,治国还有什么难的?说明礼让对于治国的重要性。这也说明,伯夷让国之节作为一种品质来讲,被儒家所肯定。

3. 借伯夷的事例说明谗言的危害

《后汉书·张法滕冯度杨列传》,这篇是张宗、法雄、滕抚、冯绲、度尚、杨琁的合传。冯绲性格刚烈,不喜欢贿赂,担心自己被宦官所中伤,所以上书。

> 绲性烈直，不行贿赂，惧为所中，乃上疏曰："势得容奸，伯夷可疑；苟曰无猜，盗跖可信。故乐羊陈功，文侯示以谤书。愿请中常侍一人监军财费。"尚书朱穆奏绲以财自嫌，失大臣之节。有诏勿劾。

冯绲列举了伯夷、盗跖的事例，借此说明如果听信谗言，值得信赖的伯夷也会被猜疑；不听信谗言，则不值得信赖的盗跖都会得到信任，并奏请派中常侍监督军中财费。尚书认为冯绲有失大臣之节，而上下诏书不许弹劾。

4. 借伯夷之事例阐述不同立场

《后汉书·张王种陈列传》中刘表和王畅的对话，体现了评价伯夷行为的两个维度，各自阐述了他们的立场。他们代表了对伯夷叔齐的两种看法，他们所对比的人不同，却都是在德行上值得肯定的人。就像刘表说的，伯夷叔齐在周朝时虽然坚持了他们的气节，但在某种程度上，也没有遵循孔子所强调的君臣父子之节。而王畅则认为伯夷的品行对后世有积极作用，自己钦慕他们的功业。

> 郡中豪族多以奢靡相尚，畅常布衣皮褥，车马羸败，以矫其敝。同郡刘表时年十七，从畅受学。进谏曰："夫奢不僭上，俭不逼下，循道行礼，贵处可否之间。蘧伯玉耻独为君子。府君不希孔圣之明训，而慕夷齐之末操，无乃皎然自贵于世乎？"畅曰："昔公仪休在鲁，拔园葵，去织妇；孙叔敖相楚，其子被裘刈薪。夫以约失之鲜矣。闻伯夷之风者，贪夫廉，懦夫有立志。虽以不德，敢慕遗烈。"

王畅为了矫正当时的风气，平常是布衣皮褥、羸马败车。他的学生刘表进言，认为做事要适当才行，就像孔子曾经说的那样遵循礼节，而不是只以伯夷叔齐琐屑细末的操守自贵于世而已。蘧伯玉是春秋时期卫国的大臣，与孔子是很好的朋友，无论在看到还是看不到的地方，都会遵循礼。在刘表的眼里，认为伯夷叔齐虽然有很好的操守得到世人的尊重，但是这种操守不同于儒家所遵循的君臣之礼，只是独为君子的行为。王畅认为像公仪休、孙叔敖这样的人在历史上都有好的名声，因为节俭而失败的少啊，并引用《孟子》评价伯夷的话，听了伯夷的高风亮节，贪污的人就会廉洁，怯懦的人就会立志自强。公仪休是春秋时期鲁国的博士，后来做了鲁国的国相，他是一个按原则行事的人，不接受贿赂，认为官员不应该和百姓争利。最典型的例子就是公仪休吃了蔬菜感觉味道很好，就把自家园中的冬葵菜都拔下来扔掉。他看见自家织的布好，就立刻把妻子逐出家门，还烧毁了织机。认为不能让天下的农民和织妇无处卖掉他们生产的货物。孙叔敖是楚国重臣，楚庄王多次重额封赏，孙叔敖坚辞不受。为官多年，家中却没有积蓄，临终时，连棺椁也没有。他的儿子过着被裘刈薪的生活。

傅燮作为汉灵帝时的重臣，《后汉书·虞傅盖臧列传》中记录他能够为了国家的事务挺身而出对抗宰相。受到权臣、宦官的排挤，调出京城，在羌族一带，虽然在汉灵帝高压的政策下，他还是能够以宽松的政策对待羌族，得到羌族人的拥戴，使得民族融合，边地人民安居乐业。但是后来，耿鄙急功近利，引发叛乱时，知道自己孤军无援，却誓死守卫城池，即使叛军的羌族人要送他出城，他也拒绝了。城池被围时，傅燮的儿子知道自己父亲性情刚烈，正义凛然，不会屈志而免于一死，劝慰他父亲离开。

《后汉书·虞傅盖臧列传》：

> 燮慨然而叹，呼干小字曰："别成，汝知吾必死邪？盖'圣达节，次守节'。且殷纣之暴，伯夷不食周粟而死，仲尼称其贤。今朝廷不甚殷纣，吾德亦岂绝伯夷？世乱不能养浩然之志，食禄又欲避其难乎？吾行何之，必死如此。汝有才智，勉之勉之。主簿杨会，吾之程婴也。"

傅燮以伯夷等事例说明应该维护国家立场的原因。傅燮认为《左传》所说的"圣达节"不容易做到，但守节可以做到。他认为商纣暴虐，伯夷尚且不食周粟而死,孔子说他是古时的贤人。而现在朝廷不比商纣更坏,自己的德行不可能超过伯夷,拿了俸禄怎么可以逃跑呢,所以自己一定不会离开,会死在这里。傅燮立论的基础不是从周武王讨伐商纣的角度而言,而是从商纣那样坏的朝廷,伯夷都可以维护,最后不食周粟而死。傅燮以此证明自己虽然面对混乱的社会,但是只要自己拿了朝廷的俸禄,就不能逃避,坚持守节,最后临阵战殁。

左雄借伯夷事例劝谏君王,说明他不应该封赏乳母的原因。

《后汉书·左周黄列传》:桀、纣贵为天子,而庸仆羞与为比者,以其无义也。夷、齐贱为匹夫,而王侯争与为伍者,以其有德也。今阿母躬蹈约俭,以身率下,群僚蒸庶,莫不向风,而与王圣并同爵号,惧违本操,失其常愿。

左雄认为奴仆也以与桀纣为伍而羞耻,虽然桀纣贵为君王;而伯夷叔齐作为一般的百姓,王公大人争与他们做朋友的原因是有德。认为乳母能坚守自己的美德得到大家的赞赏,但是与王侯一样封爵,会违反她的愿望。在这段文字中,以桀纣和伯夷叔齐对举,主要说明君位并不比德行更重要,如果无义,即使是贵为君王也不会得到人们的尊重;如果有德,即使平凡如百姓,也会得到大家的肯定和赞赏。

《后汉书·独行列传》谯玄借对伯夷、武王的双重肯定,来拒绝出仕。谯玄曾经上书进谏汉成帝,没有被采纳,官职也没有得到升迁,因为弟弟死了,所以去职。汉平帝时,又被举荐做官。王莽代行皇帝之后,谯玄隐姓埋名隐居起来。

《后汉书·独行列传》:后公孙述僭号于蜀,连聘不诣。述乃遣使者备礼征之;若玄不肯起,便赐以毒药。太守乃自赍玺书至玄庐,曰:"君高节已著,朝廷垂意,诚不宜复辞,自招凶祸。"玄仰天叹曰:"唐尧大圣,许由耻仕;周武至德,伯夷守饿。彼独何人,我亦何人。保志全高,死亦奚恨!"遂受毒药。

公孙述称伪号于蜀,多次聘请他,他也不去。后来公孙述派使者征召,如果不去,则赐予毒药。太守劝慰他不应该再推辞。谯玄感叹像尧那样的圣人,许由还耻于做他的臣子,周武王那样的至德,伯夷却宁愿饿死,认为自己保志气、全大节,死了也没有什么遗憾。后来是他的儿子用家财换下了他的性命,谯玄隐居田野,独训诸子经书。东汉建立之后,光武帝感叹他的行事,下令本郡祭祀他,并且归还他的家财。在谯玄的自我感叹中,确实呈现出了他坚守气节的品质。他以尧与许由、周武王与伯夷进行类比,借肯定尧和周武王进一步肯定许由和伯夷,进而表达自己的态度。认为像尧和武王这样的大圣和至德之人,许由和伯夷都不肯出来出仕,而伯夷宁肯饿死。这是对尧和许由、周武王和伯夷的双重肯定。借此说明公孙述比不上周武王,自己也比不上伯夷。所以更不能前去出仕,哪怕是付出生命的代价,坚定地表达了自己拒绝出仕的态度。

5. 借伯夷等事例说明隐士的各种情况

黄琼多次拒绝推荐,不出来做官,后来,不得已应召。李固本来就仰慕黄琼的为人,所以预先写信给他,认为他不必拘泥。盛名之下,其实难副,希望黄琼能够有远大的谋划,而不是窃取虚假的名声。

《后汉书·左周黄列传》:

先是征聘处士多不称望,李固素慕于琼,乃以书逆遗之曰:闻已度伊、洛,近在万岁亭,岂即事有渐,将顺王命乎?盖君子谓伯夷隘,柳下惠不恭,故传曰"不夷不惠,可否之间"。盖圣贤居身之所珍也。诚遂欲枕山栖谷,拟亦巢、由,斯则可矣;若当辅政济民,今其时也。自生民以来,善政少而乱俗多,必待尧、舜之君,此为志士终无时矣。

李固引用《孟子》，认为伯夷过于狭隘，柳下惠降志辱身，但是《传》认为要可否之间，折中而已，是先圣立身之本，可以既不像伯夷那样，也不要像柳下惠那样。认为可以隐居山林，如果想为百姓做事，现在正是时候，如果非要等到尧舜之君才出来做事，那么恐怕始终不会有合适的时机。黄琼应召做官以来到死之前，都很勤勉尽职。这段话是从另一个角度对《孟子》对伯夷看法的阐释，认为做隐士无可厚非，但是如果想要有所作为，就应该抓住时机，如果只是因为没有像尧舜那样的君王就不出来做官，那么就永远不会有机会为国家贡献自己的力量，李固认为隐士可以出仕，尽职尽责，不必等到圣君来才出来做官。

《后汉书·逸民列传》讲述了隐士的各种状态。

> 又曰："不事王侯，高尚其事。"是以尧称则天，不屈颍阳之高；武尽美矣，终全孤竹之洁。自兹以降，风流弥繁，长往之轨未殊，而感致之数匪一。或隐居以求其志，或回避以全其道，或静已以镇其躁，或去危以图其安，或垢俗以动其概，或疵物以激其清。然观其甘心畎亩之中，憔悴江海之上，岂必亲鱼鸟乐林草哉，亦云性分所至而已。故蒙耻之宾，屡黜不去其国；蹈海之节，千乘莫移其情。适使矫易去就，则不能相为矣。彼虽硁硁有类沽名者，然而蝉蜕嚣埃之中，自致寰区之外，异夫饰智巧以逐浮利者乎！荀卿有言曰，"志意修则骄富贵，道义重则轻王公"也。

《易》上说，不侍奉王侯大人，保留高尚的名节。历史上很多著名的隐士，不为天下所动，尧那样高尚的人，也不能够让巢父、许由接受他的王位；周武王也算得上是有功业的人，但是只能成全孤竹君二子伯夷、叔齐不食周粟的清白名声。从此之后，隐逸之风盛行，对于大多数人来讲，行为基本相同，但是初衷却各不相同。这里列举的隐士隐居的动机基本涵盖了全部的可能,有的人隐居是为了满足自己的志向;有的是回避大人物的纠缠成全自己的品德;有的是寻求安静的环境来求得情绪上的安稳;有的是躲开危险纷争为自己求得一份安稳;有的愤世嫉俗来建立自己的节操;有的人鄙弃富贵来保存自己的清白。之所以如此是因为他们各人的性格不同罢了。作者以柳下惠和鲁仲连为例,认为他们如果换个位置,都不会做出相应的选择;柳下惠遭受耻辱,但还是选择留在齐国;鲁仲连是战国时期的名士,周游列国,在义不帝秦的论辩中,呈现了爱国、清廉、仗义的高尚品质,在这里引用的是他论辩的句子,他说过宁肯跳海也不愿尊秦为帝,解了邯郸之围后,拒绝了平原君封赏。虽然他们的顽固有沽名钓誉的嫌疑,但是比起那些过于追求名利的人还是值得肯定的。荀子说过:"志趣高超就瞧不起富贵,讲究道义就轻视王公。"光武帝时期,派人去寻求天下高士任用,但是有的人出来了,有的人不肯出来。后来,帝德衰微之后,隐士们就不出来做官了。

> 汉室中微,王莽篡位,士之蕴藉义愤甚矣。是时裂冠毁冕,相携持而去之者,盖不可胜数。扬雄曰:"鸿飞冥冥,弋者何篡焉。"言其违患之远也。光武侧席幽人,求之若不及,旌帛蒲车之所征贲,相望于岩中矣。若薛方、逢萌聘而不肯至;严光、周党、王霸至而不能屈。群方咸遂,志士怀仁,斯固所谓"举逸民天下归心"者乎!肃宗亦礼郑均而征高凤,以成其节。自后帝德稍衰,邪孽当朝,处子耿介,羞与卿相等列,至乃抗愤而不顾,多失其中行焉。盖录其绝尘不反,同夫作者,列之此篇。

作者列举了从王莽时期,一直到东汉时期隐士的状况,比如王莽篡位的时候,有志之士因为义愤之情,离开官位的很多,他们就像是扬雄所说的那样,远走高飞,就不会被猎人的箭所伤了。光武帝、肃宗皇帝都曾经礼遇那些隐居之士,有的不肯出仕,有的出仕不肯就位。比如薛方、逢萌、严光、周党、王霸、郑均、高凤等人，皇帝征聘他们，让他们完成了自己的名节。但是从肃宗皇帝之后，皇帝就不再重视隐士，小人当道的情况之下，他们只得离开。这篇传记记载的是那些隐居的，或者出来做官，后来又隐居的人。

《后汉书》里，提到伯夷的地方有十八处，其中两处是上古时期的伯夷；除此之外，都与孤竹国的伯夷叔齐相关。在传记中，引用了先秦典籍中关于伯夷叔齐的评价，作者写人物评传的时候，以此来肯定传主的品质，或者是与之相关的人的品质。在这些评价的内容中，出现了新的角度：一方面肯定伯夷叔齐的高洁；另一方面从商纣、周武王等不同的角度切入来看待伯夷叔齐的行为，借此探讨不同的现实问题，对伯夷叔齐的行为有了更为理性的思考，并概括了隐士的各种情况，从君王、隐士自身的角度。总之，所涉及的角度更加全面，伯夷叔齐所承载的意义得到了多角度的延伸。

(二)《三国志》中伯夷叔齐的意义辨析

《三国志》中提到伯夷的地方较少，主要是借伯夷的廉洁来评价人物，借伯夷的廉洁来肯定崔瑗、高堂隆。

魏国初建，崔瑗拜尚书。崔瑗无论是作为袁绍的幕僚还是曹丕的幕僚，甚至在选太子的事情上，都能够遵循礼义之道进行进谏，后来因为杨训的事被赐死，人们都为他感到冤屈。

《三国志·魏书·崔毛徐何邢鲍司马传》：

> 太祖为丞相，琰复为东西曹椽属征事。初授东曹时，教曰："君有伯夷之风，史鱼之直。贪夫慕名而清，壮士尚称而厉，斯可以率时者已。故授东曹，往践厥职。"

这是起初授予崔瑗东曹职务时文告中的一段话，认为他有伯夷的风范、史鱼的耿直，贪夫因敬仰他的大名而变得清廉，壮士因崇尚他的名声而更加勉励自己，后面的评价却借鉴了《孟子》中评价伯夷的内容。在推荐杨训为官时，认为他虽然能力不足，但是清廉贞洁，遵守正道，这与他自己给别人的印象也是一致的，并且不为私利，坚持自己的原则。

陈寿在最后论赞中对高堂隆的评价，认为他学业修明，有志匡正君失，每有变异，他总是能够正直进言，可以说是忠臣了。

《三国志·魏书·辛毗杨阜高堂隆传》：

> 诏曰："生廉追伯夷，直过史鱼，执心坚白，謇謇匪躬，如何微疾未除，退身里舍？昔邴吉以阴德，疾除而延寿；贡禹以守节，疾笃而济愈。生其强饭专精以自持。"

这是明帝在看了高堂隆生病时口述奏章的内容后，给他的诏令。明帝称赞高堂隆的廉洁如同伯夷，正直如同史鱼，忠心耿耿。希望他不要因为小病未愈就回归故里，希望他如同历史上那些贤能的人因为有美好的节操而病愈，比如因为有美好德行最后病愈而长寿的邴吉；能像贡禹，因为信守节义虽然病重，最后也能痊愈。

《三国志》中提到的伯夷，主要有两处，都是用了伯夷和史鱼的类比，认为崔瑗、高堂隆他们具有伯夷的廉洁和史鱼的正直。

（三）《晋书》中伯夷叔齐的意义辨析

《晋书》提到的伯夷基本沿用了之前的意义，提到了上古时期伯夷的谦让之风；借伯夷叔齐传说之谦让来说明道理、评价人物、表达人物想要隐居的心情。

1. 上古时期的伯夷，尧舜时期的谦让之风

《晋书·卷四十一》录刘寔所著《崇让论》。刘寔认为世人多求进取，缺乏廉洁谦逊之道，所以写了《崇让论》来矫正这种风气。他认为在上古尧舜时期崇尚谦让之德，自魏以来，这种谦让的风气就少了，推举考察带来了不少的弊端，参差错杂，真伪相混。认为谦让之风对于举荐贤才非常重要。古

代的教化，君子崇尚贤能而对下人谦让，小人努力务农来事奉上司，上下有礼，邪恶之人被疏远废黜，都是因为没有争夺。

> 昔舜以禹为司空，禹拜稽首，让于稷契及咎繇。使益为虞官，让于朱虎、熊、罴。使伯夷典三礼，让于夔龙。唐虞之时，众官初除，莫不皆让也。谢章之义，盖取于此。《书》记之者，欲以永世作则。季世所用，不贤不能让贤，虚谢见用之恩而已。相承不变，习俗之失也。

舜让禹任司空，禹让位于稷契及咎繇。让益任虞官，让位于朱虎、熊、罴。让伯夷主管三礼，让位于夔龙。唐虞时代，众官在初受官职时，没有不谦让的。认为《尚书》记录这些事，就是要把它作为世世代代的典范。等到末世动乱，国家的弊病，常常就是不知谦让、不贤的人不能让贤，而被任用的也是假意感谢任用的恩典。如此相承是习俗所造成的失误。

2. 借伯夷的事例说明谦让要依据一定的情势

《晋书·卷二十》主要讲五礼中的凶礼，探讨遇到各种情况如何服丧的事。

> 溥又驳粹曰："丧从宁戚，谓丧事尚哀耳，不使服非其亲也……伯夷让孤竹，不可以为后王法也。且既已为嫡后服，复云为妾，生则或贬或离，死则同祔于葬，妻专一以事夫，夫怀贰以接己，开伪薄之风，伤贞信之教，于以纯化笃俗，不亦难乎！……"

太康元年围绕着王昌到底应不应该为自己父亲的前妻服丧礼的问题大臣们进行了讨论。虞溥驳斥卞粹的部分提到了伯夷。虞溥认为丧礼讲究的是情感的哀伤，所以不能为不是自己亲人的人服丧，因为不符合丧礼的意义。他认为伯夷让孤竹之位，不能用来作为后王的法则。认为如果这样做的话，可能带来的弊端就是妻子一心对待丈夫，丈夫以二心对待妻子，就会开启伪诈刻薄的风气，伤害忠贞信义的教化，以此来使风化纯正敦厚就不可能实现，后面从前妻的角度进行了分析，认为王昌不应该为父亲的前妻服丧。这里伯夷让孤竹的典故，主要是讲谦让之风，但是认为让需要符合礼仪规范，不然带来的后果往往会破坏礼，谦让需要根据一定的情势。

3. 借伯夷事例肯定乐广

《晋书·卷四十三》史官评论乐广，认为乐广性情淡薄，有远见，少欲望，对自己不了解的事总是保持沉默。"昔晏婴哭庄公之尸，乐令解愍怀之客，岂闻伯夷之风欤，懦夫能立志者也。"愍怀太子被废的时候，诏令不许旧臣相送，官员们都冒险前去，司隶校尉想要抓捕这些人，乐广却放走了他们。这里以晏婴并举，认为他的这一举动，如晏婴那样通达。这里提到的伯夷，是用了《孟子》中典故，认为晏婴、乐广有这样的勇气，应该是受到伯夷之风的影响。

4. 借伯夷表达隐逸情怀

《晋书·卷五十一》录西晋学者、文学家束皙的《玄居释》。此作者博学多闻，性情沉静，不慕荣利，这篇文章主要申述自己退隐闲居的原因。

> 且夫进无险惧，而惟寂之务者，率其性也。两可俱是，而舍彼趣此者，从其志也。盖无为可以解天下之纷，澹泊可以救国家之急，当位者事有所穷，陈策者言有不入，翟璜不能回西邻之寇，平、勃不能正如意之立，干木卧而秦师退，四皓起而戚姬泣。夫如是何舍何执，何去何就？谓山岑之林为芳，谷底之莽为臭。守分任性，唯天所授，鸟不假甲于龟，鱼不借足于兽，何必笑孤竹之贫而羡齐景之富！耻布衣以肆志，宁文裘而拖绣。且能约其躬，则儋石之畜以丰；苟肆其欲，则海陵之积不足；存道德者，则匹夫之身可荣；忘大伦者，则万乘之主犹辱。将研六籍以训世，守寂泊以镇俗，偶郑老于海隅，匹严叟于僻蜀。且世以太虚为舆，玄炉为肆，神游莫竞之林，心存无营之室，荣利不扰其觉，殷忧不干其

寐，捐夸者之所贪，收躁务之所弃，雄圣籍之荒芜，总群言之一至。全素履于丘园，背缨绥而长逸，请子课吾业于千载，无听吾言于今日也。

束晳认为那些出仕没有危险，却想要寂静生活的人，是他们本性如此。无论是仕进还是隐逸，是完全依存于个人的志向。清静无为也可以救助国家的危急之事；而在执政者位置时，有时也束手无策。比如隐士段干木和商山四皓，后者比如翟璜、陈平和周勃。没有必要讥笑贫穷的伯夷叔齐，而羡慕富有的齐景公。因为克制自己，则少量的财富就很丰盛了；而如果放纵自己的欲望，再多的钱也不会满足；因此心存道德的人，即使是平民也会觉得光荣；而忘却大伦的人，身为国君也会遭受耻辱。作者表达自己想要研习六经，去教诲世人，而自己会恪守恬静淡泊而安定的风俗，并且要与郑玄、严叟那样的人结伴，神游于不必竞争的山林，内心自在，让功名利禄不能骚扰自己的感觉，保全自己的丘园之志，远离官位而隐逸。

谢安承担着教育家族子弟的重任，40多岁的时候，家族在朝中的人物基本已经逝去，才东山再起，官至宰相。这里提到伯夷，主要是写谢安想要拒绝出仕、想要隐居的心情。

《晋书·卷七十九》：吏部尚书范汪举安为吏部郎，安以书距绝之。有司奏安被召，历年不至，禁锢终身，遂栖迟东土。尝往临安山中，坐石室，临浚谷，悠然叹曰："此去伯夷何远！"尝与孙绰等泛海，风起浪涌，诸人并惧，安吟啸自若。

吏部尚书举荐谢安时，他拒绝了，因为多次不至，被禁锢终身。谢安曾前去临安山，坐在石室中，面临幽深的山谷，悠然感叹自己无法追随伯夷。与朋友游山玩水，风起浪涌，众人惊惧，唯谢安可以安然自若。

《晋书》五处提到伯夷，上古时期的伯夷，其主要含义在于谦让的探讨。《晋书·卷二十》孤竹伯夷之让是认为谦让要符合一定的情势，不能以孤竹伯夷之让作为后世之王效法的法则,以此说明服丧的问题。《晋书·卷四十三》引用了《孟子》的内容,肯定了伯夷使懦夫能立志的影响。《晋书·卷五十一》关于伯夷的例子,是出自束皙的《玄居释》,表达了对隐士道德情怀的看法;《晋书·卷七十九》谢安引用伯夷的例子,主要表达了他想要隐居的心情。

(四)《宋书》中伯夷叔齐的意义辨析

《宋书》提及上古时期的伯夷,主要涉及其官职,而其他两处之伯夷,严格来讲不属于史书作者所著,而是史书作者所录的传者的文章,但同样沿用了激励民俗、借其事件探讨天命的意义。

1. 上古时期的伯夷,太常之职的追述

汉景帝以来太常之官名的演变,应劭认为太常是让国家盛大长存之意。

> 《宋书·百官上志·卷三十九》:太常,一人。舜摄帝位,命伯夷作秩宗,掌三礼,即其任也。周时曰宗伯,是为春官,掌邦礼。秦改曰奉常,汉因之。景帝中六年,更名曰太常。应劭曰:"欲令国家盛大常存,故称太常。"前汉常以列侯忠孝敬慎者居之,后汉不必列侯也。

这个官职的渊源可以追溯到舜的时期,伯夷秩宗之官职就是太常之职,周朝时为春官、秦汉为奉常,主要是掌礼之官,西汉的时候一般是列侯忠孝敬慎之人才可以居此官位,东汉的时候不必列侯。

傅隆后来任太常之职时,太祖以新撰《礼论》交付给傅隆他们,让他们讨论。

《宋书·列传·卷五十五》:

> ……伏惟陛下钦明玄圣,同规唐、虞,畴咨四岳,兴言《三礼》,而伯夷未登,微臣窃位,所以大惧负乘,形神交恶者,无忘夙夜矣。

这是傅隆上表的一部分内容。傅隆追溯了礼发展演变的过程，认为当下确实需要考详远虑，以定皇代之盛礼。肯定了皇帝的意见，也委婉地呈上了自己的建议。其中引用上古时期的伯夷之名，傅隆是谦逊地表达自己在太常之外，恐负皇帝之意。

2. 借用伯夷的不慕荣利来激励民俗

《宋书·乐志·卷二十一》录魏武帝《度关山》。

《天地间》《度关山》，武帝词：

> 天地间，人为贵。立君牧民，为之轨则。
> 车辙马迹，经纬四极。绌陟幽明，黎庶繁息。
> 于铄贤圣，总统邦域。封建五爵，井田刑狱。
> 有燔丹书，无普赦赎。皋陶《甫刑》，何有失职。
> 嗟哉后世，改制易律。劳民为君，役赋其力。
> 舜漆食器，畔者十国。不及唐尧，采椽不斫。
> 世叹伯夷，欲以厉俗。侈恶之大，俭为恭德。
> 许由推让，岂有讼曲。兼爱尚同，疏者为戚。

这首诗的主要内容是讲执政者要勤俭、爱民、守法。作者反对滥用刑法，主张依法而行，主张节俭。魏武帝认为天地之间，人最尊贵，君王要为民众立下行为的准则，规划治理四方。皋陶和吕侯所制定的刑法被后代改变，君王因此以赋役占用百姓的劳力。虞舜只不过用漆黑食器，背叛不服的就有十国；比不上那唐尧的美德，他架屋的木椽也不加雕琢。世上人赞叹伯夷，要用他来勉励民俗。奢侈是最大的恶行，节俭是一致遵守的美德。许由推让天下就不会有诉讼之事。最后一句"兼爱尚同"是墨家的思想，认为兼爱交利，疏远的人也会变为至亲。这里综合了各家思想阐述的观点，体现了魏武帝杂家思想的特点。这里提到伯夷强调的是不慕荣利、不慕富贵的文化内涵，世人感叹伯夷，欲以他这样的美好德行来激励民俗。

3. 借伯夷等事例说明如何对待天命的问题

《宋书·列传·卷八十一》录顾愿的《定命论》，认为祸福和吉凶的报应反复无常，但是也认为一切都是命，冥冥之中都已注定，各人终归到各人该去的地方，并不因为他行善或作恶而有丝毫改变，也不是聪明和愚蠢所能影响。最好的方式是遵循命运，这样就不会被通达的人所嘲笑。"……是以禀仲尼之道，不在奔车之上；资伯夷之运，不处覆舟之下。"像孔子那样拥有智慧，伯夷那样拥有节操，可以争取不让自己处在奔波与危险之中，这是"道家"顺应道的一种生存状态。这篇文章与顾恺之的思想一致，他认为人生一切都是命中注定，不是个人的智慧能力可改变的。只能恭谨做人，遵循道德、信仰天命、顺从运气，但是有的时候多数人不明白这样的道理，妄图改变，结果只会损坏大道，于事无益。

《宋书》提到伯夷的地方有四处，《宋书·百官上志·卷三十九》《宋书·列传·卷五十五》提到的都是上古时期的伯夷，是以梳理其官职演变的过程，借以自况自己的太常之位。《宋书·乐志·卷二十一》中曹操的《度关山》认为世俗慨叹伯夷，欲以此激励风俗。《宋书·列传·卷八十一》中录顾愿《定命论》探讨对待天命的态度，借伯夷、孔子对举，这个典故在之前的典籍曾经出现，认为即使像孔子、伯夷那样的人也一样，顺从遵循自身之德、之道即可，不要让自己陷入奔波与危险之中。

(五)《梁书》中伯夷的意义辨析

《梁书》中只有两处提到伯夷，一处主要借伯夷等事例说明不要祭祀之意；另一处主要评价了隐逸的行为，认为隐逸是普通百姓的小节，认为要像管仲一样抛弃小的伦理观念，要为天下苍生建立卓著功勋。

《梁书·列传·卷五十一》录刘献的《革终论》，他主张改变丧葬习俗。

余以孔、释为师，差无此惑。敛讫，载以露车，归于旧山，随得一地，地足为坎，坎足容棺，不须砖甓，不劳封树，勿设祭飨，勿置几筵，无用茅君之虚座，伯夷之杅水。其蒸尝继嗣，言象所绝，事止余身，无伤世教。家人长幼，内外姻戚，凡厥友朋，爰及寓所，咸愿成余之志，幸勿夺之。

刘献希望自己死后的祭祀非常简单，葬在故乡，容得下棺木即可。用不着像茅君那样，设虚座供奉，也不需要像伯夷那样，用杯水祭祀。他认为对于自己而言，不要任何形式的祭祀，说明只是自己的愿望，不希望因为他而影响教化。茅君是得道成仙之人，故事出自《太平广记》。

府僚再次请求萧衍接受相国梁公时的说辞，引用了很多历史人物的事迹。肯定了萧衍的功勋，认为建立功勋接受赏赐才能做像伊尹和周公旦那样的人，隐居海角在这里并没有被肯定，认为是普通百姓的小节。认为要像管仲那样抛弃小的伦理观念，为天下苍生建立卓著功勋。萧衍在讨伐有罪君主的时候，好像有山戎、孤竹的军队如影随从。

《梁书·本纪卷一》：

二月辛酉，府僚重请曰："近以朝命蕴策，冒奏丹诚，奉被还令，未蒙虚受，搢绅颙颙，深所未达。盖闻受金于府，通人弘致，高蹈海隅，匹夫小节，是以履乘石而周公不以为疑，赠玉瑄而太公不以为让。况世哲继轨，先德在民，经纶草昧。叹深微管。加以朱方之役，荆河是依，班师振旅，大造王室。虽复累茧救宋，重胝存楚，居今观古，曾何足云。而惑甚盗钟，功疑不赏，皇天后土，不胜其酷。是以玉马骏奔，表微子之去；金板出地，告龙逢之冤。明公据鞍辍哭，厉三军之志，独居掩涕，激义士之心，故能使海若登祇，罄图效社，山戎、孤竹，束马影从，伐罪吊民，一匡静乱。匪叨天功，实勤濡足。且明公本自诸生，取乐名教，道风素论,坐镇雅俗,不习孙、吴,遘兹神武。驱尽诛之氓,济必封之俗,龟玉不毁,谁之功与?独为君子,将使伊、周何地?"于是始受相国梁公之命。

府僚认为从府署接受金印是博学通达之人的大义,隐居海角是普通百姓的小节。周公旦、叁公都不做谦让,世代圣哲都有向他们学习的轨迹,像管仲一样功勋卓著的大臣得到大家的赞叹。认为萧衍的功绩超过历史上的墨翟救助宋国,申包胥保存楚国。没有什么比欺惑超过盗钟掩耳、功疑不赏更残酷的事了。贤人急速奔走、金板出地,预示着微子离去、龙逢沉冤,萧衍却能够在这种状况之下,跨着马鞍停止哭泣,激励三军的志向,使得海若海神和登山之神,显现图谶之表征呈现福祉,山戎、孤竹,驭马如影随从,讨伐有罪的君主,匡正天下,虽然是承受天功,但也是自己努力的结果。除了武功之外,萧衍能以德威服雅俗之人,成就自己的神武。能够役使将被尽灭的民众,拯救必须殓葬的习俗,使龟甲宝玉不毁,这都是萧衍的功劳,把萧衍比作伊尹和周公旦那样的历史人物。最终,萧衍才接受了相国梁公之命。

(六)《北齐书》中伯夷叔齐的意义辨析

《北齐书》只有一处提到伯夷,主要是借伯夷事例评价郑述祖,认为他受到了伯夷的影响。

《北齐书·列传·卷二十九》:

> 郑述祖,字恭文,荥阳开封人。祖羲,魏中书令。父道昭,魏秘书监。述祖少聪敏,好属文,有风检,为先达所称誉。释褐司空行参军。天保初,累迁太子少师、仪同三司、兖州刺史。时穆子容为巡省使,叹曰:古人有言:"闻伯夷之风,贪夫廉,懦夫有立。"今于郑兖州见之矣。

穆子容为巡省使时引用《孟子》里的话赞叹郑述祖,认为从他身上看到了伯夷情操对他的影响。

### 三 隋唐时期史学著作中伯夷叔齐的意义辨析

隋唐时期的史学著作中更多提及的是上古时期的伯夷，其他涉及孤竹伯夷的部分或者与前面史学著作相同，借伯夷来肯定传主的人格，或者从《孟子》肯定伯夷可以使懦夫立志的角度进行阐发；从帝王接受进谏之言的视角借以阐述新的意义。

（一）《隋书》中伯夷叔齐的意义辨析

《隋书》中提及上古时期的伯夷主要是说明礼的发展，另一处则借《孟子》所说的使懦夫立志的角度肯定历史上的众多名士也值得学习，辨析了仁义的重要。

1. 上古时期的伯夷

《隋书·卷六》在开头陈说了礼的渊源、内容和意义，以及其损益发展的过程。

> 唐、虞之时，祭天之属为天礼，祭地之属为地礼，祭宗庙之属为人礼。故《书》云命伯夷典朕三礼，所以弥纶天地，经纬阴阳，辨幽赜而洞几深，通百神而节万事。

唐尧时三礼指祭天类的天礼、祭地类的地礼、祭宗庙之类的人之礼，因此《尚书》上说伯夷主管三礼，可以起到包罗天地、经纬阴阳、辨别深微精妙之理的作用，能够沟通鬼神约束规范人间万事。到了周朝的时候，发展为五礼。

2. 借伯夷事例说明历史人物的仁义节操值得肯定

《隋书·卷七十一》在开头陈述了写《诚节传》的原因。

> 《易》称：“圣人大宝曰位，何以守位曰仁。”又云：“立人之道曰仁与义。”然而士之立身成名，在乎仁义而已。故仁道不远，则杀身以成

仁，义重于生，则捐生而取义。是以龙逢投躯于夏癸，比干竭节于商辛，申蒯断臂于齐庄，弘演纳肝于卫懿。爰逮汉之纪信、栾布，晋之向雄、嵇绍，凡在立名之士，莫不庶几焉。至于临难忘身，见危授命，虽斯文不坠，而行之盖寡，固知士之所重，信在兹乎！非夫内怀铁石之心，外负凌霜之节，孰能安之若命，赴蹈如归者也。皇甫诞等，当扰攘之际，践必死之机，白刃临颈，确乎不拔，可谓岁寒贞柏，疾风劲草，千载之后，懔懔如生。岂独闻彼伯夷，懦夫立志，亦冀将来君子有所庶几。故掇采所闻，为《诚节传》。

孔颖达对于《易》这句话的注疏是：认为圣人之所以能保守其位，是因为一定会相信仁爱，所以为仁。人的根本在于仁与义。很多人立身成名的原因在于仁义，所谓杀身成仁、舍生取义之意。作者列举了很多历史人物：龙逢、比干、申蒯、弘演、纪信、栾布、向雄、嵇绍、皇甫诞等，从不同的角度来说明这些在历史上留下名声的人都是因为舍生取义才能如此，他们内怀铁石之心，外负凌霜之气节，如岁寒之贞柏，疾风中的劲草。这些名士的行为，即使千载之后，依然凛凛如生。因此不仅仅是听闻伯夷之节操立志而已，希望未来的君子能够真正向这些人学习。《诚节传》从仁义的角度来探讨立身成名。

《隋书》两次提到伯夷，《隋书·卷六》是上古时期的伯夷，阐述所主管礼的内容及意义。《隋书·卷七十一》是孤竹国的伯夷，引用孟子肯定伯夷的话，认为后人应该不仅仅向伯夷学习，而是向历史上同样有凛凛如生行为的义士学习。

（二）《北史》中伯夷叔齐的意义辨析

《北史》有三处涉及了伯夷，有两处分别与《北齐书》《隋书》内容相同，除了评价人物，一处认为自己受《孟子》所说的学习伯夷的节操可以懦夫立志影响，使得自己可以勇敢进言，另一处则同样表达了对名士的肯定，并不仅仅可以从伯夷那里学习才能立身成名。

1. 借伯夷事例评价郑述祖

《北史·列传·卷二十三》：

> 敬祖弟述祖，字恭文。少聪敏，好属文，有风检，为先达所称誉。历位司徒左长史、尚书、侍中、太常卿、丞相右长史。齐天保中，历太子少保、左光禄大夫、仪同三司、兖州刺史。时穆子容为巡省使，叹曰："古人有言，闻伯夷之风，贪夫廉，懦夫有立志，今于郑兖州见之矣。"迁光州刺史。

这段表述基本与《北齐书·列传·卷二十九》相同，所表达的含义也相同，借对伯夷的赞叹肯定郑述祖。

2. 借伯夷事例说明自己进谏的原因

《北史·列传·卷四十四》魏收的族叔魏长贤答复亲故劝诫他时，引用伯夷之风，表达了受到他的影响，自己能够勇敢进言。自己痛恨大臣持禄而莫谏，小臣畏罪而不言。自己所进之言，用与不用在时，众口铄金，在命，很感谢各位劝诫的恩惠，但是自己内心的情怀又谁可以理解？

> 今仆之委质，有年世矣，安可自同于匹庶，取笑于儿女子哉！是以肠一夕而九回，心终朝而百虑，惧当年之不立，耻没世而无闻，慷慨怀古，自强不息，庶几伯夷之风，以立懦夫之志。吾子又谓仆干进务入，不畏友朋；居下讪上，欲益反损。仆诚不敏，以贻吾子之羞，默默苟容，又非平生之意。故愿得锄彼草茅，逐兹乌雀，去一恶，树一善，不违先旨，以没九泉。求仁得仁，其谁敢怨？

魏长贤在河清时，上书讽刺时政，结果忤逆权贵，所以亲故书以相规责。

魏长贤以此来表白自己的心迹，认为自己忧虑的是没世无闻，学习古人，学习伯夷的节操，使自己能够懦夫立志。没想到自己这样做，给亲朋蒙羞，但是沉默不闻，又不是自己平生的志向。所以希望能够树善，不辱没贤人，求仁而得仁，认为士之立身终有各种方式，道理却一样，归纳到最后也就是忠孝而已。

3. 借伯夷事例肯定义士的仁义节操

《北史·列传·卷七十三》与《隋书·列传·卷三十六》的内容大致相同，个别地方稍有差异。

> 《易》称："立人之道，曰仁与义。"盖士之成名，在斯二者。故古人以天下为大，方身则轻；生为重矣，比义则轻。然则死有重于太山，贵其理全也；生有轻于鸿毛，重其义全也。故生无再得，死不可追。而仁道不远，则杀身以徇；义重于生，则捐躯而践。龙逢殒命于夏癸，比干竭节于商辛，申蒯断臂于齐庄，弘演纳肝于卫懿，汉之纪信、栾布，晋之向雄、嵇绍，并不惮于危亡，以蹈忠贞之节。虽功未存于社稷，力无救于颠坠。然视彼苟免之徒，贯三光而洞九泉矣。凡在立名之士，莫不庶几焉。然至临难忘身，见危授命，虽斯文不坠，而行之盖寡。固知士之所重，信在兹乎。非夫内怀铁石之心，外负陵霜之节，孰能行之若命，赴蹈如归者乎！自魏讫隋，年余二百，若乃岁寒见松柏，疾风知劲草，千载之后，懔懔犹生。岂独闻彼伯夷，懦夫立志，亦冀将来君子，有所庶几。

古人把天下之事视为大事，对自身则看得轻；生存是重要的，但和义相比较就轻了。有的死比泰山还重，贵在其理全备；有的生比鸿毛还轻，重在其义全备。人生只有一次，死了不能复生。仁爱之道不远，就舍弃自身求仁爱之道；义理比生存更重要，就捐弃身躯而实行义理。文章列举了坚持忠贞节操的臣子，虽然他们没有办法挽救国家之颓势，但是与那些苟且偷生的人相比，依然光照九泉。面对灾难，忘记自身实际上很难做到，所以只有在那样的环境中，才能真正地体现他们的节操，从魏到隋，就如同寒冬才可以见识到松柏的气节，疾风中才能感受到草的劲节，二百年来，这些名士们依然凛凛如生，并不只是听说了伯夷之事，才能懦夫立志，同样希望将来的君子能和他们一样。

《北史》有三处提到了伯夷，《北史·列传·卷二十三》引用孟子评价伯夷的话，肯定传主人格。《北史·列传·卷四十四》提到伯夷可以使懦夫立志，使自己因此而勇敢进言。《北史·列传·卷七十三》与《隋书·列传·卷三十六》的内容相同，也借用了孟子评价伯夷的话。但是认为那么多的人舍弃生命，重视义理，并不是因为受伯夷影响而勇敢，他们的气节同样令人敬仰，并影响后世。

(三)《旧唐书》中伯夷叔齐的意义辨析

《旧唐书》只有一处提到伯夷叔齐，唐太宗从接受进谏之言的角度，阐发了新的意义。借伯夷事例说明唐太宗自责之意。

《旧唐书·列传·卷二十》翌日：

> 帝谓房玄龄曰："自古帝王，能纳谏者固难矣。昔周武王尚不用伯夷、叔齐，宣王贤主，杜伯犹以无罪见杀，吾夙夜庶几前圣，恨不能仰及古人。昨责彦博、王珪，朕甚悔之。公等勿以此而不进直言也。"

这是唐太宗在自己责备进言之臣之后的反省之言，认为自古帝王都不容易听进去进谏之言，自己想要追步圣王之德，表明自己当时责备那些臣子的不当之处，希望他们还能够继续进言。周武王听不进去伯夷叔齐的进言，当然在那样的情势之下，不可能这样做。周宣王是中兴之主，到了晚年的时候，他渐渐固执己见，听不进去不同的政见。大夫杜伯因为一件小事触怒了他，他的老朋友左儒劝阻,他听不进去前去进言,最终被杀。后来,周宣王自己也很后悔。唐太宗认为自己没有周武王、周宣王那样的盛德,却犯了与他们一样的错误。这里提到周武王、伯夷只是牵涉臣对于君的进谏之意,不涉及对其行为的评价。

(四)《新唐书》中伯夷的意义辨析

《新唐书》中没有涉及孤竹之伯夷,只有两处提及了上古时期的伯夷。

《新唐书·表·卷十五》梳理了吕姓宰相的世系:

> 吕氏出自姜姓。炎帝裔孙为诸侯,号共工氏。有地在弘农之间,从孙伯夷,佐尧掌礼,使遍掌四岳,为诸侯伯,号太岳。又佐禹治水,有功,赐氏曰吕,封为吕侯。吕者,膂也,谓能为股肱心膂也。其地蔡州新蔡是也。历夏、商,世有国土,至周穆王,吕侯入为司寇,宣王世改"吕"为"甫",春秋时为强国所并,其地后为蔡平侯所居。吕侯枝庶子孙,当商、周之际,或为庶人。吕尚字子牙,号太公望,封于齐。十九世孙康公贷为田和所篡,迁于海滨……

炎帝的后代共工氏其从孙为伯夷,辅佐尧掌礼,号为太岳。之后帮助禹治水,赐其姓氏为吕,封为吕侯。夏商时期有国土,后来在周穆王的时候,入朝为司寇,宣王的时候改"吕"为"甫"。春秋时期,国土被兼并。吕侯的其他旁支子孙,在商周之际,有的为庶人。吕尚号为太公望,被封于齐。十九世孙失去了齐国,迁于海滨。

《新唐书·列传·卷九十一》杜佑上议之文提到了上古时期的伯夷,当时民困,赋无所出,省用就得省官,杜佑借伯夷等事例说明当时官位的虚设。

> 昔咎繇作士,今刑部尚书、大理卿,则二咎繇也。垂作共工,今工部尚书、将作监,则二垂也。契作司徒,今司徒、户部尚书,则二契也。

伯夷为秩宗，今礼部尚书、礼仪使，则二伯夷也。伯益为虞，今虞部郎中、都水使司，则二伯益也。伯冏为太仆，今太仆卿、驾部郎中、尚辇奉御、闲厩使，则四伯冏也。

杜佑认为古代时，根据实际需要来安排官员，没有虚设的，而现在却有很多虚设的位置，当下可以省吏员，救时弊。伯夷为秩宗的职能被礼部尚书、礼仪使两个官职来承担，多出了一个虚设的官职，所以说是"二伯夷"。

《新唐书》两处提到的伯夷都是上古时期的伯夷，《新唐书·表·卷十五》主要是梳理了吕姓宰相的世系；《新唐书·列传·卷九十一》借伯夷的事例来说明当时官位虚设的情况。

### 四 宋元历史著作中伯夷叔齐意义辨析

宋元时期的历史著作，无论是上古时期的伯夷还是引用伯夷叔齐的事例，都有了新的内容；上古时期的伯夷强调了刑律部分，而伯夷叔齐在这个时期被追封、祭祀的内容也逐渐完备，他们讨论伯夷叔齐多从现实出发，时人多以伯夷自况。

（一）《宋史》中伯夷叔齐的意义辨析

《宋史》提到上古时期的伯夷，用来说明宋代官制以及尧舜时期的用臣之道。记载伯夷叔齐被追封的事；并借伯夷叔齐之事，说明文天祥追求比生命还重要的东西，也是求仁得仁，是科举考试选拔出来的伟大人才；劝谏君王能遵循泰伯、伯夷、延陵季子之至德、清名和高洁，希望陛下的心能被百姓所了解。

1. 上古时期的伯夷

《宋史·志第八十二·乐四》借上古时期的伯夷事例说明礼乐不同，因此要设置不同的官职来管理乐制，因此大晟府再次恢复管理音乐的职能。

> 五年九月，诏曰："乐不作久矣！朕承先志，述而作之，以追先王之

绪；建官分属，设府庞徒，以成一代之制。二月，尝诏省内外冗官，大晟府亦并之礼官。夫舜命夔典乐，命伯夷典礼，礼乐异道，各分所守，岂可同职？其大晟府名可复仍旧。"

崇宁五年（1106）九月，下诏说明恢复乐制的过程，原来设立不同的官职进行管理，设立府庞徒，以成一代定制。二月，因为官员沉冗，将大晟府并之礼官。后来想到舜命夔来管理音乐，命伯夷来掌管典礼是有道理的，礼乐不同，各有所守，所以不能由同一职官来管理。

《宋史·列传第五十二》王禹偁借伯夷等事例，说明尧舜时期的用人之道，但是认为这些事年代久远，因此要用近来之事为君王说明用人之道。王禹偁上疏言五事：

> 五曰亲大臣，远小人，使忠良謇谔之士，知进而不疑，奸憸倾巧之徒，知退而有惧。夫君为元首，臣为股肱，言同体也。得其人则勿疑，非其人则不用。凡议帝王之盛者，岂不曰尧、舜之时，契作司徒，咎繇作士，伯夷典礼，后夔典乐，禹平水土，益作虞官。委任责成，而尧有知人任贤之德。虽然，尧之道远矣，臣请以近事言之。

王禹偁上了一篇奏疏，谈了五件事。认为君王应该亲近大臣，远离小人，这样才能使得正直敢言的忠良之士积极进取而不疑虑，让那些奸佞取巧的人知道退却恐惧。那样的话，君就是元首，臣就是股肱，君臣就会成为一体。认为那人可用就不要怀疑，认为那人不好就不要任用。同时提到历史上君王的伟大者尧舜任用契做司徒官、咎繇做士官、伯夷任典礼之官、夔任乐官、禹任治水官，益任虞官，被委派的这些人都能成功担当责任，因此尧有知人善任的美德。并用近事为例与君王进一步探讨用人之道。

2. 伯夷叔齐被追封

《宋史·本纪第十九·徽宗一》记载了伯夷叔齐被追封的事：

> 癸卯，诏：六曹尚书有事奏陈，许独员上殿。己酉，太白昼见。壬子，改渝州为恭州。癸丑，诏仿《唐六典》修神宗所定官制。封伯夷为清惠侯，叔齐为仁惠侯。

崇宁元年（1102）六月十九日，皇帝下诏：六曹尚书官员有事上奏，允许独自上殿。二十五日，太白星白天出现。二十八日，改渝州为恭州。二十九日，下诏仿照《唐六典》修订神宗所定官制。进封伯夷为清惠侯，叔齐为仁惠侯。

### 3. 借伯夷等事例说明求仁得仁之意

《宋史·列传第一百七十七》在评论中，借伯夷、文天祥的事例，说明君子之仁义的意义。

> 论曰：自古志士，欲信大义于天下者，不以成败利钝动其心，君子命之曰"仁"，以其合天理之正，即人心之安尔。商之衰，周有代德，盟津之师不期而会者八百国。伯夷、叔齐以两男子欲扣马而止之，三尺童子知其不可。他日，孔子贤之，则曰："求仁而得仁。"宋至德佑亡矣，文天祥往来兵间，初欲以口舌存之，事既无成，奉两屦王崎岖岭海，以图兴复，兵败身执。我世祖皇帝以天地有容之量，既壮其节，又惜其才，留之数年，如虎兕在柙，百计驯之，终不可得。观其从容伏质，就死如归，是其所欲有甚于生者，可不谓之"仁"哉。宋三百余年，取士之科，莫盛于进士，进士莫盛于伦魁。自天祥死，世之好为高论者，谓科目不足以得伟人，岂其然乎！

作者认为自古以来的仁人志士，希望奉行大义于天下的人，不因成败利益而动摇自己的志向，君子认为这就是"仁"，因为它符合天理的正道，使得人心安宁。评论中列举了两个事例来说明君子所认为的"仁"。一个是伯夷叔齐的事例。商朝衰落，西周有代商之德，因此在盟津会盟聚集了八百个诸侯国家。伯夷、叔齐想以两人之力扣马阻止，连三尺儿童都知道这不可行。后来，孔子认为他们是贤人，肯定他们求仁得仁。一个是文天祥的事例。文天祥后来被俘，作者在肯定世祖皇帝大度的同时，也肯定了文天祥从容的气度、视死如归的气概，认为他所追求的东西比生命还要重要，这就是所谓的"仁"。并且肯定了文天祥是科举考试选拔出来的伟大人才。

4. 借伯夷等让天下之名劝谏君王

《宋史·列传二百一十四·忠义十》理宗即位后，邓若水上书言事。

> 理宗即位，应诏上封事曰：……宁宗皇帝晏驾，济王当继大位者也，废黜不闻于先帝，过失不闻于天下。史弥远不利济王之立，夜矫先帝之命，弃逐济王，并杀皇孙，而奉迎陛下。曾未半年，济王竟不幸于湖州。揆以《春秋》之法，非弑乎？非篡乎？非攘夺乎？当悖逆之初，天下皆归罪弥远而不敢归过于陛下者，何也？天下皆知仓卒之间，非陛下所得知，亦谅陛下必无是心也，亦料陛下必能扫清妖氛，以雪先帝、济王父子终天之愤。今逾年矣，而乾刚不决，威断不行，无以大慰天下之望。昔之信陛下之必无者，今或疑其有。昔之信陛下不知者，今或疑其知。陛下何以忍清明天日，而以此身受此污辱也？盖亦求明是心于天下，而俾有辞于千古乎？为陛下之计，莫若遵泰伯之至德，伯夷之清名，季子之高节，而后陛下之本心明于天下……

邓若水认为宁宗皇帝驾崩之后，济王应当是继承大位的人。但史弥远认为济王立对自己不利，所以放逐济王，杀死皇孙，拥立理宗。济王最后被逼死在湖州。没有听说先帝废黜济王，也没有听说他有什么过失。以《春秋》之法来看，史弥远的行为就是以下犯上，是抢夺篡位的行为。邓若水认为当时发生这样的事情，百姓都把原因归在史弥远身上，认为理宗并不知情，相信理宗能清除这样的人，为先王、济王父子雪愤恨之情。但是现在时间已经过去一年多了，理宗还不能够下决断以慰天下百姓之灵。因此担心理宗会不被信任，希望理宗不要以天子之身接受污辱，让天下人了解自己的心，希望千古之后也没有人因此对理宗有微词。邓若水为理宗打算，希望他能够遵照泰伯三让天下之至德，伯夷谦让天下之清名，还有延陵季子让天下的高节，这么做的话理宗的心就会被百姓所了解。其实是大臣以这样的方式，为理宗的即位寻求名正言顺的理由。

《宋史》有五处提到了伯夷，两处是上古时期的伯夷，三处与伯夷叔齐的传说相关，这几处的引用都与宋代的社会现实密切相关。

（二）《辽史》中伯夷叔齐的意义辨析

《辽史》中有一处提到了上古时期的伯夷，这里没有从道德、礼乐方面去评价，而是强调了刑律。

《辽史·卷六十一·志第三十一·刑法志上》：

> 刑也者，始于兵而终于礼者也。鸿荒之代，生民有兵，如蜂有螫，自卫而已。蚩尤惟始作乱，斯民鸱义，奸宄并作，刑之用岂能已乎？帝尧清问下民，乃命三后恤功于民，伯夷降典，折民惟刑。

"刑起于兵""兵刑合一"，后来以礼为代表的道德观念与兵刑一起起着维护社会秩序的作用。在远古之时，生民有兵，是为了自卫。蚩尤刚开始作乱的时候，那些人丧尽天良，违法作乱，刑律无法禁止这些行为。帝尧时清晰地向民众了解情况，然后命令伯夷、禹、稷三位大臣慎重地为百姓服务，伯夷颁布法典，用刑律来服务百姓。

（三）《元史》中伯夷叔齐的意义辨析

《元史》和《新元史》中有九处提到伯夷叔齐。主要内容包括以下几个方面：伯夷叔齐被元世祖追封，并修建庙宇纪念他们，赐其庙额为圣清，朝廷同意了刘德温奏请的关于伯夷叔齐的祭祀之礼。其文化意义涉及社会风尚、隐士身份、人格力量等内容。或者借祭祀伯夷叔齐，勉励人们崇尚好的风俗；或者借伯夷叔齐的事例说明隐士的不同类型：一类是眷恋故国，不在新朝出仕，另一类是有仁义忠信的品德，拒绝爵位；或者借伯夷等自我比况。

1. 伯夷叔齐被追封

《元史》和《新元史》有六处记载了伯夷叔齐被追封、祭祀、赐庙额之事。

《元史·卷十·本纪第十》：

> 戊申，以叙州等处秃老蛮杀使臣撒里蛮，命发兵讨之。封伯夷为昭义清惠公，叔齐为崇让仁惠公。

至元十五年十二月三十，因为徐州等地的秃老蛮杀害使臣撒里蛮，命令派兵前去讨伐。追封伯夷为昭义清惠公，叔齐为崇让仁惠公。

《新元史·卷十·本纪第十》：

> 十二月己卯朔，大霸都掌蛮降。戊申，叙州秃老蛮杀使臣撒里蛮，四川行省以兵讨之。封伯夷为昭仪清惠公，叔齐为崇让仁惠公。罢开成路屯田总管府。

《卷八十七·志第五十四》：

> 十五年，封伯夷为昭义清惠公，叔齐为崇让仁惠公。

元世祖十五年，追封伯夷为昭仪（义）清惠公，叔齐为崇让仁惠公。《元史·卷三十四·本纪三十四·文宗三》：

> 赐伯夷、叔齐庙额曰圣清，岁春秋祠以少牢。

文宗至顺元年，赐伯夷叔齐庙额曰圣清。每年春秋两季办牛羊猪的宴宾之礼进行祭祀。《新元史·卷八十七·志第五十四》：

> 至顺元年，加封秦蜀郡太守李冰为圣德广裕英惠王，其子二郎神为英烈昭惠灵显仁裕王，赐伯夷叔齐庙额曰圣清。

文宗至顺元年，赐伯夷叔齐庙额曰圣清。《新元史·卷二百三·列传第一百》：

> 永平，古孤竹国，元初郡守杨阿台请于朝，谥伯夷曰清惠，叔齐曰仁惠，为庙祀之。至是，德温复奏请春秋具牢礼致祭。着为令，赐庙额曰圣清。

永平是古孤竹国所在地，元朝初年，郡守杨阿台向朝廷提出申请，赐伯夷谥号为清惠，叔齐为仁惠，并修建庙宇来祭祀他们。刘德温奏请每年在春秋两季置办牛羊猪的宴宾之礼进行祭祀，朝廷同意他的请奏，并定为标准，赐庙宇匾额为圣清。

2. 借伯夷等事例勉励人们崇尚好的风俗

阿台，袭父亲阿里乞失铁木儿之职。当时，平滦从行省降为路，丁巳，宪宗命阿台为平滦路达鲁花赤。

《新元史·卷一百三十一·列传第二十八》：

> 至元十年，进怀远大将军。岁饥，发粟赈民。或持不可，阿台曰："朝廷不允，愿以家粟偿官。"僚属始至。阿台必遗之盐、米、羊、畜、什器，曰："非有他也，欲其不剥民耳。"姻族穷者，月有常给，民有丧不能葬者，与之棺椁、布帛、资粮。滦州为古孤竹国，庙祀伯夷、叔齐以励风俗。

至元十年，阿台进阶怀远大将军。发生灾荒，阿台要发粟救灾。有人说不可，阿台说如果朝廷不允许，自己愿意以家里的粮食偿还。如果有新的官员刚到，阿台一定送给他们粮食和日常用品，是希望他们不盘剥百姓。有姻亲关系的家族穷困者，每个月都会给他们给养，百姓有丧事没钱安葬的人，都会给予他们棺椁、布帛、钱粮。滦州为古孤竹国，在庙里祭祀伯夷、叔齐以勉励人们崇尚好的风俗。

3. 借伯夷等事例说明隐士的类型

《新元史·卷二百四十一·列传第一百三十八》认为伯夷叔齐不仕是因为眷恋故国。

> 《易·蛊》之上九曰："不事王侯，高尚其事。"后汉严子陵、魏管幼安，其人也。孔子称为逸民者七人，能考其世者，伯夷、叔刘、柳下惠而已。三子者，岂与山林遁世之士，同其志事诸哉。自斯以降，列于隐逸者，其人有二：惓惓故国，不仕新朝，自附于夷、齐者也；穷居伏处，修天爵而不受人爵，合于蛊上九之义者也。

《易经·蛊》的上九卦中说："不侍奉王侯，使自己的情操高尚。"后汉严子陵、魏管幼安，就是这样的人。孔子称为逸民的有七个人，能考证的只有伯夷、叔刘、柳下惠而已。从此之后，列于隐逸的有两类人。一类是眷恋故国，不在新朝出仕，认为自己是伯夷、叔齐一类的人；另一类是穷居伏处的人，本来是有仁义忠信的品德，不断地行善，最后有可能被授予公卿大夫这样的爵位，但他们拒绝这样的爵位，就是《易经》中所说的不侍奉王侯，使自己情操高尚的一类人。

4. 借伯夷等自我比况

《新元史·卷二百四十一·列传第一百三十八》张庆之没有仕进的打算，借伯夷、蒋诩、陶潜、司空图比况自己。

> 张庆之，字子善，平江人。少有志操，通《春秋》为举子业。及长，乃弃之，出入经史、百氏，拟扬雄《太玄》作《测云》。又作《孔孟衍语》，绝意仕进，号海峰野逸。仿五柳先生，作《海峰逸民传》，以伯夷、蒋诩、陶潜、司空图自况。

张庆之，字子善。年少有青云之志，通《春秋》以求举子之业。随着年龄的增长，后来放弃，出入于其他经史著作，模拟扬雄《太玄》作《测云》又作《孔孟衍语》，没有仕进打算，号海峰野逸。模仿五柳先生，作《海峰逸民传》，以伯夷、蒋诩、陶潜、司空图自我比况。

《元史》和《新元史》中提到了伯夷叔齐被追封祭祀的内容在元朝更为详备，并认为伯夷叔齐不在新朝出仕，是因为眷恋故国。这时期的人物多以伯夷等自况，但在意义上多沿用了之前的评价，比如伯夷叔齐的情操可以激励民风。

### 五　明清史学著作中伯夷叔齐意义考辨

明清时期的史学著作提到伯夷的地方不是很多，即使在评述中，也多与当时的社会特征密切相关，很少从对人物品格的角度比况评价，但是肯定了伯夷对后人的影响。

（一）《明史》中伯夷叔齐的意义辨析

《明史》中提及伯夷的有两处，一处是上古时期的伯夷，出现在礼官李原名上奏的历代名臣陪祭的名单中，成为陪祭之名臣。另一处出现在高巍劝说燕王的说辞中，认为燕王所做的事与伯夷叔齐等让国的事情大相径庭。

1. 上古时期的伯夷

《明史·志第二十六》：洪武二十一年，下诏以历代名臣陪祭。

> 二十一年，令每岁郊祀，附祭历代帝王于大祀殿。仍以岁八月中旬，择日遣官祭于本庙，其春祭停之。又定每三年遣祭各陵之岁，则停庙祭。

是年，诏以历代名臣从祀，礼官李原名奏拟三十六人以进。帝以宋赵普负太祖不忠，不可从祀。元臣四杰，木华黎为首，不可祀孙而去其祖，可祀木华黎而罢安童。既祀伯颜，则阿术不必祀。汉陈平、冯异，宋潘美，皆善始终，可祀。于是定风后、力牧、皋陶、夔、龙、伯夷、伯益、伊尹、傅说、周公旦、召公奭、太公望、召虎、方叔、张良、萧何、曹参、陈平、周勃、邓禹、冯异、诸葛亮、房玄龄、杜如晦、李靖、郭子仪、李晟、曹彬、潘美、韩世忠、岳飞、张浚、木华黎、博尔忽、博尔术、赤老温、伯颜，凡三十七人，从祀于东西庑，为坛四。初，太公望有武成王庙。尝遣官致祭如释奠仪。至是，罢庙祭，去王号。

洪武二十一年，命令每年郊祀，在大祀殿附带祭祀历代帝王。仍在每年八月中旬，选择日期派遣官员在本庙祭祀，春祭则停止。规定每三年中派人祭祀各陵的那一年，就停止庙祭。这年下诏以历代名臣陪从祭祀，礼官李原名上奏拟定三十六人名单。皇帝认为宋朝的赵普不可以陪从祭祀。元代四位杰出大臣，木华黎占首位，罢除安童。既然祭祀伯颜，则阿术不必祭祀。汉代陈平、冯异，宋代潘美，可以祭祀。于是定风后、力牧、皋陶、夔、龙、伯夷、伯益、伊尹、傅说、周公旦、召公奭、太公望、召虎、方叔、张良、萧何、曹参、陈平、周勃、邓禹、冯异、诸葛亮、房玄龄、杜如晦、李靖、郭子仪、李晟、曹彬、潘美、韩世忠、岳飞、张浚、木华黎、博尔忽、博尔术、赤老温、伯颜共三十七人，在东西廊陪祭，设四个祭坛。当初，太公望有武成王庙，曾派遣官员如同祭奠先师先圣的仪式举行祭祀。到这时，罢除庙祭，除去王号。

2. 借伯夷让位之事游说燕王

《明史·列传第三十一》高巍，辽州人，他一生以孝起用，又以忠死节。

……愿大王信巍言：上表谢罪，再修亲好。朝廷鉴大王无他，必蒙宽宥。太祖在天之灵亦安矣。倘执迷不悟，舍千乘之尊，捐一国之富，恃小胜，忘大义，以寡抗众，为侥幸不可成之悖事，巍不知大王所税驾也。况大丧未终，毒兴师旅，其与泰伯、夷齐求仁让国之义不大迳庭乎？虽大王有肃清朝廷之心，天下不无篡夺嫡统之议……

这段文字是高巍在燕起兵的时候，出使燕，向燕王上书的段落。他希望起兵的燕王能够上表谢罪，重修亲好，朝廷则会宽宥燕王，太祖在天之灵也会安心。如果执迷不悟，舍弃尊位、富有，凭借小的胜利，忘却了大的节义，以寡敌众，想要侥幸成就不可成之事，那燕王就危险了。况且大丧还没有结束，就如此兴军旅之事，这与泰伯、伯夷叔齐求仁让国的大义大相径庭。虽然燕王可能有肃清朝廷之心，但是天下可能会有篡位夺嫡之议。

《明史》中涉及了历代陪祭的名臣是上古时期的伯夷，而另一处是借伯夷叔齐让国之事游说燕王放弃兴军旅之事。

(二)《清史稿》中伯夷叔齐的意义辨析

《清史稿》四处提到了伯夷，一处是上古时期的伯夷，作为对雷学淇考辨材料来源的说明；其他三处涉及了伯夷行为对后世的影响：《孟子》评价伯夷是圣人中清高的人影响了人的改变；崔述认为大家非议周武王则托之于伯夷；有的认为伯夷叔齐饿死是无可奈何，评价明朝的遗臣逸士都是大义凛然的人。

1. 上古时期的伯夷

《清史稿·列传二百六十九·儒林传三》雷学淇兼采虞史伯夷之说，其中伯夷为上古之伯夷。

> 学淇，嘉庆十九年进士，任山西和顺县知县，改贵州永从县知县。生平好讨论之学，每得一解，必求其会通，务于诸经之文无所抵牾。以父镈著古今服纬，为之注释，附以释问一篇、异同表二篇。又以夏小正

一书备三统之义，究心参考二十余年。以尧典中星、诸经历数，采虞史伯夷之说，据周公垂统之文，检校异同，订其讹误，网罗放失，寻厥指归，着夏小正经传考二卷。又考定经、传之文，为之疏证，成夏小正本义四卷。

雷学淇，嘉庆十九年进士，任山西和顺县知县，后改贵州永从知县。生平读书，喜欢讨论之学，每得一新解，就会求其融会贯通，一定使其与诸经内容文字相符。治经以传注为主，参考各类书籍，以求没有错误；或者认为众书都有错误而自己有独特的看法时，就会旁征博引，考订众说之所以错误的原因。关于《夏小正》中所存在的错误，就采纳各类典籍进行考订，包括《尧典》中星、诸经历数，兼采虞史伯夷之说，依据周公垂统之文，辨别真伪，以求恢复其本义，探讨钻研二十余年，撰写《夏小正经传考》。

2. 借伯夷等事例说明邵曾可的改变

《清史稿·列传二百六十七·儒林传》邵曾可是一个孝顺、品德优良、平易近人的人。

> 邵曾可，字子唯。与韩当同时。性孝友恺悌。少爱书画，一日读孟子"伯夷圣之清者也"句，忽有悟，悉弃去，壹志于学。

邵曾可小的时候喜欢书画，后来读了孟子："伯夷是圣人中清高的人"，然后有所醒悟，不再学习书画，而是开始一心钻研学问。

3. 借伯夷等事例说明辨伪之意

《清史稿·列传二百六十九·儒林传三》崔述是乾隆二十八年举人，是清朝著名的辨伪学者。

> 其著书大旨，谓不以传注杂于经，不以诸子百家杂于传注。以经为主，传注之合于经者着之，不合者辨之，异说不经之言，则辟其谬而削

之。如谓易传仅溯至伏羲，春秋传仅溯至黄帝，不应后人所知反多于古人。凡纬书所言十纪，史所云天皇、地皇、人皇，皆妄也。谓战国杨、墨横议，常非尧、舜，薄汤、武，以快其私。毁尧则托诸许由，毁禹则托诸子高，毁孔子则托诸老聃，毁武王则托诸伯夷。太史公尊黄、老，故好采异端杂说，学者但当信论、孟，不当信史记。

崔述著书有严谨的治学理念，他迷信于传注，尊重文本，但是以经为主，不符合的就会辨析小心求证，对一些荒谬的说法进行批判和纠正。比如《易传》仅追溯至伏羲，《春秋传》仅追溯至黄帝，认为后人所知道的不应该反而多于古人。认为纬书所言十纪、史所说天皇、地皇、人皇，都不可信。认为战国杨朱、墨子探讨学说，常常否定尧、舜、汤、武，以满足他们的私论，否定尧则托之于许由，否定禹则托之于子高，否定孔子则托之于老聃，否定武王则托之于伯夷。一个"毁"字可以看出崔述不赞成这种做法。认为太史公以黄老思想为尊，喜欢收集异端杂说，学者应该信《论语》《孟子》，而不应信《史记》的说法。

4. 借伯夷等事例评价明朝遗臣逸士

《清史稿·列传二百八十七·遗逸一》阐述了写遗逸传的原因，认为明朝的遗臣逸士数十年来，终其一生，都没有改变恢复之心，何其壮烈。认为伯夷叔齐也不可能心甘情愿饿死，或许也有恢复之心。

> 太史公伯夷列传，忧愤悲叹，百世下犹想见其人。伯夷、叔齐扣马而谏，既不能行其志，不得已乃遁西山，歌采薇，痛心疾首，岂果自甘饿死哉？清初，代明平贼，顺天应人，得天下之正，古未有也。天命既定，遗臣逸士犹不惜九死一生以图再造，及事不成，虽浮海入山，而回天之志终不少衰。迄于国亡已数十年，呼号奔走，逐坠日以终其身，至老死不变，何其壮欤！今为遗逸传，凡明末遗臣如李清等，逸士如李孔

昭等，分着于篇，虽寥寥数十人，皆大节凛然，足风后世者也。至黄宗羲等已见儒林传，魏禧等已见文苑传，余或分见于孝友及艺术诸传，则当比而观之，以见其全焉。

太史公作《伯夷列传》，忧愤悲叹，百世以来还能让人感受到其情感。伯夷、叔齐当时扣马而谏，既然不能实现他们的想法，不得已于是隐居西山，唱采薇歌，痛心疾首，难道真的是心甘情愿饿死的吗？清朝建立，替代了明朝，是顺应天人，得天下之正。但明朝的遗臣逸士却依然不惜生命希望再图恢复，虽然他们失败之后浮海入山，但是希望恢复的心从来就没有停歇。明朝末年的遗臣，虽然只有数十人，但都是大义凛然之人，足以影响后世之人。

《清史稿》所引用的伯夷事例多体现了清朝的学术特点，注重学术考证，并结合当时的时代探讨了对明朝的遗臣逸士的看法。

在这些史学著作中，提到的伯夷有上古伯夷、孤竹之伯夷。在伯夷叔齐的故事情节方面更加完备，择取其中某一方面对其他人物进行评价，或者引出了很多关于隐逸的讨论。在这些史学著作中，并不是一味地肯定，而是多了很多辩证的看法，认为无论是哪一方面的表现都应该可以延伸，注重其应用的情境，保留了伯夷叔齐传说的基本文化内涵。

## 第三节　其他史学著作中的伯夷意义辨析

先秦史学著作、《二十六史》基本上已经按照历史的脉络梳理清楚了伯夷意义的流变过程，这里提到的四部著作在内容上很多与之前的材料相同，但是从辨析的角度而言，则更加详细和全面，还可以印证之前的材料和观点。因此选择了这几部著作辨析伯夷叔齐传说中伯夷的文化意义。

## 一 《贞观政要》中伯夷意义辨析

《贞观政要》是一本政论类史书；作者为唐代的吴兢，主要内容记载了唐太宗在位二十三年中一些政治、经济上的重大措施。有一处提到伯夷，主要借伯夷等事例说明如何推荐官员。

《贞观政要·卷三·论择官》：

> 臣以为与之为孝，则可使同乎曾参、子骞矣；与之为忠，则可使同乎龙逄、比干矣；与之为信，则可使同乎尾生、展禽矣；与之为廉，则可使同乎伯夷、叔齐矣。

这篇文章主要是唐太宗和他的臣子们讨论如何推荐官员，选择贤能的人来为官。这是魏征上疏的一段文字。他认为如果君主不了解臣下，就不能很好地治理国家。认为如果君主能够用道义来引导臣下，那么官员们就会尽职尽责。认为如果以孝来引导他们，那么就可以使他们像孝子曾参、子骞那样而加以重用；如果以忠来引导他们，就可以把他们当作龙逄和比干那样的臣子而加以提拔；如果用信用来引导他们，就可使他们像尾生、展禽一样；如果以廉来引导他们，就可以使他们像伯夷、叔齐一样。伯夷叔齐部分，用了廉洁来肯定他们，希望官员能拥有伯夷叔齐那样的廉洁。

## 二 《长短经》中伯夷意义辨析

《长短经》是唐代赵蕤所著，这本书主要以唐朝以前的材料论证自己的观点，融合了儒、道、法等各家思想，是一部重视谋略的书。

《长短经》中有七篇内容提到了伯夷。《长短经·大体》《长短经·运命》提到的是上古时期的伯夷。伯夷曾经辅佐尧，是尧重用的臣子，奠定了德业，后代齐国兴盛。《长短经·臣行》引用了《孟子》中"闻伯夷之风"的句子，借以类比孔明。《长短经·是非》借伯夷叔齐的例子来列举孔子相互矛盾的观点；《长短经·霸图》娄敬引用《孟子》中伯夷吕望自海滨投奔周文王的事情，借以说明周文王的天下归心。《长短经·惧诫》虽然没有提到伯夷，但是探讨了与伯夷相关的汤武革命以及对让国之事的看法；另一处伯夷、盗跖对举，还是以前的含义，不同的情势，伯夷也会被误会，而盗跖反而不会被人所猜忌，说明情势的重要性。《长短经·诡信》这里提到的伯夷部分与《史记》《韩非子》篇目内容相同，却是为了评价苏秦、韩非的诡诈。

（一）上古时期的伯夷

《长短经·大体》提到的伯夷是尧重用的臣子，是为了说明尧善于管理人才。

> 当尧之时，舜为司徒，契为司马，禹为司空，后稷为田官，夔为乐正，倕为工师，伯夷为秩宗，皋陶为理官，益掌驱禽。尧不能为一焉，奚以为君，而九子者为臣，其故何也？尧知九赋之事，使九子各授其事，皆胜其任以成九功。尧遂乘成功以王天下。

作者认为就像荀子所说的那样，做帝王的善于管理别人才是才能。在尧的时代就是这样，他任用了九个人，了解他们的才能，他们也各自成就了自己的事业，而尧凭借他们成就的功业而统治天下。

《长短经·运命》认为君子要尽心尽力修德，才能得到好的命运。认为兴亡在德，否定了当世论者认为在命的观点。

> 《易》曰："穷理尽性，以至于命。"此之谓矣。（议曰：夫吉凶由人，兴亡在德。稽于前载，其在德必矣。今论者以尧舜无嗣，以为在命，此谬矣。何者？夫佐命功臣，必有兴者，若使传子，则功臣之德废。何以言之？昔郑桓公问太史伯曰："周衰，何国兴？"对曰："昔祝融为高辛火正，其功大矣。而其于周，未有兴者。楚，其后也。周衰，楚必兴。齐，姜姓，伯夷之后也，伯夷佐尧典礼。秦，嬴氏，伯翳之后，伯翳佐

舜，怀柔百物。若周衰，并必兴矣……")

《易经》上说：要穷究天下道理，尽自己所能，来实现自己的命运。赵子评论说，吉凶由人自取，兴亡由德而定。认为命运由德行来决定。当时的论者认为尧舜的后代没有继承帝业，认为兴亡在命，作者否定了这种说法。认为如果尧舜把帝位传给儿子，那么功臣的德行得不到回报。郑桓公的太史认为，周朝衰落之后，则楚国会兴起，之后齐、秦、晋会兴起。通过考察历史认为，尧舜的德业有后继者。齐国是姜姓，伯夷之后，伯夷曾经辅佐尧管理典礼。

（二）借伯夷事例类比孔明

《长短经·臣行》有人提到乐毅战胜了齐国，认为他是仁义之师，因此认为他比孔明策略更高明的疑问。但张辅却并不如此认为："……孟子曰：'闻伯夷之风，贪夫自廉。'余以为睹孔明之忠，奸臣立节。殆将与伊、吕争胜，岂徒以乐毅为伍哉？"张辅引用《孟子》中评价伯夷的话，认为听到伯夷节操的人，贪婪的人也会变得廉洁，并以此来类比孔明，认为了解了孔明的忠烈，奸臣也会有气节，孔明是可以和伊尹、吕望一争高下的名臣，乐毅无法与之比肩。

（三）对孔子借伯夷等事例说明道理

《长短经·是非》主要是从前代思想家、史学家和典籍中找到一正一反的观点进行论述，无论是变革法令制度的方式、推行政治统治的不同方针，还是崇尚权力谋略和道德教化。

（是曰）孔子曰："不患无位，患己不立。"（非曰）孔子厄于陈蔡，子路愠，见曰："昔闻诸夫子，积善者，天报以福。今夫子积义怀仁久矣，奚居之穷也？"子曰："由，未之识也。吾语汝。汝以仁者为必信耶？则伯夷、叔齐为不饿首阳；汝以智者为必用耶？则王子比干不见剖心；

汝以忠者为必报耶？则关龙逢不见刑；汝以谏者为必听耶？则伍子胥不见杀。夫遇不遇者，时也；贤不肖者，才也。君子博学深谋而不遇时者，众矣！何独丘哉？"

正方的观点是：孔子说不担心自己没有地位，担心的是自己没有能拥有地位的贤能。反方的观点是：孔子被困于陈蔡之间的时候，子路生气地去见孔子，认为孔子已经做了很多仁义道德的事，不应该再处于这样的困境。孔子的回答是：不是仁义的人都必定会被人认可和信任，比如伯夷、叔齐；不是智慧的人都必然会被任用，比如王子比干；不是忠实的人都会被回报，比如关龙逢；不是提出忠告就一定会被采纳，比如伍子胥。因此说，贤者能不能遇到施展抱负的机会，是时间问题；贤明不贤明，是个人的才能问题。学识渊博又有深谋远虑的君子，因为没有机遇，被埋没的人很多，不仅仅是自己而已。作者认为这是相互矛盾的观点。从正反的观点来看，似乎只要锤炼自己的品德，就不用担心被人任用的问题；但是反方却说明不是拥有才能就可以获得被任用的机会。这些辩驳的内容正证明大家思考问题的角度和方式不同，孔子前面所说的是对于个人的要求，而后面所说的是遭遇的境况。

（四）借伯夷等事例说明文王受命于天

《长短经·霸图》娄敬说服刘邦不要建都洛阳时，分析了周朝由盛转衰的过程，列举了周朝的德业，其中提到了伯夷，借以说明周文王的盛德。娄敬说上曰：

"陛下都洛，岂欲与周室并隆哉？"上曰："然。"敬曰："陛下取天下与周室异，周之先自后稷，尧封之于邰，积德累善，十有余世。公刘避桀居邠，太王以戎狄故，去邠，扶马棰，居岐，国人争归之。及至文王，为西伯，断虞、芮之讼，始受命，吕望、伯夷自海滨来归之。武王伐纣，不期而会孟津之上者八百诸侯，皆曰：'纣可伐矣。'遂灭殷。成王即位，周公之属傅相焉，乃营成周洛邑，以此为天下之中也。诸侯四方咸纳职贡，道理均矣！有德则易以王，无德则易以亡。凡居此者，欲令周务以德致人，不欲依阻险，令后世骄奢以虐人也……"

娄敬认为汉王的天下与周朝不同，所以要依据地理位置的优势。不管是后稷积德累善还是公刘避居于邠、太王避犬戎、文王时才开始受命于天，伯夷、吕望从远方海滨来归顺，武王没有召集，就会聚了八百诸侯，最终灭了商朝。到成王的时候，营建洛阳为都城，希望以德治国，不希望凭借地理的险要，使继承王位的人骄奢淫逸，虐待百姓。但周朝衰微的时候，诸侯不来朝见，不是周朝德行薄，而是势力弱。所以对于汉王而言，不能定都在洛阳，而要定都在有地理位置优势的长安。

（五）从百姓利益的角度看待让位的问题

《长短经·惧诫》从百姓获利的角度来看待让国之事。

《易》曰："汤武革命，顺乎天而应乎人。"《书》曰："抚我则后，虐我则仇。"《尸子》曰："昔周公反政，孔子非之曰：'周公其不圣乎！以天下让，不为兆人也。'"（议曰：昔尧称："吾以天下授舜，则天下得其利而丹朱病；授丹朱，则天下病而丹朱得其利。吾终不以天下之病而利一人，遂禅于舜。"今周公不以天下为务，而自取让名，非为圣达节者也，故孔子非之。）

这段文字中记录了《易》对汤武革命的看法，认为顺应天意又适应人们的愿望。《书》："抚慰我的就把他当作君王，残害我的就把他当作仇敌。"《尸子》中说孔子不赞成周公还政于成王的做法。因为以天下让，不是为百姓着想的做法。因为尧没有为私利传位于自己的儿子，为了天下百姓着想，禅让给了舜。周公却没有为百姓着想，只是自己获取了让位的名声，没有像圣人那样做事，所以孔子不赞成他。从不同的角度来解释汤武革命，认为最为重要的是为百姓着想。

（六）借伯夷等事例说明情势的重要性

《长短经·惧诫》阎忠劝说皇甫嵩，因为东汉灵帝时，皇甫嵩讨伐攻破黄巾军，名震天下，而朝廷的事却一天比一天混乱，百姓也生活得贫困艰辛。阎忠希望皇甫嵩能抓住时机，建立自己的功业。

> 议曰："《记》有之，亲母为其子抉秃出血，见者以为爱子之至。使在于继母，则过者以为憎也。事之情一矣，所以从观者异耳。当今政理衰缺，王室多故，将军处继母之位，挟震主之威，虽怀至忠，恐人心自变。窃为将军危之！且吾闻之，势得容奸，伯夷可疑；苟曰无猜，盗跖可信。今拥兵百万，势得为非，握容奸之权，居可疑之地，虽竭忠信，其能谕乎？此田单解裘，所以见忌也。愿将军虑之。"阎生合将此类以破其志，便引韩信喻之，实不解心不忘忠之意，谈说之机，漏于此矣。

阎忠认为皇甫嵩当时的情势，即使内心很忠心，也唯恐别人会误会。同样的事情所处的角度不同，认识也会不同。并列举了生活中亲母和继母以同样的方式对待儿子，别人却对此有不同看法，借此说明皇甫嵩虽然有至忠之心，但他却有震主之威，就算他像伯夷一样，也会被别人误会猜疑。假如说一个人处于不会被人误会猜忌的位置，那么既使他像盗跖一样，也会被别人信任。但是阎忠最终还是没有说服皇甫嵩，原因是他没有考虑到皇甫嵩将军这个人始终不能抛弃效忠皇上的想法。这里借伯夷与盗跖对举，认为不同的情势之下，伯夷反而会被怀疑，而盗跖却不会被人猜忌。这段文字解释了情势的重要性，但是作者认为即使如此，存在这样的情况，一个人内在的忠心却与外在情势无关。

（七）借伯夷等事例评价苏秦、韩非的诡诈

《长短经·诡信》：

> 议曰：代有诡诈反为忠信者也。抑亦通变适时，所谓：见机而作，不俟终日者。

有这样一种说法，世上有一种诡诈，反而被认为忠实可信。这就是要懂得通达权变，抓住时机，不要失去机会。伯夷的清廉、尾生的守信只是对个人修养德行有用，对君王无用。苏秦以这种方式来游说人主，以求得信任。韩非子是为了推行自己的法家思想。其实这就是一种诡诈。他们这样做就是以诡诈取得信任。

> 苏秦曰："有此臣，亦不事主矣。孝如曾参，义不离其亲、宿昔于外，王又安得使之步行千里而事弱燕之危王哉？廉如伯夷，义不为孤竹君之嗣，不肯为武王之臣，不受封侯，而饿死于首阳之下。有廉如此者，王又安能使之步行千里，而进取于齐哉？信如尾生，与女子期于梁柱之下，女子不来，水至不去，抱梁柱而死。有信如此，何肯扬燕、秦之威，却齐之强兵哉？"（韩子曰："夫许由、积牙、卞随、务光、伯夷、叔齐，此数人者，皆见利不喜，临难不恐。夫见利不喜，虽厚赏无以劝之；临难不恐，虽严刑无以威之。此谓不令之人，先古圣王，皆不能臣。当今之代，将安用之？"）

苏秦的这段文字与《史记·苏秦列传》的内容完全相同。苏秦所说的内容正好与韩非子的观点相合：认为他们虽然有美好的德行，但是因为如此，不畏惧君王，利益又不能吸引他们，对君王而言，又有什么用呢？认为讲信义是为了完善自己的品行，而不是为别人来效力。所以苏秦认为孝顺的曾参、廉洁的伯夷、守信的尾生都不可能为燕王所用。"由此观之，故知谲即信也，诡即忠也。夫诡谲之行，乃忠信之本焉。"那么从苏秦的叙述看来，欺骗就是诚信，诡诈就是忠实，欺骗诡诈就是诚信和忠实的根本了。

《长短经》提到了上古时期的伯夷，主要强调其德业。另外借伯夷之事类比孔明，认为他的忠烈也会影响别人；举出伯夷叔齐之事例，说明不是仁义的人都必定会被人认可和信任；并且从另一个角度认识让位之事，认为让位之事不是为百姓利益着想的方式，只是为自己获得名声；借伯夷、盗跖对举，说明情势的重要。认为苏秦、韩非否定伯夷叔齐虽有美德却无益于君王的说法是一种诡诈。《长短经》提到的伯夷，一部分继承了之前的观点，但是其他的部分则从相反的角度进行了另一视角的审视，使得伯夷叔齐传说的文化意义更加全面，也被辨析得更加清晰。

### 三 《资治通鉴》中伯夷叔齐的意义辨析

《资治通鉴》是北宋司马光主编的编年体史书，记载了从前403年到959年一共1300多年的历史。书中编者总结了很多历史的经验教训，供统治者借鉴。《资治通鉴》中有四处提到了伯夷，其中三处与《后汉书》内容完全相同，论述略。有一处是刘秀借伯夷叔齐来类比周党，表明自己对隐士不愿做官的态度。

《资治通鉴·汉纪·卷三十七》与《后汉书·桓荣丁鸿列传》中提到伯夷的内容相同。论述略。

> 初，陵阳侯丁綝卒，子鸿当袭封，上书称病，让国于弟盛，不报。既葬，乃挂衰绖于冢庐而逃去。友人九江鲍骏遇鸿于东海，让之曰："昔伯夷、吴札，乱世权行，故得申其志耳。《春秋》之义，不以家事废王事。今子以兄弟私恩而绝父不灭之基，可乎？"鸿感悟垂涕，乃还就国。鲍骏因上书荐鸿经学至行，上征鸿为侍中。

《资治通鉴·汉纪·四十三》与《后汉书·左周黄列传》提到伯夷的部

分相同。论述略。

时又征广汉杨厚、江夏黄琼。琼,香之子也。厚既至,豫陈汉有三百五十年之厄以为戒,拜议郎。琼将至,李固以书逆遗之曰:"君子谓伯夷隘,柳下惠不恭。不夷不惠,可否之间,圣贤居身之所珍也。诚遂欲枕山栖谷,拟迹巢、由,斯则可矣;若当辅政济民,今其时也。自生民以来,善政少而乱俗多,必待尧、舜之君,此为士行其志终无时矣。"

《资治通鉴·汉纪·五十》与《后汉书·虞傅盖臧列传》提到伯夷的部分内容相同。论述略。

时北地胡骑数千随贼攻郡,皆夙怀燮恩,共于城外叩头,求送燮归乡里。燮子幹,年十三,言于燮曰:"国家昏乱,遂令大人不容于朝。今后不足以自守,宜听羌、胡之请,还乡里,徐俟有道而辅之。"言未终,燮慨然叹曰:"汝知吾必死邪!圣达节,次守节。殷纣暴虐,伯夷不食周粟而死。吾遭世乱,不能养浩然之志,食禄,又欲避其难乎!吾行何之,必死于此!汝有才智,勉之勉之!主簿杨会,吾之程婴也。"

《资治通鉴·汉纪·卷三十三》刘秀征召隐居的士人,太原人周党、会稽人严光等到洛阳。周党当时进谏时,对刘秀说愿意恪守自己的志向。当时的博士范升上奏章认为他们不守礼仪,认为他们没有辅佐君王的才能,如果君王一定任用他们的话,他也会和他们一起探讨国家的大事,如果这些人只是为了沽名钓誉、窃取高位的话,希望君王能够以"大不敬"治罪。

书奏,诏曰:"自古明王、圣主,必有不宾之士。伯夷、叔齐不食周粟,太原周党不受朕禄,亦各有志焉。其赐帛四十匹,罢之。"帝少与严光同游学,及即位,以物色访之。得于齐国,累征乃至;拜谏议大夫,不肯受,去,耕钓于富春山中。以寿终于家。

这一段是刘秀对博士范升奏章的答复，他认为上古时期英明的君王、圣明的天子，还会遇到不愿出仕的士人，伯夷叔齐不吃周朝的粮食，周党不接受自己的俸禄，也是各有志向，所以赐帛四十匹，送他归乡。而严光也是不肯接受汉光武帝刘秀的征召，终老于家。

这里提到伯夷叔齐，是为了说明周党是这样的臣子，刘秀对于"隐士"不愿做官的尊重，认为他们都遇到了圣明的天子，他们自己不愿意出来做官，自己能做的就是尊重他们。这里提到伯夷叔齐比较新的角度，是从帝王刘秀的视角看待隐士所列举的事例，认为他们不做官是坚持了自己的志向。

### 四 《续资治通鉴》中伯夷叔齐的意义辨析

《续资治通鉴》是清朝毕沅所著，一共二百二十卷。引用资料多旧史原文，叙事详细。

《续资治通鉴》六次提到伯夷，《续资治通鉴·宋纪·卷一百三十一》提到的伯夷是上古时期的伯夷，说他能恪守职位，尽自己的才能，其实是陈峻卿借用历史事例表达自己的观点；《续资治通鉴·宋纪·卷八十七》《续资治通鉴·元纪·元纪二》《续资治通鉴·元纪·元纪二十四》提到追封伯夷和叔齐，与宋史、元史记载内容完全相同，论述略；《续资治通鉴·宋纪·卷一百六十三》把历史上三位著名的辞让天下的人放在一起进行类比，借以劝谏宋理宗，与《宋史·列传二百一十四·忠义十》内容相同。

（一）上古时期的伯夷

《续资治通鉴·宋纪·卷一百三十一》宋高宗时秘书省校书郎陈俊卿针对官员调任频繁所提出的建言，认为长久地在某一职位，才能尽力付出。借伯夷事例建言皇帝不要频繁调动官员。"秋，七月，乙丑，秘书省校书郎陈俊卿言：'人之才性，各有所长，禹、稷、皋陶、垂、益、伯夷，在唐、虞之际，各守一官，至终身不易。此数君子者，苟使之更来迭去，易地而居，未必能尽善，况其馀乎！……'"这是陈峻卿借用历史来表达自己的观点，在尧的时代，这些人各有各的才能，而且他们各守某一职位，终身不易。如果经常转换他们的官职，这些贤能之人也未必能各尽自己的才能。

（二）伯夷叔齐被赐封和祭祀之礼

《续资治通鉴·宋纪·卷八十七》内容与《宋史·本纪第十九·徽宗一》同。"癸丑，诏仿《唐六典》修神宗所定官制。封伯夷为清惠侯，叔齐为仁惠侯。"这是指崇宁元年六月，宋徽宗时下诏仿《唐六典》修订神宗所定的官制，并追封伯夷为清惠侯，追封叔齐为仁惠侯。

《续资治通鉴·元纪·元纪二》内容与《元史·卷十·本纪第十》同。"戊申，封伯夷为昭义清惠公，叔齐为崇让仁惠公。"元太祖时期，在《续资治通鉴·宋纪·卷八十七》提到的对伯夷叔齐的册封上，又加了限定，强调了伯夷的"义"，叔齐的"让"。至元十五年十二月三十，元太祖追封伯夷为昭义清惠公，叔齐为崇让仁惠公。

《续资治通鉴·元纪·元纪二十四》内容与《元史·卷三十四·本纪三十四·文宗三》同。"乙亥，赐伯夷、叔齐庙额曰圣清，岁春秋祀以少牢。"这是元朝元文宗至顺元年，赐伯夷叔齐庙额曰圣清。每年春秋两季办牛羊猪的宴宾之礼进行祭祀。

（三）借伯夷等事例劝说君王以此来肃清流言

《续资治通鉴·宋纪·卷一百六十三》与《宋史·列传二百一十四·忠义十》内容相同。但因前后所选内容有差异，故再次论述。

> 昔之信陛下之必无者，今或疑其有，昔之信陛下之不知者，今或疑其知，陛下何忍以清明天日而身受此污辱也？为陛下计，莫若遵泰伯之至德，伯夷之清名，季子之高节，而后陛下之本心明于天下，此臣所谓行大义以弭大谤，策之上也……

这是进士邓若水进谏宋理宗之言，因为宋理宗不是皇子，是宋宁宗死后，宰相史弥远矫诏废太子赵竑之后所立的皇帝。这封上书被史弥远拦阻，未能上奏。邓若水认为矫诏这事与宋理宗无关，所以错不在他，但是如果不肃清此事，就会被天下怀疑，而且可能失去大权。这里提到泰伯、伯夷、季子都是让君位的人，希望宋理宗能够不忘这些人让位的至德、清明、高节，以不忘宁宗父子之仇恨来肃清史弥远及其爪牙，这样的话才可以消除大家对于皇帝的误解。

《续资治通鉴》在伯夷叔齐被赐封祭祀的内容上与之前的资料相同，从时间顺序上则更清晰。无论是引用上古时期的伯夷还是借用伯夷叔齐事例为宋理宗辩白，都紧密地结合了现实的情况，探讨更加深入，说理也更加透彻。

总之，史学著作中的伯夷叔齐意义既有对哲学中看法的辩驳，也有认同。其中的故事情节、历史事实、对人物的评价也更加丰富，通过系统地辨析，可以看出历史上对伯夷叔齐的主流评价是一致的，大家只是表达着对这种主流评价认可或者不认可的态度，并进行辩驳，其中也渗透了各自对哲学命题的思考。

# 第四章　伯夷叔齐在文学作品中的意义辨析

　　这章内容主要梳理伯夷叔齐在文学作品中的意义,从体裁上来讲,对伯夷叔齐传说借用表达自己情感的主要集中在诗歌、杂剧、散文、小说部分,意象主要是以伯夷或者夷齐出现,作者借此或者辩驳其意义,或者表达自己对伯夷叔齐品质的肯定,或者抒发自己的感叹之情,意义在哲学、史学之外,更多地承载了作者的各种情感,文学家们用情感的方式表达着自己的态度和认识,使得伯夷叔齐传说的意义多了一份入世的温厚之情。

## 第一节　诗歌类作品中的伯夷意义辨析

　　诗歌类作品按各个历史时期具有代表性的作品来梳理,除了诗歌之外,还包括了宋词、元曲,这些作品中少数也包括了伯夷叔齐的内容,但是以伯夷为主。因为是诗歌的形式,所以很少能展开论述,主要是就伯夷叔齐传说中的某一意义进行感叹或者借此表达自己的感受或者看法。意义的多重性在这部分作品中变得集中,渗透了作者们丰富的情感。

## 一　先秦时期的诗歌作品中伯夷意义辨析

先秦诗歌提到伯夷的代表作品是屈原的《九章·橘颂》，表达了以伯夷为榜样的情感态度。屈原是中国古代著名的浪漫主义诗人，一生坚守自己的政治理想。

> 后皇嘉树，橘徕服兮。受命不迁，生南国兮。
> 深固难徙，更壹志兮。绿叶素荣，纷其可喜兮。
> 曾枝剡棘，圆果抟兮。青黄杂糅，文章烂兮。
> 精色内白，类任道兮。纷缊宜修，姱而不丑兮。
> 嗟尔幼志，有以异兮。独立不迁，岂不可喜兮？
> 深固难徙，廓其无求兮。苏世独立，横而不流兮。
> 闭心自慎，不终失过兮。秉德无私，参天地兮。
> 愿岁并谢，与长友兮。淑离不淫，梗其有理兮。
> 年岁虽少，可师长兮。行比伯夷，置以为像兮。

这首诗据大家考证，认为是写于屈原的早期，表达了作者的志向，作者歌颂了橘树的外在形态和内在的精神，它立志专一，意态缤纷可喜。幼年立志就与众不同，开阔的胸怀无所欲求，能够疏远浊世而坚守气节，希望自己也如同这橘树。虽然年轻，却可以做自己钦慕敬重的师长，它的品行就如同伯夷一样，一定会成为自己的榜样。

## 二　汉代诗歌作品中伯夷意义辨析

汉代诗歌作品中提到伯夷的是东方朔的楚辞类作品《七谏·沉江》，强调伯夷饿死首阳的廉洁之意，渴望像伯夷叔齐那样美名传扬。《七谏·沉江》由七首短诗组成，既表达了屈原忠而被谤、最终投江的悲剧一生，也表达了东方朔的怀才不遇。

惟往古之得失兮，览私微之所伤。尧舜圣而慈仁兮，后世称而弗忘。齐桓失于专任兮，夷吾忠而名彰。晋献惑于骊姬兮，申生孝而被殃。偃王行其仁义兮，荆文寤而徐亡。纣暴虐以失位兮，周得佐乎吕望。修往古以行恩兮，封比干之丘垄。贤俊慕而自附兮，日浸淫而合同。明法令而循理兮，兰芷幽而有芳。苦众人之妒予兮，箕子寤而佯狂。不顾地以贪名兮，心怫郁而内伤。联蕙芷以为佩兮，过鲍肆而失香。正臣端其操行兮，反离谤而见攘。世俗更而变化兮，伯夷饿于首阳。独廉洁而不容兮，叔齐久而逾明。浮云陈而蔽晦兮，使日月乎无光。忠臣贞而欲谏兮，谗谀毁而在旁。

这是《七谏》中的一段，通过历史的兴亡，想到小人误国的事。这里提到了尧舜的圣义慈爱，被人们所称颂。齐桓公用小人，死后他的儿子们争夺君位；管仲耿介忠直得到大家的赞赏。通过对比的方式来讲忠贞正直之臣建立的功业，而他们又总是被小人谗毁。晋献公听谗言被骊姬所迷惑，孝子申生最终自杀遭殃。偃王行仁义而不备武装，楚文王内心恐惧将其灭亡。殷纣王暴虐无道，商朝最终灭亡，周得天下依赖于吕望辅佐。武王效法古人，封比干墓昭示四方其美好的德行。天下的贤才都来归附，人才日增天下一心。法令严明治国严谨，兰芷即使在幽僻的地方也能散发馨香。自己苦于群小的嫉妒，想到箕子为避难假装疯狂。自己也想不贪恋忠贞之名远离家乡，但是自己还是不忍离开，心里充满了愁闷之情。将蕙芷连缀在一起做成佩带，但是经过鲍鱼店就失去了芬芳。正直的大臣品行端正，却反遭那些奸佞之人的诽谤，被迫流放。世俗之人改廉洁为贪邪，伯夷宁愿守节饿死首阳。独行廉洁虽然不容于世，但是日后叔齐还是得扬美名。乌云遮蔽，天昏地暗，使得日月都失去了它们的光芒。忠臣坚贞进谏，佞人在旁谗言诽谤。作者列举大量史实说明国家兴衰的关键是国君的贤明善任，希望君王能够亲贤人，远小人。同时也写到了在黑白颠倒的时代，屈原坚守品行的高洁，却遭到奸佞之人的诽谤，内心充满悲愤之情，希望也能够像伯夷叔齐那样，即使死亡将来也能美名传扬。这里提到伯夷叔齐的事例是要说明伯夷叔齐鄙弃世俗的浑浊，宁愿保守自己的情操气节，独行廉洁，饿死首阳，最终美名传扬。

### 三　隋唐五代诗歌作品中伯夷意义辨析

唐代诗歌作品中引用伯夷的事例表达了丰富的意蕴。主要集中在两个意义上，一是对伯夷叔齐名声的总体态度，或者钦慕，或者感叹，或者借此肯定自己朋友的为官清廉、肯定自己钦慕的人的高尚品德，或者借伯夷叔齐之名声暗讽曹操的腐朽生活，或者借此揭示贪官污吏的损公肥私。一是对伯夷叔齐清贫生活的感叹，借此表达自己应该拥有达观的人生态度。还有的作者描述了夷齐庙的冷清，感叹他们被后人所冷落。

表达钦慕之情的作品有岑参的《东归晚次潼关怀古》、吴筠的《高士咏·伯夷叔齐》、元稹的《阳城驿》、皮日休的《七爱诗·元鲁山（德秀）》，这些作者在表达钦慕之情的同时，也表达了自己的落寞与凄凉；或者表达了对奸佞之人的鞭挞；或者歌颂他们的高洁超越古今。

#### 东归晚次潼关怀古

　　暮春别乡树，晚景低津楼。伯夷在首阳，欲往无轻舟。
　　遂登关城望，下见洪河流。自从巨灵开，流血千万秋。
　　行行潘生赋，赫赫曹公谋。川上多往事，凄凉满空洲。

这首诗是岑参在东归的途中，发思古之幽情，叹息自己茫然没有着落的前途。在暮春时节，诗人离开长安，黄昏的夕阳徘徊在风陵津楼之上，诗人看到了河对岸的首阳山，想起了伯夷叔齐的高风亮节，表达了作者对他们的钦慕之情。于是登上潼关城头远远眺望，看到了奔腾不息的黄河水，想起了巨灵开山的故事，感叹千秋万代历史变迁，想到古人征战杀伐的累累战绩，而如今唯有自己作为游子感到前途茫然的落寞与凄凉。在这首诗里，伯夷叔齐的典故主要是作者看到首阳山,想到了伯夷叔齐,自己却没有办法前往,表达了诗人的钦慕及无奈之情。

### 高士咏·伯夷叔齐

夷齐互崇让,弃国从所钦。聿来及宗周,乃复非其心。

世浊不可处,冰清首阳岑。采薇咏羲农,高义越古今。

吴筠这首诗主要歌颂夷齐相互礼让,放弃君位,追随自己所钦慕的周文王。但是到了周朝之后,才发现没有遇到自己所钦慕的君主,认为现实太过于混浊,唯有首阳山上才能保持他们坚持的理想,所以隐居首阳山。《采薇歌》歌唱自己想要追随的神农时代,他们的高洁超越古今。

唐代诗人元稹的《阳城驿》:"……公方伯夷操,事殷不事周。我实唐士庶,食唐之田畴……"阳城驿的名字,正好与唐德宗时的名臣阳城姓名相同。历史记载,阳城为官清廉,爱护百姓,有很好的名声,后来,因为耿直进言被贬,但是他也不觉得后悔。这首诗是元稹唐元和五年被贬,经过商山阳城驿时所写,建议改名,以避阳城的名讳。这里提到"伯夷"意在称颂阳城,能坚守伯夷的道德情操,耿直进言。"事殷不事周"不是针对朝代而言,而是针对奸臣而言。而自己只是唐代的普通百姓,食唐之俸禄,除了衬托阳城的为人之外,表达了对贤者的仰慕、对奸佞之人的鞭挞,隐隐有对自己被贬的无奈。

### 七爱诗·元鲁山(德秀)

吾爱元紫芝,清介如伯夷。辇母远之官,宰邑无玷疵。

三年鲁山民,丰稔不暂饥。三年鲁山吏,清慎各自持。

只饮鲁山泉,只采鲁山薇。一室冰檗苦,四远声光飞。

退归旧隐来,斗酒入茅茨。鸡黍匪家畜,琴尊常自怡。

尽日一菜食,穷年一布衣。清似匣中镜,直如琴上丝。

> 世无用贤人，青山生白髭。既卧黔娄衾，空立陈寔碑。
> 吾无鲁山道，空有鲁山辞。所恨不相识，援毫空涕垂。

晚唐文学家、散文家皮日休这首诗主要表达了对元鲁山的钦慕之情。士大夫认为德秀品行高洁，不直呼其名，元鲁山"字紫芝，河南人。质厚少缘饰。少孤，事母孝，举进士，不忍去左右，自负母入京师。既擢第，母亡，庐墓侧，食不盐酪，藉无茵席。服除，以婆调南和尉，有惠政，黜陟使以闻，擢补龙武军录事参军"。皮日休肯定了他如伯夷一样清介的品质。房管每见德秀，叹息曰："见紫芝眉宇，使人名利之心都尽。"（《新唐书·卓行传·元德秀》）元鲁山天宝十三年去世，家里只有枕履箪瓢而已。这段《新唐书》的内容正好印证了作者对元鲁山的评价。在作者眼里，元鲁山做官的时候，能够为百姓着想，而自己却能够清廉自持，过着简朴的生活，声名远播。他归隐的时候，住得很简陋，却能够弹琴自得其乐，整日食一菜，终年穿着一件布衣。他清廉得就像一面镜子，正直得就像琴上的琴弦。只可惜没有人懂得任用贤才，让贤能的人空空白了头。黔娄是战国时期齐国的稷下先生，是齐国著名的隐士，鲁恭公和齐威王都曾希望他出仕，他都拒绝了，最后隐居于济之南山。他家徒四壁，却安贫乐道，被世人所称颂。陈寔是东汉时期的官员、名士，后隐居，清高有德行，他去世后，蔡邕给他撰写了碑铭。作者认为元鲁山就是黔娄、陈寔这样的人。而自己没有他那样美好的情操，只有赞美他的文辞。遗憾的是不认识他，唯有拿起笔表达这种情怀。

借伯夷叔齐之名暗讽的作品有李邕的《铜雀妓》、元稹的《有鸟二十章·十四》，前者讽刺曹操的腐朽生活，后者讽刺贪官污吏的损公肥私。

### 铜雀妓

> 西陵望何及，弦管徒在兹。谁言死者乐，但令生者悲。
> 丈夫有馀志，儿女焉足私。扰扰多俗情，投迹互相师。

直节岂感激，荒淫乃凄其。颍水有许由，西山有伯夷。

颂声何寥寥，唯闻铜雀诗。君举良未易，永为后代嗤。

《铜雀妓》是乐府诗题名，也叫《铜雀台》。铜雀原名榭台，在邺城，建安十五年曹操建造，台上有铜铸大雀。《铜雀妓》诗，多是凭吊怀古或咏史之作。曹操下令，在他死后让伎女们向着他的陵墓每逢初一、十五，依旧在铜雀台上演奏歌舞。这首诗写死者的安排不能留住曾经的欢乐，死者无法再欢乐，唯有活着的人感觉悲哀。如果还有志在四方的志向，何必在意人间的儿女私情。纷纷扰扰的多是世俗之情，投身于此也就会多世俗之事。守正不阿的操守怎么能够由此感发，唯有让人感觉死者是如此的荒淫，因此生出凄凉悲伤之情。因此莫如颍水许由和西山伯夷的美名流传，而如今没有听到歌颂之声，唯有大家感叹的铜雀诗。作者讽刺曹操的腐朽生活将永远被后代人嗤之以鼻。

### 有鸟二十章·十四

有鸟有鸟群雀儿，中庭啄粟篱上飞。秋鹰欺小嫌不食，凤凰容众从尔随。
大鹏忽起遮白日，徐风簌荡山岳移。翩翩百万徒惊噪，扶摇势远何由知。
古来妄说衔花报，纵解衔花何所为。可惜官仓无限粟，伯夷饿死黄口肥。

这是其中的一段，麻雀只是在庭院啄食嬉戏，秋鹰不食，凤凰容众容许它们追随。这些麻雀没有高远的理想，不懂得大鹏翱翔之势，所以受到惊吓。这里提到伯夷，是用来说明清正的人和百姓生活穷苦，而那些贪官污吏却损公肥私。这里借用雄鹰和大鹏对比麻雀的鄙陋和贪婪。

借伯夷事例表达自己达观人生态度的作品主要是白居易所写的《效陶潜体诗十六首》《题座隅》《浩歌行》和《首夏》，白居易主要表达自己仕途不如意，借伯夷之生活境遇与自己相比，不断劝勉自己要达观，希望自己不要有过多的荣名利禄之心。白居易，晚年又号称香山居士，河南郑州新郑人，是我国唐代伟大的现实主义诗人。

《效陶潜体诗十六首》："……太公战牧野,伯夷饿首阳。同时号贤圣,进退不相妨……"这里提到的观点是无论是吕望还是伯夷,他们无论选择建功立业还是选择隐居山林,都被大家称为贤圣。白居易写了这十六首诗,表达了他对陶渊明的仰慕之情,但是由于他的经历与陶渊明不同,还有他自己在仕途上的不如意以及对于官场的某种留恋都使他的作品缺乏陶渊明那种平和。但是这里引用的诗句却表达了他达观的态度。

### 题座隅

手不任执殳,肩不能荷锄。量力揆所用,曾不敌一夫。
幸因笔砚功,得升仕进途。历官凡五六,禄俸及妻孥。
左右有兼仆,出入有单车。自奉虽不厚,亦不至饥劬。
若有人及此,傍观为何如。虽贤亦为幸,况我鄙且愚。
伯夷古贤人,鲁山亦其徒。时哉无奈何,俱化为饿殍。
念彼益自愧,不敢忘斯须。平生荣利心,破灭无遗馀。
犹恐尘妄起,题此于座隅。

这首诗是白居易被贬为江州司马时所写,表达了他虽然失意,却不断劝勉自己的无奈。无论如何,可以用自己的不足的俸禄来养活家人。况且自己不是那样的贤才,而是鄙薄愚笨之人,想到伯夷、鲁山等古代贤人,在那样的时代无奈而饿死,想到这里自己更加惭愧。平时的利禄之心破灭无余,又担心以后尘念又起,所以写了这首诗。白居易以这样的方式来排遣自己内心的困扰。其中提到伯夷,肯定了他的贤能,借此描述自己的生活境遇,以表达自己以这种才能有这样的生活状态应该有自足的心态。

### 浩歌行

天长地久无终毕,昨夜今朝又明日。

鬓发苍浪牙齿疏，不觉身年四十七。
前去五十有几年，把镜照面心茫然。
既无长绳系白日，又无大药驻朱颜。
朱颜日渐不如故，青史功名在何处。
欲留年少待富贵，富贵不来年少去。
去复去兮如长河，东流赴海无回波。
贤愚贵贱同归尽，北邙冢墓高嵯峨。
古来如此非独我，未死有酒且高歌。
颜回短命伯夷饿，我今所得亦已多。
功名富贵须待命，命若不来知奈何。

这首诗的心境与前一首的内容相同，慨叹岁月流逝，自己已经是47岁的年纪，离50岁也没有几年，看着逐渐老去的容颜，内心茫然。没有办法让时光停留，没有仙药可以让容颜永驻。年轻的面容渐渐老去，却不知青史功名在何处，年少想要追求富贵生活，而如今年华老去，也没有追求到，想想时光就像长河般流逝不回，无论贤愚贵贱最后都会化作一抔黄土，还不如放下功名富贵的追求。与之前的贤人颜回伯夷相比，自己已经获得很多了，况且功名富贵有时还受到命运的牵制，如果没有获得这些，也是无可奈何的事情。

### 首夏

食饱惭伯夷，酒足愧渊明。寿倍颜氏子，富百黔娄生。
有一即为乐，况吾四者并。所以私自慰，虽老有心情。

伯夷不食周粟最后饿死在首阳山；陶渊明辞官归隐最后生活贫困无钱买酒；颜回安贫乐道，最后却30多岁早早夭折；黔娄是战国时期鲁国人，是齐国有名的隐士和著名的道家学者，阐明道家的主旨，尽管家徒四壁，然而励志苦节，安贫乐道，视荣华富贵如过眼烟云，不加入那种争名逐利的行列。白居易引用这些事例意思在于自己不足，却比这些贤人拥有更多的生活之资，表达了自己闲适的生活心情。

唐代诗人卢纶的《题伯夷庙》则是对伯夷被后人冷落的感叹，以及自己由此而产生的悲凉之情。《题伯夷庙》：中条山下黄礓石，垒作夷齐庙里神。落叶满阶尘满座，不知浇酒为何人。这位诗人是山西人，他诗里的中条山就是首阳山。在山西永济县的首阳山有夷齐庙。诗人感叹中条山上夷齐庙的台阶上满是落叶和尘土，可能很多人不知道这里祭祀的是何人。感叹因世人冷落伯夷而产生的无限凄怆之情。

### 四　宋代诗词作品中伯夷意义辨析

宋代的两篇作品引用了伯夷的事例，分别是汪莘的《西江月·赋红白二梅》、蒲寿宬的《贺新郎·赠铁笛》。作品中或者与柳下惠对举，肯定了他们的节操，表达了对红白梅的赞扬，却依然渗透了作者对家国的惆怅之情；或者借伯夷、盗跖的对举，表达了对人生短暂的慨叹。

#### 西江月·赋红白二梅

红白虽分两色，清香总是梅花。早春风日野人家，相对伯夷柳下。

爱影拈将灯取，惜香放下帘遮。长安如梦只堪夸。乐此应须贤者。

南宋诗人汪莘的这首诗提到伯夷与柳下惠对举。梅花有红梅和白梅的区别，虽然颜色不同，但是梅的清香却是共同的。在这早春风和日丽的日子里，村野人家，有人就像伯夷那样具有高尚的情操，像柳下惠那样具有美好的品德。接着下片写到"爱影""惜香"，因此在灯下拈取，放下帘子，不让香味散发出去，勾勒出一个极其安静的夜晚，喜欢梅花的心情。最后"长安"句又把作者的心情转向了无限的惆怅，即使隐居在一个极其静谧的地方，有着梅花相伴，却依然流露了作者冀望于山河收复无望的惆怅。

**贺新郎·赠铁笛**

铁笛穿花去。问长安、市上生涯，而今何似。破帽青衫尘满面。不识何人共语。且面壁、听风雨。惟我虚中元识破，笑人间、日月无停杼。名与利，莫轻许。

人生穷达皆天铸。试灯前、为问灵龟，劝君休怒。心肯命通元有数，何幸知音记取。季主也、应留得住。百岁光阴弹指过，算伯夷、盗跖俱尘土。心一寸，人千古。

蒲寿宬这首词同样表达了时光流逝，人生穷达都无法自己把握的劝慰之词，不要轻言名与利。人生短暂，命运有数，都无法强求，何况无论是伯夷还是盗跖百年之后也会化作一抔黄土。相比之下，人心也不过是一寸的长短。所以，不管世间经历了怎样的世事变幻，时间不会停留，唯一改变的是那个经历世事的人，无人相识，没有知音，独自面壁听风雨。

### 五 元曲中伯夷意义辨析

元曲作家引用伯夷事例的有：乔吉【双调】【殿前欢·里西瑛号懒】、张可久的【中吕】【朝天子·湖上】和汪元亨的【双调】【折桂令·归隐】。引用的这些事例所承载的意义超越了伯夷品德的内涵，或者在意伯夷生活的逍遥，或者借伯夷生活的清贫来表达自己生活的安贫自足，或者借伯夷等隐居之士生活的描述，肯定了选择隐居生活的难能可贵。

【双调】【殿前欢·里西瑛号懒】懒云窝，云边日月尽如梭。槐根梦觉兴亡破，依旧南柯。休听宁戚歌，学会陈抟卧，不管伯夷饿。无何浩饮，浩饮无何。

元代散曲家乔吉一生无意仕进，寄情于酒，过着清贫的生活，这首曲表达了他的这种价值观念。白驹过隙，日月如梭，人生的富贵就像南柯一梦一样,所以并不渴望自己像宁戚那样被任用,而是希望像陈抟那样,过得逍遥自在,不用在意伯夷清贫的生活,只在意过得逍遥。

【中吕】【朝天子·湖上】瘿杯,玉醅,梦冷芦花被。风清月白总相宜,乐在其中矣。寿过颜回,饱似伯夷,闲如越范蠡。问谁,是非,且向西湖醉。

这是元朝主要的散曲家和剧作家张可久的一支小令,"朝天子"是曲牌名,属中吕宫;"湖上"是曲子的题目。此曲以湖上饮酒为主要内容,抒发了作者安贫知足、自得其乐的胸襟怀抱。有美酒、美景,即使清贫的生活,也是如此的快乐。自己的寿命比颜回长,没有伯夷那么饿,也比越国的范蠡清闲,何必管那些没有必要的是是非非,不如在西湖沉醉。这里提到的事例是颜回、伯夷、范蠡,用了相反的词来肯定自己安贫自足的精神。

【双调】【折桂令·归隐】"……梅出脱林逋,菊支撑陶令,鱼成就严陵。昏昏醉倒笑刘伶,一生不醒明月,羡伯夷千古长清。山可逃名,水可濯缨,用舍何难,去就皆轻……"

汪元亨,他生在元末乱世,厌世情绪很浓,他列出的人物有同类类比,有相反的对比,表达了作者对用舍、去就的态度,认为没有必要看得太重。在列举的事例中表达了对隐居之士的肯定。林逋孤高自傲,不慕荣利,隐居杭州,终身不仕,梅妻鹤子;陶渊明不为五斗米折腰,后辞官归隐,菊花成了他的精神家园;严陵拒绝刘秀的征召,隐居垂钓;刘伶竹林七贤,放浪形骸;伯夷隐居首阳山采薇而食,却获得千古清廉的名声。在山隐居可以逃脱功名,水可以洗去现实的污浊,出仕隐居都没有什么难以选择,去就都没有必要看得太重。因为对于大多数人来说,大家更喜欢功名富贵,选择隐居就显得难能可贵。

诗人虽然在作品中只是引用了伯夷的事例，却依然是伯夷叔齐传说中所承载的文化意义，承载了作者们以伯夷为榜样的情感，而伯夷的形象来自哲学或者史学资料的累积；或者作者们通过伯夷的事例，针砭时弊、慨叹人生，表达对人生通达的看法和情感。

## 第二节　诗歌作品中的夷齐意义辨析

作者引用伯夷叔齐典故时，多数不是只侧重于以伯夷来承载文化意义，而是浓缩在夷齐的合称中，与前一节的以伯夷承载文化意义的文献相比，这部分内容更多。从表达的意义和情感而言，夷齐所呈现的内涵虽然没有突破哲学、史学的评价和认识，但文学作品中所承载的意蕴更加丰富，情感表达也更加充分。

### 一　魏晋南北朝诗歌中夷齐的意义辨析

魏晋南北朝的作品依然沿用了伯夷叔齐传说中固有的意义，比如他们的隐逸行为会带来不同的思考，有的诗人从反面去表达不羡慕伯夷叔齐，而是要积极建立功业，比如孔融。有的诗人在特殊的时代背景下，感受到了仕宦的危险，表达了自己想要像夷齐一样隐居，比如郭璞；有的借夷齐的清名表达自己廉洁的决心，比如吴隐之；有的借夷齐美名比况自己的朋友或者幕僚，比如萧统；有的认为伯夷的气节可以激励后人，比如陶渊明。这些诗人所借用的夷齐形象所具有的内涵，并没有突破传统。

孔融，字文举，东汉文学家，"建安七子"之首，《杂诗二首之一》写他远大的抱负。

岩岩钟山首，赫赫炎天路。高明曜云门，远景灼寒素。

> 昂昂累世士，结根在所固。吕望老匹夫，苟为因世故。
> 管仲小囚臣，独能建功祚。人生有何常，但患年岁暮。
> 幸托不肖躯，且当猛虎步。安能苦一身，与世同举厝。
> 由不慎小节，庸夫笑我度。吕望尚不希，夷齐何足慕。

诗开始以高峻寒冷的钟山和炎热至极的南方形成了强烈对比。以此来比况地位显赫权贵们的气势如此咄咄逼人，以及寒门之士的卑微。超群出众的贤才也是连续几代积累的结果，需要牢固的根基。姜太公之所以有所作为，是因为他遇到了时势机缘；管仲本来是一囚徒，却能够帮助齐桓公建立伟大的霸业。人生哪能永久地活着，担心年岁迟暮。有幸托身不肖之躯，所以应该像猛虎一样奋勇前驱，怎能困苦一生，与世俗同流合污。如果不拘小节，会被庸夫取笑。吕望尚且无须敬慕，何况伯夷与叔齐？这首诗表达他一身正气，不会屈服于权贵的傲世、疾世之情，是借历史典故来咏怀的作品。描绘了自己所生存的社会现实，表达了人生的感叹，同时表达了自己不服老、想要成就一番事业的心情。

郭璞，东晋诗人，北宋时被追封为闻喜伯。他在《游仙诗十九首·其一》中表达了自己高蹈遗世的向往。

> 京华游侠窟，山林隐遁栖。朱门何足荣，未若托蓬莱。
> 临源挹清波，陵冈掇丹荑。灵溪可潜盘，安事登云梯。
> 漆园有傲吏，莱氏有逸妻。进则保龙见，退为触藩羝。
> 高蹈风尘下，长揖谢夷齐。

可以看出，诗虽以"游仙"为题，却并不沉迷于完全与人世相脱离的虚幻的仙境。作者把隐逸和游仙合为一体来写，两者常常密不可分。抒发的情绪，是生活于动乱时代的痛苦和对高蹈遗世的向往，但其中又深藏着不能真正忘怀人世的矛盾。联系魏晋以来政治生活中风波险恶的情状，不难想象诗人心中深深的忧惧。在他看来，游侠在京城的奢华放浪生活与隐士在山林的生活不同，尘世的浮华虽然快乐，但是繁华转瞬即逝，不像仙界那样会拥有永恒。诗人接下来又具体描写了隐居生活的快乐，山巅水涯值得流连忘返。因为在仕宦的道路上，隐伏着巨大的危险，有可能丧失自由。所谓富贵尊荣，只是使人失去自由天性的诱饵罢了。诗人表达自己要超乎尘世之外，远离是非，自己的隐逸要比伯夷叔齐更彻底。诗人想象自己远不如高蹈于人世风尘之外，摆脱一切世俗的羁绊。虽然诗人表明了自己对隐逸、游仙的向往之心，却没有摆脱尘世的牵绊，最终被杀。

吴隐之，生于东晋后期，著名廉吏。他在《酌贪泉》一诗中提到了夷齐：古人云此水，一歠怀千金。试使夷齐饮，终当不易心。据《晋书·良吏传》记载，当时派到广州去当刺史的多贪赃枉法之人，广州官府衙门多贿赂执行。晋安帝时，朝廷想要整顿岭南吏治，便派吴隐之出任广州刺史。吴隐之走马上任，路过广州三十里地的石门，这里有一泓清澄明澈的泉水，这泉水名之曰"贪泉"。当地还有一个古老的传说，即使清廉之士，一饮此水，就会变成贪得无厌之人。这首诗提到这个传说，古人说贪泉水，无论谁喝了都会产生谋取千金的贪欲。事情真的会是这样吗？他想起了历史上的伯夷和叔齐，他想他们连国君之位都可以彼此谦让，像他们这样的人即使喝了贪泉水，想来也不会有贪念，他们最终不会改变自己高尚的节操。这里把伯夷叔齐的廉真正地提到了最为重要的位置来认可。作者认为，贪与廉不是与泉水相关，而是与人的道德操守精神境界相关。作者不相信这样的传说，喝了贪泉水，表达了他自己清廉为政的决心，他在自己的官位上真正地做到了清廉。《晋书》上说他"及在州，清操逾厉，常食不过菜及干鱼而已，帷帐器服皆付外库，时人颇谓其矫，然亦终始不易"。由于他整饬纲纪，以身作则，广州风气大为改观。皇帝诏书嘉奖他，他确实是一位难能可贵的清官。后来他离开广州北归，两袖清风，回家过着非常简陋的生活。

萧统，南朝梁代文学家，死后谥号"昭明"，故后世又称"昭明太子"。他在《诒明山宾诗》中以夷齐比况明山宾。南史曰：明山宾。平原鬲人。先为统州刺史。入为东宫学士，兼国子祭酒。昭明太子闻其筑室未就。有令曰：明祭酒出抚大藩。拥旄推毂。珥金拖紫。而恒事屡空。构宇未成。今送薄助。并诒以诗曰：平仲古称奇，夷齐昔擅美。令则挺伊贤，东秦固多士。筑室非道傍，置宅归仁里。庚桑方有系，原生今易拟。必来三径人，将招五经士。明山宾是皇太子伴读，萧统送给他筑房子的薄助，并赠诗给他。银杏自古称奇，夷齐独享美名。萧统认为明山宾贤能，他美好而合于规范的道德令人称赞，齐地本来就有很多的贤士。建筑房室合乎道义，建在仁者居住的地方，就像庚桑那样隐居或者像原宪那样安贫乐道的生活，会有志同道合的人聚集在一起。这里有借伯夷叔齐的美名来比况明山宾之意，虽然没有具体说明什么美名，但是后面的"归仁里"补充了其美名的内涵。

东晋诗人陶潜在《读史述九章余读史记有所感而述之·其一夷齐》中描述了夷齐的简单故事情节。

　　　　二子让国，相将海隅。天人革命，绝景穷居。
　　　　采薇高歌，慨想黄虞。贞风凌俗，爰感懦夫。

伯夷叔齐让国而逃，一起到了遥远偏僻的地方。但周武王推翻商朝之后，他们避世隐居，高唱着《采薇歌》，遥想着虞夏时代。他们的风范超越世俗，能够激励那些软弱无能的人。这是陶渊明读《史记》的时候对于夷齐事迹的感叹。简单描述了故事的情节，引用《孟子》中的话，认为他们的道德情操能够激励世人。

## 二　唐代诗歌中夷齐意义辨析

唐代诗人在引用夷齐典故时，也体现了这个时代的包容性。诗人有的否定夷齐行为，认为不合时宜；有的表示自己不会向伯夷叔齐学习，表达了积极进取之心。多数则肯定伯夷叔齐的气节、清廉，借此表达自己通达的人生态度，或借此反映现实。

唐代的诗歌作品中，有的诗人从伯夷叔齐的进谏之意出发，认为他们的劝阻不合时宜，如周昙的《三代门·夷齐》；而有的诗人认为夷齐是节义之士，他们的死有太多委屈，借此表达对友人不被任用的愤慨之情，如卢仝的《扬州送伯龄过江》。

### 三代门·夷齐

让国由衷义亦乖，不知天命匹夫才。
将除暴虐诚能阻，何异崎岖助纣来。

唐代诗人周昙虽然肯定了伯夷叔齐的让国之义，却认为他们这种进谏武王阻止其伐纣的想法不合适，这种做法无异于帮助纣王而已，他们并没有真正认识到天命。

### 扬州送伯龄过江

伯龄不厌山，山不养伯龄。松颠有樵堕，石上无禾生。
不忍六尺躯，遂作东南行。诸侯尽食肉，壮气吞八纮。
不唧溜钝汉，何由通姓名。夷齐饿死日，武王称圣明。
节义士枉死，何异鸿毛轻。努力事干谒，我心终不平。

这是唐代诗人卢仝的一首送别诗，作者表达了对友人不被任用的愤慨之情。夷齐不食周粟而饿死，武王被大家尊为圣明。这些节义之士的死太多委屈，他们的死就像鸿毛一样轻。就像现在有才之士上求举荐，没有办法实现，自己内心充满了愤懑之情。

有的诗人肯定了伯夷叔齐的气节，借此表达对松树气节的歌颂，如孟浩然的《罪松》；有的借伯夷叔齐的典故表达对友人品质的肯定，如徐夤的《闻司空侍郎讣音》；有的诗人借伯夷叔齐的清廉，指责统治者贪婪的欲望，如于濆的《古征战》。

### 罪松

虽为青松姿，霜风何所宜。二月天下树，绿于青松枝。
勿谓贤者喻，勿谓愚者规。伊吕代封爵，夷齐终身饥。
彼曲既在斯，我正实在兹。泾流合渭流，清浊各自持。
天令设四时，荣衰有常期。荣合随时荣，衰合随时衰。
天令既不从，甚不敬天时。松乃不臣木，青青独何为。

孟浩然的这首诗只是说明了松树与其他树木的不同，就像天下的人一样。青青的松树自有其凌霜之风姿，但还是希望不要有霜风来侵袭。二月，天下所有的树都比松树翠绿，不要以贤愚来比况这些树木。就像伊尹和吕尚代代封爵，而夷齐却一生挨饿。虽然泾渭合流，清浊却各自把持。自然本来有四季，各自繁荣衰落，但是松树却不顺天时，松树不臣服于天，到底为什么如此青翠。虽然表面是责备松树，实际上却歌颂了松树的气节，在霜风中凛凛的风姿，就像是夷齐那样坚守的气节。

### 闻司空侍郎讣音

园绮生虽逢汉室，巢由死不谒尧阶。
夫君殁去何人葬，合取夷齐隐处埋。

唐末五代之间的文学家徐夤在这首诗中运用了关于隐士的典故。汉兴有园公、绮里季、夏黄公、角里先生，此四人者，当秦之世，避而入商洛深山。巢父许由到死也不会去尧的厅堂。听到友人去世的消息，在担心谁人会给安葬，会不会安葬在夷齐隐居的首阳山。这是诗人通过这些典故的运用，体现了对朋友品质的肯定和赞赏。

### 古征战

高峰凌青冥，深穴万丈坑。皇天自山谷，焉得人心平。

齐鲁足兵甲，燕赵多娉婷。仍闻丽水中，日日黄金生。

苟非夷齐心，岂得无战争。

唐代诗人于濆《古征战》写对战争发动合理性的深深质疑，诗尖锐地指出了统治者发动战争的原因，不是抵御外辱，不是保境安民，而是满足个人贪婪的欲望。此诗把矛头直接指向封建统治者，对他们无止境的贪欲进行了强烈的控诉，全诗深刻地展示了晚唐人民对于无休止战争的厌恶。如果有夷齐的清廉之心，怎么可能有战争。

李白用伯夷叔齐的典故表达了自己对政治的态度，《古风·三十六首》中他不被任用的时候，劝慰自己要向伯夷、鲁仲连学习，以通达之心对待有才被弃的命运；《梁园吟》中李白肯定了伯夷叔齐的品质，却表示自己不会向他们学习；《少年子》中李白借少年不理解伯夷叔齐，表达了自己想要建功立业的愿望。

### 古风·三十六首

竭来荆山客，谁为珉玉分。良宝绝见弃，虚持三献君。

直木忌先伐，芬兰哀自焚。盈满天所损，沉冥道所群。

东海有碧水，西山多白云。鲁连及夷齐，可以蹑清芬。

诗人运用象征的手法对贞士被污，高才被弃，乃至诗人运厄等进行揭示，良宝献给君王，却最终被弃；巨大挺直的树木总是被砍伐，兰草芬芳却唯有被焚烧的命运。诗人运用道家的思想来劝慰自己，盈满则将损，天道如此，脱离轮回，与道为群。希望向鲁仲连、夷齐那样的高士学习，追随他们。借此劝慰自己以通达的态度来看待有才被弃的命运。

## 第四章 伯夷叔齐在文学作品中的意义辨析

### 梁园吟

我浮黄云去京阙，挂席欲进波连山。天长水阔厌远涉，访古始及平台间。平台为客忧思多，对酒遂作梁园歌。却忆蓬池阮公咏，因吟渌水扬洪波。洪波浩荡迷旧国，路远西归安可得。人生达命岂暇愁，且饮美酒登高楼。平头奴子摇大扇，五月不热疑清秋。玉盘杨梅为君设，吴盐如花皎白雪。持盐把酒但饮之，莫学夷齐事高洁。昔人豪贵信陵君，今人耕种信陵坟。荒城虚照碧山月，古木尽入苍梧云。梁王宫阙今安在？牧马先归不相待。舞影歌声散绿池，空余汴水东流海。沈吟此事泪满衣，黄金买醉不能归。连呼五白行六博，分曹赌酒酣驰辉。歌且谣，意方远，东山高卧时起来，欲济苍生未应晚。

这首诗一名《梁园醉酒歌吟》。这是李白被唐玄宗"赐金放还"，离开长安时所写。诗人表达了自己离开长安的苦闷，前路茫茫，借咏前人的诗句，感叹自己想要重返西京的希望已经不大。诗人感到了理想的幻灭，因此开始从排遣苦闷的角度出发，对不理想的人生遭遇采取蔑视的态度，要登高楼，饮美酒，而不必像伯夷叔齐那样苦苦地执着于高洁。这里"莫学"两字正代表了诗人极其悲愤的心情。接下来诗人通过描述历史人物曾经过着豪贵的生活，如今不过荒坟一座，感叹所有的功业如今都烟消云散，所以何必执着于功名？当时的舞影歌声都不在了，唯有汴水东流到海。想到这里，唯有饮酒排遣自己苦闷的情怀。暂时为隐士，但是希望将来能像谢安东山高卧一样，一旦时机到来，再来大济苍生。虽然有苦闷的排遣，但是李白始终有着入世的热情，那种强烈的期望和坚定的信念始终没有丧失。他否定的不是伯夷叔齐的高洁品行，而是不会选择他们那样的政治态度，他始终怀有济世之志。

### 少年子

青云年少子，挟弹章台左。鞍马四边开，突如流星过。

金丸落飞鸟，夜入琼楼卧。夷齐是何人，独守西山饿。

这首诗写青少年的游冶放纵，他们在白天的时候，用金丸射落飞鸟，夜晚到琼楼醉卧。伯夷叔齐是何人？何必独守首阳山而饿死。对恣意享乐的青少年而言，他们不能理解伯夷叔齐饿死守节的情操。表达的也是作者想要建功立业的愿望。

作为新乐府运动的代表诗人，元稹和白居易用伯夷叔齐的典故表达的却是不同的含义，《和李校书新题乐府十二首·立部伎》中元稹认为伯夷叔齐饿死是奸佞小人的原因，以此来映射现实；《履道西门二首·其一》中白居易则借伯夷叔齐的隐居生活表达自己对闲适生活的满足。

### 《和李校书新题乐府十二首·立部伎》

题注：李传云："太常选坐部伎，无性识者退入立部伎。又选立部伎，无性识者退入雅乐部，则雅乐可知矣。"李君作歌以讽焉。

胡部新声锦筵坐，中庭汉振高音播。
太宗庙乐传子孙，取类群凶阵初破。
戢戢攒枪霜雪耀，腾腾击鼓云雷磨。
初疑遇敌身启行，终象由文士宪左。
昔日高宗常立听，曲终然后临玉座。
如今节将一掉头，电卷风收尽摧挫。
宋晋郑女歌声发，满堂会客齐喧呵。
珊珊珮玉动腰身，一一贯珠随咳唾。
顷向圜丘见郊祀，亦曾正旦亲朝贺。
太常雅乐备官悬，九奏未终百寮惰。
滞滞难令季札辨，迟回但恐文侯卧。
工师尽取聋昧人，岂是先王作之过。
宋沈尝传天宝季，法曲胡音忽相和。
明年十月燕寇来，九庙千门房尘涴。

> 我闻此语叹复泣，古来邪正将谁奈。
>
> 奸声入耳佞入心，侏儒饱饭夷齐饿。

立部伎是古代汉族舞蹈，属于唐代宫廷乐舞之一。这首诗在音乐描述中，渗入了政治感叹。音乐中的变化表演使得善于辨音的季札都很难分辨出其中的道德含义来，而乐师所请来的都是耳目不聪的人，岂能怪罪先王的做法。太常丞宋沇传汉中王旧说云："明皇虽雅好度曲，然而未尝使蕃汉杂奏。天宝十三载，始诏道调法曲与胡部新声合作，识者异之，明年禄山叛。"听到这样的话，使自己禁不住慨叹，历来邪正之气本来就是如此地无可奈何。奸佞之声深入人心，所以这才是夷齐饿死的原因。

### 履道西门二首·其一

> 履道西门有弊居，池塘竹树绕吾庐。豪华肥壮虽无分，饱暖安闲即有馀。
> 行灶朝香炊早饭，小园春暖掇新蔬。夷齐黄绮夸芝蕨，比我盘飧恐不如。

这首诗虽然引用了夷齐的典故，但不是在歌颂其道德行为，而是借用这样的典故来与自己对比，表达了对自己闲适生活的满足。写自己所居住的屋子旁边有池塘绿树环绕，虽然没有那么富足，但吃饱穿暖没有问题。早晨起来做早饭的时候，在自己院子里摘那些春天刚刚长出来的新鲜蔬菜，这样的生活，恐怕伯夷叔齐以及黄绮他们都比不上。

## 三　宋代诗词中的夷齐意义辨析

宋代是一个理性的时代，对伯夷叔齐的故事多了很多思考的角度，而且引用伯夷叔齐典故的作品也很多。对伯夷叔齐原有的文化意义有了突破，有着这个时代鲜明的特征。

宋代的王禹偁有两首诗用到了伯夷叔齐的典故，《放言·其一》借伯夷叔齐的贫困生活描写自己的生活境遇；《读史记列传》借夷齐与邓通都是饿死，通过史学作品，可以了解具体情况，从而知道他们的区别，说明史书记载的重要性。司马光《夷齐》借伯夷叔齐的典故说明夷齐虽然饿死最后却能清名日新是难得的幸运，而像他们一样没有留下名声的人也不在少数。

王禹偁，北宋诗人、散文家。为官清廉，关心民间疾苦，一生遭遇三次贬官的打击。

### 放言·其一

谁信人间是与非，进须行道退忘机。卦逢大壮羝羊困，乡入无何蛱蝶飞。
泽畔衣裳兰作佩，山中生计竹为扉。饥肠已共夷齐约，一曲高歌去采薇。

人间是非难断，出仕与隐居都有要遵循的大道与时机，而如今陷入进退两难的困境。已经想好如屈原那样即使被流放也会修养自己的德行，在山中过着清贫的日子，可能会像伯夷叔齐那样过着饥肠辘辘的生活，却不会放弃自己的理想。

### 读史记列传

西山薇蕨蜀山铜，可见夷齐与邓通。
佞倖圣贤俱饿死，若无史笔等头空。

这里是说正是因为有《史记》这样的作品，虽然夷齐邓通都是饿死的，但是可以知道他们是圣贤还是奸佞，肯定了夷齐是圣贤的评价。

北宋政治家、文学家司马光的《夷齐》表达了他对历史的慨叹：夷齐双骨已成尘，独有清名日日新。饿死沟中人不识，可怜今古几何人。夷齐现在已经化为尘土，他们的清名被人世代传诵。但是还有一些饿死在山谷中像伯夷叔齐一样，却没有人知道他们是谁的古往今来也不在少数。

宋代很多诗人引用伯夷叔齐的典故沿用了传统的文化意义，比如肯定伯夷叔齐的高尚品德，只是方式不同，或者内涵有所区别。范仲淹以肯定伯夷叔齐的角度来肯定灵泉水；郭士道则是极度推崇夷齐节操，认为他们会影响社会的道德教化；陆游则借伯夷叔齐等人物肯定陶渊明的君子之节；还有诗人从贪廉的角度讨论，借用伯夷叔齐廉洁的文化意义；有的诗人还借用了伯夷叔齐谦让的品德，或者希望借此改变社会现实，或者借此肯定评价人物；有的诗人认为伯夷叔齐、柳下惠的选择可以作为万世的典范；有的诗人强调艺术品流传过程中对伯夷叔齐品德的重视。

北宋政治家、文学家范仲淹的《和人游嵩山十二题·其八天门泉》：天门有灵泉，埃尘未尝至。日月自高照，云霞亦辉庇。惟抱夷齐心，饮之可无愧。天门的泉水，没有任何的尘埃，汇聚了日月的灵气。作者认为只有拥有夷齐那样节操的人，才能饮之无愧。

郭士道的《首阳山行》表达了对夷齐的推崇。

> 首阳山，青龙嵸。上耸紫盖凌瑶空，下周林壑盘苍龙。
> 嵯峨自太古，崒嵂镇寰中。黄河西来绕其下，日夕云气开鸿濛。
> 恍疑鬼神护，又似丹青工。诸峰不敢并，苍翠光玲珑。
> 我生癖性爱山水，见此奇绝摩双瞳。忽忆武王收诸夏，夷齐叩马来山东。
> 风云变化适际会，耻逐龙虎争奇功。归来守岩穴，郁郁抱孤忠。
> 朝采山上蕨，暮拾山下蓬。渴饮涧中水，热眠云外松。
> 既不学赤松子，又不侣商山翁。丹诚耿耿照白日，劲节凛凛摩苍穹。
> 首阳青青万古色，不改夷齐之心胸，直与天地相始终。
> 千载扶名教，二子功无穷。
> 我歌首阳歌未歇，泠然八表生清风。

这首诗描绘了首阳山绝妙的景色。首阳山，山青而高峻。上高耸而入云霄，下盘踞于林涧山谷。从太古以来，就是如此地高峻。黄河自西而来，环绕其下。傍晚时分，云气漫漫，好像有神灵护卫，又像是出自画工的画笔。山上的苍翠之色如同美玉一般。诗人生性喜欢山水，但是看到这如此奇绝的景色还是惊奇不已。这时候，忽然想到了周武王讨伐商朝，伯夷叔齐叩马而谏的传说。在那样风云变幻的时代，他们却以争功为耻，而是归来隐居，怀抱不求人体察的节操，过着隐居的生活。他们与赤松子和商山四皓不同，他们赤诚的心如同太阳一样明亮，他们凛凛的节操上摩苍天。首阳山青色苍茫，万年不变，如同夷齐的节操一般，与天地共存。千百年来的道德教化，有着他们二人的无穷影响。这首歌颂的诗还没唱完，感到这种清明的品格已经影响到了整个的寰宇之内，这首诗把对夷齐品格的肯定推到了极致。

陆游《杂兴十首以贫坚志士节病长高人情为韵·其十》一诗中表达了倾慕陶渊明归隐的情趣，也倾慕他归隐的大节。

君子尚大节，又甚恶不情。鲁连故可人，用意终近名。
千载高夷齐，采薇忘其生。周公述易象，所以贵幽贞。
去圣虽已远，江左见渊明。我读饮酒诗，朱弦有遗声。

君子追求高远宏大的志节，却也厌恶不近人情、不合情理。鲁仲连本来是有才德的人，但是他的立意在于追求名声。千百年来，人们都推崇伯夷叔齐，他们在西山采薇最终坚守节操而饿死。周公推演易象，所以以隐士为贵。虽然这些圣人已经很遥远，却看到了较近时代的陶渊明，他的《饮酒》诗中，有着和这些圣人同样的情趣。

黄大受，南宋江西籍诗人，一生未仕。他在《廉泉》中借夷齐清廉之名，说明泉水本身的清明，不必冠以贪廉之名。

一泓落古寺，三赤开方池。怀山决渎后，烁石流金时。
君看此廉泉，不增亦不亏。炯炯玉色透，灿灿金沙辉。
揭来临古亭，石铫行相随。呼童试春芽，活火烹新奇。

一咽利喉吻，再啜心神怡。泠然清风来，玉液通华池。

忆我心地初，与水同一几。心泉本无事，何必希夷齐。

曰泉已强名，况复有是非。一笑付自然，贪廉吾不知。

这首诗是写一泓清泉名曰廉泉，诗人主要是描绘了泉水的美好，它不受外界的任何影响，玉色通透，有着灿灿光辉，沏茶而饮，使人心旷神怡。如同是从昆仑上而来的玉液琼浆。想自己的心与这泉水相同，清廉而美好，何必钦慕夷齐的廉洁，以此冠名，多一份世人的评价。诗人认为泉水本身就有清明之义，何必冠以贪廉之名。

释智圆，宋代诗人。他在《夷齐庙》评价夷齐有万古清风，希望社会风气能够受此影响让战争转化为谦让。"曾闻叩马犯君颜，万古清风满世间。若使干戈为揖让，夷齐终不死空山。"这首诗写了关于夷齐的故事，他们进谏君王，结果触怒了龙颜，最终他们的高尚节操却得到了人们的认可，如果把战争争夺都转化为谦让，那么夷齐才不算白白地牺牲了自己的生命。

他的另一首诗借夷齐的谦让之风比况严光。

### 严光台

拨乱方争汗马功，贤才谁肯守穷空。

严光亦是夷齐类，垂钓碧溪敦让风。

严光，又名遵，字子陵，东汉著名隐士，他与汉光武帝刘秀既为同学又为好友，他积极帮助刘秀起兵，后来刘秀即位后，招他出来做官，他却隐姓埋名，退居富春山。后来北宋政治家范仲淹重修严先生祠堂，并撰写《严先生祠堂记》，使严光以高风亮节闻名于天下。这首诗作者认为一般人在拨乱反正之后，都会争夺汗马之功。但严光也是像伯夷叔齐一样的人物，并不去争夺这些东西，而是拥有谦让之风最终隐居。

戴表元，宋末元初文学家。他的《夷齐》诗借伯夷叔齐表达对谦让之风的渴望。

> 夷齐弃封国，虞黄让间田。如何后世士，尺寸事争喧。
> 邻居有愧耻，况复兄弟间。掩卷三叹息，古风何时还。

相传周初虞芮两国有人曾因争地进行诉讼，他们到周求西伯姬昌平断。结果他们到周朝看到周朝风俗大家都在谦让，自己很惭愧，就回去了，并开始互相谦让。历史上伯夷叔齐也是谦让国君之位的人。作者感叹后世之人为寸土而争夺，即使是邻居之间也应该以此为耻，何况是兄弟之间。希望后世还能够恢复这种谦让的风气。

魏野，号草堂居士，北宋诗人。他一生清贫，却不随波逐流，为后人称道。他的《寓兴七首·其四》评价了伯夷。

> 伯夷非好饿，展禽非好黜。圣人不私己，动为万世则。
> 夷齐苟就禄，贼乱何由窒。展禽苟便去，何人肯佐国。
> 其迹则有殊，其道万为一。

这首诗对历史人物评价，认为伯夷和柳下惠他们的选择都是为了作为万世的典范，无论他们选取哪种行为方式，都是为了自己所要坚守的那种行为准则。如果出现乱世，没有夷齐的典范作用，怎么能够控制这种纷乱？如果国家纷乱就离开，还有谁可以辅佐君王？虽然他们选择不同的行为方式，但那种付出却是殊途同归。

汤炳龙，宋末元初诗人，他的《范文正公书伯夷颂并扎卷》这首诗主要强调艺术品流传过程中对伯夷叔齐品德的重视。

> 退之尝作《伯夷颂》，纲常更为文章重。小范老子翰墨香，吹醒首阳千古梦。尔来宇宙三百年，劫灰不坏宁非天。姑苏李侯贤太守，为将手泽归云玄。因忆右军修禊叙，智永藏之固其所。今比萧翼谁贤愚，豪夺

何如能乐与。君子于物不留意，好德终然胜好古。剑许徐君自有心，书还孔氏非无故。粟可不食国可辞，较之一纸真毫釐。闻风廉立遽如许，信哉圣人百世师。西山之薇何独美，向微二子一草耳。东海鲁连死犹生，中书冯道生犹死。承平文献传至今，品题先后如盍簪。就中何人合愧死，九锡不是夷齐心。

这首诗主要是写范仲淹所写作品流传过程，范仲淹用书法抒写了韩愈的《伯夷颂》，作品更重视对伦理纲常的肯定。君子最重要的是对德行的追随和钦慕，而不是对物品的态度。不过也借此歌颂了伯夷叔齐的廉洁之风，相信他们影响深远，确实如孟子所说，他们是圣人，就是后世之师。流传至今，后人很多聚在一起进行品赏，探讨这个过程中，谁人应该愧疚，谁人值得肯定，尤其是那些篡位的人更是如此，他们根本不懂伯夷叔齐之心。

宋代诗人有很强烈的理性意识，他们对伯夷叔齐典故运用过程中，角度更加全面，思考更加深入。王安石从百姓利益的角度思考伯夷叔齐的行为；李觏从伯夷叔齐身份的角度来考虑他们行为的意义；陆游借夷齐、管晏的不同选择表达自己被罢官后无法忘却时事的情怀；曹勋则借夷齐和屈原之事表达对世事变迁的无奈，借此否定黑暗的社会现实；释文珦、辛弃疾借伯夷叔齐的典故表达了对隐士生活的肯定，其中辛弃疾主要是借此来描述自己的生活境遇；有的诗人则进一步思考伯夷叔齐不食周粟的意义。

王安石，宋代著名的政治家、文学家，他的《寓言六首·其二》运用了夷齐的典故。

> 小夫谨利害，不讲义与仁。读书疑夷齐，古岂有此人。
> 其才一蕞芒，所欲势万钧。求多卒自困，馀祸及生民。

百姓关心利害关系，所以不是很在意义与仁。读书的时候，怀疑是否真的有伯夷叔齐这样的人。他们以自己微弱的力量，对抗君王。但是如果要求太高的话，就会使自己陷于危难之中，还会祸及百姓。王安石从怀疑的角度来看待夷齐，其实也在肯定伯夷叔齐以自己微弱的力量对抗君王，同时也有对这件事的质疑，担心会不会影响到百姓的利益。

李觏，北宋思想家、诗人，他的《三贤咏》借鲁仲连、夷齐说明贫贱之人也有坚持的原则。

鲁连誓蹈海，夷齐甘采薇。秦王不得帝，周武见终非。
轻死议万乘，强哉三布衣。凡人欺贫贱，贫贱岂易欺。

这首诗歌颂的是鲁仲连、伯夷、叔齐，认为他们虽然是布衣的身份，却把生命看得不是那么重，敢于进谏君王，鲁仲连义不帝秦，伯夷叔齐扣马进谏武王，是真正的贤人。世人虽然欺侮贫贱，但是贫贱之人也有自己坚持的原则。

陆游有着深厚的爱国思想，曾经因为秦桧而仕途不畅，后来又因为坚持抗金，屡遭主和派的排斥。诗人曾经投身于军旅，任职于幕府。后又曾被罢官归居故里。《翠微堂》这首诗陆游主要写了自己的幽居生活，同时也写出了他依然不忘世事的心情。

万顷青山只一溪，此中聊欲效真栖。
寻深巧被闲云到，破静时闻幽鸟啼。
羞有卑功追管晏，惭无高节比夷齐。
困眠饥食真吾事，宝篆香残日又西。

在那青山绿水中，真的想要暂时隐居。虽然意取"行到水穷处，坐看云起时"之句，却还是少了王维的那种不问世事的悠闲。在寂静的环境中听到了鸟儿的啼叫之声。想到了管仲和晏子曾经的功业，而自己虽然有此心意，却难以追步他们；也很惭愧自己没有像夷齐那样的高尚节操。因为这些生活上的饥食睡眠之事都是自己的私事，与节操无关，不知不觉地日子过了一天又是一天。这里借用管晏、夷齐的典故，表达了自己在幽静的时光中功业未建、难以忘怀时事的情怀。

曹勋，宋代诗人，他的《人生不长好》借夷齐和屈原之事说明在世事的变迁中得失微不足道。

> 人生不长好，倏忽如蕣英。临觞莫辞醉，既醉莫愿醒。
> 但识醉中理，无欲醒时名。夷齐犹饿死，谁复哀屈平。
> 陵谷尚迁灭，况乃期促龄。已焉谢消长，得失秋毫轻。

这首诗表达了作者对人生的感受，在醉醒之间，要明白人生短暂，而不去追求那种无谓的名声。这与诗人曾经的经历有一定的关系，所以才有这样的感叹。夷齐尚且饿死，还有谁会记得屈原不能实现理想的那份悲凉。世事变迁无常，何况是短暂的人生。在生命的消长之中，得失显得如此的微不足道。

他的另一首诗借否定夷齐等历史人物来否定社会现实的黑暗。

### 沐浴子

> 新沐莫弹冠，新浴莫振衣。圣人贵同尘，贤者汩其泥。
> 夷齐立峻节，感激歌采薇。子真老谷口，岁晏无苦饥。
> 屈原怀独醒，沉湘谁与悲。渔父随其波，所适安所宜。
> 君看侯门客，饥于纨袴儿。

这首诗反其义而用之。认为圣人如同尘土般，贤能之人也应同世人一样，不需要保持自己那种清醒，而是与他人一样，最好随波逐流。伯夷叔齐树立了高洁的品行和操守，唱《采薇歌》来表达自己的志向。子真，郑朴的字。居谷口，世号谷口子真。修道守默，汉成帝时大将军王凤礼聘之，不应；耕于岩石之下，名动京师，收成好的年景不会受到饥饿之苦。屈原在浑浊的时代独自清醒，最后沉于汨罗，没有谁还会记得那份沉痛。渔父随波逐流却能过着安定的生活。就像显贵人家门客，往往饥于富贵人家的那些子弟们。诗人描述那些历史上有高尚情操的人，他们的孤独痛苦无人能识，莫不如不要保持那种清醒，借此否定黑暗的现实。

释文珦，南宋诗人，他的《天道夷简行》这首诗借夷齐表达对淡泊宁静隐士生活的肯定。

天道夷简，荡荡巍巍。人心不然，大行险巇。
转眼翻覆，诚不易知。忠或见疏，信或见疑。
离间致入，宁复顾思。昔者缱绻，终焉弃遗。
圣如周公，王犹不知。孝若申生，姬能死之。
在彼盛时，尚有尔为。况乎季世，颠倒是非。
逸人饱禄，志士苦饥。俯仰今古，其谁不悲。
命悬于天，逆之为嗤。冲静无患，进取必危。
守道安危，其殆庶几。祸福之兆，可以理推。
夷齐去周，西山采薇。黄绮避秦，商岩茹芝。
景行先哲，良足为规。规而罔念，虽悔何追。

这首诗主要是写天道的规律是那样地平易质朴，如此的博大而又崇高。人心却并不是如此，那样美好的德行却不容易被人所认识，刹那间反复无常。忠诚的人却可能被疏远，诚信的人却被怀疑，这都是因为有人离间，反复思虑。以前的时候感情深厚，而最后却被抛弃。就像周公那样的圣人，周成王还是不了解他的苦心。像申生那样的孝顺，最后骊姬还是可以把他给逼死。在那样的盛世，还有这种情况，更何况是在末世，更是是非颠倒。那些进谗言的人得高位，而那些有德行的人却遭受苦难，从古至今，想到这些，有谁能够不悲伤。命取决于天，违反这种规律可能带来耻辱。保持淡泊宁静就不会有危险，抱有进取之心就可能带来祸患。祸福的预兆可以通过推理得知。夷齐远离周朝，隐居西山而采薇，商山四皓避秦而隐居。他们这种贤者，可以作为典范，但是作为典范却不去追求，就会后悔莫及。

辛弃疾，南宋爱国词人。他的《鹧鸪天·有感》这首词以伯夷叔齐的典故来代表自己的一种生活境遇。

> 出处从来自不齐。后车方载太公归。谁知寂寞空山里，却有高人赋《采薇》。黄菊嫩，晚香枝。一般同是采花时。蜂儿辛苦多官府，蝴蝶花间自在飞。

这首词表达了作者对人世不平的愤慨，但更多地表现了自己甘于隐居之意。出仕与退隐不同。吕望遇到周文王出仕，而伯夷叔齐却在首阳山隐居赋《采薇》。虽然都是在人世间，不同的选择就会带来不同的生活境遇，就像蜜蜂一样辛苦地奔波于官府；而自由自在隐居的生活就像蝴蝶在花间一样自由。辛弃疾的词中多爱国主义思想和战斗热情，因为无法实现自己的愿望和志向，多抒发自己壮志难酬的悲愤之情。后来被弹劾辞官，退隐山居。他一生中三次被任用，三次被罢免。诗人对这种生活的境遇很熟悉，所以没有太多指责，只是多了平静的叙述。

释居简，宋代诗人。作者在《贷粟·其二》评价夷齐是古代的圣之清者，思考他们不食周粟的原因。

> 古之圣之清，吾独称夷齐。采薇替周粟，所乐甘如饴。
> 山亦不义山，薇亦不义薇。惟其不素食，食粟令人思。

作者所称道的圣之清者唯有伯夷叔齐，因为他们用薇菜来代替周粟，并且甘之如饴。可是山也是周朝的山，薇也是周朝的薇菜。他们只是不白白地食粟,这种态度才令人思考。诗人既有对于伯夷叔齐的肯定,也有自己的疑问。

宋代诗人除了理性地思考伯夷叔齐的典故之外,很多诗人在赞颂各种植物的时候,也用了伯夷叔齐的事例,把伯夷叔齐的道德情操赋予了各种不同的植物,使这些植物具有了人格特征。诗人在这些作品中寄寓了自己的情怀,是借物咏怀。其中以描绘竹子为最,其次为兰、梅花,还有白苎。

刘敞,北宋的史学家、经学家、散文家,他的《瑞竹》一诗中为严寒中的竹子注入伯夷叔齐的气节。

> 耸节偶相并,雪霜终不迷。应将古人比,孤竹有夷齐。

这里描绘的是竹子,但是认为竹子有伯夷叔齐那样的气节。

许及之,南宋永嘉文士,诗人的《题有竹轩》同样认为严寒中的竹子具有伯夷叔齐那样的清风正直的气节。

> 家世岂孤竹,夷齐真二难。清风与直节,一一耸高寒。

这首诗也是把竹子和夷齐的气节合在一起,题在有竹轩,体现了主人的气节,认为竹子可能也是孤竹家族,像很难得的伯夷叔齐那样,拥有清风与正直的气节,才能耸立于高寒之中。

章甫,南宋诗人,《卜焕之求双竹》这首诗中,诗人以伯夷叔齐的节操赋予双竹。

> 结屋清江上,怜君雅趣深。自移双竹种,分得半檐阴。
> 特立夷齐节,相看管鲍心。只应风雨夜,听此两龙吟。

在水色清澄的江上建筑房屋,想来此君有高雅的情趣。种上双竹,立在屋檐之下。希望它们能有特立独行伯夷叔齐那样的操守,希望它们成为像管仲鲍叔牙那样相互知心的朋友。并在风雨之夜，听到它们相互之间倾吐彼此的心声。

裘万顷，南宋诗人，《次洪内相双竹韵三首·其三》诗人赋予双竹管仲鲍叔牙的友情、伯夷叔齐的气节。

> 管鲍交情真耐久，夷齐义气更无双。
> 虚花满眼风号怒，一节青青终不降。

这首诗肯定了双竹的气节和其中所蕴含的精神，如同管仲和鲍叔牙的友情，又如同伯夷叔齐的气节。

于石，宋末元初诗人，宋亡，隐居不出，在《雪竹》中，诗人将特殊情势中所表现出气节的伯夷叔齐赋予了雪中的竹子。

> 君子亭亭操，刚强能自持。夷齐饿欲死，巡远守方危。
> 大节不可屈，真心终莫移。人心与物理，每向岁寒枝。

这首诗所展现的是宋元交替之际，保持品节，不仕元朝的呼声。这也是在歌咏竹子，但是渗透了对于历史人物品德的歌颂，竹子的节操，在于刚强自持，不放弃自己的原则，所以伯夷叔齐为了劝谏武王，最后饿死首阳。巡远是唐代名臣张巡、许远的并称。安史之乱中，二人协力死守睢阳而垂名后世。确实是在特别的时期，才能看出人的气节，就像是在寒冬的时候，才可以看出植物的特性来。诗人这里更强调伯夷叔齐不仕周朝的气节，表现了作者所处的时代特征。

方岳，南宋诗人、词人。他的《双头兰》一诗借赞颂双头兰，表达了胸怀天下的情怀。

> 夷齐首阳饿，宇宙难弟兄。同心倚雪崖，世外一羽轻。
> 紫茎孕双苗，岂有儿女情。贤哉二丈夫，万古离骚情。

夷齐饿死首阳，是世间的好兄弟。他们坚持着自己的原则，同心在覆盖白雪的山崖开放，把身外的一切看得比羽毛还轻。紫色的茎秆孕育出双头兰花，但是双头兰花并不代表儿女私情，而是像伯夷叔齐那样的贤士，胸怀天下。

赵以夫，字用父，号虚斋，南宋诗人，《贺新郎·双兰》这首词借伯夷叔齐肯定兰花的高洁品质，寄寓了自己的人生感慨。

> 芝山堂下，兰开双花，瓣外环，两心中并，有同人之义焉。瑞莲、嘉禾，歌颂多矣，此独创见，小词纪之。
>
> 草色庭前绿。掩重门、国香伴我，画帘幽独。无奈薰风吹绿绮，闲理离骚旧曲。觉鼻观、微闻清馥。可是花神嫌冷淡，碧丛中、炯炯骈双玉。相对久，各欢足。冰姿带露如新沐。想当年、夷齐二子，独清孤竹。千古英雄尘土尽，凛凛西山云木。总付与、一樽醽醁。学得汉宫娇姊妹，便承恩、贮向黄金屋。终不似，在空谷。

题之"双兰"，即"兰开双花"，词中所咏兰花当为春兰。这首词歌咏的是"双兰"，并借此来咏怀，寄寓自己怀才不遇、知己难寻的感慨。诗人所歌咏的兰花是并蒂的，如同美人，仿佛是美玉中的双玉一般光彩照人，微闻沁人心脾。这双兰，又如同品质高洁的夷齐二子，又像汉宫中娇姐妹，无论是内心还是外貌，都很完美，只可惜在幽谷中才能看见。诗人感叹那么冰姿带露的双兰何时才能得到人们的欣赏。在对双兰寂寞的感叹中，寄寓了词人怀才不遇、知己难寻的人生感慨。

刘克庄，南宋诗人、词人、诗论家。他的《沁园春·梦中作梅词》借伯夷叔齐的清白来表达梅花的不可亵渎。

> 天造梅花，有许孤高，有许芬芳。似湘娥凝望，敛君山黛，明妃远

嫁，作汉宫妆。冷艳谁知，素标难亵，又似夷齐饿首阳。幽雅意，纵写之慊楮，未得毫芒。曾经诸老平章。只一个孤山说影香。诏书存问，漫招处士，节旄落尽，草屈中郎。日暮天寒，山空月堕，茅舍清于白玉堂。宁淡杀，不敢凭羌笛，告诉凄凉。

这首词是咏梅词；梅花孤高芬芳，用了很多典故来写，就像是湘娥凝望时的眉妆，又像是明妃远嫁时的汉宫妆，是那样地美艳动人，但是她们的那种高雅的风度和品格是没有人可以亵渎的，就像是伯夷叔齐那样为了清白最后饿死首阳山。词人描写的梅花冷落凄凉，是自己罢官后倍觉怨愤幽怨的写照；赞梅花的不肯媚人，傲霜独立，频送芬芳，乃是自赞，以表明无意争权夺利，坚守高洁的怀抱。其中所引用的伯夷叔齐饿于首阳，正说明了这种不被亵渎的操守。

陈纪，南宋末年诗人，他的《念奴娇》这首词以伯夷叔齐、商山四皓来比喻梅的高洁。

（梅花）断桥流水，见横斜清浅，一枝孤裛。清气乾坤能有几，都被梅花占了。玉质生香，冰肌不粟，韵在霜天晓。林间姑射，高情迥出尘表。除是孤竹夷齐，商山四皓，与尔方同调。世上纷纷巡檐者，尔辈何堪一笑。风雨尤愁，年来何逊，孤负渠多少。参横月落，有怀付与青鸟。

这是一首描绘梅花的词。认为梅花具有世间的清气，冰清玉洁，高出尘外。唯有孤竹国的伯夷叔齐、汉朝的商山四皓，才与梅花同调。其他纷纷扰扰的世人，在梅花看来实在是不值一笑。风雨中，时间流逝，唯有情怀付与青鸟的那份孤独。

戴复古，南宋著名的江湖派诗人。一生不仕，浪游江湖，后归家隐居，卒年八十余。他在《白苎歌》中赋予白苎所织出的布以伯夷叔齐清介的品格。

雪为纬，玉为经。一织三涤手，织成一片冰。清如夷齐，可以为衣。陟彼西山，于以采薇。

这首词以织布为内容，白苎如同雪、玉一样的洁白，而织布的人又是那样的谨慎小心，织出来的布如同拥有伯夷叔齐清介的品格一般。

伯夷叔齐的爱国情怀在以前典故的运用中，并不突出，但是在宋代特殊的年代，文天祥就借夷齐来表达自己的爱国情怀，寄寓了不遇明王的感叹。还有的诗人感叹薇菜还在，却没有像伯夷叔齐那样的人了。

文天祥的《睡起》《和夷齐西山歌二首》两首诗提到了伯夷叔齐的典故。

### 睡起

堂堂孤影起闻鸡，风起高楼鼓角悲。江海无情游子倦，岁年如梦美人迟。

平生管鲍成何事，千古夷齐在一时。坐久日斜庭木落，浮云灭没漏朝曦。

这首诗写了诗人在睡醒之后，独自在空堂之上，想起了祖逖他们闻鸡起舞的故事，感觉到四处都是征战的凄凉。可惜时间流转，感觉自己一事无成。想到管仲和鲍叔牙的友谊，他们完成了自己要完成的事业，而伯夷叔齐也坚守了他们要坚守的道德。坐在那里时间良久，从日落坐到太阳已经慢慢升起，一夜无眠，表达了自己内心复杂的情绪。

### 和夷齐西山歌二首

小雅尽废兮，出车采薇矣。戎有中国兮，人类熄矣。
明王不兴兮，吾谁与归矣。抱春秋以没世兮，甚矣吾衰矣。
彼美人兮，西山之薇矣。北方之人兮，为吾是非矣。
异域长绝兮，不复归矣。凤不至兮，德之衰矣。

这里诗人慨叹的是世道的衰落，而自己正当年，却没有办法去实现自己的理想。作者借历史上的典故来说明自己所处的时代状况，被外族所占据，而没有能够挽救这颓势的贤能之人。想到伯夷叔齐西山采薇的故事，感叹不遇明王的遗憾。

仇远，宋末元初诗人，他的《采薇吟》这首诗和宋朝蔡必荐的《采薇图》有着同样的意蕴。

> 采薇采薇，西山之西。薇死复生，不生夷齐。陟彼西山，我心悲子。

在西山采薇，想到了伯夷叔齐的故事，薇菜年复一年的重新生长，但是伯夷叔齐却不会再有，所以想到这些就觉得悲伤。

薛嵎，宋代诗人，他的《秋日书怀》这首诗是在秋天的夜里抒写自己对人生的思考和感叹。

> 万事荣枯一聚尘，尘中谁是独醒人。
> 壮无学力吟将退，老入贤关路转贫。
> 昨夜立秋凉到晓，空斋对月静如宾。
> 首阳千载蕨薇绿，唯有夷齐纪逸民。

所有的盛衰荣辱最后都要化为尘土，谁是其中最为清醒的人？作者想到了自己在很晚的时候才进入仕途，却很不顺利。在清冷的夜里寂寞地对着月亮想到了伯夷叔齐的故事，首阳山上的薇蕨还是年年生长，唯有伯夷叔齐因为曾经的隐居被史传作品记载下来，被人们所传诵。

总之，宋代的诗词作品中，引用伯夷叔齐典故的意义更加多元化，而且对伯夷叔齐的行为思考角度更加全面、深入，诗人们更多借此表达了对伯夷叔齐清介品质的肯定，渴望自己的时代能多一些像伯夷叔齐一样的人物，伯夷叔齐的品质也已经融入了诗人们的情感之中，正是在这个时期，对伯夷叔齐的肯定评价被文学家们推向了极致。

## 四 金元时期诗词曲中夷齐意义辨析

金元时期的作品,引用伯夷叔齐典故表达自己态度时,文人更多地钦慕伯夷叔齐的清风,或者钦慕他们的隐居生活,借此表达自己的人生态度。有的作品肯定了伯夷叔齐的品质,有的作品肯定了伯夷叔齐对后世的影响,而有的作品从伯夷叔齐饿死的状态来揭示社会现实的矛盾。

周巽,元代诗人,约元惠宗至正初前后在世,《节士吟》这首诗诗人歌颂伯夷叔齐等有节操的人,希望国家能够清风再起。

> 修竹生中林,长松在幽壑。严冬霜霰零,枝叶不黄落。
> 夷齐归西山,饿死无愧颜。鲁连蹈东海,一去竟不还。
> 苏武持汉节,饥来啮寒雪。遂使李陵惭,去住难为别。
> 古人重义不顾身,声名烈烈垂千春。采薇啮雪辞金者,寥寥千载空无人。
> 眷彼宦游子,胡为寡廉耻。我歌节士吟,六合清风起。

这首诗歌颂了那些节义之士,认为他们就像是生长在树林中的竹子、生长在沟壑中的松树那样,即使遭遇严冬霜雪,却依然枝叶繁茂。伯夷叔齐、鲁仲连、苏武,他们都是重视节义而不顾及生命的人,他们的声名千秋永播。而如今那些仕宦之人,却没有廉耻。作者肯定了伯夷叔齐重视节义,希望通过歌颂这些有节操的人,勉励时人,使得国家能够四境之内再起清风。

李延兴,元代诗人,约明初前后在世,《滦河》这首诗中诗人肯定伯夷叔齐的清风影响人间。

> 两涧松声琴筑哀,水边亭子酒壶开。
> 千年海鹤辽东去,万里滦江天际来。

> 沙路连城白似雪，山光过雨碧于苔。
> 夷齐饿死修名在，凛凛清风被草莱。

这首诗作者写自己到滦河时，听到河涧两岸的琴声，停在水边的亭子里喝酒赏琴，感叹历史。海鹤已经远去，而滦河之水仿佛从天际而来。下过雨的山光之色比苔藓更为苍翠，去往城区的大路洁白如雪。伯夷叔齐虽然饿死，但是他们的美名却千古传扬，他们的清廉之风深入民间。

梁寅，元末明初学者，作者在《食蕨》这首诗中肯定了伯夷叔齐的清风。

> 薇蕨生固殊，类同若兄弟。夷齐昔茹薇，蕨亦吾所嗜。
> 味非驼峰美，味非熊掌异。但慕夷齐风，嗜此心不愧。

这首诗写食用蕨菜，因为羡慕伯夷叔齐的清风，所以虽然没有其他食物的美味，却因为与薇菜相同，却觉得心安。

栯堂，元代诗人，诗人在《山居四十首·其一》中借刘晨、阮肇和伯夷叔齐对举，描述隐居的生活状态。

> 乱流尽处卜幽栖，独树为桥过小溪。
> 春雨桃开忆刘阮，晚山薇长梦夷齐。
> 寻僧因到石梁北，待月忽思天柱西。
> 借问昔贤成底事，十年骑马听朝鸡。

诗人写山居时，乱流尽处，桥边小溪，是幽静的居住之处。春雨桃花开时，想起了东汉时期的刘晨和阮肇。相传永平年间，刘阮至天台山采药迷路，遇到两位仙女，停留半年之后才回家。等他们回来的时候，已经是晋朝，子孙已过七代。后来又到天台山寻访，结果没有一点踪迹。晚上梦见了曾经西山采薇的伯夷叔齐。在这样幽静的环境中，诗人寻找人生的哲理，思考那些曾经贤能之人做了什么样的事情。诗人写山居生活的惬意，表达不能把岁月抛掷在朝堂之上，要向这些圣贤之人学习的人生态度。

关汉卿借用伯夷叔齐的历史典故，通过一番理性思考之后，肯定了伯夷叔齐等的淡泊名利，并借此表达了自己的人生态度。

【双调】乔牌儿：世情推物理，人生贵适意。想人间造物搬兴废，吉藏凶，凶暗吉。【夜行船】富贵那能长富贵，日盈昃月满亏蚀。地下东南，天高西北，天地尚无完体。【庆宣和】算到天明走到黑，赤紧的是衣食。凫短鹤长不能齐，且休题，谁是非。【锦上花】展放愁眉，休争闲气。今日容颜，老如昨日。古往今来，恁须尽知，贤的愚的，贫的和富的。【幺】到头这一身，难逃那一日。受用了一朝，一朝便宜。百岁光阴，七十者稀。急急流年，滔滔逝水。【清江引】落花满院春又归，晚景成何济！车尘马足中，蚁穴蜂衙内，寻取个稳便处闲坐地。【碧玉箫】乌兔相催，日月走东西。人生别离，白发故人稀。不停闲岁月疾，光阴似驹过隙。君莫痴，休争名利。幸有几杯，且不如花前醉。【歇拍煞】恁则待闲熬煎、闲烦恼、闲萦系、闲追欢、闲落魄、闲游戏。金鸡触祸机，得时间早弃迷途。繁华重念箫韶歇，急流勇退寻归计。采蕨薇，洗是非；夷齐等，巢由辈。这两个谁人似得？松菊晋陶潜，江湖越范蠡。

关汉卿的这首曲子主张人生适意，及时行乐，他认为时间流逝如飞，富贵穷通，有无数的劫难和人生痛苦。因此主张不要去追所谓的名利，莫如急流勇退。但是像伯夷叔齐、许由那样淡泊名利，恐怕这也只有陶渊明和范蠡才能做得到。作者虽然依据世情推移，表达了人生要适意的态度。但他的其他作品，依然表现了对社会的强烈关怀。

吴仁卿，名弘道，元代诗人，作者借伯夷叔齐等历史人物说明要功成身退、有道则仕、无道则隐的道理。

【越调】【斗鹌鹑 自悟】弃职休官，张良范蠡。释辞了紫绶金章，待看青山绿山。跳出狼虎丛中，不入麒麟画里。想爵禄高，性命危。一个个舍死忘生，争宣竞敕。【紫花儿序】你都待重裀而卧，列鼎而食，不如我拂袖而归。急流中勇退，见贤思齐。当日个，宁武子左丘明孔仲尼。邦有道则仕，邦无道则废，齐魏里使煞个孙庞，殷商中饿杀了夷齐。

作者认为官场上充满危险，还不如像张良和范蠡，功成身退。那些官场的爵禄反而会带来很多的性命之忧，不如拂袖而归，急流勇退。像宁武子那样，天下太平的时候，出来做官；天下危险的时候，就明哲保身。齐魏时期，庞涓为魏惠王将军，忌妒孙膑的才能，诓他到魏国，并施以膑刑。后孙膑秘密回到齐国，任齐威王军师，在马陵打败魏军，最后庞涓自刎而死。夷齐饿死于首阳山，诗人用正反事例来证明自己无道则隐的观点。

汪元亨，元代散曲家、戏剧家，【中吕】【朝天子·归隐】这首曲作者写宦海浮沉中，莫若像伯夷叔齐那样保持节操，表达了作者辞官归隐的心情。

荣华梦一场，功名纸半张，是非海波千丈。马啼踏碎禁街霜，听几度头鸡唱。尘土衣冠，江湖心量，出皇家麟凤网。慕夷齐首阳，叹韩彭未央，早纳纸风魔状。

作者认为荣华富贵有如一场春梦，即或名垂青史，也不过是废纸半张，人间是非风恶浪险。天未亮便去早朝，马蹄在结霜的长街上留下脚印，天天听到头遍鸡的啼叫。作者写了做官的辛苦，自己视功名如尘土，早有隐退江湖的心志，冲破皇家的凤阁之网。值得羡慕的是隐居于首阳的伯夷叔齐，令人哀叹的是韩信和彭越死于未央。不如装疯卖傻早早地呈送上一纸辞官状。韩信彭越都是辅佐刘邦夺得天下的功臣，后来被封为诸侯王，最后却以谋反罪被赐死。蒯通曾经劝韩信谋反，韩信事发后，佯狂遁去。这里描写宦海浮沉充满着危险，而荣华富贵、功名利禄都不过是梦一场，莫不如像伯夷叔齐保持节操，隐居首阳。

【双调 雁儿落过得胜令 归隐】

……风流,文章老教头。新诗窗下吟,浊酒床头窨。看山掉臂行,饮水曲肱枕。出户敞衣襟,倚杖听松琴。且食夷齐粟,休分管鲍金……

汪元亨生于元末明初乱世,这首作品同上一首作品,表达了他全身远祸、逃避现实的悲观情绪和消极思想。这首曲表现了一位隐士的情怀,认为自己想要随意自在的出门,敞开衣襟,静听松琴。暂且食用伯夷叔齐所不食用的周粟,不愿在世俗中分享管鲍的金钱。这里主要表达了作者隐居的心意。

叶颙,元末明初诗人,作者在《古意三首·其三》中借伯夷叔齐、盗跖对举说明长相相类,但品质却有天壤之别。

夷齐偕盗蹠,耳目略相类。樗栎杂倚桐,枝叶良不异。
薰莸稍有殊,妍丑从此始。凫短鹤翎长,谅不殊此理。
得失了莫齐,一笑天地里。

这首诗是写伯夷叔齐与盗跖对比,他们长得应该大致相同,就像是树木中的樗栎,混杂在桐树中,枝叶虽然没有太大的差异,气味上就像是香草和恶草的不同,美丑也因此而不同。水鸟和鹤的羽毛不同,确实就是这样的道理。

赵秉文,金代学者、书法家,历仕五朝,自奉如寒士,在《河中八咏·其二夷齐墓》中,作者描述伯夷叔齐的故事,肯定了他们对后世的影响。

让伐理难全,求仁岂怨天。乾坤吾道独,宇宙此山传。
不肯食周粟,犹应饮舜泉。冥鸿饥欲死,落日唤昏烟。

这首诗是歌咏伯夷叔齐的作品,认为他们的行为在后世曾经带给大家争议,但是他们求仁得仁,无所怨悔。像他们这样的人,不愿意生活在周朝,而是生活在虞舜时代。大雁将要被饿死了，但它们的高亢的鸣叫声却在云雾缭绕的落日余晖中回响。

刘诜，元代诗人，他一生未出仕，生活不宽裕，备尝生活的艰辛和人生的悲凉，他的《后采薇歌》借伯夷叔齐饿死来表现社会矛盾。

  春采薇，婴儿拳。卖与豪门破肥鲜，年年得米不费钱。

  冬采薇，潜虬根。白石荦确劚掘难，俯身榛莽如兽蹲。

  山寒雪高衣裂破，堑藤束缚筠篮荷。瘦妻羸子暮候门，地碓夜舂松节火。

  沸浆浮浮翻小杓，湿雾腾腾升土锉。熬烹成饵比甘饴，一饱聊偿数日饿。

  冬采薇，犹可为，春采薇，今年根尽春苗稀。

  豪门有米无可卖，陇麦短短难接饥。采薇采薇，我闻夷齐尝食之，饿死首阳天下悲。

  呜呼！天高荡万物微，我死安得苍天知。

这首诗写采薇是为了换米，冬天采薇很辛苦艰难，熬煮成羹，以此为美食，却不能饱腹。作者写《前采薇歌》和《后采薇歌》，是因为百姓采薇蕨而食，借用伯夷叔齐饿死的故事，来深刻反映当时社会的矛盾、百姓生活的艰难，表达了作者对于社会问题的关注。造成百姓苦难的不仅是天灾，更是人祸。薇菜到后来采集不来，无法去换豪门的米，百姓不能饱腹，而豪门的米却无处可卖。想当年伯夷叔齐采薇而食，后来饿死之后，天下人为之悲伤。如今如果像自己这样的百姓饿死，又有谁知道呢？作者借伯夷叔齐食薇典故深刻地讽刺了当时民不聊生的社会现实。

金元时期引用伯夷叔齐的典故，所表达的意义多针对社会现实，进一步的思考较少。其意义集中在清风、廉洁、保持节操、渴望隐居的部分。

### 五　明清诗词中夷齐意义辨析

明清时期的作品，引用伯夷叔齐典故或者拜谒夷齐庙时，或者从儒家思想的角度肯定伯夷叔齐的品德；或者从道家思想角度表达自己向往隐逸的生活态度。总之，伯夷叔齐的传说很好地承载了儒道思想。除此之外，则沿用前期作品中的文化意义，或将伯夷叔齐的气节赋予物；或引起作者的各种人生喟叹。

明清时期，表达了对伯夷叔齐更多肯定的态度，诗人们从儒家的角度出发，肯定了伯夷叔齐行为中所呈现的儒家规范，借此歌颂自己所评价人物的气节，或者肯定了伯夷叔齐等历史人物不随波逐流的人生态度。

范景文，明末殉节官员。赠太傅，谥文忠，作者在《吊方先生墓》中借伯夷叔齐遵循臣纲表达自己对方孝孺气节的肯定和凭吊之情。

> 夷齐叩马谏，原不为武王。心忧篡弑者，借口于伐商。
> 武烈当时变，二子念天常。各自具深心，并行岂相妨。
> 顽民迁洛邑，义士死首阳。死名与死节，武俱不忍伤。
> 一时两知己，千载有臣纲。忆昔方正学，将无同肝肠。
> 气不激不烈，节不烈不扬。悲风寒木末，至今有余怆。

方正学，即方孝孺，明代大臣、著名学者、文学家、散文家、思想家，福王时追谥文正。因为在"靖难之役"期间，拒绝为篡位的燕王朱棣草拟即位诏书，被诛十族。作者凭吊方孝孺，他想到了伯夷叔齐，当时他们叩马而谏的时候，原本不是为了武王，而是忧心于篡位者，借口讨伐商朝而已。周武王依据武功建立了伟业，伯夷叔齐依然感念着天常伦理。其实各自有自己的理想原则，彼此并不相妨。他们为了气节而牺牲自己的生命并因此而流传的名声都值得肯定。像这样的人，他们一定是遵循君臣之纲的人。而方正学与他们有着同样的气节，正如气节激烈才能得到流传。想到他的遭遇，内心依然充满悲怆之情。

李贤（原德），明代诗人，一生从政三十余年，为官清廉正直，政绩卓著，为一代治世良臣。他的《夷齐》《和陶诗·咏贫士七首·其三》两篇作品提到了伯夷叔齐。

### 夷齐

父命天伦不忍违，弟兄辞国世应稀。

能存大义惭周粟，万古清风重采薇。

这首诗歌颂了伯夷叔齐让国谦逊、遵循父子天伦的行为。他们这种心存大义饿死首阳的清廉之风受到了后世的敬仰。

### 和陶诗·咏贫士七首·其三

伯牙古贤士，高情寄孤琴。子期匪常流，听之乃知音。

寥寥千载下，斯人安可寻。浊醪谁与共，偶尔成独斟。

夷齐去云久，清风良足钦。我今知所归，安此固穷心。

这首诗是和陶渊明的诗，歌颂的是古代的贤士，伯牙和子期为知音，千载之下实在是不易寻求。慨叹自己没有知音，唯有独酌。伯夷叔齐离现在的年代已经很久远，但他们的清廉之风却让人如此钦慕。明白了自己内心的向往，对当下的困境也安然处之。

陈献章，明代思想家、教育家、书法家、诗人，提倡较为自由开放的学风，逐渐形成一个有自己特点的学派，史称江门学派。他的《行路难》一诗肯定了伯夷叔齐等历史上不肯随波逐流的人。

颍川水洗巢由耳，首阳薇实夷齐腹。

世人不识将谓何，子独胡为异兹俗。

古来死者非一人，子胥屈子自殒身。

　　　　　　生前杯酒不肯醉，何用虚誉垂千春。

　　这首诗提到的巢父许由，他们都是尧时期的隐士，许由认为尧要让位于自己的事情，玷污了自己的耳朵，要用颍川水来洗干净。巢父则认为许由不愿意接受王位，隐居起来就可以了，何必要借此而沽名钓誉。伯夷叔齐曾经吃首阳山的薇菜来果腹。世人不懂得其中的道理，他们为什么要和别人不同。从古至今像这样的人并不少，比如伍子胥、屈原他们最后都失去了自己的生命。活着的时候不肯随波逐流，他们并不需要那些赞誉来名垂千古。

　　在引用伯夷叔齐典故时，除了从儒家角度阐发之外，有的诗人从道家的角度，表达了自己想要隐居的心情，或者表达了与道相随的人生态度，或者不知道自己该去往何处的叹息。

　　明代诗人何景明，性耿直，淡名利，对当时的黑暗政治不满，敢于直言进谏，他的《游西山二首·其二》这首诗借伯夷叔齐等隐士表达自己对隐居生活的向往之情。

　　　　郁郁西山岑，遥遥山上阪。俯观清涧流，仰觊白云返。
　　　　处世亦何促，谁能遂仰偃。夷齐归首阳，黄绮在商巘。
　　　　此道久不复，斯人苦难挽。振衣谢尘涂，吾驾日已远。

　　这首诗写游历西山时，随意自足的兴致。在尘世中那样的局促，谁不仰慕这样的生活。伯夷叔齐最终隐居首阳山，而夏黄公、绮里季隐居于商山。但是这种风气已经消失很久了，如今的自己对隐居的生活真有这种向往之情。

　　明代诗人、文艺批评家胡应麟在《寓怀十二首·其六》中借伯夷叔齐与庄蹻和盗跖对举，说明莫若与大道相随。

　　　　壶丘与天游，列子乘风行。飘飘漆园吏，九万凌高冥。
　　　　胡为末世士，多歧日屏营。蹻跖死财利，夷齐徇空名。

> 宁知大道观，不异蜗与蜈。华胥有逸民，去去行相亲。

这首诗主要表达了与道相随的状态，无论是壶丘、列子还是庄子，都是如此。为什么末仕之人，却有那么多不同的道路和选择。庄蹻和盗跖是为了财利而亡，伯夷叔齐是殉于千古的空名。但是从大道而言，这些彼此都没有什么不同，都是为外物所累。

清代诗人阎循观的《望孤山》表达了自己对伯夷叔齐真正隐居的钦慕之情。

> 山色秋天外，黄昏望不迷。中峰残照在，东麓一星低。
> 空翠寒衣袂，清风到杖藜。平生慕真隐，长揖谢夷齐。

孤山上有夷齐庙。黄昏的时候，阳光在山间残留，东边已经隐隐出现了星星，而望孤山的人却在寒风中独立，写出了秋天的山里风光与隐居的幽静。最后一句与郭璞《京华游仙窟》句相同，表达自己钦慕那些真正隐居的人，真正的高于伯夷叔齐的那种隐居。

明代诗人朱诚泳，性孝友恭谨，《感寓·其六十七》作者借伯夷叔齐等历史人物叹息天命的不公平。

> 吾观尘海门，善恶各有徒。谦谦鲜君子，悻悻多凶夫。
> 善者所宜福，凶夫所宜诛。善恶苟无报，真宰其含胡。
> 夷齐死沟壑，丘轲困穷途。颜渊嗟夭折，比干乃捐躯。
> 盗跖亦何人，横行主逃逋。乳虎饱人肉，谁敢摩其须。
> 公然老牖下，雄风闻八区。彼苍不可问，仰面长呜呼。

这首诗的作者感叹人世中善恶的不同，认为善的人应该得福，而恶的人应该受到诛伐。但是善恶没有所谓相应的结果，那就唯有仰面长叹了。就像谦谦君子的伯夷叔齐最终饿死，孔孟在追求理想的道路上充满坎坷。颜渊过早地夭折,比干最后因为忠心进谏而被剖心。而盗跖却能够横行霸道,就像老虎饱食人肉一样,没有人敢去触犯他,最终寿终正寝。这与《伯夷列传》中对天命的质疑有一致的地方,是对善人遭遇的一种叹息。

明代诗人宗臣,《江门有怀》一诗中借虽有薇蕨,却不见夷齐,表达了不知道自己该去向何处的疑问。

> 辞彼青琐闼,还予紫石矶。驾言远行迈,晨曦凄以微。
> 如何金石交,一旦阻音徽。江山修以邈,寸心讵能违。
> 南山亦有蕨,北山亦有薇。不见夷齐子,叹息将安归。

诗人离开朝廷出门远行,要去的地方路途遥远,在天微微亮的时候,就出发了。想到和朋友曾经的深厚交情,就要因为离别无法音讯相通了。即使路途遥远,内心曾经的坚持还是不能违背。任何地方都有薇蕨,但没有见到像伯夷叔齐那样的人,不知道自己该去往何处。表达了自己怀才不遇被贬到偏僻之地的心境。

有的诗人咏物中引用了伯夷叔齐的典故,借以比况歌咏之物的气节,从而来咏怀。有的作品中展现了伯夷叔齐能够坚守本心,或者坚守气节的文化内涵。

明代诗人史谨在《兰竹图》一诗中以肯定伯夷叔齐坚守本心来歌咏兰、竹。

> 采采石上兰,萧萧水边竹。
> 各抱夷齐心,清风激流俗。

这首诗作者歌咏兰与竹,无论是石上的兰还是水边的竹,都是能坚守各自气节的植物,就像是伯夷叔齐那样坚守本心,并且以此来激励世俗。

明代诗人刘璟,燕王即位,召他进京,他称病没有前去。被逮至京,下狱后自杀。他的《题竹·其二》这首诗以肯定伯夷叔齐在冰霜中坚持气节来咏竹。

> 潇洒含风玉数茎，若何偏向石间生。
> 贞心谅有夷齐识，耐贯冰霜老更青。

写竹子潇洒的风姿，虽然偏偏生于石间，却有伯夷叔齐之识，能够在冰霜中坚持气节，更加青翠。

明代诗人倪谦，在《题竹·其二》这首诗中赋予竹子伯夷叔齐的气节。

> 一夜凉飙转素商，凤毛月下影回翔。
> 玉枝瘦损知谁似，却忆夷齐在首阳。

这首诗歌颂竹子，写到了秋季的时候，一夜秋风转凉，唯有斑驳的竹影随风荡漾，可是在秋风中瘦损唯与伯夷叔齐更为相似。这里把竹子的气节与人的气节融为一体。

明初大画家王绂，在他的《为黄侍读赋瑞菊》一诗中，借伯夷叔齐让国的节操歌颂双菊的美景。

> 秋英特表君家瑞，合蒂联葩色更佳。
> 让国夷齐双节在，分金管鲍两心谐。
> 霜凝素瓣连环玉，风动芳丛并股钗。
> 知是花神意加倍，何妨叠日醉高斋。

这首诗的写作背景是永乐元年秋，黄淮在南京官舍所栽菊花，一葩开出双花，黄淮因赋该诗以记。而作者就是为黄淮的菊花写的这首作品。认为这双花如同让国伯夷叔齐的节操，像分金的管仲和鲍叔牙那样的两心和谐。写出了双菊的美景，也写出了其中的精神气节。

279

明清时期有很多的诗人写了拜谒夷齐祠或者夷齐庙的作品，借以抒发自己的情怀，或者对伯夷叔齐往事喟叹，或者进一步思考伯夷叔齐的文化意义。

明代诗人杨爵，在《谒夷齐祠》诗中，作者借拜谒伯夷叔齐祠来表达自己隐居的心情以及对叩马而谏的一些疑问。

### 谒夷齐祠·其一

孟津河下谒夷齐，凄怆风霜盈陌衢。

愿借首阳方丈处，藏吾天地一残躯。

孟津河，古黄河津渡名。作者拜谒伯夷叔齐祠，满目风霜，诗人希望自己也能在首阳这个地方度过自己的时光，表达了想要隐居的心情。

### 谒夷齐祠·其二

晨朝停马拜荒祠，想见当年叩谏时。

却笑史迁传谬罔，武王安肯遽兵之。

诗人写自己清晨在荒芜的祠堂前拜祭，想到了伯夷叔齐当年叩马而谏的情况，认为司马迁《伯夷列传》的相关记载不可信。

明代诗人赵完璧的《夷齐庙》这首诗是他过夷齐庙，看到荒凉之景的感叹。

二贤千载尚余休，古庙荒凉过客留。

秋圃空闻寒雁度，棠梨惟见野蜂游。

拾薇溪壑孤忠老，弃国烟霞百世谋。

一扫寒芜倍惆怅，可堪聋瞽更遗羞。

伯夷叔齐的美名千载流传，庙宇却如此荒凉，唯有听到大雁飞过的声音，野蜂到处飞舞。当年他们在西山采薇保持了自己忠贞之心，让国离开给后人带来很大的影响。这种情怀足以使这个地方不再荒凉，却使自己内心更加伤神，哪里还能禁得住他们被世人遗忘所带来的羞愧。

清代诗人杜堮的《望夷齐庙》表达了作者对伯夷叔齐气节、价值的肯定。

> 连山西北骛，两水东南流。俯仰极千里，今古同一丘。
> 悲歌及黄农，抗节怀商周。斯人顾遐逝，大道日沈浮。
> 丛祠俨冠带，万祀轻王侯。岂无兰鞠荐，尚恐薇蕨羞。
> 念兹三叹息，天地良悠悠。

这首诗是诗人在远望伯夷叔齐庙的时候，对伯夷叔齐故事的感叹。夷齐庙在西北山麓，两条河水向东南流逝。人生古往今来，最终化为一座古冢。他们曾经唱过采薇歌来怀念神农时代，为了坚守气节最终饿死首阳。他们已经远去，唯有留下来的精神和气节与世相浮沉。但是他们的精神得到了世代人们的祭祀，他们的价值已经远远地超过了王侯将相，并不是没有兰花可以培养，只是担心看到薇蕨的时候感到羞愧。想到这里，唯有声声叹息。

清代诗人缪公恩的《谒夷齐庙》写了作者拜谒夷齐庙时，感受到清廉之风激荡着自己的内心。

> 万壑群峰朔气飞，夷齐祠下暂停骓。
> 只今北海惭顽懦，终古西山叹蕨薇。
> 泺水要人瞻圣范，清风为我振行衣。
> 低徊几度难言去，滚滚寒涛下夕晖。

在寒冬季节，去拜访夷齐庙，山上群峰耸立，寒气逼人，而诗人在庙前停留。想到伯夷叔齐的风范可以使顽廉懦立，后人为他们西山采薇而感叹。因为要渡过泺水，才能让自己有机会来拜谒伯夷叔齐，他们的清廉之风激荡着诗人的内心，使他不愿意离开。

明清时期引用伯夷叔齐典故所表达的意义，基本上汇聚了历来对伯夷叔齐传说的评价、探讨。从儒家的角度，侧重于君臣之义，但并没有否定武王所建立的伟业；从道家的角度，侧重于对真正隐士的钦慕；从个人品德的角度，基本沿用了儒家所提到的清廉、让国、坚守气节；另外与之前的作品相比，更多拜谒夷齐祠庙的内容，表达了作者的种种喟叹之情。

## 第三节　其他文体作品中的伯夷或夷齐意义辨析

本节内容涉及的文体主要是赋、杂剧、小说、散文等，文体不同也会影响对伯夷叔齐意义的阐释，但是无论是哪类文体的作者，或者借伯夷叔齐表达自己的情感态度，或者展现自己的各种观念，但是伯夷叔齐不仅仅是单一的意象，他们的内容在这些文体中得到了充分的展开与延伸，可以承载更多的文化意蕴与理性思考。

### 一　赋类作品中伯夷意义辨析

西汉庄忌的赋《哀时命》借伯夷最终饿死首阳，无显无荣的典故慨叹屈原的志不能伸。而宋代叶清臣的赋《松江秋泛赋》借伯夷等历史人物，说明他们并非才高不遇，而是道不相合。

西汉辞赋家庄忌《哀时命》，此赋感叹屈原生不逢时，空怀壮志而不得伸。这篇赋是咏屈原赋中的佳品。

> 时暧暧其将罢兮，遂闷叹而无名。伯夷死于首阳兮，卒夭隐而不荣。
> 太公不遇文王兮，身至死而不得逞。怀瑶象而佩琼兮，愿陈列而无正。
> 生天坠之若过兮，忽烂漫而无成。邪气袭余之形体兮，疾憯怛而

萌生。

> 原壹见阳春之白日兮，恐不终乎永年。

这是其中的一部分内容。作者感叹时光流逝，却默默无名。写屈原有才能和美好的品质，却无法进献自己的忠心。这里引用了两个事例，一个是伯夷死于首阳山，最终无显无荣；另一个是太公望，如果没有遇到周文王也一样是无所成就。这里提到伯夷更多的是强调没有建立功业之意，因为没有遇到适合自己理想的君王。

### 松江秋泛赋

> 缅三子之芳徽，谅随时之有宜。非才高见弃于荣路，乃道大不容于祸机。
>
> 申屠临河而蹈壅，伯夷登山而食薇。皆有谓而然尔，岂私已而用之。
> ……

北宋名臣叶清臣这篇赋写了松江秋天的美丽景色，天光水色，极尽情趣。并且览物思人，追想松江三隐范蠡、张翰、陆龟蒙，表达了自己对古人选择隐与仕道路的理解，认为是时代、政治环境不同所决定的，表达了自己"勤官裕民"的态度。这里所引的部分提到两个历史典故，一个申徒狄投河而死，另一个是伯夷隐居首阳山采薇而食。作者认为不是因为才高不被任用无法实现功业，而是所追求的道不相合，不相为谋。申徒狄是殷商末期的贤臣，谏纣王不被听取，不忍见殷商之灭亡，最后负石沉河而亡，伯夷也是殷商末期的贤士，武王灭纣，不食周粟，最后饿死在首阳山。他们都是有所想法不能实现而这样，并不是内心喜欢如此。

这两篇赋引用典故时并不单列伯夷之事例，而是同时列举了或者相反或者相类似的两个事例来说明自己的观点，都强调了伯夷没有建立功业的原因是没有遇到适合自己理想的君王，并不是他不想建立功勋。

## 二 杂剧作品中的伯夷或夷齐意义辨析

杂剧作品故事性很强，伯夷叔齐典故的借用不再单一，而是融合了很多其他的历史人物，从不同的角度多重分析，表达人物的情感，同时也传达出作者的价值观念。

杂剧《醉思乡王粲登楼》是郑光祖根据建安七子之一王粲的《登楼赋》，及《三国志·王粲传》创作而成。主要写王粲家贫学富，恃才骄傲，不肯屈居人下。后来流落荆州，郁郁寡欢，登楼吟咏，醉而思乡。剧情并不复杂，戏剧冲突也不强烈。主要是借历史上王粲的落魄飘零、怀才不遇，以及进身无门的不幸遭遇，抒发封建时代文人的不平之气和怀才飘零之感。这是其中的一段，作者借伯夷叔齐写王粲不被赏识的无奈。

【斗鹌鹑】又不在麋鹿群中，又不入麒麟画里。自死了吐哺周公，枉饿杀采薇伯夷。自洛下飘零到这里，划的无所归栖。（带云：）小生初投奔刘表的意呵，（唱：）指望待末尾三稍，越闪的我前程万里。（许达云：）仲宣，想昔日孔子投于齐景公，景公不能用，复投鲁哀公，封孔子为鲁司寇。三日而诛少正卯。齐景公故将美女数十人，习成女乐，献与哀公，哀公受了女乐，三日不朝。孔子弃职而归，投于卫灵公，与之言治国之道。卫灵公仰视飞雁，孔子知其不能用，投于陈国。其时陈国被吴国征伐，孔子遂困于陈蔡之间，粮食都绝，从者皆病不能起，圣人尚然如此，何况今日乎！老兄？（诗云：）诗酒当前且尽情，功名休问几时成。天公自有安排处，莫为忧愁白发生。（正末诗云：）三尺龙泉七心身，可堪低首困风尘。王侯将相元无种，半属天公半属人。（唱：）……

这段文字借伯夷的典故写出王粲投奔刘表之后的不得意，借用孔子的故事说明想被重用的不易。表达了"功名休问几时修"的遗憾和无奈。作者很简略地概括了伯夷的典故，"枉饿杀采薇伯夷"，写出了伯夷叔齐采薇首阳而饿死的气节，前面一句"自死了吐哺周公"则用了曹操《短歌行》的句子"周公吐哺"，意在写周公忙于招纳贤才，如今，没有了周公这样的人物，哪会有赏识贤才的人，就是像伯夷叔齐那样的人，也恐怕会白白饿死。在这段中，重点不在强调伯夷叔齐的气节，而是说哪怕他们有多好的德行，也无法被人赏识的无奈，投射着作者块垒。

元代剧作家郑延玉的《杂剧·宋上皇御断金凤钗》，此剧宣扬文章好不一定能发迹，只有像赵鹗这种怀才抱德之人，虽历尽坎坷，几遭杀身之祸，但最后会如愿以偿。

【梁州】我便似箪瓢巷颜回暗宿，却浑如首阳山伯夷清斋。我便似绝粮孔子居陈蔡。饿杀我也口谈珠玉，冻杀我也胸卷江淮。昨日失仪在金殿，今日卖诗在长街。见一个粗豪士，扯住个英才，我不合鬼擘口审问的明白。我遇着庞居士与了二百青蚨，合着孟尝君养三千剑客，撞着赛元达列十二金钗。我想来不该。情知这范丹，怎放来生债。利又不见，本又不在，干与别人救祸灾，好教我无语支划。

这首曲子里提到的人物颜回、伯夷、孔子虽然胸怀道德，却过着落魄的生活。作者借用伯夷等人物的典故，意在说明赵鹗怀才抱德，却有着清贫的生活境遇。

元代剧作家宫天挺的《杂剧·死生交范张鸡黍》，取材于《后汉书·独行列传》中的《范式传》。这篇杂剧主要写东汉山阳人范式与汝阳张劭友善，结为生死之交。范式跋涉千里赴张劭家登堂拜母，张家以鸡黍相待。约定来年张劭去山阳范式家，同样以鸡黍相待。不料，张劭不久即病故。托梦于范式，并告知他的死讯和下葬日期。范式千里迢迢，赶至张家，为张劭主丧下葬，并为之守墓百日。后经第五伦的推荐，官拜御史中丞。下面所选取的这段内容主要呈现的是关于"行藏"的问题上第五伦与范式发生的意志冲突。在具体的论述中借用了伯夷叔齐等历史上多位人物的事例。

【牧羊关】想当日那东都门逢萌冠不挂,(第五伦云)贤士何不学那朱云折槛?(正末唱)长朝殿朱云槛不折,(第五伦云)灵辄一饭必酬,真乃壮士也!(正末唱)桑树下食椹子噎杀灵辄。(第五伦云)孙叔敖举于海滨,位至上卿。(正末唱)沧海上孙叔敖干受苦十年,(第五伦云)管夷吾霸诸侯,一匡天下。(正末唱)囹圄内管夷吾枉饿做两截。(第五伦云)贤士,你只学那张子房功成之后,弃职归山也不迟哩。(正末唱)赤松岭张子房迷了归路,(第五伦云)岂不见范蠡霸越,泛舟五湖。(正末唱)洞庭湖范蠡烂了桩橛。(第五伦云)那殷伯夷采薇甘饿首阳,他自有故。(正末唱)首阳山殷伯夷撑的肥胖,(第五伦云)那楚屈原终日独醒,投江而死,何足道哉。(正末唱)汨罗江楚三闾醉的来乱跌。

其中提到的朱云是西汉时期的人物,他因为进谏攻击丞相张禹为佞臣,汉成帝发怒,想要杀掉他,他死抱着殿槛,结果殿槛被折断。后来在左将军以死谏诤的情况下才被赦免,后来朱云不再出仕。灵辄是春秋时期晋国著名的侠义之士,他曾经是桑树下快要饿死的人,受到了赵盾的救助,在赵盾遇到危险时,他积极救助,赵盾询问他的姓名和家居时,他不告而退。孙叔敖也是春秋时期的人,他曾经遭受楚国贵族陷害,后来受到忠臣帮助,避难于河南。辅佐楚庄王,位至令尹。因积劳成疾,病逝时才38岁。管仲是春秋时期齐国的著名政治家,曾经帮助公子纠与公子小白争夺君位,公子纠被杀后,被鲁国擒住送回齐国,得到齐桓公的重用,在他的帮助下,齐国称霸,后来临死的时候,为齐桓公推荐人才,齐桓公没有听取,重用了易牙等人,导致了后来的悲剧。第五伦列举这些历史上的人物,是希望范式能听取建议,积极出仕,而范式从另一个角度否定了第五伦的建议。第五伦又举出了功成身退的张良、范蠡,说服范式可以功成身退,而不是像现在这样隐居不仕。并且提到了伯夷叔齐,说他们不出仕是有原因的,而屈原终日独醒,投江而死,不足道哉。范式认为他们这样的选择正是自由自在的。对话中两个人物的相互辩驳,正体现了范式内心对"行藏"选择的矛盾心态,同时也是作者矛盾心态的体现。

元代这三篇杂剧在引用伯夷叔齐的典故时,或者肯定人物的品德;或者充分体现了作者鲜明的时代心理特征,表达有才无人识的境况和"行藏"问题上的矛盾心态。

### 三 小说中的伯夷、叔齐意义辨析

小说借用伯夷叔齐所承载的意义,除了《豆棚闲话》从相反的角度去解构传统意义,表达了作者对朝代更迭的看法;其他部分并没有突破原有的内涵。《搜神记》提到的伯夷与传说所承载的意义关联不大,《容斋随笔》也只是汇聚了各家对孔子评价伯夷叔齐"求仁得仁"的注释,《三国演义》只是借用了其中兄弟之情的人之常情部分。

(一)《搜神记》中伯夷的意义辨析

《搜神记》的作者是干宝,这本书是魏晋南北朝时期的志怪小说集,主要记录民间的神异怪奇故事。《搜神记·卷十六》提到了伯夷的弟弟孤竹君,与《水经注》内容相类似。《搜神记·卷十八》《搜神后记·卷九》是故事中的人物伯夷,与历史上的伯夷没有关系。

《搜神记·卷十六》:

> 汉不其县有孤竹城,古孤竹君之国也。灵帝光和元年,辽西人见辽水中有浮棺,欲斫破之。棺中人语曰:"我是伯夷之弟,孤竹君也。海水坏我棺椁,是以漂流。汝斫我何为?"人惧,不敢斫。因为立庙祠祀。吏民有欲发视者,皆无病而死。

这里的记载与《水经注》中的内容大致相同,但是稍有差异。汉代不其县内有座孤竹城,它是古代孤竹君的封国。汉灵帝光和元年,辽西郡的人看见辽河中漂浮着一口棺材,想要砍破它。棺材里的人对他们说:"我是伯夷的弟弟孤竹君。海水冲坏了我的棺材,因此漂流在辽河中。你们为什么砍我的棺材?"人们害怕了,不敢再砍它了,因而给孤竹君建庙宇祭祀他。官吏百姓中有想打开棺材看一下孤竹君的,结果都没有生病就死了。

《搜神记·卷十八》:

> 北部督邮西平郅伯夷,年三十许,大有才决,长沙太守郅若章孙也,日晡时到亭,敕前导人且止。

北部督邮西平郡人伯夷,年纪在30岁左右,很有才智决断,是长沙太守郅君章的孙子。这里提到的伯夷是故事中的人名,与之前的伯夷无关,这里讲他如何聪明抓到狐狸的故事。

《搜神后记·卷九》:

> ……林虑山下有一亭,人每过此,宿者辄病死。云尝有十余人,男女杂合,衣或白或黄,辄蒲博相戏。时有郅伯夷,宿于此亭,明烛而坐诵经。至中夜,忽有十余人来,与伯夷并坐蒲博。伯夷密以烛照之,乃是群犬。因执烛起,阳误以烛烧其衣,作燃毛气。伯夷怀刀,捉一人刺之,初作人唤,遂死成犬。余悉走去……

这里提到的郅伯夷,帮助人消灭在亭子里的群犬。因为人过此亭子就会病死。而那些犬全部化作人形,郅伯夷用自己的智慧,最终杀死了它们。

(二)《容斋随笔》中伯夷叔齐意义辨析

《容斋随笔》是古代笔记体小说,宋代洪迈所著。

《容斋随笔·卷三·冉有问卫君》:

冉有曰:"夫子为卫君乎?"子贡曰:"吾将问之。"入,曰:"伯夷、叔齐何人也?"曰:"古之贤人也。"曰:"怨乎?"曰:"求仁而得仁,又何怨?"出,曰:"夫子不为也。"说者皆评较蒯聩、辄之是非,多至数百言,惟王逢原以十字蔽之,曰:"贤兄弟让,知恶父子争矣。"最为简妙。盖夷、齐以兄弟让国,而夫子贤之,则不与卫君以父子争国可知矣。晁以道亦有是语,而结意不同。尹彦明之说,与逢原同。惟杨中立云:"世之说者,以谓善兄弟之让,则恶父子之争可知,失其旨矣。"其意为不可晓。

洪迈搜集了各家对"冉有问卫君"的注释,并加以评述。洪迈认为多数人评价时多谈论关于蒯聩、辄的是非问题,有的多至数百言。而王逢原用了十个字讲得最为简妙,认为孔子以兄弟让为贤,由此知道孔子非常讨厌父子相争的事情。晁以道也有同样的话,结论却不同。尹彦明的说法与王逢原相同。只有杨中立认为这样的推断,没有抓住要旨。洪迈列了不同的说法,进行评论。围绕着孔子对伯夷叔齐行为的评价,来看孔子对卫君的态度。

(三)《三国演义》中伯夷叔齐的意义辨析

《三国演义》是中国第一部长篇章回体历史小说,作者罗贯中。主要描写了从东汉末年到西晋初年将近百年的历史风云,塑造了很多个性鲜明的三国英雄人物。其中第四十四回描写了诸葛瑾借伯夷叔齐的兄弟之情来说服孔明:

瑾泣曰:"弟知伯夷、叔齐乎?"孔明暗思:"此必周郎教来说我也。"遂答曰:"夷、齐,古之圣贤也。"瑾曰:"夷、齐虽至饿死首阳山下,兄弟二人亦在一处。我今与你同胞共乳,乃各事其主,不能旦暮相聚,视夷、齐之为人,能无愧乎?"孔明曰:"兄所言者,情也;弟所守者,义也。弟与兄皆汉人。今刘皇叔乃汉室之胄,兄若能去东吴,而与弟同事刘皇叔,则上不愧为汉臣,而骨肉又得相聚,此情义两全之策也。

不识兄意以为何如？"瑾思曰："我来说他，反被他说了我也。"遂无言回答，起身辞去，回见周瑜，细述孔明之言。……

周瑜让诸葛瑾去游说诸葛亮。诸葛瑾以伯夷叔齐的兄弟之情游说诸葛亮，没有成功。诸葛亮肯定了伯夷叔齐是古之圣贤，认为诸葛瑾所强调的是兄弟之情，而自己所守的是汉家之义，他所事之主为汉之正统，如果诸葛瑾也来的话，则可以既守兄弟之情，又有兄弟之义。这段文字借用伯夷叔齐事例，主要是强调了伯夷叔齐的兄弟之情。

（四）《豆棚闲话》中伯夷叔齐的意义辨析

《豆棚闲话》是中国小说史上一部别具一格的白话短篇小说集，是清朝艾衲居士所编。《豆棚闲话》表露了清初文人的普遍心态，他们在新的朝代陷入了一种文化的困境，不得已借助各种方式寻找精神出路。《首阳山叔齐变节》是文章的第七则，前面叙述曹丕、曹植兄弟相处之七步成诗，又叙述了武王、周公兄弟之金滕之书的故事，用正反两个兄弟交往的故事将伯夷叔齐兄弟引入小说。文中细节化、情境化了伯夷叔齐传说的内容，谦让君位、阻止周朝行师，也是用了儒家的伦理规范来质疑："父死不葬，爰及干戈，可谓孝乎？以臣弑君，可谓仁乎？"商亡之后不食用周粟，最后归隐于首阳山采薇而食。后来各种隐居者越来越多，他们用来果腹的薇蕨已经采尽，饿肚子的叔齐便动了下山投靠周朝的念头。醒来之后却发现不过是南柯一梦。

文中解构叔齐的道德行为时，描述了他的心理活动："我大兄有人称他是圣的、贤的、清的、仁的、隘的，这也不枉了丈夫豪杰。或有人兼着我说，也不过是顺口带挈的。若是我趁着他的面皮，随着他的跟脚，即使成得名来，也要做个趁闹帮闲的饿鬼。设或今朝起义，明日兴师，万一偶然脚蹋手滑，未免做了招灾惹祸的都头。"这里概括了之前孟子对伯夷的各种评价。可以说作者注意到了历史典籍中只提到伯夷，没有提及叔齐的部分，以此作为他改变想法想要投诚的心理依据。原来作为守节典范的叔齐变成了一个耐不住寂寞、想要谋取富贵的变节者。除此之外，小说中通过齐物主对顽民与变节的叔齐之间的争论评述，表达了对朝代更迭的看法，体现了作者寻找精神出路的自我对话：

> 齐物主遂将两边的说话仔细详审，开口断道："众生们见得天下有商周新旧之分，在我视之，一兴一亡，就是人家生的儿子一样，有何分别？譬如春夏之花谢了，便该秋冬之花开了，只要应着时令，便是不逆天条。若据顽民意见，开天辟地就是个商家到底不成，商之后不该有周，商之前不该有夏了。你们不识天时，妄生意念，东也起义，西也兴师，却与国君无补，徒害生灵！"

作者认为朝代的更迭就如春夏秋冬的时令一般，只要是应着时令，就没有违逆天条。如果妄生意念，起义兴师就只能是徒害生灵了。这种解释为新朝的存在寻求合理性。叔齐也被这样的解释所说服，之前的梦醒来之后，打算下山求得功名富贵，然后回到西山收拾家兄的枯骨。

### 四 散文中伯夷叔齐的意义辨析

散文部分包括了叙事散文，也包括了说理散文。这部分内容，除了《水经注》是记叙传说故事之外；韩愈《伯夷颂》根据时代的特征，褒扬了其道义；苏洵《辩奸论》借伯夷叔齐之典故批判沽名钓誉的人；王安石在《伯夷》《三圣人》《禄隐》中详细辨析了孔孟对伯夷的评价，并提出了新的看法，认为伯夷可能在周武王的时候已经去世了，不然他不会拒绝武王这样的明君；而苏轼《武王非圣人》则从另一个角度思考了孔子、孟子对伯夷叔齐的评价，把武王伐纣违反伦理的认识推到了极致；洪迈《容斋续笔》则对古人对汤武革命的评价进行了总结评价；《封神演义》序里表达了折中的看法，认为无论是伯夷叔齐还是武王，他们只是志向不同，但他们都遵循了"道"，坚持了他们所认为的正义。

(一)《水经注》中伯夷叔齐的意义辨析

《水经注》是北魏晚期郦道元所著,共四十卷,是一部有浓厚文学色彩的地理著作,尤其是其说明水道的时候收录了沿河两岸的故事传说。这里提到伯夷叔齐传说的内容简略,主要是孤竹君的传说。

> 《水经注·卷十四》:《地理志》曰:卢水南入玄。玄水又西南径孤竹城北,西入濡水。故《地理志》曰:玄水东入濡,盖自东面注也。《地理志》曰:令支有孤竹城,故孤竹国也。《史记》曰:孤竹君之二子伯夷、叔齐,让国于此,而饿死于首阳。汉灵帝时,辽西太守廉翻梦人谓己曰:余,孤竹君之子,伯夷之弟,辽海漂吾棺椁,闻君仁善,愿见藏覆。明日视之,水上有浮棺,吏嗤笑者皆无疾而死,于是改葬之。《晋书·地道志》曰:辽西人见辽水有浮棺,欲破之,语曰:我孤竹君也,汝破我何为?因为立祠焉。祠在山上,城在山侧。肥如县南十二里,水之会也。

这部分内容考证了卢水在玄水之南,是玄水的支流,玄水又往西南经过孤竹城注入濡水,那么可以肯定玄水在濡水的东边,作者收录了《史记》《晋书》关于孤竹国的传说。《地理志》记载孤竹城在令支,是古代孤竹国的所在地。《史记》上说孤竹君的两个儿子,伯夷叔齐为了辞让王位,最后在首阳山饿死。关于孤竹国的传说,汉灵帝时期,辽西太守廉翻梦见有人对他说,自己是孤竹君的儿子,辽海上有自己的棺椁,听说他是仁善之人,希望能够替自己埋葬。第二天确实在海上看到了他的棺椁,那些耻笑他的人都无疾而亡,太守就改地安葬了他。《晋书·地道志》记载的内容却稍有不同,人们想打开海上漂浮的棺椁,听到声音说是孤竹君,而不是孤竹君之子。人们因此为他立祠纪念他,祠在山上,城在山边,肥如县城南十二里,就是两水汇合的地方。这里收录了水道经过的地方孤竹国的相关历史传说。

(二) 韩愈《伯夷颂》中伯夷意义辨析

后世对伯夷叔齐的评价很多，在不同的时代，不同的文体所呈现出来的内涵有很多差异。后世对伯夷叔齐评价最为著名的应该是韩愈的《伯夷颂》，韩愈给了他很高的评价，但这种评价主要针对当时唐朝的时代特征来陈述。

> 士之特立独行，适于义而已，不顾人之是非，皆豪杰之士，信道笃而自知明者也。
>
> 一家非之，力行而不惑者寡矣；至于一国一州非之，力行而不惑者，盖天下一人而已矣。若至于举世非之，力行而不惑者，则千百年乃一人而已耳！若伯夷者，穷天地亘万世而不顾者也。昭乎日月不足为明，崒乎泰山不足为高，巍乎天地不足为容也！当殷之亡，周之兴，微子贤也，抱祭器而去之；武王、周公圣也，从天下之贤士与天下之诸侯而往攻之，未尝闻有非之者也。彼伯夷、叔齐者，乃独以为不可。殷既灭矣，天下宗周，彼二子乃独耻食其粟，饿死而不顾。由是而言，夫岂有求而为哉？信道笃而自知明也。
>
> 今世之所谓士者，一凡人誉之，则自以为有余；一凡人沮之，则自以为不足。彼独非圣人而自是如此！夫圣人——乃万世之标准也。余故曰，若伯夷者，特立独行、穷天地亘万世而不顾者也。虽然，微二子，乱臣贼子接迹于后世矣。

这篇文章歌颂伯夷叔齐有时代的针对性。韩愈生活的时代是中唐时期，当时藩镇割据、官场黑暗，不少人明哲保身，韩愈借对伯夷叔齐的歌颂表达了对这些人的斥责。韩愈在文章中肯定了伯夷能够坚持自己所认定的符合义的行为，不为社会的是非标准所左右，有自知之明。他认为伯夷能够在举世非之的情况下坚持自己所认为的正确的道，他的这种行为很难得，有如日月之明，有如泰山之高，有如天地之大。在殷商灭亡之际，微子是当时的贤人，最后离开了殷商，后世被封在宋。武王、周公在推翻商朝的时候，得到了当时贤士的追随。没有听有人说周武王的这种行为不对，唯独伯夷认为这种做法不对，最后不食周粟，饿死首阳。韩愈认为伯夷之所以这么做是他坚信自己的道，了解自己。韩愈虽然肯定了伯夷的特立独行，却没有否定周武王伐纣的功业，认为"圣人乃万世之标准"。韩愈在评价伯夷的时候，主要着眼于大家都认同，但他们认为与自己的道不同，从而坚持自己认为正确的道，能正确地了解和评价自己。

清沈德潜《评注唐宋八家古文读本》："夷齐何待称扬？颂夷齐，为千古臣道立坊也。用意全于掉尾见之。武王伐纣，所以救天下也；夷齐耻食周粟，所以存臣道也。二者并行不悖。"沈德潜认为韩愈写《伯夷颂》是为千古之臣树立了臣道的标准，文章的最后表明了作者的主旨。沈德潜将历史中非此即彼的对立观点从更高的视角进行了审视，认为从不同的角度、不同的历史时期评价伯夷呈现了其时代的甚至个人的情怀和价值观。沈德潜认为武王伐纣是为了救助天下；而伯夷叔齐耻食周粟坚持了为臣之道，因此两者可以并行不悖。

（三）苏洵《辩奸论》中伯夷叔齐意义辨析

苏洵在《辩奸论》开头提道："事有必至，理有固然，惟天下之静者乃能见微知著。"事情皆有一定的规律，只要能够仔细观察并把握规律，就能见微知著，因此人们可以通过观察行为而在祸乱发生之前就发现作乱的奸臣。作者列举了王衍和卢杞的事例，说明见微知著的道理。羊祜初见王衍："误天下苍生者，必此人也。"郭子仪初见卢杞："此人得志，吾子孙无类矣。"

> 今有人口诵孔、老之言，身履夷、齐之行，收召好名之士、不得志之人，相与造作言语，私立名字，以为颜渊、孟轲复出，而阴贼险狠，

与人异趣。是王衍、卢杞合而为一人也。其祸岂可胜言哉?……

有人认为这一部分是苏洵在不点名批评王安石。认为王安石表里不一，嘴里背诵孔子、老子的话，亲身实践着伯夷、叔齐的行为，收罗了一批追求名声和不得志的人，相互制造舆论，私下互相标榜，以为自己就是颜渊、孟轲再世，然而他们为人阴险狠毒，和一般人的志趣不同。这里提到的伯夷叔齐的行为，成为沽名钓誉之人虚伪的做法，其实这样的人只是在做表面文章，并没有真正体会到伯夷叔齐精神的实质。

(四) 王安石《伯夷论》等作品中伯夷意义辨析

王安石对伯夷的评价体现了他的价值观，认为伯夷可能在武王那个时候已经去世了。王安石主要为了说明后世学者不考辨事件的细节，以自己的偏见自立为一种学说，相互因袭，失其根本，举伯夷为例。这里提到的伯夷是把商朝末年的隐士和伯夷叔齐的伯夷放在一起来讨论。王安石《伯夷论》:

> 事有出于千世之前，圣贤辩之甚详而明，然后世不深考之，因以偏见独识，遂以为说，既失其本，而学士大夫共守之不为变者，盖有之矣，伯夷是已。
>
> 夫伯夷，古之论有孔子、孟子焉。以孔孟之可信，而又辩之反复不一，是愈益可信也。孔子曰:"不念旧恶"，"求仁而得仁"，"饿于首阳之下，逸民也"。孟子曰:"伯夷非其君不事，不立恶人之朝，避纣居北海之滨，目不视恶色，不事不肖，百世之师也。"故孔孟皆以伯夷遭纣之恶，不念以怨，不忍事之，以求其仁，饿而避，不自降辱，以待天下之清，而号为圣人耳。然则司马迁以为武王伐纣，伯夷叩马而谏，天下宗周而耻之，义不食周粟而为《采薇之歌》，韩子因之，亦为之颂，以为微二子，乱臣贼子接迹于后世。是大不然也。
>
> 夫商衰，而纣以不仁残天下，天下孰不病纣?而尤者，伯夷也。尝

与太公闻西伯善养老,则往归焉。当是之时,欲夷纣者,二人之心,岂有异邪?及武王一奋,太公相之,遂出元元于涂炭之中,伯夷乃不与,何哉?盖二老所谓天下之大老,行年八十余,而春秋固已高矣。自海滨而趋文王之都,计亦数千里之远,文王之兴以至武王之世,岁亦不下十数,岂伯夷欲归西伯而志不遂,乃死于北海邪?抑来而死于道路邪?抑其至文王之都而不足以及武王之世而死邪?如是而言伯夷,其亦理有不存者也。且武王倡大义于天下,太公相而成之,而独以为非,岂伯夷乎?天下之道二,仁与不仁也。纣之为君,不仁也;武王之为君,仁也。伯夷固不事不仁之纣,以待仁而后出。武王之仁焉,又不事之,则伯夷何处乎?余故曰:圣贤辩之甚明,而后世偏见独识者之失其本也。呜呼,使伯夷之不死,以及武王之时,其烈岂减太公哉!(《王安石文集卷六十三》)

王安石认为孔孟的说法可信但是他们所说也不相同,所以更加可信。根据孔子的说法,伯夷是饿死于首阳山下的逸民,孟子认为伯夷不去迎合不贤明的君王,不念旧恶,不立于恶人之朝的信念,使得他远离纣王的朝廷,而避居于北海之滨,以待贤明之君,号为圣人。王安石认为司马迁、韩愈他们对伯夷的分析评价不正确。他详细分析了伯夷、太公避居商纣投奔周文王的事,认为既然伯夷以待贤者,而后来真正的贤者出现时,和他一起期待贤者避居东海之滨的太公能够去辅佐武王,为什么只有伯夷不认可武王的做法,大致推断可能伯夷在武王之世已经去世了。天下的"道"只有两种,一种是仁,另一种是不仁。纣王是不仁之君,而武王是仁君。既然伯夷等待的贤明之君已经出现,那么伯夷不愿意去事这样的君王不合道理,所以王安石认为并不是伯夷不事武王,而是可能在武王之世已经去世了,虽然他认为这种推断有值得商榷的地方。

在这段文字中,王安石提到《孟子》中避居北海之滨的伯夷与孤竹伯夷是同一人。王安石把孔孟作品中提到的伯夷统一起来，分析了伯夷如果是真正的以待明君，则他不可能拒绝武王这样的明君，如果他拒绝了，只能推断可能在武王之世，伯夷已经去世了，不然他的功业不会少于太公。这种评价很符合王安石作为积极进取的改革家的身份。

王安石在《三圣人论》中对《孟子》中伯夷、伊尹、柳下惠的评价进行了辨析。孟子认为能够将本身的优点展现出来并做到融会贯通的就是圣人。王安石认为圣人的名声是道德的极致，而贤者不能与之相比。王安石认为伯夷、伊尹、柳下惠以他们的心境来选择自己的行动，不存在孟子所说的狭隘与不恭，他们的行为可以补救一些时代流弊，作为圣人，他们的言行要作为天下的准则。

> 孟子曰："可欲之谓善，有诸己之谓信，充实之谓美，充实而有光辉之谓大，大而化之之谓圣。"圣之为名，道之极、德之至也。非礼勿动，非礼勿言，非礼勿视，非礼勿听，此大贤者之事也。贤者之事如此，则可谓备矣，而犹未足以钻圣人之坚，仰圣人之高。以圣人观之，犹太山之于冈陵，河海之于陂泽，然则圣人之事可知其大矣。《易》曰"与天地合其德，与日月合其明，与鬼神合其吉凶"，此盖圣人之事也。德苟不足以合于天地，明苟不足以合于日月，吉凶苟不足以合于鬼神，则非所谓圣人矣。
>
> 孟子论伯夷、伊尹、柳下惠，皆曰圣人也，而又曰伯夷隘，柳下惠不恭。隘与不恭，君子不由也。夫动、言、视、听，苟有不合于礼者，则不足以为大贤人，而圣人之名，非大贤人之所得拟也，岂隘与不恭者所得僭哉？
>
> 盖闻圣人之言行不苟而已，将以为天下法也。昔者，伊尹制其行于天下，曰："何事非君，何使非民。治亦进，乱亦进。"而后世之士多不能求伊尹之心者，由是多进而寡退，苟得而害义，此其流风末世之弊也。

圣人患其弊，于是伯夷出而矫之，制其行于天下，曰："治则进，乱则退。非其君不事，非其民不使。"而后世之士多不能求伯夷之心者，由是多退而寡进，过廉而复刻，此其流风末世之弊也。圣人又患其弊，于是柳下惠出而矫之，制其行于天下，曰："不羞污君，不辞小官。遗逸而不怨，厄穷而不悯。"而后世之士多不能求柳下惠之心者，由是多污而寡洁，恶异而尚同，此其流风末世之弊也。此三人者，因时之偏而救之，非天下之中道也，故久必弊。至孔子之时，三圣人之弊，各极于天下矣，故孔子集其行而制成法于天下，曰："可以速则速，可以久则久，可以仕则仕，可以处则处。"然后圣人之道大具，而无一偏之弊矣。其所以大具而无弊者，岂孔子一人之力哉，四人者相为终始也。故伯夷不清不足以救伊尹之弊，柳下惠不和不足以救伯夷之弊。圣人之所以能大过人者，盖能以身救弊于天下耳，如皆欲为孔子之行而忘天下之弊，则恶在其为圣人哉？

是故使三人者当孔子之时，则皆足以为孔子也，然其所以为之清、为之任、为之和者，时耳。岂滞于此一端而已乎？苟在于一端而已，则不足以为贤人也，岂孟子所谓圣人哉？孟子之所谓隘与不恭，君子不由者，亦言其时尔。且夏之道，岂不美哉，而殷人以为野，殷之道，岂不美哉，而周人以为鬼。所谓隘与不恭者，何以异于是乎？

当孟子之时，有教孟子枉尺直寻者，有教孟子权以援天下者，盖其俗有似于伊尹不弊时也。是以孟子论是三人者，必先伯夷，亦所以矫天下之弊耳。故曰圣人之言行，岂苟而已，将以为天下法也。（《王安石文集卷六十四》）

王安石认为圣人应该如《易经》所说"与天地合其德，与日月合其明，与鬼神合其吉凶"，孟子提到伯夷、伊尹、柳下惠时，认为他们是圣人，他们又都有其不足的地方。王安石认为他们所带来的时代流弊，是后人向他们学习，不知道他们为什么那么选择，只是模仿他们的行为所带来的流弊，认为这三者的行为有前后的承继性，能够救后人不了解之弊端，他们在自己的时代都值得学习，都有价值。孔子的时代，三圣人的行为所带来的流弊达到了顶点，孔子在这三者的基础上集大成，形成了"可以速则速，可以久则久，可以仕则仕，可以处则处"的成法。王安石认为圣人之法的详备并不是孔子一人之力，而是他们四人相互补充而成。他还认为在孟子的时代，也存在"多进而寡退，苟得而害义"的问题，所以孟子在论述的时候，把伯夷放在第一个来进行评说，因为伯夷的清廉可以补救这种时弊。同样地在王安石看来，如果只是模仿伯夷的行为，却不了解伯夷选择的原因，就可能产生这样一种社会的流弊，很多人隐退，少数人出仕，太过于洁净清廉而苛刻。

王安石在《禄隐》中虽然是针对扬雄对孔子的评价进行辨析，其中依然涉及了对孔孟关于伯夷叔齐、柳下惠、伊尹等观点的辨析。王安石把孟子中所提到的伯夷都统一到了《论语》中所提到的逸民之伯夷，认为伯夷、叔齐、柳下惠没有高下之分，认为商纣时代的微子、箕子、比干他们坚持的道相同，只是所选择的方式不同而已，认为不必拘泥于选择哪一种，要据情势和权变而定，该入仕就入仕，该退隐就退隐，没有高下之分。

> 孔子叙逸民，先伯夷、叔齐而后柳下惠，曰："不降其志，不辱其身，伯夷、叔齐也。柳下惠，降志辱身矣。"孟子叙三圣人者，亦以伯夷居伊尹之前。而扬子亦曰："孔子高饿显，下禄隐。"夫圣人之所言高者，是所取于人而所行于己者也；所言下者，是所非于人而所弃于己者也。然而孔、孟生于可避之世而未尝避也，盖其不合则去，则可谓不降其志、不辱其身矣。至于扬子，则吾窃有疑焉尔。当王莽之乱，虽乡里自喜者，知远其辱，而扬子亲屈其体为其左右之臣，岂君子固多能言而不能行乎？抑亦有以处之，非必出于此言乎？曰：圣贤之言行，有所同，而有所不必同，不可以一端求也。同者，道也，不同者，迹也。知所同而不知所

不同，非君子也。夫君子岂固欲为此不同哉？盖时不同则言行不得无不同，唯其不同，是所以同也。如时不同而固欲为之同，则是所同者，迹也，所不同者，道也。迹同于圣人而道不同，则其为小人也孰御哉？

世之士不知道不可一迹也久矣。圣贤之宗于道，犹水之宗于海也。水之流，一曲焉，一直焉，未尝同也，至其宗于海则同矣。圣贤之言行，一伸焉，一屈焉，未尝同也，至其宗于道则同矣。故水因地而曲直，故能宗于海；圣贤因时而屈伸，故能宗于道。孟子曰："伯夷、柳下惠，圣人也，百世之师也。"如其高饿显，下禄隐，而必其出于所高，则柳下惠安拟伯夷哉？扬子曰："途虽曲而通诸夏，则由诸；川虽曲而通诸海，则由诸。"盖言事虽曲而通诸道，则亦君子所当同也。由是而言之，饿显之高，禄隐之下，皆迹矣，岂足以求圣贤哉？唯其能无系累于迹，是以大过于人也。如圣贤之道，皆出于一，而无权时之变，则又何圣贤之足称乎？圣者，知权之大者也；贤者，知权之小者也。昔纣之时，微子去之，箕子为之奴，比干谏而死。此三人者，道同也，而其去就若此者，盖亦所谓迹不必同矣。《易》曰"或出或处，或默或语"，言君子之无可无不可也。使扬子宁不至于耽禄于弊时哉？盖于时为不可去，必去，则扬子之所知亦已小矣。

王安石这段文字通过针对扬雄对孔孟关于伯夷叔齐看法的分析，详细论述了自己对入仕与退隐关系的态度。扬雄认为孔子叙述逸民时是先叙述伯夷叔齐，然后才是柳下惠；孟子叙述三圣人时，把伯夷放在了伊尹之前，所以他认为孔子、孟子更赞赏因饿死而名扬天下的伯夷叔齐。王安石却认为伯夷叔齐、柳下惠，无论他们怎样选择，没有高下之分，因为他们所遵循的"道"都相同。王安石假设扬雄所说的高下之分存在，那么高者应该是自己所追求的，孔子、孟子都做到了这一点，扬雄却没有做到。王安石认为作为圣贤之道，要懂得权变，"圣者，知权之大者也；贤者，知权之小者也"。就像商纣时期的微子、箕子、比干,他们三个道相同,但是选择了不同的追求方式。

(五) 苏轼《武王非圣人》中伯夷叔齐意义辨析

苏轼在这段文字中提到了伯夷叔齐,但他文章的重点是评论汤武革命。文章在论证的过程中,从否定武王革命的角度进行立论,把否定的评述推到了极致。从某种意义而言,反而论证了这种否定的不合理性。

武王克殷,以殷遗民封纣子武庚禄父,使其弟管叔鲜、蔡叔度相禄父治殷。武王崩,禄父与管、蔡作乱。成王命周公诛之,而立微子于宋。苏子曰:武王非圣人也。昔孔子盖罪汤、武,顾自以为殷之子孙而周人也,故不敢,然数致意焉,曰:大哉,巍巍乎,尧、舜也! 禹,吾无间然。其不足于汤、武也亦明矣,曰:"武尽美矣,未尽善也。"又曰:"三分天下有其二,以服事殷,周之德,其可谓至德也已矣。"

伯夷、叔齐之于武王也,盖谓之弑君,至耻之不食其粟,而孔子予之,其罪武王也甚矣! 此孔氏之家法也,世之君子苟自孔氏,必守此法。国之存亡,民之死生,将于是乎在,其孰敢不严? 而孟轲始乱之,曰:"吾闻武王诛独夫纣,未闻弑君也。"自是学者以汤、武为圣人之正若当然者。皆孔氏之罪人也。使当时有良史如董狐者,南巢之事必以叛书。牧野之事必以弑书。而汤、武仁人也,必将为法受恶。周公作《无逸》曰:"殷王中宗,及高宗,及祖甲,及我周文王,兹四人迪哲。"上不及汤,下不及武王,亦以是哉?

文王之时,诸侯不求而自至,是以受命称王,行天子之事,周之王不王,不计纣之存亡也。使文王在,必不伐纣,纣不见伐而以考终,或死于乱,殷人立君以事周,命为二王后以祀殷,君臣之道,岂不两全也哉! 武王观兵于孟津而归,纣若改过,否则殷改立君,武王之待殷亦若是而已矣。天下无王,有圣人者出而天下归之,圣人所以不得辞也。而以兵取之，而放之，而杀之，可乎？汉末大乱，豪杰并起。荀文若，圣人之徒也。以为非曹操莫与定海内，故起而佐之。所以与操谋者，皆王者之事也。文若岂教操反者哉？以仁义救天下，天下既平，神器自至，将不得已而受之，不至不取也，此文王之道，文若之心也。及操谋九锡，则文若死之。故吾尝以文若为圣人之徒者，以其才似张子房，而道似伯夷也。杀其父，封其子，其子非人也则可，使其子而果人也，则必死之。楚人将杀令尹子南，子南之子弃疾为王驭士，王泣而告之。既杀子南，其徒曰："行乎？"曰："吾与杀吾父，行将焉入？""然则臣王乎？"曰："弃父事仇，吾弗忍也！"遂缢而死。武王亲以黄钺诛纣，使武庚受封而不叛，岂复人也哉？故武庚之必叛，不待智者而后知也。武王之封，盖亦有不得已焉耳。殷有天下六百年，贤圣之君六、七作，纣虽无道，其故家遗民未尽灭也。三分天下有其二，殷不伐周，而周伐之，诛其君，夷其社稷，诸侯必有不悦者，故封武庚以慰之，此岂武之意哉？故曰：武王非圣人也。（《东坡志林卷五·论古》）

作者梳理了从武王伐纣到微子被成王封于宋的事，分析孔子对汤武革命的态度，认为孔子不满意武王；通过对伯夷叔齐的评价狠狠地批评了武王。东坡还对孟子所言予以批评，认为他乱了孔子的"家法"。并列举历史上的事例来说明杀其父而封其子，如果其子有人性的话，一定会自杀不接受，因此殷遗民武庚的叛乱可以预知。东坡极力批评武王伐纣的事，认为可以等待时机，天下归仁，即使纣王暴虐无道，也不能诉诸武力来解决问题，统治天下的神器到来了，就接受，没有来也不要强求。殷商拥有天下六百年，贤圣之君也不少，纣王虽然无道，其遗民还在。商朝拥有三分之二的天下没有攻打周朝，武王却来攻打商朝，诛杀国君，毁灭人家的国家，武王不得已封赏他们，这并不是武王的本意，所以武王不是圣人。苏轼认为孔子也责备商汤和武王。伯夷、叔齐不愿吃周朝的粟米而饿死，孔子给了他们很高的评价，这样也是狠狠地责备了周武。直到孟子的书里，才把这种看法颠倒过来；假如当时有比较好的史官，商汤把夏桀流放到南巢，一定会记成商汤叛乱；周兵大战殷纣王于牧野，一定会记成周武王弑君。

当然，对于苏轼的这番评论也应该理性看待。苏轼只是在这件事上从另一个维度来思考问题，实际上他在《刑赏忠厚之至论》中，肯定了武王是一位古之君子长者。"尧、舜、禹、汤、文、武、成、康之际，何其爱民之深，忧民之切，而待天下以君子之道也。"认为周武王与尧舜禹一样都是爱民之深的，并且以君子长者之道来对待百姓。

（六）洪迈《容斋续笔》中伯夷叔齐意义辨析

《容斋续笔》是笔记体小说，但论述的内容与苏轼文章主题密切相关，因此放在散文部分梳理其观点。洪迈在文章中就汤武之事总结了古人之观点，其中涉及了伯夷叔齐。无论是对孔子的评价还是对苏轼论述的分析，表达了作者折中的看法。

> 汤、武之事，古人言之多矣。惟汉辕固、黄生争辩最详。黄生曰："汤、武非受命，乃杀也。"固曰："不然，桀、纣荒乱，天下之心皆归汤、武。汤、武因天下之心而诛桀、纣，不得已而立，非受命为何？"黄生曰："冠虽敝必加于首，履虽新必贯于足。今桀、纣虽失道，君上也；汤、武虽圣，臣下也；反因过而诛之，非杀而何？"景帝曰："食肉毋食马肝，未为不知味；言学者毋言汤、武受命，未为愚。"遂罢。颜师古注云："言汤、武为杀，是背经义，故以马肝为喻也。"东坡《志林》云："武王非圣人也，昔孔子盖罪汤、武。伯夷、叔齐不食周粟，而孔子予之，其罪武王也甚矣。至孟轲始乱之，使当时有良史，南巢之事，必以叛书；牧野之事，必以弑书。汤、武仁人也，必将为法受恶。"可谓至论。然予窃考孔子之序《书》，明言伊相汤伐桀，成汤放桀于南巢；武王

伐商，武王胜商杀受，各蔽以一语，而大指皎如，所谓六艺折衷，无待于良史复书也。

作者梳理了宋以前对汤武革命的认识，从不同的角度进行了分析，认为在不同的历史形势下就会对汤武革命有不同的认识，在洪迈的总结中，他认为孔子对汤武革命的解释有一种好的评价和坏的评价，是一种折中的讲法。黄生认为汤武不是受命于天的君王，是靠杀了旧的君王才当上国君。辕固则认为夏桀和商纣已经失去民心，商汤和周武是因为得到民心才去诛杀夏桀和商纣，认为民心就是天心，就是受命于天。黄生认为夏桀和商纣再不好也是君王，而商汤和周武再好也是臣子，因为君主有过就杀掉他们，就是弑。直到汉景帝说讲究学问的人不说商汤、周武受天命当君主的，也不定是愚昧无知，大家才停止了争论。唐朝的颜师古注解说，主张汤、武是杀君的，违背了经书上的本义，所以汉景帝才用了比喻来说明。苏东坡《志林》也认为武王不能算是圣人，认为孔子对伯夷叔齐的评价，说明是在责备周武王，直到孟子的书才把这种看法颠倒过来。不然，史官会把商汤革命记载为叛乱；把周武革命记载为弑君。虽然商汤和周武都是仁德的人，但他们都会接受弑君犯上的恶名。作者私下考察了孔子给《书经》写的序言，认为孔子明确地说过，伊尹做了商汤的丞相辅佐汤征伐夏桀，最后汤把夏桀流放到南巢；武王征伐殷商，获胜而杀纣王，孔子各给他们一句好的和坏的评语，把自己的观点说得很透彻，认为这样就是六艺折中的方法，不需要良史重新评写历史了。

(七)《封神演义》序中伯夷叔齐意义辨析

《封神演义》序（清康熙四雪草堂刊本）（褚人获题于四雪草堂）中也与王安石有同样的观点，这里主要举了伯夷、周公、太公的事例，认为他们虽然志向不同，但是"道"却相同。

　　孟子曰："太公辟纣，居东海之滨；""伯夷辟纣，居北海之滨。"何为乎辟纣哉？辟纣之杀戮忠良也。闻文王善养老，二老俱归周。文王之遇太公，载以后车，尊以宾师，文王薨，武王事之亦然。太公与周公经理天下，周公以文，太公以武。商纣荒淫日甚，宠妲己亡国之妖，设炮烙以杀谏诤之士，开酒池、肉林以糜费财力，聚鹿台之财，饮钜桥之粟，民不聊生，死亡略尽，太公由是佐武王伐纣，救民于水火之中。纣兵七十二万非不众，且强也。太公鹰扬燮伐，前徒倒戈，商纣自焚，斩妲己于廉下。其飞廉、恶来之属，又与周公驱而诛之；太公之勋，岂不赫奕矣乎！

武王既定天下，分封一千八国，首封太公于齐，周公于鲁，析圭儋爵，位居五等之上，其伐纣也，为堂堂正正之师，何尝有阴谋诡秘之说，如《封神演义》一书所云者。且"怪、力、乱、神"四者，皆夫子所不语，而书中所载，如哪吒、雷震之流，其人既异；土行、七十二变之幻，其事更奇，怪诞不经，似当斥于仲尼之门者。

或曰：太公导武王伐纣，是以下杀上也。伯夷叩马直曰弑君。当时纣恶虽稔，周德虽著，而守关扼塞之臣，怀才挟术之士，群起而与太公抗。此见汤之明德，尚未泯于人心。使商纣苟能痛革前非，卧薪尝胆，况又有闻仲诸贤以佐之，吾未见吕尚之必捷也。子何以右之若是？余应之曰：叩马之时，武王欲兵之，太公扶而去之曰："义士也"。伯夷之志，欲全万世君臣之义；太公之志，欲诛一代残贼之夫。志不同而道同也。且周公之治鲁也，尊贤而亲亲；太公之治齐也，尊贤而尚功，治不同而道同也。太公之本末，彰彰如是。此书直与《水浒》《西游》《平妖》《逸史》一般吊诡，以之消长夏、祛睡魔而已。圣门广大，存而不论可也，又何必究其事之有无哉！

时康熙乙亥午月望后十日，长洲褚人获学稼题于四雪草堂。

在开始一段，作者讲述了周朝建立的历史背景，认为太公、伯夷避纣，是为了要远离纣王虐杀忠良的环境。他们认为文王善养老而归之。太公与周文王相遇，最后救民于水火，后来武王定天下，分封周公、太公。在周朝建立的过程中，没有什么神秘的事情。《封神演义》多叙述怪力乱神的事，这与孔子所遵循的原则不同。其要旨就如同伯夷劝谏武王是为了全万世君臣之义；太公却是为了诛一代残贼之夫，虽然志向不同，但是遵循的"道"却相同；就像周公治理鲁国，是"尊贤而亲亲"，重视伦理亲情；而太公治理齐国，是"尊贤而尚功"，重视事功，虽然方法不同，但是"道"却相同。作者认为他们的行为都合理，能遵循他们所认为的正义，行为不同、方法不同，但是"道"却相通。所以这部小说虽然看似不同于仲尼之道，其实也有相通之处。

散文能容纳丰富的材料，作者由此延伸的辩驳也更加充分。各个作者对伯夷叔齐的评论，主要是针对伯夷，各家都有自己的观点，韩愈的《伯夷颂》对于伯夷的评价着眼于他们能够坚持与众人不同的价值观；王安石评价了孔孟、司马迁、韩愈对伯夷的认识，提出了自己的观点，认为伯夷没有拒绝武王的理由；针对孔孟对伯夷、伊尹、柳下惠的评价进行了详细辨析，认为他们都是圣人，他们的行为会作为天下的法则；针对扬雄的观点，王安石论述了自己对于出仕与退隐的态度；沈德潜和《封神演义》序中所提到的观点，指出了武王与伯夷叔齐选择并不是完全对立的，他们各自出发的角度不同，都坚守了自己的道义。虽然伯夷是逸民，但是在这些评论中，都回到了儒家的积极入世的精神中，这里强调的不是伯夷饿死的高节，而是其坚持道义的精神。苏洵批评那些虚伪的人假装模仿伯夷叔齐的行为，认为这样的人会带来祸患；苏轼则从汤武革命立论，把对周武王的否定推向了极致，认为孔子肯定伯夷叔齐就是在责备周武王；《容斋随笔》则梳理了宋以前关于汤武革命的看法，并提出了自己折中的观点。

### 五 启蒙读物中伯夷叔齐的意义辨析

中国古代启蒙读物《百家姓》和《幼学琼林》中提到的伯夷叔齐的内容

虽然简略，却也概括了重要的故事情节和评价。

《百家姓》是一部关于中文姓氏发展的著作。成书于北宋初年，也是中国古代幼儿的启蒙读物。

> 《百家姓·许姓》：周武王灭商之后，将不肯食周粟而逃亡的贤士伯夷后人文叔封于许国，世称许文叔。封国旧址在今河南许昌，后虽多次迁徙，但均在今河南省界内。战国初年许为楚灭，子孙始以许为姓。
>
> 《百家姓·竺姓》商朝末年孤竹国君长子伯夷与次子叔齐争让君位，后双双投奔了周，周武王灭商后他俩因不食周粟而死。他们的后代中有以原国名中竹字为姓者，后又改竹为竺者。

从许姓和竺姓的发展渊源可以看出这两个姓的一部分人是伯夷叔齐的后裔。

《幼学琼林》是中国古代儿童的启蒙读物，初为明代人程允升编著，清代人邹圣脉作了增补。内容广博，包罗万象，被称为中国古代的百科全书。

《幼学琼林·卷三·贫富》"饿死留君臣之义，伯夷叔齐；资财敌王公之富，陶朱倚顿。"伯夷叔齐宁愿饿死也不食周粟，以留君臣大义，千古以来唯有伯夷叔齐而已。陶朱、倚顿善于经营，富有超过王公贵族。认为富有仁义德行的人，不羡慕美味佳肴。陶朱就是春秋时期的范蠡，他帮助勾践复兴越国，灭吴国之后，功成身退，经商成功。倚顿原来是春秋时代鲁国的贫寒书生，后来成为战国时期的大工商业者。

伯夷叔齐传说在幼儿启蒙读物中的出现，说明除了对其意义的不同探讨之外，传说的基本含义已经定形传播：不肯食周粟的贤士、留君臣大义，作为幼儿学习的启蒙。

# 第五章　实物流传中伯夷叔齐的意义考辨

伯夷叔齐的历史传说自产生之后，就在历史的长河中绵延不绝，不断地进入社会各个领域的传承之中。从空间而言，流传也非常广阔，人们不断地拓展其积极的文化意义，作为诸多不同归属的意象，人们总是不自觉地归入伯夷叔齐的历史传说中来，不断地丰富其故事情节，在空间上不断地延展，因此各地的首阳山，在不同的年代都有物质遗存。伯夷叔齐传说的故事情节在各种艺术品中也得到了充分呈现。本章内容主要梳理记载伯夷叔齐传说物质遗存的文献，主要内容包括夷齐庙、夷齐墓，除此之外，还有保存伯夷叔齐传说得以流传的各类艺术品。

## 第一节　夷齐庙、夷齐墓之伯夷叔齐意义考辨

作为伯夷叔齐实物遗存的主要有夷齐庙、夷齐墓。其中夷齐庙最受到重视，从元朝开始的赐封，到明朝的祭祀，再到清朝皇帝的御制夷齐庙诗序，无论皇帝、文人还是民间，都以这种形式表达了对伯夷叔齐之肯定。与夷齐庙相比，夷齐墓的内容要简略些。

## 一　夷齐庙

又称清节庙、清节祠，是祭祀伯夷、叔齐的庙宇。

《汉书·地理志》："旧京兆尹之属县之水出河北县，雷首山县北与蒲坂分山有夷齐庙。"

嘉庆《重修一统志》对不同地方所遗存的夷齐庙都有记载，并且注明了其所立的时间。

其一："夷齐庙。在永济县南首阳山。《魏书》宣武纪正始元年诏立夷齐庙于首阳山。《寰宇记》伯夷叔齐祠在河东县三十里。"宋朝的黄庭坚、元朝的王恽都认为起于唐代。《郡志》则认为起于太康。《水经注》已记载雷首山有夷齐庙；东汉的蔡邕撰有《夷齐碑记》。

其二："夷齐庙在昌乐县孤山齐乘。"宋朝的时候，根据《孟子》"伯夷居北海之滨"的记载，建立夷齐庙，并封伯夷为清惠侯，叔齐为仁惠侯，碑刻遗存。

其三："夷齐庙在潍县南。孤山有伯夷叔齐二庙，元时封爵碑刻存焉。"所立的原因也是因为根据"伯夷避纣居北海之滨"。

其四："夷齐庙，在陇西县南首阳山麓。"《府志》"今陇西京县首阳山麓之左有二贤冢，故於冢旁立庙。"

其五："清节庙，在卢龙县西二十里，孤竹故城祀伯夷叔齐。旧庙久废，明洪武九年建于府城内东北隅。"

关于夷齐庙的具体变迁，清康熙永平知府彭士圣在《永平府志》的《重修清节祠碑记》中有详细的记叙。嘉庆《重修一统志》在所记录的不同说法中，还有一些分析，认为有的地方所立的夷齐庙属于附会，有的记载各有原因，无法确定其有无，所以保留了不同的说法。

夷齐庙在元代之后，就有皇帝亲自赐庙额，或者规定祭祀的礼仪，或者亲题诗序；还有一些文人墨客的拜谒之作。

明宪宗于成化九年，钦降"清节庙"祭文，并派大臣亲往夷齐庙祭祀伯夷、叔齐，祭文为："维神逊国全仁，谏伐存义，为圣之清，千古无二。怀仰高风，日笃不忘。庸修岁纪，永范纲常。尚飨。"（《永平府志》）这篇祭文中评价了伯夷叔齐的行为，认为伯夷叔齐让国体现了"仁"，进谏体现了"义"，是千古无二的圣之清者。这种高风可以作为纲常伦理的典范，所以可以配享，接受祭祀之礼。这段记载说明从统治者角度对伯夷叔齐的认识和肯定。

清康熙四年，夷齐庙再次重修。康熙御制夷齐庙诗序云：

> 永平府治西，古孤竹城，夷齐庙在焉。滦水经其前，清风台峙其后，倚严俯流，足以登眺。夫夷齐，孤竹君之二子也。能让侯封，不食周粟，采薇首阳山，独行其志。孟子以"圣之清"称之。盖人惟能立节，自可垂名。夷齐之去国洁身，不求人知，而庙貌千古，讫今犹存。吁，造诣其可忽乎哉？（《永平府志》）

序文叙写了夷齐庙所在地在永平府西，有滦水从前面经过，清风台高耸于后，可由此登台远眺。夷齐是孤竹君的两个儿子，能够谦让，采薇首阳山，不食用周粟，坚守自己的志向。孟子称之为"圣之清"。所以人如果能坚守自己的节操，就可以名垂千古。夷齐离开自己的国家，保持自身的节操，不是为了让别人知道自己，然而他们的庙宇却已经存在千年。序文概括了伯夷叔齐传说的故事情节，借孟子的评述肯定了伯夷叔齐的节操，认为气节很重要。

康熙御制《夷齐庙》诗云：

> 滦河水清驶，荒山屹然峙。上有孤竹城，乱石半倾圮。
> 堂庑既具观，庙貌亦俨尔。缅怀商代末，天下渐披靡。
> 兹地实藩封，人民差可恃。兄弟以义让，富贵如敝履。
> 叩马谏周王，数语昭青史。循迹首阳山，薇蕨何其美。

> 万载挹高风，顽懦闻之起。苍苍台下松，荡荡台前水。
> 劲节与澄流，不愧相比拟。停銮碧山阿，怀古未能已。
>
> ——（《永平府志》）

这首诗从庙宇周围的环境、曾经的历史进行描述，认为伯夷叔齐以"义"谦让，把富贵视如弊履。叩马进谏武王的那些话让他们名垂青史，循着首阳山寻找他们曾经的印记，发现首阳山上的薇蕨也如此丰美。千百年来，他们的高风唯有苍青挺拔的劲松和滚滚向前的清澄江水可与之相比拟，他们的高风必然会使顽懦者因之而改变，表达了作者对伯夷叔齐的充分肯定。

清乾隆皇帝曾两次临幸夷齐庙，留下了御制诗碑及序文。夷齐庙诗序曰：

> 卢龙孤竹城，夷齐庙在焉。史称夷齐耻食周粟，饿死首阳。《诗》云：采苓采苓，首阳之颠。《疏》谓在河南蒲阪，而《庄子》则曰首阳山在岐山西北，曹大家云在陇西，《元和郡国志》谓首阳山在河南偃师，《说文》又谓在辽西。则是首阳凡五，各有证据，而其为夷、齐饿死之处则一也。将孰之从，唯《辽史》所载，营州临海军下刺史，本商孤竹国，今之卢龙，即辽营州地也。《尔雅》所举孤竹，北户，注谓孤竹在北。周时幅员不广，其以此处为极北，故宜。然则《说文》所谓首阳山在辽西者，此为近之。殆以诗在《唐风》，而叩马而谏当武王伐纣之时，由是岐、陇、蒲、偃，皆附会其说耳。夷齐清风在，天下何处非首阳，岂争疆域乎？冕旒而墨胎以祀者，尤非其志。因系此而考其说如此。（《永平府志》）

夷齐庙在卢龙的孤竹城，历史上他们耻食周粟，饿死在首阳山。序中考证了关于首阳山的五种说法，这五种说法各有证据，然而夷齐死于首阳只可能有一个地方，认为首阳山在辽西说最为可信，其他的都是附会之说。乾隆认为只要是有夷齐清风在的地方，哪个地方都可以是首阳山。

乾隆御制夷齐庙诗云：

> 轩冕泥涂是本肠，肯容儒雅污冠裳。
> 薇苓依旧西山岵，顽懦羞登夫子堂。
> 只为心惭踪异武，敢将口实罪归汤。
> 岂争陇右还蒲左，天下清风尽首阳。

这首诗表达了与序相同的意思，认为浮名不值得羡慕，强调了"圣之清"，只要有夷齐清风的地方都是首阳山。

唐顺之，明代儒学大师、军事家、散文家、抗倭英雄，他的《谒夷齐庙二首·其一》写自己还没有来得及访问箕子的墓地，却经过了孤竹国的废墟。

> 未访箕山冢，来经孤竹墟。精光犹日月，冠冕肯泥涂。
> 国合归中子，心元避独夫。千年北海辙，还见盍归乎。

伯夷叔齐精神操守的光辉就像日月一样，仕宦对他们来讲不那么重要。孤竹国最后归于孤竹君的第二个儿子，伯夷叔齐为了避开商纣远离故乡。到北海避居的轨迹千年来依然鲜明，不知他们何时魂回归故里。

明代诗人符锡，自小受父亲的影响与教育，青年时代就以文艺著称，举人出身。他的《谒夷齐庙》这首诗是作者去拜谒夷齐庙时，所发的感喟。

> 揽辔骤平郊，牵舟涉涞沚。荒城数亩余，道是孤竹里。
> 浊河背北流，团山当面起。四顾无居民，绕郭但蓁苣。
> 夷齐去已久，邑复沦边鄙。肥如迄辽金，年岁不可纪。
> 日月重薄蚀，风节谁仰止。突瞻庙邈崇，迅扫腥膻已。
> 大明回离照，皇运寔天启。寒余何来兹，滥陪观风使。
> 造门俨冠裾，升堂荐芳芷。时当春夏交，宿雨途不泲。
> 空阶苔鲜合，虚落麦苗薿。主人足高兴，从者咸色喜。

临河复举觞，观渔旋庖鲤。眷言百世师，允惬千秋祀。
矫翮戾丹霄，洪涛障孤砥。昔闻鲁中叟，为国哂无礼。
伟哉圣之清，默契此玄旨。胡维何凶顽，悖乱灭人理。
当日据雄藩，迄今秽青史。永怀清节风，背汗颡有泚。

他骑马坐船到滦河一带，那里已经是一片荒城，据说是孤竹。那条河已变得浑浊，向南流去，巍峨的团山迎面而起。周围没有人烟，城的四周已是一片荒草。夷齐离开孤竹岁月悠久，孤竹国沦为边境，肥如一直到辽金时代，时间不可以计算。岁月流逝，他们的风节还有谁来敬仰。忽然远远看到巍峨的夷齐庙，那些曾经的历史阴霾一扫而空。明朝的建立，终于皇运开启。没想到这里一片威严，芳草布满了庭院。当时正是春夏之交，雨整整下了一夜，路途却一点都不泥泞。大家都很开心，临河饮酒观渔，感叹这段历史，他们真是百世师啊，所以才能得到后人永久的祭祀。想到孔子有治国的理想，曾经嘲笑那些无礼的人。伯夷叔齐真是圣之清者，他们以自己的行为嘲笑了那些无礼的人。想当年那些外族入侵是如何凶残野蛮，悖乱不合乎人伦天理。那段日子现在看来也是这个地方的一段不光彩的历史。如今却会永远怀念他们的清廉气节啊。作者借拜谒之行叙述了孤竹旧地曾经的历史，歌颂了伯夷叔齐的气节。

清代诗人戴亨，他的《伯夷叔齐庙》四首诗歌作品写了诗人自己对前途茫然，重新回首历史的过程中，融合了孟子、《史记》中对伯夷叔齐的评价，表达了对历史人物的慨叹以及对伯夷叔齐清名的肯定。

**伯夷叔齐庙·其一**

题注：在永平府北即古孤竹地。

天畔巍巍吊古台，征衣遥望拂尘埃。荒榛合沓山间路，颓壁阴森雨后苔。

悴貌入来方暂拜，名心相对已潜灰。前途西望寒云起，牢落秋风首重回。

这首诗是写自己一路行进，从远望到入庙看到一路萧索的风景，憔悴入庙拜祭，而功名之心已然消散成灰。感觉前途茫茫，西望寒云四起，在零落荒芜的秋风中重新回首。

### 伯夷叔齐庙·其二

遗踪旧是墨台城，景仰高风入圣清。
万古君臣存叩马，两人心事遂逃名。
瘦癯亲炙当时貌，顽懦应兴此日情。
槛外愁听秋色里，雁行风断别离声。

这遗迹曾是孤竹旧城，是令人景仰的具有高尚情操的圣之清者所在。千百年来流传着他们叩马而谏的故事，两个人逃避声名而不居。如今带着清癯的身影来感受当时的情貌，那些贪婪懦弱的人也应如此。门外传来大雁在秋风中的声声别离的鸣叫，让人愁绪万千。诗人在这里借用了孟子对伯夷的评价，在伯夷叔齐庙亲身感受这种影响。

### 伯夷叔齐庙·其三

天伦父命未分明，又值商辛历数更。
才智云兴方应运，黄农歌罢已捐生。
西山岫耸当年绿，滦水波流万古清。
野曲至今传牧竖，悽哀如听采薇声。

伯夷叔齐不听父命，又正遇上商纣王统治的天命已经结束，有才华和智谋的人风起云涌，唱完羡慕神农时代的歌曲，生命已然逝去。西山上依然还是当年的绿色遍野，滦河水流淌着这万古情怀。曾经的歌曲还在民间传唱，那种凄凉哀婉就如同听到曾经的采薇歌。诗人通过故事的抒写表达着自己对历史人物的感叹。

### 伯夷叔齐庙·其四

云山高峻水流长,清圣名争日月光。
逃国衣冠同揖让,采薇歌曲忆羲皇。
齐桓竞霸雄风尽,唐帝征辽故垒荒。
地下应逢吴泰伯,可堪携手说兴亡。

这里的山高峻入云,水潺湲流淌,伯夷叔齐的清圣之名可以与日月争光。他们当年因为揖让而逃离孤竹国,但是故国还有他们的衣冠冢,他们唱着《采薇曲》怀念羲皇的时代。那些曾经争霸征讨的君王雄风已尽,故垒荒芜。伯夷叔齐如果地下遇到吴泰伯,可以和他一起谈论历史的兴亡。这首诗是以伯夷叔齐之清名与那些君王相比,认为他们的清圣之名可以与日月争光。

清代诗人徐正谆也有拜谒夷齐庙的作品。诗人在题注中描述了夷齐庙荒凉的境况,在诗中表达了依然敬仰的情怀。

### 孤竹城谒夷齐庙

题注:庙额曰:清节。台名曰清风。在空城榛芜中,极目荒凉。只有数僧焚香护庙。台下滦河绕城而流,北方诸水皆浊,惟此河独清。

滦河流水绕空城,清节祠前万古情。多少世间轩冕想,于今回首一铢轻。

滦河水围绕着空空的孤竹城,在夷齐庙前人们依然世代缅怀他们。而曾经世人所膜拜的功名利禄,如今回首却微不足道。

《巡行过北平登孤竹堂望夷齐庙有感》这首诗是清代诗人魏象枢,行经孤竹时,看到了夷齐庙,想到了伯夷叔齐,希望这一带不再有战事。

> 孤竹何崔巍，两裔高千古。仰止梦魂间，有怀常欲吐。
> 安得陟山巅，瓣香头一俯。告我希圣心，难济苍生苦。
> 凛凛对简书，汗下浑如雨。此行负朝廷，愆尤何日补。
> 遥望乞神灵，相助驱豺虎。滦水自无波，澄清在畿辅。

孤竹是如此的崔巍，伯夷叔齐的操守义越古今。在梦魂之间，常常想与他们交谈。站在孤竹山上，以敬仰的心情远远望去。其实钦慕圣人之心，很难救济百姓的苦难。对着朝廷的命令，汗下如雨。如今自己有负朝廷厚望，过错如何弥补。远远地乞求神灵，能够帮助自己，驱除豺狼虎豹。希望滦河一带，清平无波澜，使得京城之地一样地平静安宁。

诗人们拜谒夷齐庙时，回顾了伯夷叔齐的传说、孤竹国的历史，肯定了他们光辉如日月的精神操守和义越古今的品质，也渗透了诗人们对历史深深的喟叹之情。

## 二 夷齐墓

根据《论语类考》对首阳考证提到的夷齐墓，可以梳理如下："山西平阳府蒲州首阳山有夷齐墓及祠"，"河南府偃师县西北二十里首阳山世传夷齐隐处，上有夷齐墓"，大概因为"偃师旧亳地也，武王伐纣还息偃师，徒因有名"；许慎认为首阳在辽西，"辽西即今永平府古孤竹国之遗墟在焉，其上亦有墓祠"，认为可能是后人因为有首阳之名而建墓祠，或者因为是伯夷叔齐的故国，所以命名山为首阳山，建立墓祠以纪念。

《魏书·志·卷七》：

> 河北郡。领县四，北安邑（二汉、晋曰安邑，属河东，后改。太和十一年置为郡，十八年复属。）南安邑（太和十一年置。有中条山。）河北（二汉、晋属河东，后属。有芮城、立城、妫水、首阳山、伯夷叔齐墓。）太阳（二汉，晋属河东，后属。有虞城、夏阳城）。

河北郡有四个县，北安邑有二汉，晋朝叫安邑，属于河东，后来太和十一年改为郡，十八年又归为河北郡。南安邑太和十一年设置。有中条山。河北二汉，晋朝属于河东，后来又属于河北郡。有芮城、立城、妫水、首阳山、伯夷叔齐墓。

在各类文献中，有首阳山之说的地方，后人基本上建有庙、墓等以纪念伯夷叔齐。地域包括陕西、山西、河南、河北、山东、甘肃、辽宁等省，这些地方的首阳山及所建物质遗存，很多文献已经进行了辩驳，认为有些地方不可能是伯夷叔齐的隐居之地，但是也不能完全确定其确切的隐居之地，因此存有多种说法。

## 第二节　艺术品类之伯夷叔齐意义考辨

后人除了以建立庙宇、墓葬的方式表达对伯夷叔齐的情感之外，还有石刻作品，如夷齐碑、夷齐像，书画作品，《采薇图》，青花瓷等作品，这些作品同样承载了后人对伯夷叔齐的情感和价值判断。

### 一　夷齐碑

清代光绪十二年编撰《永济县志》卷十二："伯夷叔齐庙也，在县南五十里首阳山麓，传为晋太康中所立……祠中多古柏，有围一丈五、六尺者不知其年岁。颜鲁公碑，韩吏部颂，梁升卿八分书，及丁约立石凡唐碑有四。庆历六年黄载碑，元祐六年黄庭坚碑，司马温公诗石凡宋碑五。又有刘永言书宋知府蒋堂首阳赋石金元碑四。金为泰和四年河东县令王文蔚。元为至元十八年封二贤敕，知府杨居宽修祠记与元贞元年小碑并存。"

## 二　伯夷叔齐石像

《徐霞客游记·游天台山日记后》："桐柏宫正当其中，惟中殿仅存，夷、齐即伯夷、叔齐二石像尚在右室，雕琢甚古，唐以前物也。"这里是天台山以西的桐柏山上的桐柏宫。其中右室有伯夷叔齐的石像。

## 三　宋朝李唐《采薇图》

这是李唐《采薇图》题材的画作，作品以殷商末年伯夷叔齐"不食周粟"为主要内容。图中半山腰有苍藤、古松，伯夷叔齐正在采摘薇菜，对坐在悬崖峭壁间的一块坡地上，伯夷、叔齐均面容清癯。绢本，水墨淡色，纵27.2厘米，横90.5厘米。本幅有明人项元汴，清人吴荣光等收藏印多方。后幅有元人宋杞，明人俞允文、项元汴，清人永瑆、翁方纲、蔡之定、阮元、林则徐、吴荣光、潘霄汉的题记。《清河书画舫》《汪氏珊瑚纲》《佩文齐书画谱》《式古堂书画汇考》等书著录。

元代诗人卢挚和明代诗人孙承恩有以采薇图为题的诗歌作品，表达了他们对伯夷叔齐的看法和评价。

### 采薇图

服药求长年，孰与孤竹子。一食西山薇，万古犹不死。

这首诗写那些服药求长生的人，不如像伯夷叔齐那样坚守气节，真正地万古流芳。

### 夷齐图二首·其一

孤竹先生铁肺肝，采薇甘死首阳山。
乾坤不朽君臣义，万古清风激懦顽。

这首诗写到孤竹先生内心坚强，采薇而饿死在首阳山。他们能够坚持天地不朽的君臣之义，千百年来其清廉之风可以激励懦顽。

### 四 青花瓷作品

明朝的《伯夷叔齐人物故事笔筒》，是崇祯年间景德镇烧制的，是我国的珍贵文物之一。此青花瓷是根据司马迁《史记·伯夷列传》的故事所绘制。包括"叩马而谏"和"不食周粟"的故事情节。清朝康熙年间《伯夷叔齐叩马谏武王伐商图笔筒》：绘伯夷叔齐叩马谏武王伐商，画面以青花绘伯夷、叔齐向周武王躬身作揖，另一边是周朝的大军，仪仗威武。

这些艺术品以伯夷叔齐传说的故事情节作为其内容，既表达了艺术家对自己时代的态度和情感，同时艺术手法与故事相得益彰，更加凸显了伯夷叔齐传说的文化价值。

总之，从伯夷叔齐的传说产生以来，各个朝代的政府、文人、民间都以自己的行动，表达着对伯夷叔齐这两个历史人物的崇敬之情，在这个传说中还有很多值得探讨的文化意义，无论其原本的目的和意义何在，物质遗存的呈现都承载了不同时代不同身份人们的情感态度。

# 附　录

这部分内容主要是补充在前面章节中提到的一些人物考辨，作为理解对比、类比伯夷叔齐事例的依据。这些人物包括隐士类的巢父、许由、商山四皓，让位者延陵季子、泰伯，《孟子》作品中与伯夷类比的柳下惠、伊尹，还有从政治角度、品质角度与伯夷完全不同的吕尚、盗跖。

## 一　巢父、许由

巢父者，尧时隐人也。山居不营世利，年老，以树为巢而寝其上，故时人号曰巢父。尧之让许由也，由以告巢父，巢父曰："汝何不隐汝形，藏汝光？若非吾友也。"击其膺而下之。由怅然不自得，乃过清泠之水，洗其耳，拭其目，曰："向闻贪言，负吾之友矣。"遂去，终身不相见。

唐·李善注引皇甫谧《逸士传》曰："巢父者，尧时隐人也。及尧让位乎许由也，由以告巢父焉，巢父责由曰：'汝何不隐汝光？何故见若身、扬若名令闻？若汝，非友也。'乃击其膺而下之。由怅然不自得，乃过清泠之水洗其耳。"又引皇甫谧《高士传》高士传云："巢父闻许由之为尧所让也，以为污，乃临池水而洗耳。"

皇甫谧《高士传》云："许由字武仲……由于是遁耕中岳颍水之阳，箕山之下，终身无轻天下色。尧又召为九州长，由不欲闻之，洗耳于颍水滨。时其友巢父牵犊欲饮之，见由洗耳，问其故。对曰：'尧欲召我为九州长，恶闻其声，是故洗耳。'巢父曰：'子若处高岸深谷，人道不通，谁能见子？子故浮游，欲闻求其名誉。污吾犊口。'牵犊上流饮之。许由殁，葬箕山之巅，亦名许由山。"

这三段文字的人物基本相同，故事情节有的简单，有的稍显复杂，许由洗耳的情节稍有不同，但所表现的主题却大致一样。讲了尧让天下给许由，许由把这件事告诉了巢父，巢父认为他不能隐藏自己的光芒，不是自己的朋友。许由觉得有愧于自己的朋友巢父，认为尧让位之事玷污了他的耳朵，所以在河里洗耳。之后他们终身没有再相见。皇甫谧《高士传》在许由洗耳的事件上进行了演绎，巢父认为许由有求名之心，他洗耳反而玷污了水流，所以牵自己的牛在上游饮水。

## 二 商山四皓

汉兴有园公、绮里季、夏黄公、甪里先生，此四人者，当秦之世，避而入商洛深山，以待天下之定也。自高祖闻而召之，不至。其后吕后用留侯计，使皇太子卑辞束帛致礼，安车迎而致之。四人既至，从太子见，高祖客而敬焉，太子得以为重，遂用自安。语在留侯传。

四皓者，皆河内轵人也，或在汲。一曰东园公，二曰甪里先生，三曰绮里季，四曰夏黄公，皆修道洁己，非义不动。秦始皇时，见秦政虐，乃退入蓝田山，而作歌曰："莫莫高山，深谷逶迤；晔晔紫芝，可以疗饥。唐虞世远，吾将何归？驷马高盖，其忧甚大。富贵之畏人，不如贫贱之肆志。"乃共入商洛，隐地肺山，以待天下定。及秦败，汉高闻而征之，不至。深自匿终南山，不能屈己。

商山四皓在秦朝的时候，避居于商洛深山之中，等待天下的安定。后来高祖听说了他们，召他们出山，但是他们拒绝了汉高祖。后来，吕后为了稳定太子的地位，用张良的计策请到他们出山。高祖看到之后，对他们很尊敬，太子的地位因此而稳固。商山四皓之所以不应高祖之召出山是因为不能委屈自己。

## 三 延陵季子、泰伯

自太伯作吴，五世而武王克殷，封其后为二：其一虞，在中国；其一吴，在夷蛮。十二世而晋灭中国之虞。中国之虞灭二世，而夷蛮之吴兴。大凡从太伯至寿梦十九世……二十五年，王寿梦卒。寿梦有子四人，长曰诸樊，次曰余祭，次曰余眛，次曰季札。季札贤，而寿梦欲立之，季札让不可，于是乃立长子诸樊，摄行事当国。王诸樊元年，诸樊已除丧，让位季札。季札谢曰："曹宣公之卒也，诸侯与曹人不义曹君，将立子臧，子臧去之，以成曹君，君子曰'能守节矣'。君义嗣，谁敢干君！有国，非吾节也。札虽不材，愿附于子臧之义。"吴人固立季札，季札弃其室而耕，乃舍之。秋，吴伐楚，楚败我师。四年，晋平公初立。十三年，王诸樊卒。有命授弟余祭，欲传以次，必致国于季札而止，以称先王寿梦之意，且嘉季札之义，兄弟皆欲致国，令以渐至焉。季札封于延陵，故号曰延陵季子。

季札的父亲认为季札贤能，想要立他为君，季札坚辞不受，就立了长子诸樊为国君，诸樊服丧结束后，要让位于季札，他还是拒绝了继承王位。季札认为成全别人的国君之位，是保持了君子所说的操守，自己并不想拥有国家，虽然自己没有子臧的才华，但是可以有子臧之义。吴国人坚持要立季札，季札舍弃了自己的地位去耕作。诸樊去世，留下遗命传位给自己的弟弟余祭，想要以这种方式传位给季札,以尊重自己父王之意愿,并嘉奖季札让位之义,分封季札于延陵,所以季札被称为延陵季子。

> 吴太伯,太伯弟仲雍,皆周太王之子,而王季历之兄也。季历贤,而有圣子昌,太王欲立季历以及昌,于是太佰、仲雍二人乃奔荆蛮,文身断发,示不可用,以避季历。季历果立,是为王季,而昌为文王。太伯之奔荆蛮,自号句吴。荆蛮义之,从而归之千余家,立为吴太伯……太史公曰:孔子言"太伯可谓至德矣,三以天下让,民无得而称焉"。

泰伯是周太王古公亶父的长子,因为父亲想要传位于泰伯的弟弟季历,泰伯和弟弟仲雍避居到江南,为了表示自己的决心,他们断发文身。后来荆蛮之地的人认为他们的行为值得肯定,以此为义,跟随他们的有千余家,被立为吴太伯。

### 四 柳下惠、伊尹、吕尚、盗跖

> 柳下惠为士师,三黜。人曰:"子未可以去乎?"曰:"直道而事人,焉往而不三黜?枉道而事人,何必去父母之邦。"
>
> 鲁大夫柳下惠之妻也。柳下惠处鲁,三黜而不去,忧民救乱。

柳下惠在自己的国家做事,三次被罢免,人们劝他离开,他认为正直地做事,在哪里都可能被罢免。如果想要不以正道做事,就更没有必要离开自己的国家了。孔子把他的事迹讲给学生。《列女传》提到柳下惠,因为忧民救乱之心,三次罢免没有离开。

> 伊尹:"孟子曰:'否,不然。'伊尹耕于有莘之野,而乐尧舜之道焉。非其义也,非其道也,禄之以天下,弗顾也。系马千驷,弗视也。非其义也,非其道也,一介不以与人,一介不以取诸人。汤使人以币聘

之，嚣嚣然曰：'我何以汤之聘币为哉！我岂若处畎亩之中，由是以乐尧舜之道哉！'汤三使往聘之。既而幡然改曰：'与我处畎亩之中，由是以乐尧舜之道，吾岂若使是君为尧舜之君哉，吾岂若使是民为尧舜之民哉，吾岂若于吾身亲见之哉！天之生此民也，使先知觉后知，使先觉觉后觉也。予，天民之先觉者也。予将以斯道觉斯民也。非予觉之而谁也？'思天下之民匹夫匹妇有不被尧舜之泽者，若己推而内之沟中。其自任以天下之重如此，故就汤而说之，以伐夏救民。"（《孟子》卷九下《万章上》）

这是孟子和万章的对话中，孟子回答评价伊尹的部分。伊尹耕于田野，而以尧舜之道为乐，对不合道义的财富不会去求取。汤开始想聘用他时，他拒绝了，认为自己可以在田野中以尧舜之道为乐。后来汤多次去聘请他，伊尹改变了态度，认为自己可以让现在的君王成为尧舜一样的君王，让百姓成为尧舜一样的臣民，能让自己在世时，看到尧舜之道。他觉得自己是先觉者，可以让其他的人觉悟。如果自己没有这样做而使得百姓没有办法得到尧舜之道的润泽，他觉得就像是自己把他们推到山沟中一样。他就是这样以天下为自己的责任，到了汤那里，将讨伐夏桀、拯救百姓的道理讲给汤。孟子这段对话突出了伊尹以天下为责任的担当精神。

  商代人，名伊，一名挚。汤时大臣。尹，官名。相传为家内奴隶，乃有莘氏女陪嫁之媵臣。受汤赏识，举用。佐商灭夏，综理国事。汤卒后，历佐外丙、仲壬二君。仲壬死，太甲立，不遵汤法，不理国政，为伊尹放逐于桐。三年，太甲悔，乃接归复位。至沃丁时死。一说，太甲当立而伊尹篡位自立，放逐太甲。七年后，太甲潜归，杀伊尹。

伊尹，汤时的大臣。曾经是汤妻子的陪嫁奴隶，后来受到汤的赏识，得到重用，帮助商汤灭掉夏朝，综合管理国家大事。汤去世后，辅佐过外丙、仲壬两任君主。太甲的时候，不能遵循汤的治国之道，并且不理朝政，被伊尹放逐。三年后，太甲悔过，于是被接回来复位。到沃丁的时候去世。还有另外一种说法，太甲即位的时候，伊尹篡位自立，放逐太甲。七年后，太甲潜回之后，杀死了伊尹。

作为历史人物的伊尹，被不同的人引用也带来了不同的关注点，但是孟子所说明的部分与大家的关注点有所不同，他关注的是伊尹能够为天下而不只是独享尧舜之道的快乐；更多的人引用伊尹的故事是认为他作为奴隶却能够被汤所重用，而关于另外的说法，比如伊尹篡位自立的事情就渐渐被弱化了。

> 吕尚，或作姜尚，西周齐国国君，东海人。姜姓，吕氏。家贫，钓于渭滨，文王遇之，与语，大悦曰："吾太公望子久矣。"故称太公望，俗称姜太公。佐文王、武王为计灭商，有大功。武王时尊为师尚父。封于齐，都营丘，为齐之始祖。至国修政，民多归之。留周为太师。有征伐五侯九伯之权。

吕尚作为历史人物，大家所熟知的历史典故更多的是姜太公钓鱼，他80岁的时候，遇到文王，后来帮助文王、武王灭掉商朝，有很大的功劳。封于齐国，是齐国的始祖。

> 楚王使使奉金币聘夫子。宰予、冉有曰："夫子之道至是行矣。"遂请见。问夫子曰："太公勤身苦志，80而遇文王。孰与许由之贤？"夫子曰："许由独善其身者也；太公兼利天下者也。然今世无文王之君也，虽有太公，孰能识之。"

楚国的使臣聘请孔子，宰我、冉有认为夫子之道终于可以实行了。于是问孔子姜太公勤身苦志，80岁的时候遇到文王，他与许由谁更加贤能？孔子说，许由能够独善其身，而太公是兼利天下者。但是现在没有像文王那样的君王，即使有太公那样的人，谁又能赏识他呢？这段文字所表达的是孔子想要被任用但是又担心不会被赏识的痛苦，不如像许由那样独善其身。

  盗跖，春秋时鲁国人。鲁大夫柳下惠之弟。相传尝聚党数千人横行天下，侵暴诸侯，后称为盗跖。一说跖为黄帝时大盗名。以柳下惠弟横行天下，故以盗跖称之。

  孔子与柳下季为友，柳下季之弟名曰盗跖。盗跖从卒九千人，横行天下，侵暴诸侯，穴室，枢户，驱人牛马，取人妇女，贪得忘亲；不顾父母兄弟，不祭先祖；所过之邑，大国守城，小国入保，万民苦之。

  盗跖日杀不辜，肝人之肉，暴戾恣睢，聚党数千人横行天下，竟以寿终。

盗跖，是柳下惠的弟弟，横行天下，侵暴诸侯。大家以黄帝时的大盗盗跖之名称之。庄子则主要强调其暴虐的行为，因贪念忘掉了伦理亲情，不顾自己的父母兄弟，也不祭祀先祖，百姓以他为苦。《史记》里慨叹这样的人却能够寿终，表达了对天命的质疑。

# 参考文献

## 一　古籍资料

[1]（秦）《商子》，四部丛刊三编景明本。

[2]（汉）班固：《汉书》，中华书局2012年版。

[3]（汉）《管子》，四部丛刊景宋本。

[4]（汉）韩婴：《韩诗外传》，诗外传卷第一，四部丛刊景明沈氏野竹斋本。

[5]（汉）孔鲋：《孔丛子》，四部丛刊景明翻宋本。

[6]（汉）孔融：《孔北海集》，清文渊阁四库全书本。

[7]（汉）刘安：《诸子集成·淮南子》，中华书局1954年版。

[8]（汉）刘向：《古列女传》，四部丛刊景明本。

[9]（汉）刘向辑：《楚辞》，上海古籍出版社2015年点校本。

[10]（汉）毛苌、毛亨：《毛诗》，《四部丛刊》初编经部，上海商务印书馆1934年版。

[11]（汉）《山海经》，四部丛刊景丛化本。

[12]（汉）司马迁：《史记》，中华书局1959年版。

[13]（汉）司马迁：《史记》，中华书局2008年版。

[14]（汉）王充：《论衡》，上海古籍出版社 2013 年点校本。

[15]（三国·魏）曹操、曹丕、曹植：《三曹诗集》，三晋出版社、山西出版集团 2008 年版。

[16]（三国·魏）王肃注：《孔子家语》，四部丛刊景明翻宋本。

[17]（三国·吴）陆玑：《毛诗草木鸟兽虫鱼疏》，湖南书局刻本 1889 年。

[18]（三国·吴）韦昭注：《国语》，见《文渊阁四库全书》，台湾商务印书馆 1986 年版。

[19]（三国·吴）韦昭注：《国语》，上海古籍出版社 2008 年版。

[20]（晋）陈寿：《三国志》，中华书局 1959 年版。

[21]（晋）皇甫谧：《高士传》，明古今逸史本。

[22]（晋）陶潜：《搜神后记》，明津逮秘书本。

[23]（北朝·北魏）郦道元：《水经注》，清武英殿聚珍版丛书本。

[24]（南朝·宋）范晔：《后汉书》，中华书局 2012 年版。

[25]（南朝·梁）皇侃：《论语义疏》，清知不足斋丛书本。

[26]（南朝·梁）沈约：《宋书》，清乾隆武英殿刻本。

[27]（南朝·梁）沈约：《宋书》，中华书局 2005 年版。

[28]（南朝·梁）萧统编：《昭明文选》卷五十四《论四·辩命论》，上海古籍出版社 1986 年点校本。

[29]（北朝·北齐）魏收：《魏书》，中华书局 1974 年版。

[30]（唐）白居易：《白氏长庆集》，四部丛刊景日本翻宋大字本。

[31]（唐）房玄龄等：《晋书》，清乾隆武英殿刻本。

[32]（唐）房玄龄等：《晋书》，中华书局 1996 年版。

[33]（唐）李白：《李太白集》，宋刻本。

[34]（唐）李百药：《北齐书》，清乾隆武英殿刻本。

[35]（梁）萧统编，（唐）李善注：《文选》，胡刻本。

[36]（唐）李善等注：《六臣注文选》，四部丛刊景宋本。

[37]（唐）李延寿：《南史》，中华书局2005年版。

[38]（唐）令狐德棻等：《周书》，中华书局2005年版。

[39]（唐）魏征等：《隋书》，中华书局2005年版。

[40]（唐）吴兢：《贞观政要》，中国纺织出版社2016年版。

[41]（唐）姚思廉：《梁书》，清乾隆武英殿刻本。

[42]（唐）虞世南编：《北堂书钞》，清光绪十四年万卷堂刻本，上海商务印书馆1934年版。

[43]（唐）赵蕤：《长短经》，清文渊阁四库全书本。

[44]（后晋）刘昫等：《旧唐书》，台湾商务印书馆2010年版。

[45]（宋）曹勋：《松隐集》，民国嘉业堂丛书本。

[46]（宋）晁公溯：《嵩山集》，清钞本。

[47]（宋）陈起编：《江湖小集》，清文渊阁四库全书补配文津阁四库全书本。

[48]（宋）范仲淹：《范文正公文集》，四部丛刊景明翻元刊本。

[49]（宋）洪迈：《容斋随笔》，上海古籍出版社2015年版。

[50]（宋）华岳：《翠微南征录》，四部丛刊三编景旧钞本。

[51]（宋）姜特立：《梅山续稿》，傅增湘家藏钞本，上海商务印书馆1934年版。

[52]（宋）王安石著，（宋）李壁注：《王荆公诗注》，清文渊阁四库全书本。

[53]（宋）李昉等编：《文苑英华》，明刻本。

[54]（宋）李觏：《直讲李先生文集》，四部丛刊景明成化本。

[55]（宋）刘敞：《公是集》，清文渊阁四库全书补配文津阁四库全

书本。

[56]（宋）刘敞：《公是集》，中华书局1985年版。

[57]（宋）刘过：《龙洲集》，清文渊阁四库全书本。

[58]（宋）刘克庄：《后村集》，四部丛刊景旧钞本。

[59]（宋）陆游：《剑南诗稿》，清文渊阁四库全书补配文津阁四库全书本。

[60]（宋）梅尧臣：《宛陵集》，四部丛刊景明万历梅氏祠堂本。

[61]（宋）欧阳修等：《新唐书》，四部丛刊2009年增补版。

[62]（宋）蒲寿宬：《心泉学诗稿》，清文渊阁四库全书本。

[63]（宋）释居简：《北磵诗集》，清钞本。

[64]（宋）释文珦：《潜山集》，清文渊阁四库全书本。

[65]（宋）司马光：《温国文正公文集》，四部丛刊景宋绍兴本。

[66]（宋）司马光：《资治通鉴》，四部丛刊景宋刻本。

[67]（宋）司马光：《资治通鉴》，上海古籍出版社2017年版。

[68]（宋）苏轼：《东坡志林》，青岛出版社2002年版。

[69]（宋）王柏：《鲁斋集》，民国续金华丛书本。

[70]（宋）王十朋：《梅溪集》，四部丛刊景明正统刻本。

[71]（宋）王禹偁：《小畜集》，四部丛刊景宋本配吕无党钞本。

[72]（宋）魏野：《东观集》，宋邵定元年严陵郡斋刻本。

[73]（宋）文天祥：《文山集》，文山先生全集卷之十四别集，四部丛刊景明本。

[74]（宋）辛弃疾：《稼轩长短句》，元大德三年刊本。

[75]（宋）辛弃疾：《辛弃疾词集》，上海古籍出版社2014年版。

[76]（宋）许及之：《涉斋集》，民国敬乡楼丛书本。

[77]（宋）姚铉编：《唐文粹》，四部丛刊景元翻宋小字本。

[78]（宋）叶颙：《樵云独唱》，清文渊阁四库全书补配文津阁四库全书本。

[79]（宋）张耒：《张耒集》上册，中华书局1990年版。

[80]（宋）周南：《山房集》，民国涵芬楼秘笈本。

[81]（宋）周紫芝：《太仓稊米集》，清文渊阁四库全书补配文津阁四库全书本。

[82]（宋）王应麟、（南朝·梁）周兴嗣编撰：《三字经 百家姓 千字文》双色插图版，中国纺织出版社2015年版。

[83]（宋）朱熹：《四书章句集注》，中华书局1982年点校本。

[84]（元）戴表元：《剡源集》，四部丛刊景明本。

[85]（元）方回编：《瀛奎律髓》，清文渊阁四库全书补配文津阁四库全书本。

[86]（元）李延兴：《一山文集》，清康熙钞本。

[87]（元）乔吉：《乔梦符小令》不分卷，清钞本。

[88]（元）脱脱：《辽史》，中华书局1974年版。

[89]（元）脱脱：百衲本《宋史》，国家图书馆出版社2014年版。

[90]（元）脱脱：《宋史》，中华书局2005年版。

[91]（元）杨朝英：《朝野新声太平乐府》，四部丛刊景元本。

[92]（元）张可久：《张小山北曲联乐府》，清劳平甫钞本。

[93]（元）赵文：《青山集》，清文渊阁四库全书本。

[94]（元）郑廷玉：《郑廷玉集》，中州古籍出版社1997年点校本。

[95]（明）陈士元：《论语类考》，清文渊阁四库全书本。

[96]（明）程登吉：《幼学琼林全鉴》，中国纺织出版社2016年版。

[97]（明）范景文：《范文忠集》，清文渊阁四库全书补配文津阁四库全书本。

[98]（明）冯惟讷编：《古诗纪》，清文渊阁四库全书本。

[99]（明）高棅编：《唐诗品汇》，清文渊阁四库全书本。

[100]（明）高濂：《遵生八笺》，明万历刻本。

[101]（明）郭勋辑：《雍熙乐府》，四部丛刊续编景明嘉靖刻本。

[102]（明）何景明：《大复集》，明嘉靖刻本。

[103]（明）胡应麟：《少室山房集》，清文渊阁四库全书补配文津阁四库全书本。

[104]（明）黄省曾：《五岳山人集》，明嘉靖刻本。

[105]（明）黄佐：《泰泉集》，清文渊阁四库全书本。

[106]（明）李时珍：《本草纲目》，华夏出版社2013年新校注本。

[107]（明）李贤：《古穰集》，清文渊阁四库全书补配文津阁四库全书本。

[108]（明）梁寅：《石门集》，清文渊阁四库全书本。

[109]（明）刘璟：《易斋稿》，清钞本。

[110]（明）罗贯中：《三国演义》，长江文艺出版社2015年版。

[111]（明）倪谦：《倪文僖集》，清武林往哲遗著本。

[112]（明）钱宰：《临安集》，清文渊阁四库全书。

[113]（明）史谨：《独醉亭集》，清文渊阁四库全书补配文津阁四库全书本。

[114]（明）宋濂等：《元史》，清乾隆武英殿刻本。

[115]（明）孙承恩：《文简集》，清文渊阁四库全书本。

[116]（明）唐顺之：《荆川先生文集》，四部丛刊初编。

[117]（明）屠本畯：《离骚草木疏补四卷》，清乾隆武英殿刻本。

[118]（明）王绂：《王舍人诗集》，清文渊阁四库全书补配文津阁四库全书本。

[119]（明）王冕：《竹斋集》，清光绪邵武徐氏丛书本。

[120]（明）王世贞编：《弇州四部稿》，明万历刻本。

[121]（明）徐霞客：《徐霞客游记》，清嘉庆十三年叶廷贾增校本。

[122]（明）杨爵：《杨忠介集》，清文渊阁四库全书补配文津阁四库全书本。

[123]（明）臧懋循编：《元曲选》，明万历刻本。

[124]（明）张禄辑：《词林摘艳》，明嘉靖刻本。

[125]（明）张溥编：《汉魏六朝一百三家集》，清文渊阁四库全书本。

[126]（明）赵完璧：《海壑吟稿》，清文渊阁四库全书补配清文津阁四库全书本。

[127]（明）周是修：《刍荛集》，清文渊阁四库全书补配文津阁四库全书。

[128]（明）朱诚泳：《小鸣稿》，清文渊阁四库全书本。

[129]（明）宗臣：《宗子相集》，清文渊阁四库全书本。

[130]（清）艾衲居士：《豆棚闲话》，中华书局2000年版。

[131]（清）毕沅：《续资治通鉴》，清嘉庆六年递刻本。

[132]（清）曹庭栋编：《宋百家诗存》，清文渊阁四库全书本。

[133]（清）顾嗣立编：《元诗选》，清文渊阁四库全书本。

[134]（清）胡渭：《禹贡锥指》，清文渊阁四库全书本。

[135]（清）焦循：《孟子正义》，中华书局1987年版。

[136]（清）柯劭忞：《新元史》，民国九年天津退耕堂刻本。

[137]（清）陆心源辑：《宋诗纪事补遗》，清光绪刻本。

[138]（清）马其昶：《屈赋微》，清光绪虚草堂刻本。

[139]（清）穆彰阿：《嘉庆重修一统志》，《四部丛刊》续编史部，上海商务印书馆1934年版。

[140]（清）聂先、曾王孙编：《百名家词钞》，金粟词海盐彭孙遹骏孙，清康熙绿荫堂刻本。

[141]（清）彭定求等编：《全唐诗》，清文渊阁四库全书本。

[142]（清）钱谦益编选：《列朝诗集》丁集卷八，清顺治九年毛氏汲古阁刻本。

[143]（清）屈大均编：《广东文选》，清康熙二十六年三阁书院刻本。

[144]（清）阮元编：《平庵悔稿》，江苏古籍出版社1988年影印本。

[145]（清）沈辰垣等编：《历代诗余》，清文渊阁四库全书本。

[146]（清）孙星衍：《尚书今古文注疏》，清平津馆丛书本。

[147]（清）《题画诗》，清文渊阁四库全书本。

[148]（清）王夫之：《诗经稗疏四卷》，（光绪）《湖南通志》，清光绪十一年刻本。

[149]（清）吴升：《大观录》，民国九年武进李氏译廎本。

[150]（清）吴之振等编：《宋诗钞》，清文渊阁四库全书本。

[151]（清）项梦昶编：《山村遗稿》，清钞本。

[152]（清）徐世昌辑：《晚晴簃诗汇》，民国退耕堂刻本。

[153]（清）严可均：《全上古三代六朝秦汉三国六朝文》，民国十九年景清光绪二十年黄冈王氏刻本。

[154]（清）杨宾辑：《柳边纪略》，清光绪仰视千七百二十九鹤斋丛书本。

[155]（清）杨守敬：《水经注疏补》，中华书局2014年版。

[156]（清）曾燠编：《江西诗征》，清嘉庆九年刻本。

[157]（清）张廷玉等：《明史》，清乾隆武英殿刻本。

[158]（清）朱鹤龄：《禹贡长笺》，清文渊阁四库全书本。

[159]（清）庄仲方编：《南方文苑》，辽宁教育出版社1998年版。

[160]（成化）《山西通志》，民国二十二年景钞明成化十一年刻本。

[161]（弘治）《永平府志》，明弘治刻本。

[162]（康熙）《永平府志》，清康熙五十年刻本。

[163]（雍正）《江西通志》，清文渊阁四库全书本。

[164]（光绪）《永济县志》，清光绪十二年刻本。

[165]（光绪）《永平府志》，清光绪五年刻本。

## 二 今人论著

[1] 白冶钢译注：《列子译注》，上海三联书店2014年版。

[2] 北京大学古文献研究所编：《全宋诗》卷一三七，北京大学出版社1991年版。

[3] 曹旭、丁功谊编著：《竹林七贤》，中华书局2010年版。

[4] 陈建魁编著：《中国姓氏文化》，中原农民出版社2008年版。

[5]（北魏）郦道元著，陈桥驿校证：《水经注校证》，中华书局2007年版。

[6] 陈永正主编：《全粤诗》，岭南美术出版社2008年版。

[7] 成乃丹编：《历代咏竹诗丛》，陕西人民出版社2004年版。

[8]（民国）《东莞县志》，民国十年铅印本。

[9] 杜云编：《明清小说序跋选》，广西人民出版社1989年版。

[10] 高亨注：《诗经今注》，清华大学出版社2010年版。

[11] 郭超主编：《四库全书精华·集部》，中国文史出版社1997年版。

[12] 郭预衡编：《文白对照八大家文钞》，广东教育出版社2002年版。

[13] 郭预衡主编：《文白对照唐宋八大家诗文集》，天津古籍出版社1999年版。

[14] 傅朗云等著：《东北民族史略》，吉林人民出版社1983年版。

［15］［日］冈元凤:《毛诗品物图考》,浙江人民美术出版社 2017 年版。

［16］韩进廉主编:《禅诗一万首》,河北科学技术出版社 1994 年版。

［17］黄云眉:《史学杂稿续存》,齐鲁书社 1980 年版。

［18］姜海宽编:《杜甫诗歌选读》（详注本）,中州古籍出版社 2014 年版。

［19］姜亮夫:《楚辞通故第二辑》,齐鲁书社 1985 年版。

［20］姜亮夫等:《先秦鉴赏辞典》,上海辞书出版社 1998 年版。

［21］焦泰平:《汉魏六朝诗三百首注评》,太白文艺出版社 1997 年版。

［22］金毓绂编:《辽海丛书》,辽沈书社 1985 年影印本。

［23］孔昭明主编:《台湾文献史料丛刊》第 8 辑,151 张苍水诗文集/朱舜水文选合订本,台湾大通书局 1987 年版。

［24］李道英编:《唐宋八大家文选》,南海出版社 2005 年版。

［25］李民、王健撰:《尚书译注》,上海古籍出版社 2012 年版。

［26］李逸安、张立敏译注:《三字经 百家姓 千字文 弟子规 千家诗》,中华书局 2015 年版。

［27］李之亮校注:《唐宋名家文集·王安石集》,中州古籍出版社 2010 年版。

［28］陆玖译注:《吕氏春秋》,中华书局 2011 年版。

［29］罗斌编:《唐宋八大家散文鉴赏》第一卷,吉林出版集团有限责任公司 2015 年版。

［30］罗竹风主编:《汉语大词典》,汉语大辞典出版社 1998 年版。

［31］缪文远、缪伟、罗永莲译注:《战国策》,中华书局 2012 年版。

［32］宁希元校点:《元刊杂剧三十种新校》下册,兰州大学出版社 1988 年版。

［33］钱穆:《论语新解》,生活·读书·新知三联书店 2002 年版。

[34]（宋）方岳著，秦效成校注：《秋崖诗词校注》，黄山书社 1998 年版。

[35]（民国）《清史稿》，民国十七年清史馆本。

[36]（民国）《琼州县志》，民国六年刻本。

[37] 上海辞书出版社文学鉴赏辞典编纂中心编：《关汉卿杂剧散曲鉴赏辞典》，上海辞书出版社 2014 年版。

[38] 上海辞书出版社文学鉴赏辞典编纂中心编：《元曲鉴赏辞典》，上海辞书出版社 2012 年珍藏版。

[39] 上海古籍出版社编：《汉魏六朝笔记小说大观》，上海古籍出版社 1999 年版。

[40] 王泗源：《楚辞校释》，中华书局 2014 年版。

[41] 王学奇主编：《元曲选校注》，河北教育出版社 1994 年版。

[42] 吴文治主编：《明诗话全编》，江苏古籍出版社 1997 年版。

[44] 徐寒主编：《中华私家藏书》，大众文艺出版社 2009 年版。

[43] 薛安勤注译：《春秋谷梁传》，台湾商务印书馆 2012 年版。

[45] 杨伯峻译注：《论语译注》，中华书局 2006 年版。

[46] 杨柳桥撰：《庄子译注》，上海古籍出版社 2012 年版。

[47] 袁珂：《山海经校注》，上海古籍出版社 1980 年版。

[48] 袁珂编著：《中国神话传说词典》，上海辞书出版社 1985 年版。

[49] 曾枣庄著：《三苏评传》，上海书店出版社 2016 年版。

[50] 张博：《闲话与史实——关于〈豆棚闲话对于历史事实的结构〉》，《文学与文化》2012 年第 4 期。

[51] 张春林编：《陆游全集》，中国文史出版社 1999 年版。

[52] 张建业、张岱编：《李贽全集注》，社会科学文献出版社 2010 年版。

[53] 张觉等：《韩非子译注》，上海古籍出版社 2012 年版。

[54] 张永祥、尚霞译注：《墨子译注》，上海古籍出版社 2015 年版。

[55] 张月中、王纲编：《全元曲》，中州古籍出版社 1996 年版。

[56] 赵奎夫主编：《历代赋评注》宋金元卷，巴蜀书社 2010 年版。

[57] 郑宏峰、张红主编：《中华姓氏》，线装书局 2008 年版。

[58] 周振甫主编：《唐诗宋词元曲全集》，黄山书社 1999 年版。

[59] 宗福邦等主编：《故训汇纂》，商务印书馆 2003 年版。

# 电子文献检索说明

1. 诗词类：在 http：//sou‐yun.com/QueryPoem.aspx 已经收录的 794045 首诗词作品中进行检索。

2. 为了更好地分析伯夷叔齐故事的各个意象的特征，结合时代的背景，来分析不同时期的诗歌中引用这些意象所产生的丰富内涵，对不同的意象检索根据不同的朝代进行了分类，大致如下。

（1）夷齐：493 首。唐之前的诗歌作品共 5 首，其中魏晋时期 4 首，南北朝 1 首。唐朝涉及的作品 16 首；宋朝 180 首；辽金元 34 首；明朝 159 首；清朝 76 首；近现代 17 首；当代 6 首。

（2）伯夷：366 首，先唐 12 首，其中先秦 4 首，汉朝 3 首，魏晋 4 首；隋 1 首。唐 16 首；宋朝 175 首；辽金元 27 首；明朝 77 首；清朝 43 首。近现代 10 首；当代 6 首。

（3）首阳山：321 首；先唐 8 首，其中魏晋 7 首，汉 1 首；唐朝 18 首；宋朝 97 首；辽金元 30 首；明朝 96 首；清朝 56 首；近现代 13 首，当代 3 首。

（4）孤竹：339 首。先唐 8 首，其中汉 2 首，魏晋 1 首，南北朝 4 首，隋 1 首；唐朝 20 首；宋朝 118 首；辽金元 25 首；明朝 93 首；清朝 59 首；近现代 10 首；当代 6 首。

（5）薇：4638 首。采薇：806 首。先唐 17 首，先秦 4 首，魏晋 9 首，南北朝 3 首；隋 1 首；唐朝 48 首；宋朝 195 首；辽金元 60 首；明朝 227 首；清朝 194 首；近现代 30 首；当代 18 首。

  在选用这些材料进行辨析的过程中，也进行了比较筛选，从时间而言，主要是因为现当代研究的作品数量庞大，领域更为广阔，内容有限，所以最后选择了从先秦到清的文献进行考辨；在作品的选择上，主要选择与伯夷叔齐传说相关性比较密切的作品。

3. 其他资料网站：

国学大师网：http：//www.guoxuedashi.com/search/

古诗文网：https：//www.gushiwen.org/

爱如生典海数字平台：http：//dh.ersjk.com/

# 后　记

从设想这样的主题，到完成全部稿件的工作，用了整整三年的时间。主题的来源是河北省社科基金"伯夷叔齐文化意象考辨与研究"的申报，当时申报时，就想梳理这样的内容，但是申报之后，课题组成员从不同的角度来写文章，与自己想要表达的主题还是略有差异的，阅读文献，写文章，最后完成课题，却觉得想要探究的内容还不够深入。因此完成课题之后，又开始查找资料，围绕着伯夷叔齐的故事，从网络、电子、纸质的文献中进行检索相关内容。因为在心里觉得很多文章探讨的时候，有些过于拔高对伯夷叔齐的评价，对于文献的引用有断章取义之嫌疑，所以想要梳理从古至今的资料，希望能够理性地看待伯夷叔齐传说中所承载的文化意义，多角度地、全面地辨析其中的文化内涵。收集资料之后，觉得庞杂而无头绪，不知道如何取舍，曾经搁置一段时间，让自己慢慢厘清思路，先从文献的分析入手，然后归类、提炼主题，最终形成了现在的文章结构。

在梳理分析这些资料的过程中，看到了一个故事身上所承载的那么多优秀的中国传统文化的价值观，倾注着哲人、史学家、文学家，甚至民间百姓的情感，那份沉甸甸的逐渐丰厚的文化意义深深地触动着自己的心灵。因为能力、学识有限，所以无论是材料的收集还是内容的辨析、梳理，必然有遗漏和不够精确的部分。这也是在梳理辨析文献的过程中，自己倍感遗憾的地方，担心自己才疏学浅无法传达出伯夷叔齐传说中所承载的古人智慧和他们的热血情怀。

在梳理辨析文献的过程中，也参考了很多专家学者的分析评述，使得自己的思路变得更加清晰。在这里深表谢意！

感谢朋友的热情帮助，感谢家人的无私付出！

王　芳

2018 年 4 月 28 日